三島由紀夫と昭和十年代

三島由紀夫研究 ⑬

〔責任編集〕
松本　徹
佐藤秀明
井上隆史
山中剛史

鼎書房

目次

特集　三島由紀夫と昭和十年代

特集　三島由紀夫と昭和十年代

少年の闘い――「彩絵硝子」から――

田中美代子

幻視

昭和十五年夏、少年は一篇の瀟洒な小説を書き上げた。題名は「彩絵硝子」であるが、どこか新感覚派風の気取ったスタイルで、既成作家だれそれの作だ、といっても怪しまれないほどの素敵な出来映えである。

彼は、すでに数多の詩を書き、また童話やエッセイなどの習作を始めていたが、これは彼にとって初の小説らしい小説で、秋には学習院の校内誌に発表。作者の名は平岡公威、中等科四年生の文芸部委員だった。

その類まれな稟質に驚いて、文芸部先輩の東文彦が、早速その感想を書き送った。

〈正直のところ、同じ雑誌に作品を並べているものとして、僕は君に恐れを抱いた。僕の方が少しぐらい年長だからと云つて大きな顔は出来ない。少くとも、君の独得な感性の世界〈少し変な言葉〉は真似できない。君が褒められながら伸びて来たことは感心する。褒められて躓かない作家は大成する。君が今度の作品で扱った題材は実に危険性がある〉

人はそこに、ふとただならぬ危うさを感知する。……何故だろう？　しかしこの少年について、それは珍しいことではなかった。

〈君の世界には何か立ち入り難いものがある。心ない批評が君を不必要に駆り立てることを恐れる。だから僕も批評などしないつもりだった。僕の云うことは読み過ごして呉れていい。ただ、成可く文章をあまり晦渋にしないように。余計なことだけれど、それがとんだ錯覚のもとになる〉（昭15・11・30）

出会い頭にこんな警告を発した青年は、平岡より七つも年上の作家志望者で、当時、病気療養のため休学中であった。

ここに始まり、昭和十八年秋、東文彦の病没に至るまで、日米戦たけなわの三年間、間断なく交わされた二人の往復書簡は、三島由紀夫の生涯に、夭折にまつわる独自な想念を育くんだのである。

さて、平岡少年は、師走に入ってすぐに返礼の手紙を書いた。初見参の挨拶とともに、相手の批評には鋭敏に反応して、彼は自作を目茶目茶にくさしている。

〈本当のところ、彩絵硝子は、貴下が買ひ被つていらつしやるやうな、そんな作品では決して決してありません。あのキザさ加減、安物のブウルジョア趣味、おませな少年少女、森田たま的文学夫人、さういふものに対する皮肉を書かうとしたばつかりに、いつのまにか相手を突つ放せなくなり、段々にその雰囲気のなかに溺れ出し、つひには余計な心理化粧と糞真面目な結構に併せて、驚くべき軽薄さと卑俗さが住んでゐる中途半端なものを作り上げてしまひました〉（昭15・12・2）

意あまって力足らず、というところか。作者は何よりもそのギャップを凝視《みつ》め、自ら目指す主題に到達しえなかったことを悔やんでいる。

とはいえ、当時「彩絵硝子」は周囲の人々の評判になり、一方では大いに得意だったろう。どこまで謙遜だったのか、この最低の自己評価も、つとめて冷静に振舞っている少年らしい身構えだったかもしれない。あるいは発表直後の昂奮が冷め、自己嫌悪におちいった反省の弁もあったかもしれない。

片や、口うるさい大人たちにも事欠かなかったろう。〝年相応の初々しさがない〟とか、〝悪達者が嫌味である〟といった風な批判もまたついてまわった。

だが後年、彼はごく自然に、この作品に対する愛着を隠さなくなる。

例えば敗戦後、昭和二十二年一月号の雑誌《午前》に「彩絵硝子」を転載する機会をえて、こんな感想を綴っている。

〈昭和十五年七月に書かれたこの短篇は、作者十六歳の年の作物である。戦後のやうやく訪れた安息の中で読み返してみて、今の作者がこれより進歩して来たのかどうか怪しまれる。このみるからに幼稚な作物も、現在の作者には、今よりも詩神の恩寵は豊かに、その庇護は懇ろであつた時代の、懐かしくも嫉ましい思ひ出として眺められるのである〉

世情の激変をくぐり抜けて、彼は早くも戦後文壇に登場し、新時代の旗手として未来の抱負などを語りつつ、過ぎし日を偲んでいる。が、ここで改めて意外なのは、後にも先にも全く戦時色がみられないことではあるまいか。

〈そのころの信濃町の家の二階で、息もつかずに書いた。あんなに胸にいろいろのものが溢れたことはない。あんなに自分の霊感が強く信じられたことはない〉（昭和23・12「四つの処女作」）という風で。……

空襲下に荒れ果てた都会の真中で戦前の良き時代に直接つながる、平穏な日々の復活。そんな記念碑を再発見するのは、作者自身としても新鮮な悦びだったのだろう。

さらにこのエッセイでは〝処女作〟を四つも掲げている

(「酸模」「彩絵硝子」「煙草」「盗賊」)のが驚きであるが、おそらくこれらの作品がいずれも時局を超越し、少年作家の確実な進歩の足跡を刻んでいたからに違いない。ついで彼は、最初の「酸模」よりも大事な作品として「彩絵硝子」を挙げ、こちらを〈本当の意味での処女作〉と自讃している。

多分それは「彩絵硝子」こそ〝文体〟を意識化した最初の創作だからではないだろうか。これはなかなか長考を要する問題である。

いずれにしても、当時流行した〝家庭小説〟を模したかのようなこの小品は、戦中戦後の価値理念の逆転をよそに、昭和十年代の残り少ない閑雅な市民生活のなかで、独自な思春期の主題を結実させている。しかもそれは、ただの感傷的な追懐の情にとどまらない。彼は〈旧作〉の今日的意義を、次のように強調するのだ。

〈単なる実験的な意味で、十六歳の作家の生理を、その享けえた傷の深さの可能性と傷を享けまいとして熟練した護身術の可能性とを、ありのままに観察し、何かの資料に役立てていただきたいからにすぎない〉(《午前》「彩絵硝子」転載の言葉・昭22・1)と。

ずいぶん生真面目な呼びかけで、呑気な読者はびっくりする。

このとき作者の胸を去来していたのは、どんな思いであろう。少年はたえず自己自身を客体化する衝動にかられており、それが彼を老成させるかのようだ。いずくんぞ知らん、手すさびのようにみえるこの短篇も、三島文学の未来を満載していたのである。

まず東文彦宛の手紙によれば、「彩絵硝子」の創作意図は明確だ。

ここに登場するのは、キザな安っぽいブルジョアの一族である。……〈さういふものに対する皮肉を書かうとした〉とすると、作者は決然と一枚の諷刺画を目指したのであろう。ところが〈いつのまにか相手を突つ放せなくなり、段々にその雰囲気のなかに溺れ出し〉、冷徹なるべき筆峰はカリカチュアにおよばず、あえなく対象に呑み込まれてしまった、……ということらしい。

〝諷刺〟は、極言すれば、近代小説の要諦であろう。作家は理智に徹し、万難を排して、我らの周囲に立ちふさがる壁、諸々の生活慣習やら俗物やら有象無象を対象化し、不正や不合理を嗤い、等しくすべてを客観視し得る、したたかな〝第二の自己〟を育成せねばならないのだ。

〈……もつと侮蔑を! もつと侮蔑を! 侮蔑が足りない。プチ・ブゥルジョアを描くのに、片時も侮蔑を忘れてはだめだ〉(「小説とは何か」)と、後に彼自身がそう語っていたように。

だが、そのころの夢見がちな彼は、まだまだ人生斜にかまえるほど苦労もせず、すれてもいなかったのだ。そんな精一杯の背伸びこそ、初々しい少年の、少年たる所以だったのかもしれない。

それにしても、この物語のどこに〝傷ついた少年作家〟が棲んでいたのだろう？

翻って、読者は作中に、作家の自画像らしいものを見出すことが出来るだろうか。

そもそも「彩絵硝子」の主人公は誰だろう。冒頭、化粧品売場で〈自分のために〉香水壜（多分オー・デ・コロンだろう）を買う、洒落者の中将男爵宗方禎之助であろうか。閨秀作家を気取るその夫人秋子なのか。夫妻の屋敷に預けられている甥の涓之助か。別荘地に遊びにくる少女里見則子か。……中心が定まらぬまま、物語はゆるゆると展開する。

やがて少年少女の初々しい恋の芽生え。そこに二重映しになる初老の夫妻の青春の回想。恋の残り香の交錯。……陽だまりのなかの微笑ましい一族の日々。

〈宗方氏はこの別荘地の若々しさが自分を反撥させず、愉しくさせることを知つた。彼はよく散歩した。そんな日々には夫人の影響の和歌や、時には漢詩のひとつも生れた。柔和さは能面のやうな老いで、彼を老いさせて行つた。一時頑固にみえた彼がきゆうにやさしくなつたので、夫人も涓之助も少々気味がわるかつた、珍らしく雨が一日じゆうふつてゐた午後宗方氏が留守で、夫人と甥とはぼんやりテラスの椅子にこしかけて氏の柔和さについて話をしてゐた。不意に二人の間に期せずして宗方氏の死の予感がうかんだ。沈黙《だま》つたまま見合はせた顔は真蒼になつて、お互ひに相手のなかに自分と同じ心をすぐに読んだ〉

平和な昼下がり、ふと通り過ぎる一陣の風！　そこに浮かび上がる死神の顔。

別荘地では突然雷鳴が鳴り響き、宗方禎之助の長閑な一日を狂わせる事件が起こる。雨を衝いて少女のもとに駆けつけようとする若者。老中将は稲光を投射した香水壜に動転し、わけのわからぬ憤怒にかられて、それを庭石に投げつける。……しかしこの破局も、空色の自転車に乗った則子の晴れやかな登場とともに、少女時代の秋子夫人の空色の靴下留めが想起され、蒼空の滴りのような環のイメージに連結されて、一篇の悲劇は救済される。……というわけで、作者は決して〝私小説〟を書いているのではない。

そもそも自分の小説家としての生い立ちは、小説よりもはるかに早く、物語作家の目ざめから始まっている、と少年は後に注している。

〈あの苛酷な戦時中に在りながら、いはばプルウストの初期短篇集の題名のやうな「愉しみと日々」の生活を送つて

ゐた〉

それは二度と帰らぬ黄金の日々である。

〈昼も夜も、私は浮遊してゐた。物語を作り出し、それを紙上に綴ることの快楽。私が人生で最初に覚えたのはこの快楽であると云つていい〉（「三島由紀夫作品集6」昭28・11）

作家自身はこの時、透明人間と化して虚構の中に姿を晦ましていた。……自己を空無化し、消去すること、それはおそらく遠い危機の時代から、追いつめられた人間の隠遁術だったにちがいない。

では「彩絵硝子」における少年作家の戦略は？

作者はまず〈おませな少年少女〉を登場させて、夙に〝恋愛小説〟の習作を試みる。彼自身はまだ恋を経験してはいない。しかし彼は作家たるの特権、即ち〝人生の先取り特権〟を行使して、ここに理想の恋愛を、即ち深紅の薔薇の蕾とその刺を、描き出そうとする。

狷之助と則子のなれそめから、ぎごちない出会いの場面、正・反・合にも似た愛と憎しみの交錯……双方必至の切り結びは、まさに終曲「豊饒の海」に到るまで、彼の描くすべての恋人たちの情熱を決定づけるかのようだ。たとえば、こんな具合に。……

〈憎悪だけが二人の絆だ。闘争ともいはれるやうな最も物慣れた人々の間に交はされた型式によつて、かれらの愛が出発したのは、とりもなほさずかれらが内気に過ぎたからだつた。おそろしげに籬かげに身をひそませながら、摘もうと思ふ向うの花を、手ものばせずにみてゐるのだつた。傍目には垣に心をへだてられて憎みあつてゐるのだと思はれるやうな様子をして〉

何と、これは初恋の描写というより、むしろ巧緻をきわめた情熱の秘儀ではなかろうか。とすると、この恋の成行きも、それまでに読みすぎた恋愛心理小説の模作かもしれず（実際、そのころ彼はラディゲの「ドルジェル伯の舞踏会」に夢中になっていた）、作者自身はまだ幼く、現実に何らかの傷を享けたらしくはない。

それがあくまで〈享けえた傷の深さの可能性〉と〈享けまいとして熟練した護身術の可能性〉にすぎないとすれば、……彼は双葉のうちに来たるべき世界との対決を期して、戦闘準備にとりかかったのだ。これこそ三島由紀夫がいつの日か帰着する、悲劇の種火だったにちがいない。

幸せな少年の日々、……何故かそれは〈驚くべき軽薄さと卑俗さが住んでゐる中途半端なもの〉としかみえなかった。だがここに萌した恋の源泉は、ハッピー・エンドを超えて、やがて「盗賊」から「豊饒の海」にいたる情熱の系譜に流入し、一様に周囲の大人たちの運命を巻き込みながら、悲劇へと高潮してゆく、いわばその原型なのだった。

それはただならぬ予感である。私たちは、その火勢の進行とともに、いずれ轟然と陥ちゆく大伽藍を見守ることになる筈だ。

「彩絵硝子」において、何より際立っているのは〝文体〟に対する特段の思い入れであろう。作者は各人物を際立たせ、その性格を描き分けるために、様々な文体の手習いを試みる。それも、前衛的な実験小説に似せて、たとえば作品の途中に、こんな奇妙なコメントを挟みながら。……

《この物語の三つの「化」を冠とする同時に起つた三場面から次の年の第二の場面に至るまでの空白を作者は三人の主人公の断片的な手記を以て埋めようと考へる。》

（因に、右の文章には読点がない。まるで早口のト書きのようなこのメッセージは、何だか独り合点のようだが、これはきっと各場面に仕掛けた手品の一つにちがいない）

即ち、この物語の三つの「化」とは、各章の冒頭の単語に頭韻を踏ませて、「化粧品売場」「化石」「化粧」とする。かくて現象のすべては別世界に変容するのだ。

そんなわけで、〈第二の場面に至るまでの空白〉は〈三人の主人公の断片的な手記〉として、各々の文体で語られる。それは宗方夫人、狷之介、禎之助による独白となっており、たとえば次の手記は、初老の退役軍人が、目前の若者の恋に競争心を燃やして、切歯扼腕する様子である。

〈かかることを書くのは我ながら心外である。ただ誰にも見せず書留めておきたい気分に駆られて居る。狷之助の若さは予を少しく依怙地にしてゐるが、予の心底としては悉く彼が若さを理解せんと欲した。然し幾何ならずして予はその心底の告白のなかに予が之を以て彼の若さを予の身に還さんとする願ひあるを見た。反り省れば卑しき所少からざる心情であつた。予は敢然として之を捨てた。捨てて以て愛を之に注がんとしたが、いかにせん捨てれば忽ち彼は予が敵に外ならず、彼も予に反感を持てるが如く観じられた。予は最早反省しなかつた。いかんとなればかかる敵視の外貌は、世の頑固親爺輩の所作と頗る酷似し、然も世の教育者儒学者の寧ろ讃美するところあるを知つたからである。伯父の愛や如何。かくて予は、彼が若さの開花まさに頂天に達し恋愛の情も之有るを推測するに至つて、彼に徹底的頑固なる様相を以て臨まんと決心した〉云々。

漢文体で綴られる青春への嫉妬と、若者の恋の妨害を企む老人の胸中は、そのまま少年作家の、まだ見ぬ恋への懸念なのだろうか。当時は若者の恋愛や男女の自由交際などは、一般人の生活感情の中でもやはり禁断の果実だったのである。民主々義や人間開放で、恋愛の自由が謳歌されるまでには、まだ時間があった。

それにしても彼の内部には若年のころから一人の頑固な老人が棲みついていた。しかも老人は、彼にとって何がしかカリカチュアの対象であり、悪戯小僧よろしく、いつも老人を揶揄して憚らなかった。老人こそ、彼の生涯に立ち塞がる最強の敵であることに気づかなかったかのように。だがいずれ抜き差しならぬ対決の日がくる。そのときまでは。……

つまりこの少年は出発当初から、このように人生を予想し、先取りしようとしていた。〈非常に傷つきやすい人間が、「客観性」へ逃避することのできる芸術ジャンルへ走るといふことほど、自然な現象があるだらうか〉（「小説とは何か」）と彼は回顧する。

〈小説家にならうとし、又なつた人間は、人生に対する一種の先取特権を確保したのであり、それは同時に、そのやうな特権の確保が、彼自身の人生にとつて必要不可欠のものだつたといふことを、裏から暗示してゐる。すなはち、彼は、人生をこの種の「客観性」の武装なしには渡ることができないと、はじめに予感した人間なのだ〉

そして断言する。〈客観性の保証とは何か？　それは言葉である〉と。言葉、言葉、言葉、……続々とまず言葉が押し寄せてきたのだった。

死神

このとき少年の胸に去来していたのは、やはり老人の〝死〟の主題ではなかろうか。それは市民生活の平時の営みの間にも、刻々に歩みを進め、背後に忍び寄って、突然、人々を捕えてしまう。

宗方家で一等死に近接しているのは、退役中将禎之助である。この逃れようもない事実が、ふいに家族の頭をよぎる。ひそかな運命の予感が、突如マグネシウムのように香水壜に閃いた。回春のため、老人が戯れに求めた香水壜に。……それは、普段は冷たく取り澄ましており、すきとおった石に似て、〈範囲と限界のなか〉で沈黙していた。揺すぶると、眠った女の目のように瞬いて、すぐ素知らぬ顔で静まりかえってしまうのだけれど。……


この頃、少年作家の祖父はまだ健在だった。けれど死は遠からず訪れる筈だ。「彩絵硝子」執筆の前年に、祖母が病没。そして二年後には、相次いで祖父も亡くなるのである。

読者はここに、当時の祖父の面影を、その傍らにいる少年の物思いを、想像することができるだろう。つまりこの作品は、ちょうど彼の祖父と祖母の死の中間に挟まれている。それは少年が初めて体験した肉親の死であり、三島文学の死の主題の最初の現れだったかもしれない。

禎之助は若さをもてあまし、終日自転車や馬にのって駆けずりまわっていた。が、彼の将来は当然、禎之助に帰着する。たとえ豪気な退役軍人であれ楽天家であれ剽軽者であれ、人は死神をやりすごすことはできない。

死の予感は、ずっと幼い頃から少年の奥処に犇めいており、次第に切実な課題として浮上した。彼はそこで、これを不思議なパズルのように、イメージ変換する。狷之助の（紙片への走り書き）のなかで〝生〟と〝死〟は唐突に交錯するのだ。

〈ときどき羽根は生きてゐる。ある朝僕は古本屋へ行つた。朝日のなかに羽根ばたきがおきわすれられてあつた。光線の加減でそれのなかの一本が虹色に近い、藍、茶、みえない黄、鼠、沈んだ赤……さうした油つぽい色にみえてゐた。僕が手をふれるとそれは温かくつて脈を打つた。正に怪談だつた。僕はふとそんな羽根は則子に似合ひはしまいかと考へた。彼女は怪談のやうな少女だ。彼の女をいろんな面からみるたびにあの羽根毛のやうに色が変つた。その色の一つが死に近いときであつても彼女にとつてはそれは生の色なのだ。何にまれ生の予感は死のそれよりも美しくかがやかしい。彼女をみるときいつも僕は、彼女の気持の反映で、自分のなかにうごめいてゐる死の幻影を、生の幻影だと自分にみせかけることが出来た〉

「彩絵硝子」の奇態なヴィジョン。……少年は現実の向うに、いつも別世界を幻視する。

だからこの物語は決しておきまりのボーイ・ミーツ・ガールではなく、里見則子も、単に隣近所の知り合いの少女ではない。怪物——つまり何かただならぬ力を帯びた夢幻的な存在だ。こんなに穴の開くほど凝視められた少女は、確かに怪物になるほかはあるまい。だがこのとき、則子は恐怖と不安を醸しだす黒い魔女としてではなく、融和と祝福をもたらす妖精《フェアリー》のように現れる。まるでセロファンの花のように。

……

これこそ少年の詩心の勝利だった。彼の女性に対する讃仰は根源的なものであり、その恩寵からは遥かな歓喜とあこがれが涌出してやまなかった。

しかし身辺にはしだいに世界戦争の気配が立ちこめ、国難の嵐は吹き荒れ、市民の安息は脅かされつつあった。このとき少年は、どう立ち向かったか。彼は〝言葉〟の城郭に閉じ籠もるほかはない。

女神の訪れ

そんなわけで、老中将とは逆に、秋子夫人の側は、限りなく若者の理解者であるらしい。初恋を打ち明けられて、夫人は次のように呟く。

〈そのはなしをきいてわたしはおどろいて了つた。（中略）それにしてもこのごろ狷之助の外出がひんぱんになり様子がそは〳〵してゐるにつけて咎め立てなんぞしなかつたのはほんたうによかつたと思ひ合はせられる。狷之助は僕はあのひとが好きなのですと、わたしに向つて告白してくれたのだ。おそらくたすけが欲しかつたにちがひない。わたしはそのときまるで赤んぼから一ト息で大人になつて了つた人をみるやうな目付であの子をみつめ、それに、よくやつてくれたといふやうな胸のすいた心になつた。こんなことでは親の代りは

つとまるまい。つとめなければ……と思つたけれども、それを云はれた以上、につちもさつちも行かなくなつてしまつた〉

作者はこうしてそれぞれの登場人物を描き分ける。伯父の文体、伯母の文体、そして思春期の少年の文体。……彼は、かくて文体を縦横に駆使しうる特殊技能を磨くのだ。初心らしからぬソフィスティケーションが生れるのは無理からぬことである。

自作解説によれば「彩絵硝子」は、〈新感覚派、ポオル・モオラン、堀辰雄、ラディゲの『ドニイズ』など〉（「自己改造の試み」）の文体を借りたものである。

小説における〝文体〟の意識化。それは第一に言葉によって自他を峻別することであり、このとき作者は〝自己表現〟よりも〝自己認識〟を、一層深化させる。〝書く人〟と〝書かれる人〟とを、きっぱりと分離させ、自己の客体化をさらに推し進めて。

後年、エッセイ「自己改造の試み――重い文体と鴎外への傾倒」（昭31・8『文学界』）では、お気に入りの文豪たちからどのように〝文体〟を借用し、これを成長の糧としたか、について独自の工房を公開した。すなわち作家生活十五年を経て、三十一歳になった彼は自ら顧みて、変遷する文体の一覧表を造り、(1)「彩絵硝子」から(9)「金閣寺」まで、アルバムを繰るように、それぞれ特徴的な文体を掲げてみせたのである。

そもそも三島由紀夫がそんなにも他人の文体にお手本を求めたのは何故だろう。

〈模倣性の強い私は、人がいいネクタイをしてゐると、すぐそれと同じやつを欲しくなるやうに、いい小説を読むとすぐ真似してみたくなつて、いろいろと猿真似を演じたが、〉（「十八歳と三十四歳の肖像画」）というわけで、それはさらに日本古典、日夏耿之介、ヨーロッパ頽唐派文学の翻訳、森鷗外、スタンダール、トオマス・マン等々、実に多彩多岐にわたるものだった。……とはいえ、それは才気にまかせて世界の文豪に扮してみただけのこと、〈やっぱりそれも「私の」作品で、とにかく人間は他人になり切れるものではない〉のではあるが。

かくて文体こそ、彼の未曾有な生活の探究と創造にかかわるものであり、刻々に進化する世界把握の試みとなった。それは無限の領土拡大を目指しながら、当然、彼自身の成長や成熟と合い携えていたのである。

〈……日本古典は私の感受性をとことんまで是認してゐるやうに見えたので、私は一時それに全く溺れた。戦争がをはつても、しばらく私はこの耽溺から醒めなかつた。この耽溺が私に強ひた文体が、まさに戦争から現実から完全に遮断してくれたといふ恩恵を、忘れかねたのが真相であらう。かく

て戦争の記憶は、文学的には、私にとつて全く美的なものである〉(同)

つまり彼のハイティーン時代は、いよいよ〈戦争から現実から〉身を潜めるべく美の深海に耽溺してゆくのであり、文体は、まさに潜航艇にほかならなかった。

こうして「彩絵硝子」は、次なる「花ざかりの森」の作品群を準備したのである。すなわち「彩絵硝子」発表の翌年、昭和十六年末の日米開戦から、戦況は次第に悪化し、国が急坂を転げ落ちてゆく、彼はその歴史的状況の渦中にあった。

〈私一人の生死が占ひがたいばかりか、日本の明日の運命が占ひがたいその一時期は、自分一個の終末観と、時代と社会全部の終末観とが、完全に適合一致した、稀に見る時代であつたと云へる〉(「私の遍歴時代」)

ここに、彼は不敵な処世術を編み出した。

〈少年期と青年期の堺のナルシシズムは、自分のために何をでも利用する。世界の破滅をでも利用する。鏡は大きければ大きいほどいい。二十歳の私は、自分を何とでも夢想することができた。薄命の天才とも。日本の美的伝統の最後の若者とも。デカダン中のデカダン、頽唐期の最後の皇帝とも。それから美の特攻隊とも。……〉(同)

避けがたい運命が切迫すればするほど、ゆくところ可ならざるはない少年の自在な冒険は、もっぱら言葉の、そして文体の効能にほかならなかった。時を経るにつれ、理論武装は一層精度を高めたのである。

やがて空前の作家宣言。……これまさに戦時の遺産である。

〈多くの作家が、それぞれ彼自身の「若き日の芸術家の肖像」を書いた。私がこの小説を書かうとしたのは、その反対の欲求からである。この小説では、「書く人」としての私が完全に捨象される。作家は作中に登場しない。しかしここに書かれたやうな生活は、芸術の支柱がなかつたら、またたくひまに崩壊する性質のものである。従つてこの小説の中の凡てが事実にもとづいてゐるとしても、芸術家としての生活が書かれてゐない以上、すべては完全な仮構であり、存在しえないものである。私は完全な告白のフィクションを創らうと考へた〉(昭24・7「『仮面の告白』ノート」書き下ろし長篇小説月報5・河出書房)

それはまだ誰も知らない、新種族の誕生となるはずだ。告白のフィクション！　それこそ透明人間の不在証明なのであり、その実態こそ文体にほかならない。

それかあらぬか、三島由紀夫の十代に書かれた夥しい作品群のなかで、正真正銘、彼の〝自叙伝〟に類するものは、数えるほどしかないのである。

たとえば、その一篇は「平岡公威自伝」であり、もう一篇は「扮装狂」であろう。

「平岡公威自伝」は末尾に「—19・2・28—」と記されているが、何故か全文が文語体で書かれている。「文二乙平岡公威」の署名があるので、学校の提出作文とわかるが、国語の教室の出題だったのだろうか。

〝力士の裸体は公式の衣裳である〟などといわれる。これに倣うかのように、執筆者は文語体の鎧に身を固め、生身は二重に守られて、「自伝」は洒脱な面白い効果を生んだ。

〈我幼きころは友どちとては童女のみ、怪我させまじとの祖母上が心遣りなりし。生れ落ちてより五十日の後、我は事実上祖母上が子となりたり。祖母上はやさしき内にも躾きびしく、世の常の祖母《おばあ》さん子となさざらんとて経営《けいめい》怠りなかりしを、如何せん、このころより宿痾となりし神経痛出で来たり、何事も思ふに任せず、床にふしがちの身となりぬ。棟をへだてし父母上とは離《か》れがちの、友は女児、祖母上は病、大人しきが内にも大人しき子となりまさりて、婢相手にくらす日も多ければ、事々に青筋を立て、あるは些細のうれしき事に逢ひても、昂《たかぶ》りを収めえざる奇矯なる性格を帯ぶるに到りぬ〉(「平岡公威自伝」)

また「扮装狂」の生原稿は二百字詰原稿用紙三十三枚。「二段」と組版の指定がなされ、署名は三島由紀夫、回覧学芸冊子『曼荼羅』創刊号(昭19・10)に掲載の予定であったが、予算上の理由で(?)印刷されなかったという。

〈僕はキラキラした安つぽい挑発的な儚い華奢なものをすべて愛した。サーカスの人々をみて僕は独言した。「ああいふ人たちは」と僕は思つた。「音楽のやうに果敢で自分の命を塵芥かなぞのやうに思ひ、浪費と放蕩の影に面窶れし、粗暴な美しさに満ちた短い会話を交はし、口論に頬を紅潮させながらすぐさま手は兇器に触れ、平気で命をやりとりするであらう。彼らは浪漫的な放埒な恋愛をし、多くの女を失意に泣かせ、竟には必ずや、路上に横たはつて死ぬであらう」と〉(「扮装狂」)

昭和十九年八月一日、ちょうど敗戦一年前に擱筆された右の文章も、また遠からず「仮面の告白」に発展するはずだ。扮装欲にとらわれて狂喜する子供。……怪力と超能力。……子供はよく、もののけに襲われて必死に遁げる夢をみる。もしか扮装すれば、群衆にまぎれて敵の目を晦まし、死神から姿を隠すこともできるかもしれない。

文体と扮装と。……二作品とも、それぞれ少年の編み出した、人知れぬ呪術だったにちがいない。

三島由紀夫は、自決を前にして、東文彦の遺作集にこんな序文を贈った。

〈あの戦争についての書物は沢山書かれてゐるが、證人は次第に減り、しかも特異な体験だけが耳目に触れるから、今の若い人たちは、戦争中の生活について、暗い固定的な観念の虜になりがちである。そこにも平凡な人間の生活があり、日常性があり、静けさがあり、夢さへあつたといふことは忘れられがちである〉(「東文彦作品集序」)

(文芸評論家)

特集　三島由紀夫と昭和十年代

蓮田善明「詩と批評」について

井上隆史

三島由紀夫の文学的母胎として「文芸文化」の重要性、なかでも蓮田善明の存在の大きさは改めて言うまでもないことである。特に蓮田の『古今和歌集』論である「詩と批評」が三島の「古今和歌集」観に与えた影響については、既に松本徹が詳細に考察している[1]。本稿はその松本論への一種の補注として、「詩と批評」に関する若干の考察を行うものである。

＊

まず、「詩と批評」に関する書誌的事項を確認しよう。

初出は「文芸文化」（昭14・11〜15・1）に、「古今和歌集について」という副題を付して上・中・下として三回にわたり連載されたもので、初回の「文芸文化」通巻十七号は『古今和歌集』の特集号だった。『古今和歌集』に関しては、これ以前にも通巻七号（昭14・1）に西下経一「古今集の抒情性」、十二号（昭14・6）に清水文雄「古今集の花の歌」が掲載されているが、十七号には蓮田のほかに中河与一「子規に於ける古今集」と岡野直七郎「古今和歌集と現歌壇」が、これに間に合わなかったものか次の十八号には保田与重郎の「古今和歌集に関連して」が掲載された。蓮田の場合は原稿が間に合わなかったわけではなく、Sの署名（清水文雄であろう）のある「文芸文化」十七号の「後記」から推すと、七十枚の完成稿として用意されたものを、紙幅の都合で一〜四節、五〜六節、七〜九節の三回に分けたものである。

その後、文芸文化叢書の第十巻として刊行された『預言と回想』（子文書房、昭16・1）の巻頭に収録されたが、その際、副題を削除、冒頭に仮名序の全文が挿入されるとともに、全篇にわたって少なからず加筆訂正が施され、漢数字によって九節に分かれていたそのすべてに、新たに見出しが加えられた。ただし、論旨それ自体に変更はなく『古今和歌集』からの引歌も同じである。『預言と回想』版によって『古今和歌集』からの引歌を一覧すると表のようである（便宜のために国歌大観番号を付した。歌数のうち複数回引かれているものに＊を付し、三島の『日本文学小史』に引かれているものは丸数字とした）[2]。

節（見出し）	歌	歌（通し番号）	歌数
一　「しる」	1 年のうちに春はきにけりひととせを去年とやいはむ今年とやいはむ（巻一・春歌上）	1	1
	2 袖ひぢてむすびし水のこほれるを春たつけふの風やとくらむ（巻一・春歌上）	2	2
二　好悪	4 雪のうちに春は来にけり鶯のこほれる涙いまやとくらむ（巻一・春歌上）	3	③
	557 おろかなる涙ぞ袖に玉はなす我はせきあへずたぎつ瀬なれば（巻十二・恋歌二）	4	4
	567 君こふる涙のとこにみちぬれば身をつくしとぞ我はなりぬる（巻十二・恋歌二）	5	5
	469 郭公なくやさつきのあやめ草あやめも知らぬこひもするかな（巻十一・恋歌一）	6	6
	478 春日野の雪まをわけておひいでくる草のはつかにみえし君はも（巻十一・恋歌一）	7	⑦
	484 夕暮は雲のはたてに物ぞ思ふあまつ空なる人をこふとて（巻十一・恋歌一）	8	8
	504 我恋は人しるらめやしきたへの枕のみこそしらばしるらめ（巻十一・恋歌一）	9	9
	172 昨日こそ早苗とりしかいつのまに稲葉そよぎて秋風の吹く（巻四・秋歌上）	10	10
	548 あきの田の穂の上をてらすいなづまのひかりの間にも我やわするる（巻十一・恋歌一）	11	11
	586 秋風にかきなすことのこゑにさへはかなく人のこひしかるらん（巻十二・恋歌二）	12	12
	84 久方の光のどけき春の日にしづ心なく花のちるらむ（巻二・春歌下）	13	13
	169 秋きぬと目にはさやかに見えねども風の音にぞおどろかれぬる（巻四・秋歌上）	14	14
	747 月やあらぬ春や昔の春ならぬ我身ひとつはもとの身にして（巻十五・恋歌五）	15	15
	9 霞立ち木のめも春の雪ふれば花なきさとも花ぞちりける（巻一・春歌上）	16	⑯
三　雅と変貌	6 春たてば花とや見らむ白雪のかゝれる枝にうぐひすのなく（巻一・春歌上）	17	17
	9 霞たち木の芽もはるの雪ふれば花なき里も花ぞちりける（巻一・春歌上）	18	*16
	32 折つれば袖こそ匂へ梅の花ありとやここに鶯のなく（巻一・春歌上）	19	18

	184 木の間よりもりくる月の影みれば心づくしの秋は来にけり（巻四・秋歌上）	20	19
	283 龍田川もみぢみだれてながるめり渡らば錦中やたえなむ（巻五・秋歌下）	21	20
	294 千はやぶる神世もきかず龍田川から紅に水くくるとは（巻五・秋歌下）	22	21
	560 我こひはみ山がくれの草なれやしげさまされどしる人のなき（巻十二・恋歌二）	23	22
	591 冬川のうへはこほれる我なれやしたに流れてこひわたるらん（巻十二・恋歌二）	24	23
	522 行水にかずかくよりもはかなきはおもはぬ人をおもふなりけり（巻十一・恋歌一）	25	24
	617 つれ〴〵のながめにまさる涙河そでのみぬれてあふよしもなし（巻十三・恋歌三）	26	25
四　紀貫之			
五　批評家の智			
六　色好みと花			
七　恋のみだれのはてに	635 秋の夜も名のみなりけり逢ふといへばことぞともなく明けぬるものを（巻十三・恋歌三）	27	26
	644 ねぬる夜の夢をはかなみまどろめばいやはかなにもなりまさるかな（巻十三・恋歌三）	28	27
	559 すみの江の岸に寄る波夜さへや夢の通ひ路人目よくらむ（巻十二・恋歌二）	29	28
	617 つれづれのながめにまさる涙河そでのみぬれてあふよしもなし（巻十三・恋歌三）	30	＊25
	718 忘れなむと思ふ心のつくからに有りしよりけにまづぞ恋しき（巻十四・恋歌四）	31	29
	469 郭公なくやさ月のあやめ草あやめもしらぬ恋もするかな（巻十一・恋歌一）	32	＊6
	586 秋風にかきなすことの声にさへはかなく人の恋しかるらん（巻十二・恋歌二）	33	＊12
	565 川の瀬になびく玉藻のみがくれて人にしられぬ恋もするかな（巻十二・恋歌二）	34	30
	1066 梅の花さきてののちのみなればやすきものとのみ人のいふらん（巻十九・雑躰）	35	31

	571 恋しきにわびて玉しひまどひなばむなしきからのなにやのこらん（巻十二・恋歌二）	36	32
	502 あはれてふことだになくばなにをかは恋のみだれのつがねをにせん（巻十一・恋歌一）	37	33
	939 あはれてふことこそうたて世の中を思ひはなれぬほだしなりけれ（巻十八・雑歌下）	38	34
	475 世の中はかくこそありけれ吹く風の目に見ぬ人もこひしかりけり（巻十一・恋歌一）	39	35
	602 月影に我身をかふるものならばつれなき人もあはれとや見ん（巻十二・恋歌二）	40	36
八　かけて	469 郭公なくやさつきのあやめ草あやめもしらぬ恋もするかな（巻十一・恋歌一）	41	＊6
	579 さ月山こずゑを高み時鳥なく音そらなる恋もするかな（巻十二・恋歌二）	42	37
	315 山里は冬ぞさびしさまさりける人目も草もかれぬと思へば（巻六・冬歌）	43	38
	113 花の色はうつりにけりな徒にわが身世にふるながめせしまに（巻二・春歌下）	44	39
	283 龍田川もみぢみだれてながるめりわたらば錦中やたえなむ（巻五・秋歌下）	45	＊20
	2 袖ひぢてむすびし水のこほれるを春たつけふの風やとくらん（巻一・春歌上）	46	＊2
	6 春たてば花とや見らむ白雪のかゝれる枝にうぐひすのなく（巻一・春歌上）	47	＊17
	9 霞たちこのめも春の雪ふれば花なき里も花ぞちりける（巻一・春歌上）	48	＊16
	330 冬ながらそらより花のちりくるは雲のあなたは春にやあるらん（巻六・冬歌）	49	40
	331 冬ごもり思かけぬを木のまより花とみるまで雪ぞふりける（巻六・冬歌）	50	41
	332 あさぼらけ在明の月とみるまでに吉野の里にふれる白雪（巻六・冬歌）	51	42
	469 郭公なくやさ月のあやめ草あやめも知らぬ恋もするかな（巻十一・恋歌一）	52	＊6
	586 秋風にかきなすことの声にさへはかなく人の恋しかるらん（巻十二・恋歌二）	53	＊12
九　かざる			

次に、執筆時の蓮田の状況を見ておく。その経緯については小高根二郎『蓮田善明とその死』[3]や、同書の内容を幾つか改訂した小高根編『蓮田善明全集』[4]所載「解説・年譜」に詳しい。それによれば、昭和十四年四月（当時三十四歳）、門司港を出て中支戦線に向かった蓮田は、六月から湖南省洞庭湖東部の晏家大山の守備についたが、着任早々、赤痢を疑われる病に罹患した。「山上記」と題された蓮田の陣中日記の一節を引用しよう。

六月十一日

昨日より山上。哨線を見廻りて、この一週間の警備の間に為すことは、この草山の草を描くことだと思ふ。腸やはり快くなりきらぬ。血便なり。しかし元気出て身かるし。

昨夜二中隊方面に敵襲。今朝来、敵はこの山への攻勢の体勢をとつてきて、いろいろさかんに射ち込む。今夜この山はうんと射たれよう。山上に仰臥して空を見る。腸いたし。何度も下すうち粘液性血便なることを見定めたり。古今集恋二をよむ、備ふべき方法外も内も定まりたれば、暑日の下に天幕はりて仰臥す。腸いたし。かんかん照る岩山に排泄して、火のやうな石をのせてきた。首すぢ夜も昼もねてゐると汗ながる。暑い日中は鳥も余りなかぬ。

秋風にかきなすことのこゑにさへ
　はかなく人のこひしかるらん　たゞみね

この歌絶唱とすべし。声なき鳶のみ空をすべる。声なきも、人の声もて語らざるも、これ千載の彼方のかしこき人の知るといふことほど高邁な智があらうか。詩なり。智とはかゝるものなり。もし明日（明日といふことはいかなる時もよし）死なば、我が妻を娶りてより満十一年目の日に於てなり。この日に永遠を誓ふもよきかな。人のちぎり、ちかひを永遠ならぬもの、といふ凡俗思想の滓よ！　かぎり得ぬちかひとする時、われらそのかぎり得ぬものを通じて永遠をつかみ生きるなり。われ、妻と二子とが書き寄せし手紙を、ひしと持ち来り居れり。（幼き末子は字書けねば、彼が見まねて形なさぬものを点々と書きてわれに送るといふ）[5]。

「詩と批評」には病のことも妻子への思いも、まったく記されていないが、「秋風に……」の歌は同論中に三度も引かれている（表参照）。右の「山上記」の記述に、「詩と批評」の表面からは消し去られた蓮田の古今集観の原点を読み取ることが出来るだろう。なお、『古今和歌集』のテキストは清水文雄が戦地に送ったもの、また「詩と批評」末尾には「昭和十四、六月―七月」という執筆時期記載があるが、実際に集中して執筆したのは六月中、下旬の二週間程だったようである。

その後同年九月、蓮田は長沙に向けて進撃中、福臨舗にて銃撃を受け負傷する。これについて、「文芸文化」通巻十八号（昭14・12）の「後記」には、やはりSの署名で「同人の蓮田善明が中支戦線で名誉の負傷を負つたが、野戦病院で加療中のところこの程全快、再び原隊に戻つて活動してゐるとの報告があつた」とある。帰還は翌十五年十二月で、奥付によれば翌十六年一月九日に『預言と回想』が刊行された。

＊

次に、「文芸文化」で『古今和歌集』が特集され「詩と批評」が書かれた昭和十年代において、一般に『古今和歌集』はどのように受け止められていたのかという点について触れておきたい。「貫之は下手な歌よみにて古今集はくだらぬ集に有之候」⑥という正岡子規の挑発的な言い方によって『古今和歌集』⑦の価値が貶められ、その呪縛は大岡信の紀貫之論の前後まで続いたというのが通常の理解だが、その流れの中で見たとき、蓮田の論はいかなる場所に位置づけられるのだろうか。

右の通説は、事実に照らして誤りではない。しかし、明治期以降にも『古今和歌集』研究が途絶えたということはなく、その具体的状況については『増補　国語国文学研究史大成7　古今集　新古今集』⑧に詳しく記されている。中でも重要なのは、窪田空穂の『古今和歌集評釈』上下二巻⑨の刊行である。

その「後記」は、当時の『古今和歌集』の受け止められ方を知る上で格好の資料である。長くなるが、新訂版に再録された文章から引用しよう。

後記として、筆者がこの評釈をしようと思い立った動機、また評釈をするについて執った態度など、本書の読者に関係のあることのいささかを書き添えることとする。これは本来は、最初に断るべきものであり、またそうも思ったのであるが、「古今和歌集評釈」という本書の題名は、十分にその内容を語りつくしているもので、その要はなかろうと思って、わざとさしひかえたのであった。しかし筆者の友人の一人で、古今和歌集の評釈など、いまさらする必要があるだろうかと怪しんでいる者のあることを知り、筆者は忘れていた事を注意されたような気がして、これはやはり断らなくてはならない事であったと感じたのである。それだと後記とするのは如何であるが、便宜上、そうした形をもって書き添えることとする。

（中略）

この怪しみは、一応はもっともである。それは第一には、古今和歌集の歌は、これを読もうとするほどの人であるかぎり、読めば直ちにわかるもののような気がする。事実、正月の遊戯の料とする百人一首のかるたの歌よりも、はるかにわかりやすいものであるので、そういう気のするのはもっともである。第二には、古今和歌集ほど注釈書の多い本は、わが古典の中にはなく、その注釈書はそれ自体の歴史ができるほどである。その中の代表的なものだけを拾っても、平安朝時代以後、永い期間にわたっての注釈を、粗いながらに総合した北村季吟の「八代集抄」がある。古来の伝統を打破していわゆる自由討究の道を拓いた、画期的な名著である、釈契沖の「古今余材抄」がある。古学の開拓者で、同時に歌人であった賀茂真淵の「古今和歌集打聴」がある。古今和歌集を直接に味わせようとして、その当時としては思いきった試みをした、本居宣長の「古今和歌集遠鏡」がある。自身の新しい歌風の規範をそこに置き、その独自の歌論の裏書きたらしめようとして、生涯の力を込めて著した、香川景樹の「古今和歌集正義」がある。以上は江戸時代のもので、明治時代以後は比較的に少ないが、現在には金子元臣氏の「古今和歌集評釈」があって、古今和歌集の評釈はこの書に尽きているかのように、広く一般から思われている。この外にも、古今和歌集の講義にして、逸すべからざる名を持っているものが何種かある。古今和歌集を読んで解しがたい歌があったならば、これらの注釈を読めば、疑義は十分に解けるだろうとは、恐らくだれでも思うことであろう。第一に、筆者自身そう思って、信頼して疑わずにいたのである。友人の怪しみをもっともだとしたのは、そう思って過ぎた永い間のことを思出したがためである。

「時」は悲しくも、筆者のこの信頼を裏切って、そこに大動揺を来たさしめた。筆者がこれらの注釈書を信頼していたのは、古今和歌集を興味の対象とし、または作歌の参考書として読んでいた時であった。そうした観点から古今和歌集を読んでいた時には、これらの注釈書は、何の疑いも挾ませなかった。それは古今和歌集に求めるところに限度があり、その延長として、注釈書にも、同じくそれがあったためである。しかるに、「時」は、観点を変えさせて、わが和歌史の上で、最も重要なる席を占めている古今和歌集とは、一体どういうものであろう。また最も尊重すべき平安朝時代の文学の基礎をなしている古今和歌集とは何物であろう。その本質、特色を認識したいという観点から、改めて古今和歌集を読みなおそうとし、また、古典を読む場合の当然の方法として、それらの注釈書を取り出して通覧すると、驚くべきことには、権威視されて来た多くの注釈書は、にわかに面目を変えて、この新たなる要求に応えるところの案外にも少ないものであることを発見したのである。

ありようは、筆者は、上記の前代の注釈者に対しては、その道にあっては神にも近い人たちであると信頼して来た。その応えるところの少ないのを見ても、責めをそれらの人たちに帰そうとは思わず、筆者の無学なるがゆえの誤りだと信じて、謙虚な心をもって、それらの注釈書を通覧し終った。しかし最後に得たところのものは、古今和歌集の注釈書は従来のものだけでは足りない。新たなるものを積みかさねなくてはならない。それは現代の責任である。このままにして置くという事は、まさしく怠慢である、という事であった。[10]（以下略）

状況は右の引用でほぼ説明尽くされていると言えよう。そして、ブームとまでは言い切れないかもしれないが、昭和十年代前半は、窪田の『古今和歌集評釈』の影響を受けて多くの『古今和歌集』論が書かれることになる。「文芸文化」における一連の「古今和歌集」論も、この流れに沿ったものなのである。[11]

＊

ただし、蓮田の語る『古今和歌集』観と、窪田のそれとの隔たりは決して小さくない。窪田は『古今和歌集評釈』の巻頭に収められた「古今和歌集概説」において、同集の特徴を第一に人事と自然の渾融、第二に事象を時の推移の上に浮べて大観する傾向、第三に理知的なことと整理したが、その根本にあるのは享楽、耽美の精神で、『古今和歌集』はその精神の現われに他ならないと述べた。

それは確かにその通りで、蓮田論もこれを否定するものとは言えない。だが、蓮田はこういう角度から『古今和歌集』に向き合っているのではない。蓮田が『古今和歌集』の歌と歌人について考えたことの要諦は、「詩と批評」の次の部分によく示されている。

私が茲に古今和歌集のことを言ふのも、古今和歌集を再認識すべしなどといふのではなく、私は唯古今集と相語ることに昂奮を感ずるからである。これには、文学の中に知性がはたらいてゐるといふ程度の「知性の文学」ではなく、文学自らが、世界を支配し創造する高邁な「智」をうちたててゐるのである。[12]

彼らがとらへた素材もまことに狭く、（直ちに月並になってしまふやうな）その心情も奔放でなかつたが、友人清水文雄が言ふやうに彼らは、寧ろ、さくらや梅といふ代りに唯「花」といふ世界をこの世にまでうちたてた。彼らのうちたてた風雅の秩序は遂に此の現身《うつしみ》の世界を蔽うて、文化世界への変革をなしとげた。[13]

これは、前掲の「山上記」で述べられたような『古今和歌集』のいわば原体験を、清水文雄や伊東静雄の[14]『古今和歌集』観に沿う形で発展させたものだと言えるだろう。そしてそれをさらに引き継ぐ形で、後年三島の『古今和歌集』論が書かれることになるのである。

（白百合女子大学）

注1　松本徹「古今和歌集の絆―蓮田善明と三島由紀夫」（前田妙子編『日本文芸の形象』和泉書院、昭62・5）→松本徹『奇蹟への回路―小林秀雄・坂口安吾・三島由紀夫』（勉誠社、平6・10）。

2　複数回引かれている和歌で表記の異なるものがあるが、いずれも原文通り。

3　小高根二郎「果樹園」（昭34・8～35・9、40・5～43・11）→『新版　蓮田善明とその死』（島津書房、昭54・8）。

4　『蓮田善明全集』（島津書房、平1・4）。

5　前掲『蓮田善明全集』七七六頁。

6　「再び歌よみに与ふる書」（「日本附録週報」明31・2・14）→『子規全集7』（講談社、昭50・7）二三頁。

7　大岡信『紀貫之』（筑摩書房、昭46・9）。

8　西方経一・實方清編『増補　国語国文学研究史大成7　古今集　新古今集』（三省堂、昭52・11）。

9　窪田空穂『古今和歌集評釈』（東京堂、上巻昭10・12、下巻昭12・12）。

10　窪田空穂『新訂版　古今和歌集評釈　下』（東京堂出版、昭35・6）三一九～三二一頁。

11　これに先立つものでは、伊東静雄が「呂」（昭7・12）に掲載された「談話のかはりに（二）」において、「素朴といふものが、人間の一度は離れねばならぬ故郷である以上、古今集のあの定型的な譬喩や序詞や、枕詞などをも一度勉強し直す歌人の、明治以来少かつたことは、いかにも残念である」（『増補改訂　伊東静雄全集』人文書院、昭41・8、二二二頁）と述べていることが注目される。

12　前掲『蓮田善明全集』八九頁。ただし、「これには、文学の中に……」以下は「文芸文化」の初出にはなく、『預言と回想』収録時に挿入されたものである。

13　前掲『蓮田善明全集』一〇一頁。

14　清水文雄は前掲「古今集の花の歌」で、「花」という言葉について、「この『花』は『梅の花』でも『桜の花』でもいゝのである。さういふ特殊相を捨象した、何かかう至高至美の或るものがここで『花』と呼ばれてゐるのだ」と述べている。伊東静雄に関しては注11参照。

特集　三島由紀夫と昭和十年代

三島由紀夫の〝佐藤春夫時代〟

——幻の出版『贋ドン・ファン記』をめぐって——

山中剛史

1　「文芸文化」以後の空白

三島由紀夫は「私の遍歴時代」（昭38・1〜5）において、日本浪曼派とのつながりとして次のように書いている。

私は日本浪曼派の周辺にゐたことはたしかで、当時二本の糸が、私を浪曼派につないでゐた。一本の糸は、学習院の恩師、清水文雄先生であり、もう一本の糸は、詩人の林富士馬氏であつた。

清水の名が示すのは、学習院から「文芸文化」にいたる流れであり、その延長線上には蓮田善明がある。三島は学習院ではラディゲに傾倒しながら心理小説を試みていたものの、清水との繋がりのなかでやがて古典文学の世界に入れ込んでいき、その成果は『花ざかりの森』（七丈書院、昭19・10）として結実する。他方、林の名が象徴しているのは三島の詩作であり、また林を中心とする文学的交際ともいえる。具体的には、林富士馬、麻生良方らとの同人誌活動であるのだが、その延長線上には佐藤春夫との接触があった。

昭和十八年から戦後にかけて三島が佐藤春夫と交流していたことは、例えば「文芸文化」の蓮田善明などに比べてあまり言及されることがない[1]。後に見るように、佐藤に文芸誌掲載を推薦してもらったり、戦後、短篇集『贋ドン・ファン記』出版にあたって序文を書いてもらったりというエピソードは、今までほとんど注目されてこなかった。とはいっても、後年三島が自らその血縁的ともいうべき影響を語る蓮田と、終戦前後の一時期につながりがありつつもその後距離を置いて接触もなかった佐藤とを比べること自体がレベルの異なる話であるかもしれない。「私の遍歴時代」でも、語られる日本浪曼派とのつながりというものが、保田與重郎への違和感であり、日本浪曼派としては傍流である「文芸文化」の清水や蓮田ばかりであって、佐藤や、「中世」（「文芸世紀」昭20・2、[20・3焼失]、21・1中絶、「人間」21・12改訂完成稿）を連載した「文芸世紀」の中川與一については、同じく「日本浪曼派」

同人であっても軽く名に触れるだけという扱いになっている。(2)もちろん「私の遍歴時代」での回想が誠実であるとしても、ここでの記述には、既に「林房雄論」（昭38・2）を執筆していた三島が、その時点で改めて己の文学的歩みを整理するにあたって日本浪曼派とのつながりを保田へのそれではないとハッキリさせて自身を語り直しているという側面があるだろう。

三島が「文芸文化」（昭19・8、終刊号）へ発表した「夜の車」（戦後「中世に於ける一殺人常習者の遺せる哲学的日記の抜粋」と改稿改題）について、終戦後、三島は後に師事することになる川端康成宛の書簡（昭21・3・3付）で、次のように語っている。

> 戦争中、私の洗礼《バプティスマ》であつた文芸文化一派の所謂「国学」から、どんなにじたばたして逃げ出したか、今も私はありありと思ひ返すことができます。文芸文化終刊号にのせた奇矯な小説「夜の車」は国学への訣別の書でしたが、それを書いたときは胸のつかえが下りたやうでございました。

ここには、戦後いわば禁忌となった日本浪曼派の周辺に位置する「文芸文化」出身という出自に対する、川端への自己弁明といった響きすら感じさせるものがある。ただしそうであるような一面があったとしても、昭和十九年時点で自身が「文芸文化」の作家であることへの違和感、その〈胸のつかえ〉も嘘であったと一概に断ずるのは早計だろう。井上隆史は、同じく川端宛書簡のこの箇所を引用しながら「夜の車」を論じ、当時の三島が単なる浪曼主義の世界観では救われない境地にいたと指摘する。(3)

「夜の車」ばかりでなく、その後の作品にもこうした傾向は見られ、実際三島は、例えば昭和二十年五月執筆の「菖蒲前」（昭20・10）の創作ノートで「夜の車」を〈文芸文化への訣別宣言〉と記し、明確に「文芸文化」との距離を意識していた。(4)ともすると「文芸文化」が終刊を迎え、その後の『花ざかりの森』刊行によって三島文学における「文芸文化」時代は終わりを告げたようにも見えるのだが、それは終わりというよりは、むしろ「文芸文化」からの卒業といった方が似つかわしいかもしれない。伊東静雄には『花ざかりの森』の序文執筆を断られ、蓮田善明は十八年十一月出征したまま戦後戦地で自決、清水は広島に帰郷してしまう。

改めて説明するまでもなく、三島は川端康成の推挽によって「煙草」を「人間」（昭21・6）に掲載、これが戦後文壇デビューへの足がかりとなり、川端に師事するようになる。川端とは昭和二十年三月に「文藝」編集者野田宇太郎を介して三島が『花ざかりの森』を献呈（昭20・3・7付、三島宛川端書簡）したことで知遇を得る。前に掲げた川端宛書簡は、川端への初訪問（昭21・1・27）を経た後のものであるが、この手紙を見ると、大戦末期に「文芸文化」一派から訣別した三島は、戦後一転して川端に師事、〈ラディゲの文学的出発に戻つて、「盗賊」といふ最初の長篇を書き出し〉（「私の遍歴時代」）て、現代小説をベースに文壇的出発をなしたという流れに見えてきてしまう。だが、どうして「文芸文化」と訣別した結果が川端への師事となったのか。ここには明らかな跳躍がある。三島文学において、「文芸文化」以後から昭和二十一年までの数年間は、勤労動員や終戦で埋められるような空白の期間ではなかった。「文芸文化」を経て「煙草」へといたるこの文学的飛躍が成立するためには、いわば佐藤春夫というジャンピングボードが必要だったように思われる。

評論家で医師の林富士馬氏が、三島少年の才能を発見して春夫に会わせた。文名高まった三島は、川端康成、林房雄両氏と親密となり、春夫邸に出入しなかったのは、あまり出入の多い春夫邸を敬遠したと思われる。三島の性格から、多人数との交流を避けたかったのだろう。[5]

こうした佐藤伝の記述からは、〈出入の多い春夫邸を敬遠〉などといったことでは済まされない三島と佐藤との間の訣別といもいうべき事情は全くうかがうことが出来ない。確かに、三島と佐藤をつないだ糸は林である。佐藤春夫の弟子であり〈「文芸文化」を通じて、はじめて得た外部の文学的友人〉（「私の遍歴時代」）である林とは、伊東の推奨により『花ざかりの森』出版に奔走した富士正晴を介して昭和十八年九月頃に知り合い、書簡のやり取り、三島の『花ざかりの森』出版記念会出席、林らの同人誌への寄稿、また林の第三詩集『千歳の杖』（まほろば発行所、昭19・7）への序文執筆など、大戦末期から終戦直後にかけて私的にも文学的にも交流を深めていた。また林の紹介で三島は佐藤春夫を知り好意を以て迎えられる。だがこうした林との蜜月は長く続かず、川端への師事以後疎遠となっていく。それはまた佐藤との疎遠をも意味していた。

昭和二十年の十一月になると、三島は突然手紙の返事を寄越さなくなり、その後はたまたま会っても「驚くほどつめたく」なった。林はいう。「三島はどんな間柄の友達にも、まず自分から最初にさよならをいう側でした。私をこれ以上利用できなくなった。追い越してしまった。だから私を切り捨てたんでしょう。主たる理由は、三島が『日本浪曼派』から脱け出したかったからなんですよ」。その証明として林が挙げるのは、「佐藤春夫から川端康成への突然の師事の乗り換え」である。[6]

右はジョン・ネイスンが『三島由紀夫―ある評伝』に挿入した林のコメントの一部である。全体として憤慨している調子の林コメントは、筆者ネイスンによるバイアスがかかっているのであろうことを考慮したとしても、他の林の回想文に見えない事情を語って貴重な証言である。果たして林とそして佐藤と三島が疎遠になった理由は、単に三島が日本浪曼派色を払拭したかったからという理由によるものであったのか。先に引用した川端宛書簡における三島の申し開きのような文言が林の証言の裏打ちをしているようにも見えるのだが、むしろここで注目しておきたいのは林の〈佐藤春夫から川端康成への突然の師事の乗り換え〉という発言である。この〈乗り換え〉が意味するものとは、何も戦後文壇へ向けての潔白証明でもなければ、人間関係のことだけを指しているのではなく、終戦直後という時代における三島文学の一つの方向転換をも意味しているように思われるのである。

三島にとって詩人である林や佐藤との疎遠は、まず三島の詩作放棄に由来すると見てよい。〈私の詩は一向物にならなかつた。二十一歳が詩作の最後の年だつた〉（「師弟」昭23・4）、〈私はにせものの詩人であり、物語の書き手であつた〉（「十八歳と三十四歳の肖像画」昭34・5）等々、三島は戦後になってからしばしば己が詩人ではなったと書いている。いみじくも〈詩作の最後の年〉は「煙草」発表の年でもあり、管見によれば、この年こそ三島が佐藤春夫と親しく接触した最後の年でもある。改めて繰り返せば、「文芸文化」からの訣別という助走を経て、詩人春夫の圏域からの訣別こそが、三島の小説家としてのジャンピングボードであったのだといえよう。また詩作からの訣別とは字義通りばかりでなく、即ちそれは贋詩人との自覚でもあった。佐藤春夫的な詩人という作家としてのあり方からの離脱をも意味していよう。

先に触れた「贋ドン・ファン記」は、昭和十九年九月に執筆、戦後に改稿された小説で、作品成立の経緯については麻生良方の自伝的小説『恋と詩を求めて』（根っこ文庫太陽社、昭41・7）に詳しいが、[7] 麻生をモデルとしたある学生の女性遍歴を描きつつ青春の頽廃の中にある純潔さを主題した作品である。従来ほとんど注目されてこなかったこの作品に注目したのは、三島が詩作から離れつつ未だ佐藤とつき合いのあった終戦前後の端境期に、〈ポエジイ・ロマン〉（「跋に代へて（未刊短篇集）」昭21・夏執筆）という詩と小説の融合として構想された作品であり、そこに自ら贋詩人と自覚する契機があったのではないかと思われるからである。詩と小説の架橋とは、贋物の詩人から小説家へといたる「文芸文化」から戦後の川端師事まで終戦前後の期間における三島をも象徴していようが、三島にとって林や佐藤とつき合いのあったいわば〝佐藤春夫時代〟というものがあったとすれば、おそらくそれはこの「贋ドン・ファン記」に色濃く反映しているのではないか。そしてまた、詩から小説へ、詩人というあり方から小説家というあり方へという当時の三島にとってあるべき姿への身の持ち方の転換が、戦後出版を企図されながらも幻に終わった短篇集『贋ドン・ファン記』をめぐる経緯の中に刻印されているのではないか。

以下、こうした問いを念頭に、三島における佐藤春夫という存在を改めて位置づけなおすことで、林のいう〈師事の乗り換え〉という証言が、単に日本浪曼派色の払拭というよりも、三島の戦後デビューということが含み持つ複層的な意味を指し示していることを明らかにしていきたい。

2　佐藤春夫への傾倒

「私の遍歴時代」の中で、三島が林たちとのつき合いについて次のように語る箇所がある。

私がなぜ詩人たちと交際を持ちやすかつたか、といふわけは、私が少年時代に下手な詩を書いてゐて、川路柳虹氏に師事してをり、自分を詩人だと信じ、人も半ばさう信じてゐた自他の誤解乃至錯覚に基づくものらしい。その夢からいかに私がさめたかといふ経験は、「詩を書く少年」といふ短篇小説にこまごまと書いたから、再説を控えやう。

三島がしばしば己が贋の詩人であったと書いたことには既に触れた。それは後に小説として「詩を書く少年」（昭29・8）で描かれることになる。先に、ネイスンの著書での林のコメントが全体的に憤慨している調子になっているとしたが、それは林が「詩を書く少年」を読んで、〈私を含めて、所謂文学青年、あるいは同人雑誌にし続けている我々に対しての決別の言葉という風に読み、受け取っ〉て、大きなショックを受けたからであろう[8]。かつて〈林氏にはます〳〵傾倒〉（富士宛書簡、昭18・10・5付）、〈近頃私、林氏に親炙いたし一つにはお教へをいたゞき一つには何かにつけて御打明けししてをります〉（同10・16付）という三島に対して〈年上の太宰治とのつき合いに痛めつけられていた私は、新しく知り合いになった、この十歳年少の三島君とのつき合いに熱中した〉[9]という林である。「詩を書く少年」ひいては三島の贋詩人宣言によって己の人生を否定されたように感じたとしても無理はない。

元々〈佐藤春夫を慕〉（東宛、昭17・9・1付）っていた東文彦からの影響もあるだろうが、東との書簡を見るとそのあちこちに三島が佐藤を賞賛する文言が見える。当時三島は佐藤についてまとまった文章を書いているわけでもなく、佐藤を慕う東とのやり取りの中だけでの賞賛であるようにも見えるのだが、昭和十八年十月三日、三島は林、富士と共に佐藤宅を訪れ初対面、富士宛書簡に〈大家の内に仰ぐべき心の師はこの方を措いては、と切に思はれました〉（昭18・10・5付）と書いている。年長の紹介者への礼儀としての文言のようにも見えるが、「狐会菊有明」（「まほろば」昭19・3）では〈春夫大人《うし》〉云々とエピグラフを掲げていることも記しておこう。

そして何より決定的だったと思われるのは、昭和十九年六月頃、林、三島、麻生良方で佐藤宅を訪問、〈佐藤さんは、しきりに、三島が、『赤絵』にかいた作品にもふれて、それを、高く評価し〉[10]たというこの訪問であったろう。この時の縁であるのか、麻生良方によれば、〈それから間もなく、林を通じて、三島の作品『贋ドン・ファン記』が、佐藤春夫のすいせんで、当時の、一流の某文芸誌に掲載されることになったという話を聞いた〉[11]という。戦後「新世紀」（昭21・6）に掲載された「贋ドン・ファン記」については後でまた詳述するが、結局佐藤春夫推薦での雑誌掲載にはいたらなかったようだ。また昭和二十年四月七日、横須賀で海軍に任官していた庄野潤三が訪ねてきたのを機に林は三島と大垣国司を呼び、佐藤が東京を離れ疎開する名残の宴として佐藤宅に集まり、それぞれが佐藤に揮毫してもらっている。[12] 三島はすぐさまその一夜のことを三谷信宛書簡（昭20・4・7付）で報告している。

僕は短冊に佐藤氏の殉情詩集のなかにある詩「きぬぎぬ」の一節「みかへりてつくしをみなのいひけるはあづまをとこのうすなさけかな」といふのを書いていたゞき、嬉しうございました。僕は自分でその日の先生を、「春衣やゝくつろげて師も酔ひませる」「澪ごとに載せゆく花のわかれ哉」とうたひました。本当に美しい晩でした。佐藤春夫氏はたしかに第一流の文豪であると思ひます。

この宴については庄野も回想しているが、[13] 三島は佐藤の短冊を勤労動員で高座工廠の寮生活をしていた部屋に掲げ、「岬にての物語」を執筆していた（川端宛昭20・7・18付）。佐藤と三島の接点を少ないながらもこうして見ていくと、両者ともに好意を以て接しており、実際には実現しなかったが、三島は作品を雑誌へ推薦してもらうといったこともあった幸福な出会いだったといえる。

とはいえ、この美談には三島自身も知らなかったであろう裏があった。実は清水文雄が前もって「花ざかりの森」原稿を携えて佐藤を訪問、三島の作家としてのゆく末について相談していたのである。事前にそうした経緯があったのであればこその幸福な出会いだった可能性も否定しきれない。[14] 伊東静雄には『花ざかりの森』序文執筆を断られ、蓮田善明も既に前線にいる。その中で三島は林といわば文学的青春を過ごしながら、佐藤春夫の謦咳に接していた。この時期こそ、「文芸文化」から離れた三島における〝佐藤春夫時代〟ともいうべき季節であったろう。

前に引用したネイスンによる林コメントによれば、昭和二十年冬、〈三島が佐藤に弟子入りを頼み込み、佐藤が承諾した〉という。[15] 佐藤は昭和二十年四月に長野県佐久へ疎開しているので、冬とはおそらく昭和二十年初頭のことであろう。とはいえ、この弟子入りがどの程度のことなのか、他の林の文章でも一切それについて触れたものではないようなので判然とせず、もしそうであったならば兄弟子となるところであろう林にとっては、佐藤に気に入られ相応の振る舞いをした三島に、弟子入り依頼と承諾の姿を見たというだけなのかもしれない。そもそも師事といっても、丁稚奉公さながら書生や筆耕などするようなものから、気に入られて原稿の添削指導や発表の舞台を世話するもの、一宿一飯程度のものまで、師事といってもそこには関係の多様な深浅がある。無論まだ判明していないだけで当時もっと佐藤宅へ通っていた可能性もあるのだが、残された証言や種々の回想文を見る限りでは、三島の場合は清水の訪問や「文芸文化」の人脈も影響したものか、接触は少ないながらも春夫に気に入られ可愛がられたように見受けられる。そうであればこそ、先に佐藤に弟子入りした林が三島を自分と同門であるという仲間意識を持ちながら、終戦後疎遠になったことで先のコメントのような発言になったようにも推測される。

では戦後、三島は佐藤のことをどう見ていたのか。個別の作品に触れることはあっても、三島が佐藤を論じることはあまりなかったが、少ない例外として、「佐藤春夫氏についてのメモ」（昭32・6）という文章がある。このなかで三島は、西欧とは異なる日本の特殊事情を考慮しながら、詩人的人生を〈自分の青春に殉ずるものである。青春の形骸を一生引きずつてゆくものである。詩人的な生き方とは、短命にあれ、長寿にあれ、結局、青春と共に滅びることである〉とし、それとは対照的に小説家的人生を〈自分の青春に殉ぜず、それを克服し、脱却したところからはじまる〉ものだとした上で、その最もイロニカルな対比を芥川龍之介と佐藤春夫の二人に見る。

芥川は小説家である。彼は本来、自分の青春から脱却して生きのびるべきである。それなのに、それを果たさずして芥川は死んだ。佐藤春夫氏は詩人である。氏は自らの青春に殉ずべきである。それにもかかはらず、氏は老来ますます壮健である。この対比は、まことに皮肉で、運命的だつた。

もちろん、三島はこの後に〈浪漫派詩人の苦渋に満ちた成熟の過程、いはば後日譚に心を惹かれる〉と書いて現在の佐藤を否定することはないのだが、詩人は青春に殉ずべきとする佐藤に対する三島のイロニカルな醒めた視線がここにあることは否めまい。小説家でもある佐藤を終始詩人として見て詩人として論じていることも特徴的であるが、その一方で、あたかも「卒塔婆小町」（昭27・1）での詩人の造形に見られるように、恋や青春に殉ずる者こそが詩人であるといった、作品よりもむしろ詩人とはその生き方にこそ価値があるとするような三島のロマンチックな詩人観がうかがえる。この「佐藤春夫氏についてのメモ」自体は、三島が三十を過ぎてからのものだが、こうした詩人と小説家の相容れなさ、両者の作家としてのあり方は全く異なるといった三島の考え方は、実は学習院時代から一貫して抱いていたものである。〈「詩人」の定義で三島と言い争ったことがある。私が龍之介の文学論を楯に、最も純粋な文学者を詩人とよんだのに対し、三島は「小説家」と「詩人」を峻別して譲らなかった〉とは、学習院での先輩坊城俊民の回想である。[16] 同じく麻生良方も、三島宅を訪れた際に同じような経験をしている。

「僕には、どうしても、詩はかけません。君がうらやましいです」

「しかしポエジイのない小説なんて、およそ、退屈でしょう」

「いや、僕は、詩と小説は、その発想において、本質的に違うと思いますよ。詩をころさないと、いい小説はできないんじゃないかな」

「そういうことになれば、僕なんかには、ぜったいに小説は書けないことになるな。こうみえても、野心はあるんだが……」

「でも、『青薔薇』に見えるかぎり、あなたは本質的に詩人じゃないかな。小説は、書けないでしょう[17]」

三島は〈詩をころさないと、いい小説はできないんじゃないかな〉といいつつも、戦後も詩作は続けていた。昭和三十年代に入ってからの訳詩などを除けば、三島は昭和二十四年まで詩を発表（「負傷者」昭24・1「海峡」）していた。が、それも林との交際の延長上に継続していただけといっていい同人誌への寄稿や、旧作の再録などがほとんどであり、詩作の量は一気に減っているのだが、それでも戦後しばらくは、創作ノートへの書き込みなどを見る限り、三島は詩集の刊行を望んでいたようである。実際『三島由紀夫詩集』刊行の広告掲載（「叙情」昭21・6）などからもそれはうかがえる。それが詩への自らの総括であったとすれば、あるいは〈二十一歳が詩作の最後の年だつた〉と三島がいったのはこの未刊の『三島由紀夫詩集』のことではないかとすら思えてくる[18]。

　このように詩人と小説家の弁別をハッキリと文学的理念として抱いていた三島は、自身を贋物の詩人であると自覚し、自覚するだけでなく自ら詩人ではなく小説家となるために身の在り方を決するべく、それを意識して林との交際を含めた“佐藤春夫時代”に訣別する。

　僕は自分に対する教訓として世阿弥の二曲三体の説をつねづね誦して来ました。幸か不幸か僕のデエモンは幼少のころからその暴威を振ひはじめました。僕はファンタジイの甘い悪習に身を任せたのでした。そしてそれが早晩、醜い終局を見るだらうこともわかつてゐました。世阿弥「遊楽習道風見」の中に、「抑々をさなくて面白と見る所の、年ゆきて不足になる事を、猶々不審をつくして見るに、少年の時の当芸のわざに、物まね物数を得ぬれば、即座の見風目をおどろかして、早くせ物と見る所也。やがて上手と見る也。是は其時分斗の花姿の見風にて、後には断絶すべきことはりおほし。先づをさなくて物数を得たる達風、くせもの哉と見る所一、童形の幽姿の花風一、若声の音感一なり。是等は時風なり。後々はあるべからず。云々」とあり、少年時代には二曲のみ、成人してより三体に入れと教へてゐます。今、僕は力をつくして三体の道へ入らなければなりません。佐藤さんで満足出来ず、川端さんに就いたのはこんな動機からでした。僕は川端さんにただ「小説」を教へていただきたいのです。

これは木村徳三宛書簡（昭21・5・3付）の一節である。多少衒学趣味のきらいはあるが、三島が世阿弥の「遊楽習道風見」を引用しながらそれに仮託していわんとするところは、作家として、青春期の詩人的ファンタジーの世界を卒業して、リアリズムを基礎に据えた小説家的冷徹さによって小説を描かなければならないといったところであろうか。そのためには、浪曼派詩人である佐藤春夫では満足出来ず、冷徹な目を持つ小説家としての川端康成に就くということである。もちろん、鎌倉文庫編集者へ宛てた新人作家の書簡だということも差し引かなければならないだろうが、昭和二十一年時点において、こうした詩人への距離感、即ち今後小説家として自立してゆくべく、〈ファンタジイの甘い悪習〉からの脱却の意志は明確であったと見てよい。

　こうした意志は、そのまま先に引いた「佐藤春夫氏についてのメモ」での詩人・小説家論にも通底しているのではないだろうか。つまり、詩人は青春と共に滅びなければならず、小説家は青春を脱してはじめて小説家たりうるという考えである。とすれば、三島による贋の詩人宣言とは、事実詩が書けなくなったというよりも、それは意識的に詩作を封印することによって己の作家的成長のための覚悟を自覚し、実践するための言葉であったといってよい。

3　贋ドン・ファンという詩人

　ところで、佐藤春夫によって雑誌へ推薦された作品「贋ドン・ファン記」であるが、この作品は先にも言及したように詩と小説の融合である〈ポエジイ・ロマン〉として執筆され、後に同名の短篇集として企図されたという経緯がある。詩と小説の融合とはいかにも二曲から三体へ、即ち詩人から小説家へと移行しつつあった時期を象徴しているようでもある。多数の女性を振り回しながらもドン・ファンになりきれず、結局は贋物のドン・ファンでしかなかった詩人青年を描いた「贋ドン・ファン記」は、麻生良方の打明話を元にして構想、執筆された作品であるのだが、まずは三島と麻生の関係を確認しつつ、それがどのように作品に活かされたのかについて見ておきたい。

　早稲田大学在学中から同人誌「壺」を川路明らとやっていた麻生良方は、近所に住む山岸外史を介して林富士馬を知り、「まほろば」同人会合などに参加、「曼荼羅」に寄稿するようになる。昭和十八年十一月には自費出版の詩集『青薔薇』（「壺」発行所）を山岸の序文をつけて刊行、林を通じてか、三島にもその詩集は献呈され〈三島由紀夫からも、賞賛の手紙がきた〉という[19]。三島と直接知り合ったのは、林が麻生を三島も参加していた芭蕉の研究会に誘ったことによる。この研究会のメンバーは、林、三島、田中克己の弟子である大垣国司、林の後輩である太田菊雄で、週一回林宅にて行われた。時期はハッキリしないが、「まほろば」終刊号（昭19・6）を準備していた頃であったのではないかと思われる[20]。

　麻生の『恋と詩を求めて』によれば、何回目かの芭蕉研究会の帰りに誘われて三島宅を訪問、深夜まで文学談義や麻生の恋愛遍歴、〈中学一年の頃、ある少女を恋したことからはじまって、年上の女に思いをよせ、それに失恋すると、人妻、モデルの女、喫茶店の娘と転々とした話から、最後に今のてる子（引用者註、昭17・11結婚の麻生夫人）との恋愛にいたるまで、あらいざらい、いかにも得意げに話した〉[21]。その一ヶ月後である六月半ばに、麻生は七、八十枚の原稿と概ね次のような手紙を三島から受け取る。ここでいわれている原稿というのが「贋ドン・ファン記」である。

この間は、たいへんゆかいでした。その夜の、あなたのおしゃべりをもとに、短編を書いてみました。もちろん創作ですから、あなたに直接関係はありません。だから、あなたにお見せする必要もないのですが、一応、お送りします。御一読たまわれば幸です。

原稿は、この次の、林さんの会の時、もってきてください[22]。

「贋ドン・ファン記」は決してよい出来の作品というわけではない。雑誌発表当時には反響もなく、三島生前には単行本に収録されることも遂になかった作品である。オペラの構成を模したものか、最初に「序曲」を置き、それから主人公である浅野という十八歳の不良学生をめぐって八名の女性がそれぞれ証言を繰り広げる。一通り証言がされた後に司会者が登場、目下浅野は失踪し行方不明であることが告げられ、浅野の「日記」が提示されるという構成になっている。女性関係については先述した通りだが、学校で校医に〈脳衰弱症〉と診断されたり、永井荷風、萩原朔太郎に入れ込んでいるところなどは『恋と詩を求めて』にでも出てくるエピソードであり、最後に浅野が失踪し、大庭敏子が探しに行き結婚を決意するところも、結婚に反対する両親に賛成してくれるまで戻らないと行方をくらました麻生本人の経験がそのまま活かされている。とはいえ、浅野が一番心を傾けていたという瑠璃子本人は証言する人物として登場することはなく、出てくる八名の女性も、最後の従姉以下少女歌劇団生徒、カフェの女給はほんの付けたりのような描かれ方がされており蛇足の感を禁じ得ない。素材を料理するスタイルに意を用いたものの、中身はまだ生煮え状態といったところであろうか。また、証言のなかで引用される浅野の詩も、ごく一部が引用される形で挿入されるだけであり、これでは三島のいう〈ポエジイ・ロマン〉たる効果もいかばかりかといったところである。

ポエジイ・ロマンとして書いたのだが、物語の日常性が醇化されてゐないから、さう呼ぶには値ひしないのではなからうか。作中の詩は少年時代の詩の断片から採り、「寝台」だけが一篇の詩として纏つてゐる。しかし詩と本文と作られた時期に隔たりがあるので、本文から詩が遊離し、効果は不本意なものになつた。

三島は「跋に代へて（未刊短篇集）」でこのように述べてお

り自分でその欠点も十分に意識していたのであろうが、援引される詩も浅野の物語と必ずしもマッチするものではなく、その後の作品群と比べてしまえば習作としての域を出ないものといえよう。それでもなお、司会者による浅野の解説じみた演説に力点が置かれ、その主題については明確に主張されている。その中で司会者は、浅野に〈道徳の超越をその道徳とするところの、強靱な止みがたい純潔〉を主張する。〈あらゆる清純さ、あらゆる純潔と申すものを、どのみち青春の属性であ〉り、〈我々が我々の青春を遁れぬ限りは、決してあの純潔からも遁れられ〉ず、〈この意味に於て実に純潔とは、青春の苦役でもあるのであります〉とされる。こうした〈強靱な止みがたい純潔〉を持つ浅野は、そのために〈青春の苦役〉を負い、一見不道徳で破廉恥と女性達に非難されるような破滅的な生活を送っている。

浅野は、青春の純潔ゆえにあたかもドン・ファンの如く振る舞いながらも、またそれゆえに計算ずくで女性を渡り歩くドン・ファンになりきれないで破滅的な行動を繰り返す。軽薄なドン・ファンのように見えて、その実瑠璃子に最後までこだわりドン・ファンに徹することが出来ない。その姿は、結局はドン・ファンになりきれない贋ドン・ファンでしかない。そしてラストでは結婚が予見されいわば破滅的青春の純潔からの卒業が暗示されて幕を閉じる。

ここで描かれるところの、自らの破滅的な純潔という〈青春の苦役〉を背負ってもがきながらもそれに殉ずる浅野の姿は、あたかも三島のいうところの詩人のようでもある。三島は佐藤を論じて詩人的人生を〈自分の青春に殉ずるものである。青春の形骸を一生引きずつてゆくものである。詩人的な生き方とは、短命にあれ、長寿にあれ、結局、青春と共に滅びることである〉としていた。佐藤春夫が皮肉にも裏切ったと三島が見たところの詩人的人生を、浅野はそのまま凝縮して具現化したようなところがある。はっきりいってしまえば、こうした浅野の造形こそ、後の「卒塔婆小町」の詩人へとつながるであろう、三島が当時佐藤春夫に投影していた詩人のあるべき姿ではなかっただろうか。形式的にはポエジイ・ロマンとして詩と小説の架橋を試みつつ、内容的には贋ドン・ファン浅野を描くことによって青春の純潔を持ついわば詩人的性質について描いたこの小説には、同時に作者の理想の詩人のあり方が示されおり、そうしたあり方を示すことによって自らその任にないことを改めて自覚していったようにも思われる。

4　幻に終わった出版

既に触れたように「贋ドン・ファン記」は、発表当時近作をまとめた短篇集の表題作として佐藤春夫の序文を付して出版される予定で、実際佐藤の序文も執筆されたのだが、刊行されることはなかったという事実がある。この序文は「三島由紀夫展」（昭54・1〜伊勢丹新宿店ほか巡回）図録に「佐藤春夫氏書簡序文原稿」として一部写真掲載されている。三島の筆跡で記されたそれは、佐藤からの書簡文を三島が原稿用紙に清書したものであろうが、それを見ると校正の指定の書き込みも入っており、既に出版社に入稿されていたことが知れる。

三島君、先づ君の新著を祝福します。時に君は君の年齢を尠くも三割方は多く人に云ふ必要がありましょう。レイモン・ラヂゲの場合を見ても判るやうに、人々はあまりに若い作者を信用しない陋習があるからです。

思ふに、人々は君を希有の才人として或は嫉み、或は憐み、或は戒めるに「才気は銀、根気は金」の語を持ってするかも知れない。君はそんな事ぐらゐは百も承知という顔をしてはいけない。何といはれても紅顔に微笑を浮べて甘言と同様に苦語をも甘受するのが良家の子弟にふさはしいお行儀だと思います。

三島君、僕は君を知つてゐるつもりである――（もし理解が行き届かなくても微笑の事）、君は既に耽美のなかに倫理を見出して君の文学精神とし、君は写実を象徴にまで引上げ、心理描写を幻想にまで灼熱して君の表現の手

（……）

末尾が〈昭和二十一年二月／信州北佐久の仮寓にありて／八つか嶽の残雪に向ひ／佐藤春夫記す〉と結ばれるこの序文原稿は（途中から写真では見えず（…）で示した）、右の部分だけでも、三島の短所をも考慮しながらその今後を気遣う佐藤の心遣りがうかがわれる文章といえる。[23] ともあれこの序文のやり取りが、おそらく三島の〝佐藤春夫時代〟最後の佐藤との接触であっただろうと思われるのだが、[24] ここで確認しておきたいのは、この短篇集がほぼ先程の木村宛書簡と踵を接している時期に刊行が予定されていたようであったことである。

雑誌への推薦、そして序文と、三島にとって「贋ドン・ファン記」はいわば佐藤春夫を志向した時代を象徴する作品といえるだろうが、既に川端へ師事しようという時期に佐藤へ序文依頼したことについては如何なる経緯があったのか。

「贋ドン・ファン記」本文末尾には、〈初稿一九・九・一六／第二稿廿一・一・一三〉とあるが、麻生から回収した後に更に手を入れて九月に初稿脱稿したものであろう。戦後になってからの改稿はどのようになされたのかは、原稿が残存せず確認することは出来ないが、これが昭和二十一年一月に改稿され、二月になってからコスモ書房の帯谷瑛之介からの出版話が舞い込むことになる。[25]

本年二月、O君からはじめて話があり、此度葛飾書房といふ本屋をはじめる故、あなたの書物を出したい、また元文藝春秋編輯長のY氏も『新世紀』といふ小冊子を自分と一緒にはじめる故、それにも小説を欲しいといふことで、O君にありあはせの原稿をわたし、大へん急いでゐるので、佐藤春夫氏からも御無理を願つて序文をいた

だき、三、四月には本も出る心算でゐたのは、私も甘かつたのでございました。
四月になつても五月になつても本は出ません。五月半ばにやつと『新世紀』第二号が出て、僕の小説が載つてゐますが、一向稿料を寄越しません。五月末には、葛飾書房は資金難でつぶれたから本は出せぬと言つて来ます。私は前から頼まれてゐた赤坂書店へ本の仕事を移管します。

これは出版社から連絡がないのを不審に思っていた三島が、三島と同じく出版話を持ちかけられていた伊藤佐喜雄に対して問い合わせた手紙で、Oが帯谷、Yが柳沢彦三郎である。(26)葛飾書房の倒産と赤坂書房からの話については、川端宛書簡（昭21・6・5付）にも記されているが、三島のこの書簡によれば、帯谷はお人好しで柳沢にいいように操られていたという。柳沢は元「文藝春秋」編集者で、その柳沢が編集長を務める「新世紀」は、結局三号雑誌で終わったのだが、毎号伊藤佐喜雄、三島、那須辰造の創作集の広告を掲載している。(27)

三島由紀夫・
贋ドン・ファン記
日本文壇に彗星の如く出現した鬼才の作品集。「サアカス」「菖蒲前」「贋ドン・ファン記」「煙草」「岬にての物語」を収む。佐藤春夫氏序文。（葛飾書房蔵）
予約受付開始　概算普及版十五円
豪華本　四十円

これがその広告文面である。五月に倒産を知らされ、話は赤坂書店に移ったことは三島の書いた通りだが、この短篇集のために執筆されたであろう〈一九四六年夏〉の日付のある「跋に代へて（未刊短篇集）」には同じ作品が列挙されており、時期的にこの跋文が赤坂書店での出版を予定してのものであり、葛飾書房の企画がそのまま赤坂書店の企画へとスライドしたことがわかる。当時のことを記した三島の「会計日記」を見ると、当時三島はしばしば赤坂書店へ通っており、翌年三月、桜井書店から新人選書の一冊として短篇集『岬にての物語』の話が来るまで『贋ドン・ファン記』出版に心を砕いていたさまが伝わってくる。詩人の江口榛一が編集長をしていた赤坂書店は、外村繁や浅見淵らの雑誌「素直」、「四季」同人・小山正孝らによる「胡桃」の他、荒木巍『泉』（昭21・6）、小山『雪つぶて』（同）などを刊行していたが、当時の編集部員吉田時善によると、「煙草」が発表された後に〈江口に言われて、渋谷区松濤町の彼の家を訪ね、『青春文学叢書』の一冊として、彼の短篇集出させて貰うことになっていた〉という。(28)その短篇集こそ赤坂書店版『贋ドン・ファン記』を指していると見て間違いあるまい。

当時〈出版のあてのない原稿をたくさん背負いこんで苦慮ひとかたならぬことが、再三ならずあった〉と江口が回想しているような状況で、(29)この話はいつの間にか立ち消えになってしまい、実際に刊行されたのは別に依頼のあった桜井書店の『岬にての物語』（昭22・11）になってしまったわけだが、刊行と時同じくして鎌倉文庫の木村徳三からも短篇集刊行の打診を受け、それは翌年長篇『盗賊』（真光社、昭23・11）に続けて刊行された『夜の仕度』（鎌倉書房、昭23・12）となる。

この時期、先に触れた『三島由紀夫詩集』ばかりでなく、こうして話ばかりで頓挫してしまったものや、創作ノートなどに記されている単行本出版の心づもりが幾つかあったようで、三島もかなり積極的に出版の口を探していたようである[30]。そんな中でも『贋ドン・ファン記』はかなり具体的に出版が現実化しそうなところまで行ったものであったが、当時実際に刊行された単行本の目次内容や序文を比較してみると、気づかされることがある。『花ざかりの森』では伊東静雄に序文を断られ序文無し、『贋ドン・ファン記』の際には佐藤春夫から序文をもらいながらお蔵入りになり、『岬にての物語』では序文無し、『盗賊』では川端の序文を掲載しているというように、出版に際しては毎回それなりの大家の序文を欲していた三島が何故に『岬にての物語』には序文を付けなかったのかということだ。

ここで確認しておきたいのが『岬にての物語』の目次である。同書には「岬にての物語」（昭20・7〜8執筆、「群像」21・11）、「中世」、「軽王子と衣通姫」（昭21・9〜11執筆、「群像」22・4）、「跋」と戦後完成した作品のみが収録され、桜井書店からの出版打診があった二十二年三月には既に発表済みの「煙草」が入っていない。急かして書かせてしまった以上再度佐藤春夫に序文を書き直してもらうことが難しいのであれば、収録内容も書肆も異なるわけであり、ここに「煙草」を入れ川端に序文を依頼することも十分可能であった筈である。

『岬にての物語』のラインナップは、三島自身〈三つともロマンチックなものだけ集めました〉（富士宛書簡昭22・11・19付）と語っているようにハッキリとした意図があった。同書巻頭には、〈夕日と海と黄金を愛する人に〉とエピグラフが掲げられ、いかにもロマンチック作品集といった体である。何故「煙草」を入れずこうした〈ロマンチックなもの〉だけにし、序文を入れなかったのか。ロマンチックな心中譚に古代中世を舞台にした恣な夢想の物語は、どちらかといえばポエティクな作風、もっといってしまえば、三島がいうところの〈ファンタジイの甘い悪習〉の名残を見せる作品群であり、それが意図的に集められている。「煙草」が〈ロマンチックなもの〉から除外され、「サーカス」（「進路」昭23・1、脱稿は22・11・14）はまとまらなかったのであろうとしても、同系統のような「菖蒲前」（「現代」昭20・10）「贋ドン・ファン記」は削られている。版元による頁数の制約によるものかも知れないが、いずれにせよ作品のカラーは統一されているといえよう。

葛飾書房そして赤坂書房と受け継がれた佐藤春夫序文『贋ドン・ファン記』は結局日の目を見ることなく終わった。「贋ドン・ファン記」はかつて佐藤に雑誌推薦してもらった作でもあり、足繁く赤坂書店へ通っていた事実を見ても三島は佐藤序文のこの本をどうしても出版したかったように思われる。そして出版の脈がないとなった時点で、既に木村へ佐藤を離れ川端に就くと宣言していた三島は、そこにちょうど来た桜井書店からのオファーで、新たにロマンチックであると思う作品をセレクトし直して『岬にての物語』出版にこぎ着けたのではなかろうか。

一つの可能性として、作者は、終戦前後における、「文芸文化」の時代から川端師事の時代の間の端境期、自ら贋詩人をハッキリと自覚する寸前までの〝佐藤春夫時代〟を自ら卒業するつもりで改めて一本にまとめたかったということは考えられる。だから川端に序文を頼むわけにもいかず、かといって新たに佐藤に執筆してもらうわけにもいかずに序文無しとなったのではないか。それというのも、急な話に手許にある作品を羅列しただけのような印象を与える側面も確かにあるだろうが、三島にとって桜井書店の打診まで引きずっていた佐藤春夫序文『贋ドン・ファン記』出版こそが、いわばプレ『岬にての物語』として心づもりしていた出版であり、その出版が不可能になってしまったいま、三島の〝佐藤春夫時代〟を象徴してあまりある記念碑的な意味を、そしてそれにケリをつけるという意味をも『岬にての物語』が担ったであろうからである。

「文芸世紀」から訣別し、そしてまた佐藤春夫からも訣別して、三島は川端康成に詩人ではなく小説家としてのあり方を学んだ。詩人ではなく小説家なのだと自らその否定をバネにして方向転換を成し遂げたのだといってもよい。その過程において、『花ざかりの森』が「文芸文化」時代の卒業を意味したように、またもし『贋ドン・ファン記』が出版されていれば、それは三島の〝佐藤春夫時代〟からの卒業と訣別を意味する記念碑になっていたであろう。林富士馬のいう〈佐藤春夫から川端康成への突然の師事の乗り換え〉には、処世的意味での日本浪曼派色の払拭という側面もあったかもしれないが、そこには三島の贋詩人としての自覚と、自覚ばかりではないその実践としての小説家というあり方への身の処し方があったのであり、「文芸文化」から川端師事へといたる、三島文学における跳躍を跳躍ならしめた見逃がすことの出来ない要素として改めて佐藤春夫の存在を位置づけることが出来るであろう。

（大学非常勤講師）

註1　東雅夫『文学の極意は怪談である』（筑摩書房、平24・3）が、三島の怪談観に戦時中に佐藤と会談した際に影響を受けた可能性を指摘している。また武内佳代「三島由紀夫が遺した戦時中の怪奇小説―未発表短編「檜扇」にみる日本浪曼派への迂回」（「iichiko」平24・秋）は、東の指摘に依拠しながら「檜扇」（未発表）を論じ改めて佐藤との関係を示唆している。

2 清水宛書簡（昭19・7・1付）には、〈「朝倉君」といふ十七枚ほどの小説が出来、林さんのお奨めにより中川與一へお送り頂きました〉とあり、三島と中川與一の関係は林富士馬が仲介したようにも見えるが、中川與一「耽溺と真率の世界―三島由紀夫の初期と後期」（「浪曼」昭48・12）によると、中川は東文彦による三島の紹介状を所持しており（20頁）、同「三島由紀夫と浪曼主義」（日本学生新聞編『回想の三島由紀夫』行政通信社、昭46・11）では〈昭和十八年九月頃、しばしば彼は私のうちに訪問してきた〉（38頁）という。また実際に「文芸世紀」誌面を繰ってみれば、三島は世紀の会会員の扱いであり、「会内消息」で紹介（昭19・10）、「世紀之会第二次建翼献金運動参加者氏名（九）」（20・1）では五口の献金者として名を連ねているのを確認することが出来る。また戦後、昭和二十六年に中川が同人誌「ラマンチャ」をはじめるにあたっては同人として参加している。

3 井上隆史『豊饒なる仮面三島由紀夫』（新典社、平21・5）、66頁。

4 例えば相原和邦「三島文学と「文芸文化」」（「文学研究」昭46・6）は、「文芸文化」の色調と三島の同誌掲載作品を比較分析しながら、「夜の車」の〈作品の内的世界は「文芸文化」時代から変質してきており、この傾向は『中世』にきわまっている〉（92頁）とし、「夜の車」「中世」を三島による「文芸文化」＝日本浪曼派への訣別の作品であるとする。また前掲武内論は、この「菖蒲前」創作ノートに記された「文芸文化」からの訣別という記述に注目し、元々「文芸文化」終刊号に掲載予定であった「檜扇」にも「文芸文化」からの訣別があると論じている。

5 竹内良夫『華麗なる生涯　佐藤春夫とその周辺』（世界書院、昭46・7）、１４５頁。

6 ジョン・ネイスン（野口武彦訳）『新版・三島由紀夫―ある評伝』（新潮社、平12・8）、91頁

7 同書は麻生久、良方以外は全て実名で執筆されており、出版に際して三島は大宅壮一らと共に出版記念会の発起人を務め（麻生『壺中有情』廣済堂出版、昭47・5参照）、推薦文（「得がたい清冽な書物」）を寄せている。

8 林富士馬「懐かしい詩人たち10詩を書く少年（三島由紀夫）」（「イロニア」平7・10）、76～77頁。

9 同右、75頁。

10 麻生良方『恋と詩を求めて』（根っこ文庫太陽社、昭41・7）、１８５頁。

11 同右、１８６頁。

12 林富士馬「編輯私記」（「曼荼羅草稿」昭20・6）16～17頁。林富士馬とその同人誌については、碓井雄一編「林富士馬年譜稿」（「近代文学資料と試論」平15・11、平21・6同誌終刊号№6で断続的に補遺掲載）参照。なお、犬塚潔氏には稀覯雑誌について種々ご教示いただいた。記して謝意を表します。

13 庄野潤三『文学交友録』（新潮文庫、平11・10）参照。

14 池田勉「少年の春は惜しめども」（「ポリタイア」昭48・6）。その際、佐藤は清水に〈ただ一篇の作品だけによって、未来の作家の誕生を予見しがたい〉（42頁）旨返答し

たという。
15　ジョン・ネイスン前掲。
16　坊城俊民『焔の幻影―回想三島由紀夫』（角川書店、昭46・11）、61〜62頁。
17　麻生前掲、180頁。
18　「故園草舎案内」（「叙情」昭21・6）には、花守叢書第五輯として『三島由紀夫詩集』がラインナップされており、近刊として『林富士馬詩集』が告知されている（16頁）。両者とも未刊行に終わった。
19　麻生前掲、172頁。
20　富士宛書簡（昭18・10・5付）に見える芭果の会のようでもあるが、芭果の会には伊東静雄、八束清、大山定一らが参加しているので、それとは別にあったものと思われる。
21　麻生前掲、181頁。
22　右同、183頁。文面は麻生による要約。
23　毎日新聞社・三島由紀夫展企画委員会主催『三島由紀夫展』図録（毎日新聞社、昭54・1）、頁数無刻印。なお、『定本佐藤春夫全集』（臨川書店）には未収録である。
24　帯谷瑛之介「わが三島由紀夫」（「九州人」昭46・2〜47・6）に帯谷が発行しようとした雑誌「地方」の原稿依頼に三島が佐藤の疎開先の佐久まで出かけていったという箇所がある。それがいつのことなのか具体的な時期も不明であり、帯谷のこの回想記には、事実と異なる箇所も多く、いまいち信頼性にかけるところがあるのだが、またここでしか書かれていない事柄もあり謎が多い。
25　帯谷前掲に、昭和二十年十二月に帯谷と三島が初対面した時からの回想が描かれており、三島の伊藤佐喜雄宛書簡とは異なる事情が記されている。
26　この書簡の最初の活字化であり、『決定版三島全集』収録時の底本となった伊藤佐喜雄『日本浪曼派』（潮新書、昭46・4）において、引用者である伊藤がイニシャル表記したもので、実見確認はしていないものの、書簡実物は実名がそのまま記してあったと推測される。
27　「新世紀」（昭21・4）、6頁。「新世紀」創刊号（昭21・4）には清水基吉、那須辰造、二号（同6）に三島、三号（同7）には清水のほか伊藤佐喜雄、山岡荘八、小田嶽夫らが小説を掲載。毎号「新刊案内」として広告掲載されていたのは、伊藤『歌枕』、三島『贋ドン・ファン記』、那須『ひとりしづか』である。
28　吉田時善『地の塩の人―江口榛一私抄』（新潮社、昭57・7）、110頁。当時の編集部員には梅崎春生もおり、「桜島」を「素顔」に発表、赤坂書房を訪れた三島と知り合っている（「会計日記」昭22・1・11）。
29　江口榛一「私の見た梅崎君」（『梅崎春生全集別巻』沖積社、昭63・11）、320頁。
30　帯谷前掲に、三島から出版の提案をされたエピソードが出ている。また例えば富士正晴の主文社からの評論集出版の話（富士宛書簡昭22・11・19、11・28、12・16付または富士「三島由紀夫の追想」前掲「ポリタイア」）などもあった。
＊三島作品はすべて『決定版三島由紀夫全集』（新潮社）による。

特集　三島由紀夫と昭和十年代

三島由紀夫「夜の車」の生成と変容
——日本浪曼派美学からの訣別——

田中裕也

一、問題の所在

平岡公威が学習院中等科時代の教官であった清水文雄の推薦によって、三島由紀夫として「花ざかりの森」（昭16・9〜12）でデビューを飾ったのが、日本浪曼派の影響下にあった雑誌「文芸文化」であったことは周知のことである。その後も三島は「文芸文化」に小説・詩歌・評論などを発表していく。昭和の年数と満年齢が重なる、三島の十代後半の文学活動は「文芸文化」とともにあったと言っても過言はなかろう。しかし三島由紀夫としての作家活動を保証した「文芸文化」も太平洋戦争の激化という時局柄、昭和十九年八月、通巻第七巻第四号をもって終刊を余儀なくされる。三島はこの終刊号に「夜の車」という短篇小説を発表する。「夜の車」は戦後、三島自身によって改題と作品内容の一部削除が行われ、「中世に於ける一殺人常習者の遺せる哲学的日記の抜萃」（以下「哲学的日記の抜萃」）として短編集『夜の支度』（昭23・12・1、鎌倉文庫）に収録された。本稿では戦時下の三島自身が「備忘録」に「「花ざかりの森」と「夜の車」とは予にとりて最も重要なる作品[1]」と記したうちの、「夜の車」の生成と変容について論じていく。

まず「夜の車」の先行研究を見ていくことにする。相原和邦は、三島由紀夫と「文芸文化」との関わりを、日本浪曼派からの影響として読み解く。その中で相原は「夜の車」が「文芸文化」に掲載されたものであるものの「作品の内的世界は「文芸文化」時代から変質してきて[2]」いると価値づけており、卓見である。また相原の論より後に公開された、昭和二十二年三月三日付の川端康成宛書簡に「文芸文化終刊号にのせた奇矯な小説「夜の車」は国学への訣別の書でした[3]」と三島が記したことからも裏付けられた。さらに「夜の車」とほぼ同時期に書かれた三島の生前未発表作「菖蒲前」の「創作ノート」にも、「夜の車」が「文芸文化への訣別宣言[4]」であると記しており、三島の「文芸文化」からの離反の意志は固かったようだ。しかし書簡、「創作ノート」の両資料には、三島が「夜の車」をどのような手法によって、「文芸文化」からの離反の意志を示そうとしたかは記されていない。相原は三島の「文芸文化」の影響期に見られる特徴は「受動性」であり、「夜の車」以降の特徴は「能動性」であるとする。特に「死」の問題をめぐって相原は、三島の「文芸文化」影響期の作風では「「死」は外部から訪れる自然死であり、受動的に待たれているもののみであった。」とする。一方「文芸文化」・日本浪曼派脱却期である「夜の車」では「同じ「死」であっても、「殺す」という能動性に転じている」とする。相原が言う「受動性」から「能動性」への作風変化説には首肯できる部分も多いが、「殺人者」の立場には注意を払わねばならない点がある。「夜の車」の「殺人者」は、自らの「殺人者」という役割があくまでも「狂者の姿を伴《いつは》」っているものに過ぎないと感じている点である。「文芸文化」・日本浪漫派と三島との関係を再考するとともに、「殺人者」の在りようも再考する必要がある。

次に「夜の車」とニーチェ受容に関わる問題を見たい。三島はドイツ文学者で翻訳家の手塚富雄との対談で「「ツァラトゥストラ」の影響をうけて短篇を書いたことがあるんですよ。「中世に於ける一殺人常習者の遺せる哲学的日記の抜萃」という長い題ですが、それは非常にニーチィズムなんです。」と述べ、さらに「登張竹風さんの「ツァラトゥストラ」です」[5]と自身の読書体験を明かしている。この三島の発言から、小埜裕二は「夜の車」と登張訳『如是説法ツァラトゥストラー』との比較・検討をしている。小埜はまず「夜の車」の「殺人者」＝ツァラトゥストラ、「海賊頭」＝聖者とする。また「殺人者」はニーチェの言う「破壊者」であり、「「能動的ニヒリズム」の体現者であ」り、「『ツァラトゥストラ』の「超人」に相当する。」と論じる。さらに小埜は「夜の車」の殺人者の姿勢を三島に当てはめ、「戦争の深刻化という社会的現実下において、希薄になりつつある自己の〈生〉を維持する力を、三島はニーチェの「能動的ニヒリズム」に学んだ」[6]と価値づける。しかし三島自身が同作を「殺人者（芸術家）と航海者（行動者）との対比」[7]と述べていることに注目したい。ニーチェにおいて「航海者」や軽やかな「行動」は肯定的な側面を有するのだが、小埜は「ツァラトゥストラ」で否定的で静的な存在である「聖者」と「海賊頭」を結びつけている。しかも小埜の言う、ツァラトゥストラ＝「殺人者」＝「超人」という図式にも疑問が残る。後年のニーチェは「超人」とツァラトゥストラを混同している節もあるが、そもそもツァラトゥストラは「超人」を説く者であって「超人」ではないことは通説である。「夜の車」と「ツァラトゥストラ」との比較だけでなく、三島のニーチェ哲学の受容環境についても再検討していく必要がある。

まだ考えねばならない問題がもう一つ。何故「夜の車」から「哲学的日記の抜萃」へとタイトルの変更が行われ、小説の内容が一部削除されたのか、ということである。「夜の車」というタイトルはエピグラフにも引用された、謡曲「松風」の詞章に拠ったものである。しかし「哲学的日記の抜萃」への改稿過程で、「松風」の詞章が用いられたエピグラフと小説末尾が削除されてしまう。田村景子は「松風」の詞章削除理由について、実際の謡曲では「松風が狂乱するのは「憂愁」が頂点に達したためである」のに、「夜の車」内の「松風・村雨が「憂愁」をしらぬ存在」と設定した点に矛盾があったためだとする。また田村は「「松風」を切り捨てた後に残るものが『ツァラトゥストラ』ならば、思い切って謡曲を削ったほうが、戦後日本において得策ではないかと考えられた⑧」と改稿理由を考察する。確かに田村の推定する「松風」削除の原因には首肯できる点があるものの、能などの重要な美的概念である「花」という言葉が「夜の車」「哲学的日記の抜萃」に通じて散見される。「花」という言葉が「哲学的日記の抜萃」に残ったとすれば、それは何故なのか。「夜の車」から「哲学的日記の抜萃」への改稿要因も再検討せねばならないだろう。

以上、問題をまとめると、①「文芸文化」内での三島由紀夫の文学実践と「夜の車」との差異について、②三島のニーチェ受容とその実践について、③「花」という言葉をめぐる調査と改稿要因について、以上三点を検討する。これらの問題が複雑に交差するところに「夜の車」の明確な射程が浮かび上がってくるだろう。まずは三島由紀夫の「文芸文化」という〈場〉での創作実践と日本浪曼派との関連性から跡づけていくことにしたい。

二、「血統」と「花」

三島が「文芸文化」に「花ざかりの森」を発表した際に編集責任者であった蓮田善明は、「後記」で「全く我々の中から生れたものであることを直ぐ悟つた⑨。」(傍点原文、以下同)と、三島を「文芸文化」の特徴を備えた存在として強調した。まずは「文芸文化」の出発点から見ていこう。「文芸文化」は昭和十三年七月に、広島高等師範学校・広島文理科大学出身者かつ斎藤清衛門下であった蓮田善明、清水文雄、栗山理一、池田勉の四名を中心に創刊された。その「創刊の辞」で「所謂国文学の研究は普及せるも、故なき分析と批判とに曝されて、古典精神の全貌は顕彰せらるべくもない。」と古典研究における西洋からの影響を嘆き、純粋な「古典の精神⑩」を追求することを目的に掲げていた。

また「文芸文化」創刊時に二十代後半から三十代前半の年齢であった蓮田、清水、栗山、池田とはほぼ同年代であり、既に雑誌「コギト」「日本浪漫派」で文壇に注目されていた保田與重郎にもこの四名は接近していった。彼らが日本浪漫派の同人たちと知り合う契機となったのは昭和十一年、日本浪曼派で活躍していた詩人「伊東静雄と相識る」こととなり、「その後同氏を介して、同じくコギト同人の保田與重郎・田中克己・中島栄次郎その他諸氏にも接近する機会を得[11]」たという。確かに「文芸文化」で日本浪漫派との繋がりとしては伊東静雄の詩作への推薦や批評が最も顕著であるが、やはり保田與重郎からの影響が見逃せない。そもそも保田は古典作品を読解するのに「近代の泰西の学の言葉で表現」するのではなく、「心の底の主題を語るべき作者[12]」を求める。こうした保田の反近代的な姿勢は、「文芸文化」同人たちの立場と容易に結びついたのである。特に清水文雄は保田への傾斜を深めており、教え子である三島にも保田の著作を勧めていた。

昭和十四年、清水が学習院中等科三年の作文指導をしていたときに清水は三島の作文に対して、「前年出版された保田與重郎氏の『戴冠詩人の御一人者』の感銘が鮮明なときだったうえに、文章の発想にも、まがう方ない類縁性が認められたので、（略）その必読をすすめておいた。[13]」という。その後も清水はたびたび三島に保田の著作を勧めていた。清水宛、昭和十七年六月十四日付の書簡で三島は「このあひだおすゝめいたゞきました「和泉式部私抄」たゞいまよみをはつたところでございます。」と、当時出版間もなかった保田の『和泉式部私抄』（昭17・4・20、育英書院）を読み終えたことを清水に告げ、「氏の独自の文化批評が王朝と今日との連関のすがたに、いきづまるほどはげしい花やかさを展いてをられるのに一驚し」たと感想を漏らしている。三島が清水を介して保田の著作を受容したことは間違いない。[14]ここで気にかかるのは三島が保田をどのように理解し、かつ創作実践を行ったのかということである。三島は「花ざかりの森」連載前の昭和十六年七月二十四日付で、学習院の先輩である東文彦に宛てて次のような書簡を送っている。

> 表題の「花ざかりの森」といふのは、ギイ・シャルル・クロスの詩からとつたもので、内部的な超自然な「憧れ」といふもの、象徴のつもりです。一の巻、即ち「その一」は現代、「その二」は準古代（中世）、「その三」は古代と近代の三部に分たれ、主人公の系図（憧れの系図）に基づいてゐます。勿論「わたし」は僕ではありません。古代、中世、近代、現代の照応の為、「海」をライト・モチイフに使ひ、「蜂」を血統の栄枯に稍〻関係させました。（傍線引用者、以下同）

「花ざかりの森」というタイトルがギイ・シャルル・クロスの詩から由来したものだと告げているが、ここで注目したいのは「自然」「憧れ」「系図」「血統」という保田特有の用語が確認されることである。また昭和十六年十一月十日付の東宛書簡では「保田與重郎の影響だつたらしいことは、蔽ふべくもありません」と告白までしている。このように「花ざかりの森」発表前後の時期において、三島は積極的に保田特有の言葉遣いを用いているのである。ここでは保田の用いる

「血統」という言葉を中心に見ていきたい。保田の言う「血統」については、渡辺和靖が保田の「血統」論にドイツ文芸史家フリードリヒ・グンドルフの影響を認め、「保田が本格的に「血統」の語を駆使し始めるのは、一九三四年に入ってから」で、「血統とはこの場合、精神の一つの典型を象徴的に表現するものであり、その視点からあれこれの詩人や英雄が歴史の中から任意に選び取られて系譜を形作ることになる。[15]」と論じる。確かに保田はグンドルフの影響を受けつつも、文学創作・批評の「西洋の図」からの脱却を図るための鍵語として、次のように「血統」を用いている。

　僕らはむかしの人々や一ゼネレーション以前の人々よりも事実として新しい血統の文学を感じる可能性だけは得たのだ。そこに僕らの芸術に対する人工的態度が、さきの時代とも異つたし、近頃の時代とも異つてきた。もつとも確言しておくが僕らの態度も人工的である。（略）僕らは血統を感じねばならぬ。（略）人工としての芸術の現れは創造主の力の現れのやうに自然でなくてはならぬ。[13]

　保田は近代以降の芸術に対する認識が自らも含み、「自然」が失われた「人工的」な状態＝「デカダンツ」であることを前提とする。しかし保田は「人工的」でありながらもその美に顕現的《エピファニック》な「自然」を感じ取ることができる、「血統」という美的系譜を模索していくのである。「人工的」でありながら「自然」という捻れを孕んだ止揚的な状態を示す言葉として「血統」が用いられているが、「創造主の力の現れのやうに」と記しているように最終的には超越論的存在の現前化を志向していたことは明らかである。[17] しかも渡辺は「保田がグンドルフ風の象徴として血統とは別の、実体としての血統を志向した時、前景にせり出してきたのが、系譜の原点を皇統に求めるという発想であった。」とし、それが後に後鳥羽院を中心とした歴史的・実体的美の系譜の完成であったとする。[18] さらに保田の「血統」論は「日本」「国家」「民族」に接続され、より明確で身体的・国家的な排他的境界線をも提示していくこととなる。[19]

　既に多くの先行研究でも語られているが、三島が「花ざかりの森」でどのように保田の思想を受容し、創作実践として用いているか見ていこう。「花ざかりの森」では語り手である「わたし」が「祖先」について、次のように語る。

　祖先がほんたうにわたしたちのなかに住んだのは、一体どれだけの昔であつたらう。今日、祖先たちはわたしどもの心臓があまりにさまざまのもので囲まれてゐるので、そのなかに住ひを索めることができない。（略）ほんたうに稀なことではあるが、今もなほ、人はけがれない白馬の幻をみることがないではない。祖先はそんな人を索めてゐる。徐々に、祖先はその人のなかに住まふやうになるだらう。

このように「祖先」が「わたしたちのなか」から既に喪失してしまった存在だと語るが、一方で「けがれない白馬の幻をみる」ような「人のなかに住まふ」と言う。「わたし」によって純粋な感性においてのみ「祖先」の内在化することが示されるが、これは保田の観念的な「血統」を「祖先」という言葉で「わたし」に語らせていることは確かである。しかも「祖先」の内在化が「稀なこと」であるとされ、その出来事が特権的であることを示しており、かつ日本浪漫派の特権的位置をも示していると言えよう。[20]また「わたし」は「憧れ」の系譜を川に喩え、系譜を遡る「追憶は「現在」のもつとも清純な証」として肯定していく。その中で「わたし」の直系について「祖母と母において、川は地下をながれ」、「父において、それはせせらぎになつた」とし、「わたしにおいて」は「大川にならないでなんにならう」と語られる。このように「わたし」の血統的正統性とその大成の予見が語られるのだが、「わたし」の「血統」観の中で伏流とされた母は「真の意味での追憶がなかつた。」と否定的に語られる。その否定的な理由が「繁栄の仮面」「虚栄心」であり、それらは「アメリカナイズされた典型」なのである。[21]「花ざかりの森」で「わたし」によって語られる「祖先」は保田の初期「血統」論だけでなく、転換後の主張からも影響が見られる。

では「夜の車」はどうだろうか。まず「夜の車」の構成は「殺人者」の日記という体裁を採り、「殺人者」が「足利義鳥」「北の方」「乞食」「能若衆花若」「遊女紫野」「肺癆人」を殺害した際の記録とその殺人に対する自身の思想が語られる。ただし「殺人者」は自らを「彼」と三人称で記しており、「殺人者」は自身をも相対的な視点から記述しようとしている。また小説の冒頭で「室町幕府廿五代の将軍足利義鳥を殺害。」と記されるように、十五代で終わったはずの室町幕府が存続していたという、虚構の歴史と系譜が立ち上げられている。さらに日記も全て「□月□日」と記され、この小説は明確な日付を回避している。一方、この日記の記述者である「殺人者」も、「序」で「作者」によって「彼は由緒正しき殺人者の嫡流」と系譜を強調される。また「殺人者」は自身の特徴を、

殺人といふことが私の成長なのである。殺すことが私の発見なのである。忘れゐた生に近づく手だて。私は夢みる、大きな混沌のなかで殺人はどんなに美しいか。殺人者は造物主の裏。その偉大は共通、その歓喜と憂鬱は共通である。

と記すように、その破壊的性質が強調される。このように「殺人者」は殺人によって対象を喪失させ、その失われた状態を認識することによって逆説的に自己と世界との関係を「発見」していくのである。注目すべきは、「夜の車」の「殺人者」は自身を「造物主の裏」だと位置づけていることである。先にも引用したように、保田は「血統」の在りようを、

「創造主の力の現れのやう」に感得せねばならないと主張していた。つまり保田が既存の歴史テクストの内部から連関性を見出していく態度だとすれば、「殺人者」はその殺害行為において系譜を断絶し、虚構の歴史をテクスト内部から破壊していく態度なのである。

　ここまで「夜の車」の「殺人者」の特徴を見てきたが、保田の「血統」論に対立的な存在である可能性が出てきた。しかしこの小説には注目すべき、もう一つの言葉がある。「殺人者」は「〔殺人者の散歩〕」と題する日の日記に「花が再び花としてあるための、彼は殺人者ではないのだつた。たゞ花が久遠に花であるための、彼は殺人者になつたのだつた。」と記しているように、殺人行為が「花」の再臨ではなく、対象を破壊することによって彼岸の・形而上学的な「花」へと昇華することを目指している。この「花」の概念をめぐる問題系も保田や「文芸文化」との関わりから考察できる。「花」という言葉の概念的考察は歌論や能楽論で語られてきたものだが、保田は「血統」に関連づけて次のように語る。

　日本の文化と芸文の思想はつねに開花であつた。花の思想――が天平より元禄の上方文人の頃までは、一つの系譜として発見される。（略）僕らは王朝の末期に後鳥羽院が当代の俊成、西行を通して撰ばれた一つの卓越した系譜を知つてゐる。[22]

保田は「花」という美的・観念的な用語で、後鳥羽院を中心とした和歌の垂直的な「血統」という連続性を編成している。しかしこの「花」の概念については保田自身明確にしておらず、「血統」論を保証するための演算子的役割であったと言える。またこの「花」という概念の歴史的・美的連関性を清水も保田からの影響を受けて論じていたようだ。昭和十八年二月三日付の東文彦宛の書簡で三島は次のように語っている。

　清水先生は、世阿弥の「花」などから考へても日本の文芸の世界は、

花←あはれ←〈わび・さび〉←〈まどひ・なげき〉

といふやうに花がすべての上に咲きほこつてゐるものと考へ、その花の具現こそ「都」だといふ風に考へる、と云つてゐられましたがなか〳〵の御卓見と思ひました。

この三島の発言に対応する清水のテクストは、現在のところ発見できなかったが、清水は「花」を中心として、古典に見られる概念的な言葉を任意的に編成していることが分かる。また清水は同時期に「文芸文化」で「衣通姫の流」（昭18・1～7、12、昭19・1～3、7まで確認）[23]を連載しており、「花」という言葉を中心に歌人の系譜を考察している。周知の通りタイトルは『古今和歌集』「仮名序」で紀貫之が「小野小町は、古の衣通姫の流なり。[24]」と記したことに由来する。清水は同

論で衣通姫から小野小町、和泉式部へと系譜的に繋がっていく要素として、「花を恋ふ」という「文化のデカダンスに自らの身をお」く姿勢を看取する。またその姿勢によって「至楽の「花」の世界がひらけ、文化としての「みやび」の生成がとげられる」とする。清水は保田の論を受けた上で、より具体的に「花」の概念の系譜を考察をしていると言える。しかも清水も保田と同じく観念的な「花」という言葉で系譜を編成し、「現代詩人」に繋がる美的・文学史的世界の現前化を目的としていた。一方「夜の車」の「殺人者」は対象を殺害して「久遠」の「花」に留め置くことを目的とし、「花」をめぐる問題においても日本浪漫派の主張と対立的な立場に設定されている。

ところがその「殺人者」の態度もテクスト内で揺らいでいる。「殺人者」が湊を訪れた際、友人である「海賊頭」から「殺人者よ。花のやうに全けきものに窒息するな。」と忠告され、さらに「君の前にあるつまらぬ閾、その船べりを超えてしまへ。」と諭される。「殺人者」はその「海賊頭」の発言に対して日記で「限界なきところに久遠はないのだ。」と批判的に記しているが、実は「胸のところで、いつも何かが、その跳躍をさまたげる。」と、「殺人者」自身の心情的なわだかまりによって「花」の問題圏から抜け出せないことを告白している。また「殺人者」は自らを謡曲『雲雀山』の「佯狂《やうきやう》」の花売りである「中将姫の乳人」に喩え、「殺人者」という立場も「狂者の姿を佯《いつは》」っているに過ぎないと明かしている。しかも「殺人者」は自らの役割を「花が久遠に花であるための、彼は殺人者になつた」と述べていた。つまり「殺人者」は意識的に「殺人者」の役割を演じているに過ぎない存在なのである。

ここまで「殺人者」が日本浪漫派の論理に対立する者であったことを中心に見てきた。しかしその「殺人者」の性格も単純なものではなく、「海賊頭」との差異の中で、その性格の複雑さが浮かび上がってきた。次章で詳しく考察していこう。

三、破壊装置としてのニーチェ哲学

これまで「夜の車」とニーチェ「ツァラトゥストラ」の比較はたびたび行われてきた。井上隆史は三島自身の発言や小埜論を受けた上で、「殺人者（芸術家）と航海者（行動家）との対比の部分に顕著に表れている散文詩風の文体に、「ツァラトゥストラ」の独特な構成の反映を見出すことが出来る。しかし、内容的な関連性となると微妙である。」とし、「ニーチェが射程に入れていたのは、ヨーロッパ文化におけるプラトニズムの克服という課題であり、こうした時代的、文化的問題を取り上げるべき必然性が三島には無い[25]」と価値づける。また井上も初期の三島のニーチェ受容を、戦時という過酷な状況下でも生の充実を感じるために「ニヒリズムを徹底した」とする。しかし前章で見てきたように保田と清水の論は

「花」を媒介として文芸の「血統」を編成しており、実体的な歴史の連続性を志向していたが、それは概念的用語により体系付けられた思考の枠組みに過ぎないことは明らかである。しかも「殺人者」は殺人行為によって、保田・清水によって作り出された観念体系の破壊を目指していたのである。ただし「殺人者」は殺人行為により徹底的な破壊・虚無をもたらすのではなく、殺害した対象を「久遠」の「花」という、形而上学的な象徴へ留め置くことを目的としていた。保田・清水たちが「花」を用いて演繹的に「血統」を編成する者ならば、「殺人者」は対象人物を殺害して帰納的に「花」へと還元する者なのである。ただし両者の考えは対立しながらも、「花」という認識を軸とした表裏一体の存在に過ぎない。さらに「殺人者」の立場とも異なり、何者にも縛られない「海賊頭」の存在が描かれる。これらの複雑に入り組んだ対立図式を理解するためにも、三島のニーチェ受容を再検討する必要がある。まずは三島のニーチェ受容の契機から見ていこう。

三島に対してニーチェの著作を勧めたのは、当時三島が詩作で師事していた川路柳虹だった。但し、昭和十六年九月八日付の東宛書簡に三島は「ニイチェは、「ツァラトゥストラ」をよめと川路さんからすゝめられたのですがおくくふでよんでをりません。」と、気が進まず読んでいないことを告白している。しかし一年四ヶ月後の昭和十八年一月十一日付、東宛書簡に「今、「如是説法ツァラトゥストラー」をよんでをります。登張竹風の訳でなか〳〵の名訳です。」と記しており、三島がニーチェに興味を持ち始めたのは昭和十八年一月前後であったようだ。三島の蔵書にも登張竹風訳『如是説法ツァラトゥストラー』[26]（以下『如是説法』）があり、既に先行研究でも比較されてきたが、少し確認してみたい。最も共通性が見られるのは「海賊頭」が航海について語る場面である。「海賊頭」は「海賊は飛ぶのだ。海賊は翼をもつてゐる。俺たちには限界がない。」と語る。『如是説法』ではツァラトゥストラは自身と海との関係性について「水夫気が私の気に在るとき、曾て私の踊躍が叫んだとき」に「海岸は消え失せた――今、私の最後の鎖は私から離れ落ちた――」（第三部「七つの印」、四〇二頁〜四〇三頁）と語る。このようにツァラトゥストラが海を自らの跳躍的感覚や境界性の消失について語る場面は共通している。そもそもツァラトゥストラは「超人は地の意義だ。」と喩えるとともに「超人はこの海だ」（第一部「超人と下品下生」、一〇頁〜一二頁）とも喩える。一方、「夜の車」の「海賊頭」も「殺人者」に対して「海であれ、殺人者よ」と語る。小埜の論では「殺人者」＝ツァラトゥストラとしたが、むしろ「海賊頭」の方が超人を説くツァラトゥストラに近いと言える。

では「殺人者」はどうだろうか。前章でも引用したが「殺人者」は自らを、「花が再び花としてあるための、彼は殺人者ではないのだつた。たゞ花が久遠に花であるための、彼は殺人者になつたのだつた。」とする。この文章中の「久遠」という言葉から『如是説法』との関連が見出せる。ツァラトゥストラはかつて自身も「人間の彼岸にその妄念をかけてゐた。」とし、「久遠に不完全なこの世、久遠の矛盾の絵姿・不完全な絵姿――不完全な創造者の酔興――曾てこの世が、私にはさう見えてゐた。」（第一部「後世界信者」、四一頁）と告白する。次いでツァラトゥストラは「久遠」に「完全」な「彼岸」の世界を追求していたことを自省し、「彼岸」の追求は「我」という認識の「病」でしかなく、「病の癒えた今の私には苦痛であらう」（第一部「後世界信者」、四二頁）と語る。一方「夜の車」の「殺人者」は殺人によって、対象を「久遠」の「花」という彼岸的な象徴へと変貌させる。また「殺人者」は「快癒の季節」が訪れても、「どんな病患よりも快癒は無益」と感じる。このように「殺人者」の認識は、『如是説法』でツァラトゥストラがかつて信奉し、現在は否定している静止的で形而上的な世界観と共通する。しかし三島の言う「芸術家」と「殺人者」との関連は、『如是説法』では見い出し難い。論者はこれまで三島の戦後テクストに見られるニーチェ哲学の受容と実践を、和辻哲郎『ニイチェ研究』改訂第三版（昭17・12・25、岩波書店）との関連から論じてきた。[27] 実は三島の和辻『ニイチェ研究』受容の契機は、戦時下の「夜の車」執筆期にあったと考えている。

　本稿で注目したいのは先程からたびたび引用している三島の東宛書簡で、ニーチェに関する内容が散見されることである。しかしこれまで三島のニーチェ受容について、東からの影響はほとんど考察されてこなかった。周知の通り、東文彦は三島の学習院の五年先輩であり、室生犀星にも師事していた。三島と東との交流は、昭和十五年十一月三十日付の書簡で東が三島の「彩絵硝子」（『輔仁会雑誌』166、昭15・11）を読み、「僕は君に恐れを抱いた。[28]」という率直な感想を送ったことから始まる。既に東は結核を患っており、三島と東との交流のほとんどが書簡上のものであった。東が昭和十八年十月八日に亡くなるまで、三島も頻繁に書簡を送っており、現在のところ『決定版三島由紀夫全集』で八十通を確認できる。三島は書簡の中で創作に関することだけでなく、三島の家族や学習院での人間関係、読書体験など多岐に亘って記している。ニーチェについては先に引用したように、三島が東に宛てて『如是説法』を読み始めたことを報告していたが、それに応じて東からもニーチェに関する著作を紹介されていたようだ。三島は昭和十八年四月十一日付の東宛書簡で、「ニイチェについて、お蔭さまでいろ〳〵新しいことを知りました。実はツァラトゥストラの登張竹風の跋文の外、私にはニイチェに関する知識がございませんでした。」と記していることに注目したい。現在のところ東から三島に宛てた書簡は八通確認されているが、この書簡への返信は発見されていない。しかし書簡の内容から推測すると、三島は東からニーチェの単著を紹介されたのではなく、ニーチェ哲学に関する解説書・学術書などを勧められたのだろう。論者はここで東から和辻『ニイチェ研究』を紹介されたと考えている。まずは『ニイチェ研究』について簡単にではあるが説明しておきたい。

和辻哲郎『ニイチェ研究』は、ニーチェの「権力意志」の概念を中心に、ニーチェの初期から後期までの著作を和辻独特の解釈も含めて要約した書物である。また『ニイチェ研究』で和辻のニーチェ哲学に対する理解が端的に表れているのは、次の文章である。

> 人はその創造の道具として造られた認識によつて、即ち図式化的凝固的な傾向の過多なる堆積によつて、逆に生の創造的活動を阻止しようとする。（略）ニイチェにとつては唯この「図式に縛られた生」のみが嫌悪の対象となる[29]

このように和辻は、ニーチェの旧来西洋哲学に潜む図式的思考・プラトン主義を嫌う側面を強調し、制度・概念自体の流動性の優位を論じている。またその流動性の優位は「刻々たる進化と創造」のために、「「敵」を求め、さうしてその征服をやむなき欲求[30]」を抱く人間に表れているとする。このように理性的で倫理的な人間よりも原始的な征服欲求を有した人間の方をも肯定的に論じもいる。さらに同著は「個人の意識的な「自我」を解脱して、個人を超越した宇宙的な「自己」に帰還」する「生の哲学」の観点を有することや、ニーチェ哲学を「仏教的な解脱の倫理との融合を図[31]」った点などが特徴的とされる。

次に東からの書簡を見てみたい。昭和十八年一月十一日付の書簡で三島が『如是説法』を読み始めたということに対して、東は同年一月十五日付の書簡で「ニイチエに傾倒してゐるなどと云はうものなら、若気のいたりと嗤はれさうで、僕はいままで多くの場合、黙つてニイチエを読んで来た。いつかはその勉強を、実のらせたいと思ひながら。[32]」と返信していた。東はその九ヶ月後に病没しており、生前に発表された東のテクストではニーチェからの影響を見出すのは難しい。しかし東の没後出版された『浅間　東文彦遺稿集』（東季彦編、昭19・7・20、自費出版）に収録された「覚書」と題する警句集には、ニーチェに関する内容・用語が頻出する。現在のところ「覚書」の執筆時期は不明であるが、同作の中には『ニイチェ研究』からの影響が若干ながらも見出せる。

東は「私がニイチェと東洋思想を結びつけることができるのは、ひとつの運命観の点からである。」とするが、「西洋的に解かれた永遠」については「人間を凝結せしめるもの」として批判的に語られる。このように東がニーチェ哲学と「東洋思想」の融合、殊に「釈迦」の思想との融合を目指し、かつ流動的な思想の優位を語るのは『ニイチェ研究』からの影響と言える。しかし東の「覚書」では『ニイチェ研究』からの直接的な引用は少なく、むしろ『ニイチェ研究』の流動性を強調する側面から影響を受けたようだ。次に三島「夜の車」と『ニイチェ研究』との関連性を見たい。

第一章でも引用したように、三島が後年に「夜の車」の問題は「殺人者（芸術家）と航海者（行動者）との対比」と強調したが、その「芸術家」と「行動者」との分類は『ニイチェ研究』が関わっている。まず「行動家」についてだが、『ニイチェ研究』第二部第二章第二節で「行為の価値」（三五四頁～三五七頁）と題して「行為」と「意識」「目的」とが切り分けられ、純粋で無目的な「行為」及び「行為者」の優位性が語られる。

> 目的観念として意識せられるものは、既に先行せる内的活動の徴候、即ち行為の徴候である。従つて「意識として凝固する徴候」が伴ふと云ふことは、行為の必須条件ではない。行為は観念や思想に束縛せられることなく存し得る。（三五五頁）

この「目的観念」という「先行せる内的活動」の過程を経ない、純粋で無目的な「行為者」の優位性は、「夜の車」で「海賊頭」の盗賊行為に表されている。「海賊頭」は「俺たちには限界がない。俺たちには過程がないのだ。」や、「俺たちが海をこえて盗賊をすると、財宝はいつも既に俺たちの自身のものであつた。」と語る。「海賊頭」の略奪という「他者」との境界線を越える「行為」は、「意識」より常に先行していると言えよう。また「殺人者」は「殺害」＝「発見」＝花の久遠化という「行為」に目的性を認めているが、それに対して「海賊頭」は「君たちは発見したといふ。／俺たちはたゞ見るといふ。」とその立場の違いを説明している。つまり「殺人者」は「発見」という静止した認識に縛られた存在だが、「海賊頭」は「見る」という「行為」に特化した存在なのである。このように『ニイチェ研究』における「行為」の問題が、「海賊頭」と「殺人者」の立場を分けている。

では「殺人者（芸術家）」の問題はどうか。ここでは『ニイチェ研究』第一部第五章第二節（二六四頁～二七四頁）の「芸術家」と題する箇所に注目したい。まず同節ではニーチェ『悲劇の誕生』の読解を基に「真の芸術家」について語られる。『ニイチェ研究』の言う「真の芸術家」は「知識によつて生を硬化せしめはしない」者であり、「感覚的なるもの・思想的なるものを象徴とし、その内に生の充実を注ぎ入れ」る「此岸生活」者（二六五頁～二六九頁）だとする。このように『ニイチェ研究』では、感性豊かな「芸術家」を推奨する。しかし「芸術家」の鋭敏な感性は「病理的現象と類似し」ているともされる。

> 芸術家の病理的状態に就て、なほ少しく考へて見よう。ニイチェはこれを寧ろ充実した豊満な生の徴候と見たのであつた。元来健康と病気とは相反ではなく唯程度の差である。（略）普通人に於て病気とせられる状態も、芸術家に於ては強烈な性質である。（略）但し世紀末の頽

> 廃芸術家の多くは必ずしもさうであるとは云へない。また客観的認識や生の否定を目的とする芸術家も同様である。彼らには真に生の歓喜はなく、唯頽廃のみがある。
> （二六八頁）

「真の芸術家」にとって「病気」とは、「健康」との対立概念ではなく、これまでの「認識」を一変させ新たな生・価値を創出する契機なのである。しかしその「病気」の状態も「世紀末の頽廃芸術家」や「客観的認識や生の否定を目的とする芸術家」においては、結局「超越的な者を尊重」（二六八頁～二七一頁）してしまう。『ニイチェ研究』において「病気」は単に否定的なものではないが、頽廃的な姿勢や超越的な認識・観念に縛られた「芸術家」は批判の対象なのである。さらに『ニイチェ研究』では「芸術家が日常生活を描写し或は人の像を刻むに当つて、もしその活動が認識の範囲を超えないものに過ぎないならば、そこには芸術は生れて来ない。」（二七二頁）とされる。「夜の車」に顧みると同作が日記形式で書かれ、末世的・頽廃的雰囲気を有する世界観であることも、先に引用した『ニイチェ研究』からの影響があったのではないか。また「殺人者」が「花」を「久遠」や「全きもの」という形而上学的な超越的存在として尊重している点も、『ニイチェ研究』で否定的に語られた部分から用いたと言える。このように「殺人者」は、『ニイチェ研究』で語られる否定的な「芸術家」の要素を付与された存在なのである。しかし「殺人者」は元々「健康」なのであり、自らが「熟し得る」ことを信じて「宇宙的な、生命の苦しみ」を感じている。『ニイチェ研究』で和辻は「宇宙生命との合一」という〈生命主義〉的な「生」の問題を、ニーチェ哲学と関連付けながら提出している。また和辻は「宇宙生命」に到達するための「生の生長」を語り、その過程で感じる「苦痛とは生の本質であ[33]るとも述べている。つまり「殺人者」には『ニイチェ研究』で最も肯定的に語られる〈生命主義〉的な要素が「殺人者」の本質として付与されているのだが、「殺人者」はその本質を敢えて留保し、自らを象徴的・形而上学的な「花」を求める「殺人者」と任じているのである。では何故「殺人者」はその役割を自らに課したのだろうか。

ここで一度まとめてみたい。ここまで「夜の車」を「血統」・「花」・ニーチェ哲学との関係から論じてきた。その中で「殺人者」は自らに日本浪曼派の論理に対立する者としての役割を課し、「花」を現前化するのではなく、「久遠」という形而上学的・過去的な世界へと移行させる存在であった。換言すれば「殺人者」が殺人を経て行う「花」の「久遠」化は、「花」を永遠に現在時に現れないものにすることであり、「花」を過去のものにする行為でもあったと言えよう。さらに「殺人者」は日記の結末近くで、「殺人者」は自らの役割の過去化をも予見している。

> 殺人者は理解されぬとき死ぬものだと伝へられる。理

解されない密林の奥処でも、小鳥はうたひ花々は咲くではないか。使命、すでにそれがひとつの弱点である。意識、それがすでにひとつの弱点なのだ。こよなくたをやかなものとなるために、殺人者は自らこよなくさげずんでゐるこれらの弱点に、奇妙な祈りをさゝげるべき朝をもつであらう。

このように「殺人者」は「花」の認識の外部を理解しており、自らの「殺人者」という役割の終わり＝「死」する世界を予見している。つまり日本浪曼派的「花」の美学が全て過去のものとなり、対立的な「殺人者」の存在意義自体の終焉が到来することを感じているのである。そして「殺人者」は「こよなくたをやかなもの」という『ニイチェ研究』で肯定的に語られる流動的な者への変貌を望み、「殺人者」の特徴でもあった「意識」や「使命」を「弱点」とし、「こよなくさげずんでゐるこれらの弱点に、奇妙な祈りをさゝげる」ようになることを予期しているのである。つまり「殺人者」は「花」を「久遠」へと追いやった後、「祈り」という行為により、「花」の美学と自身の「殺人者」の役割が再び亡霊的に回帰しないよう、鎮魂を願うのである。「殺人者」が自らに「殺人者」の役割を課し、「花」の形而上化を志向したのも、この過程を経るためだったと言えよう。

ところで「夜の車」は「殺人者」が自身の役割の終焉を予見した後、謡曲「松風」の詞章を引用し、松風と村雨についての考察が繰り広げられ、小説は結末を迎える。先行研究の田村は「夜の車」から「哲学的日記の抜萃」への改稿過程で、「松風」の詞章を削除した理由を、三島の「松風」理解に矛盾があったためだとした。しかし注目すべきは松風と村雨が汐汲み車の水面に映った月影を「嬉しや」と述べたことに対し、「夜の車」の語り手が「彼女たちは発見を喜ぶ。」と説明が加えた点である。「発見」とは同作で「殺人者」の特徴であった。さらに松風と村雨は「ゆゝしく美しいもの」と説明され、神聖性を帯びた彼岸的な美の存在であることが示される。能楽の究極的な美の概念が「花」であることを考えれば、「夜の車」で結末に「松風」を引用し、その美の世界を讃えたのは、やはり終焉を迎えるであろう「花」の認識的世界への鎮魂歌《レクイエム》であったと言える。戦後、「哲学的日記の抜萃」発表の際に「松風」が削除されたのは、三島にとって「花」の世界が既に終わりを迎えたことを意味していよう。

このように「夜の車」は三島にとって昭和十年代後半に最も影響を受けていた、日本浪曼派の美学・文学史からの脱却を、ニーチェ哲学を用いて示した作であった。また戦後にニーチェ哲学を用いて多数のテクストを発表していく三島にとって、「夜の車」は戦後への繋がりを持つテクストだったと言える。さらに換言すれば「夜の車」は三島にとっての十代の終焉・昭和十年代の終焉を示すテクストだったのである。

（同志社大学大学院院生）

注1　三島由紀夫「備忘録」は、三島没後『決定版三島由紀夫全集』第二十六巻（平15・1・10、新潮社）に初収録。この「備忘録」には小説「中世」の完成と軍への入営通知が届いたことが記されていることから、昭和二十年二月四日以降から十日の間に書かれたものと推定される。

2　相原和邦「三島文学と「文芸文化」」（「文学研究」33、昭46・6）

3　「特別企画　川端康成三島由紀夫往復書簡集―94通」（「新潮」64―10、平9・10）によって初めて明らかになった。

4　三島由紀夫「「菖蒲前」創作ノート」（『決定版三島由紀夫全集』第十六巻所収、平14・3・10、新潮社）に初収録。

5　手塚富雄、三島由紀夫「ニーチェと現代」（『世界の名著46ニーチェ』月報、昭41・2・4、中央公論社）

6　小埜裕二「三島由紀夫のニーチェ受容」（「金沢大学国語国文」16、平3・2）

7　三島由紀夫「解説」（『花ざかりの森・憂国』昭43・9・15、新潮文庫）

8　田村景子「「中世に於ける一殺人常習者の遺せる哲学的日記の抜萃」試論」（「繍」16、平16・3）

9　蓮田善明「後記」（「文芸文化」4―9、昭16・9）

10　池田勉「創刊の辞」（「文芸文化」1―1、昭13・7）

11　無署名「清水文雄先生略年譜」（「国語教育研究」8、昭38・12）

12　保田與重郎「更級日記」（「コギト」44、昭11・1）

13　清水文雄『河の音』「三島由紀夫のこと」（二四七頁～二五一頁、昭42・3・1、王朝文学の会）

14　平岡公威「本のことなど―主に中等科の学生へ」（三島の生前に活字化されたかは不明。原稿に擱筆日、昭和十七年九月二十八日とある。）で、三島は学習院の後輩にむけて文学作品の推薦をしている。その中で三島は保田の著作を十冊推薦している。

15　渡辺和靖『保田與重郎研究』第Ⅲ部第四章：「血統」観念の形成（四一一頁～四三七頁、平16・2・10、ぺりかん社）

16　保田與重郎『英雄と詩人』「文学の曖昧さ」（五四頁～七八頁、昭11・11・25、人文書院）

17　渡辺も指摘しているが、「文学の曖昧さ」は明治天皇御製を拝誦して終えている点からも、実体的な歴史的連続性と超越的存在現前化を志向していることは確かである。

18　注15に同じ。

19　保田與重郎『後鳥羽院』（昭14・10・10、思潮社）や『文学の立場』（昭15・12・25、古今書院）において「血統」論の変遷をかいま見ることができる。

20　梶尾文武「三島由紀夫『花ざかりの森』論」（「国語と国文学」84―7、平19・7）で、当時受容されはじめていたアルベール・ティボーテ『小説の美学』の「真の読者（liseur）」と保田の古典読解を結びつけて論じている。

21　杉山欣也「「花ざかりの森」の成立背景」（「日本語と日本文学」44、平19・2）で、「花ざかりの森」の「わたし」による「アメリカニズム」批判と保田の思想との関連性を明らかにしている。

22　保田與重郎「開花の思想」（「帝国大学新聞」第七面、昭11・9・28）
23　戦後、同タイトルで昭和五十三年三月に「比治山女子短期大学紀要」第十号に掲載され、単行本『衣通姫の流』（昭53・9・25、古川書房）が出版されているが「花」という言葉は確認できず、全く異なった体裁となっている。
24　小島憲之、新井栄蔵校注『新日本古典文学大系　古今和歌集』（平1・2・20、岩波書店）に拠った。
25　井上隆史『三島由紀夫　虚無の光と闇』「ニーチェ、バタイユ、ハイデガー」（二六六頁〜二八七頁、平18・11・25、試論社）
26　登張竹風訳『如是説法ツァラトゥストラー』第七版（昭12・12・15、山本書店）
27　拙稿「三島由紀夫「親切な機械」の生成」（「日本近代文学」84、平23・5）、拙稿「三島由紀夫「青の時代」の射程」（「昭和文学研究」64、平24・3）
28　『三島由紀夫展』（発行月日の記載なし。昭54、毎日新聞社）
29　和辻哲郎『ニイチェ研究』第一部第一章（四九頁、昭17・12・25、筑摩書房）
30　前掲『ニイチェ研究』第一部第一章、四七頁
31　大石紀一郎他編『ニーチェ事典』「和辻哲郎」の項（六九七頁〜六九八頁、平7・2・28、弘文堂）
32　東文彦『浅間　東文彦遺稿集』（東季彦編、昭19・7・20、自費出版）
33　前掲『ニイチェ研究』第一部第三章、一二六頁〜一九四頁

※本稿で引用した三島由紀夫のテクストは「夜の車」は初出を用い、それ以外は『決定版　三島由紀夫全集』全四十二巻・補巻・別巻（平12・2・10〜平18・4・28、新潮社）を底本とした。引用に際しては、ルビを簡略化し、原則として漢字は新字体に改めた。また敬称は省略した。

特集　三島由紀夫と昭和十年代

文学的志向の形成、その輪郭——『花ざかりの森』まで——

松本　徹

昭和十二年（一九三七）、平岡公威は十二歳になり、四月には学習院中等科へ進んだ。

戦後に義務教育化される以前は、中学生になるとは社会的有為な存在への道に踏み出すことであり、かつ、半ば一人前になることであった。

こうした意識は、平岡の場合、生活の変化によって一段と明瞭になった。それまで東京都新宿区（当時は東京市四谷区）信濃町で、両親妹弟から離れ、二軒離れた祖父母の家で寝起きしていたが、両親妹弟が渋谷区松濤二丁目四番八号（当時は渋谷区大山町一五番地）の借家へ移るとともに、一緒に住むことになったからである。

生後まもなく祖母夏子の手元に強引に引き取られ、猫っ可愛がりされて育つという状態から、やっと両親の許で、きょうだいとともに暮らすようになったのだが、それは幼児期から、妹と弟を持つ兄へと一気になることであった。また、この年の十月、農商省勤務の父梓が大阪へ転勤になったから、母倭文重《しずえ》を支えて、長男として留守宅を預かる、という気持を持つことにもなった。一人前意識は、いやがうえにも強まったろう。ただし、一方では文学へ関心を深めるのを警戒、厳しい監視の目を向けていた父が傍らからいなくなったので、自由に振る舞うことができるようになったのである。

この頃、祖母夏子がこれまで教育上好ましくないと言っていた歌舞伎へ連れて行ってくれ、母方の祖母橋トミは能へ伴ってくれた。これが演劇に目を開く端緒となったのは言うまでもない。

そうして住んだ家は借家ではあったが、赤いスレート葺き三角屋根が目立つ、外見はモダンな木造洋風住宅であった。

欧米の都市が煤煙に悩まされた末、郊外の田園地帯に住宅街が作られるようになったのに倣い、わが国でも建設されるようになった、いわゆる文化住宅の一軒である。松濤一帯の土地を所有していた鍋島家が開発、建設して貸したもので、昭和六十年頃までは存在していた。筆者自身、確認している。

ただし内部まで入っていないのでよくは分からないが、いわゆる応接間だけが洋間で、他は和室という、この時代ひろく見られた折衷形態であったようである。玄関を入ってすぐ横の階段を上がったところの三畳間が、この中学生の勉強部屋であった。

　後に三島自らが設計、大田区南馬込に建設したのが、完全な洋式住宅だが、多分、この家と無縁ではなかろう。

　こんなふうに住む世界が変わったのだが、最も大きかったのは作文が教室で評価されるようになったことであった。初等科の担当教師は生活作文をよしとする立場のひとであったから否定的であったが、それが一変した。母親は「作文の点数はたちまち最高点を取りますし、作家としての素質が俄然あらわになり、俳句や和歌にまで食指をのばす」（平岡梓『伜・三島由紀夫』）ようになったと語っている。こうなると本人も一層力をいれて作文を書くようになり、それに伴って他の学科も成績が上昇する結果になった。

　そして、学習院内で刊行されていた「輔仁会雑誌」に盛んに投稿、文芸部の先輩坊城俊民らと知り合い、交友関係が一気に広がった。

＊

　このような中学生の目の前に、どのような知的、文学的な地平が広がっていただろうか。

　大正の末から昭和初期にかけて、いわゆる全集の予約出版が目覚ましい勢いで次から次と行われ、巷にはその手の出版物が溢れる事態になっていた。改造社版「現代日本文学全集」全六十三巻（大正15年末から昭和6年まで）、新潮社版「世界文学全集」全五十六巻（昭和2年から）を初めとして、春陽堂版「明治大正文学全集」全六十巻、同「日本戯曲全集」全五十巻、第一書房版「近代演劇全集」全四十三巻といった具合であった。いずれも分厚い、堅牢な造本でありながら一冊一円の、いわゆる円本である。そこへ春秋社版「世界大思想全集」、平凡社版「世界美術全集」なども加わった。

　これらは、それまで叢書などといった形で積み上げられて来た成果を、予約出版による大量販売の手法でもって、一気に市場に押し出したものであった。

　それに加えて、文庫が出現していた。岩波文庫が昭和二年、改造文庫が昭和四年、春陽堂文庫が昭和六年、新潮文庫が昭和八年である。一層の廉価で、さまざまな分野の著作を提供した。それぞれに特徴があったが、中でも目立ったのが、外国文学の翻訳であった。岩波文庫は外国文学に赤帯を巻いていたから、作家から「赤帯はわが国文学の敵だ」という声が出るほどの人気であった。

　こうして明治以降の近代文学の目ぼしい作品のほとんどと、ヨーロッパを中心に、ダンテの神曲やデカメロン、フランス古典劇から二十世紀初めの作家たちの作品まで、日本語で、手軽に読めるようになったのである。

翻訳の生硬さ、安易さ、誤訳などの問題がないわけではないが、驚嘆すべき事態が出来していた、と言ってよかろう。地球上かって他のどこにもなかった、多分、この時期の日本においてのみ起こった、奇跡的な文化現象である。

この事態の持つ意味を、改めて検討、評価する必要があると考えるが、その恩恵を最もよく享受し、摂取すべきものを摂取し、作品形成の資として出現したのが、三島由紀夫だった、と言ってよいと思われるのだ。

いま略述したような状況の中、早熟な才能の少年が文学に目覚め、手当たり次第に読み始めたのである。文字通り古今東西の日本語による作品が対象であった。国境や時代を越えて気ままに渉猟、時には興味をそそられるまま一作家に集中するかと思うと、思い切り異質な作品へと跳び移った。そうして、初めはもっぱら詩を、ついで小説を書くことへと歩み出したのである。

「私の自己形成は、ませていたからでしょうが、十五、六のときにすんじゃった。すくなくとも十九までに完了したと思います」と、自決の一週間前、古林尚との対談『三島由紀夫最後の言葉』で言っているが、そのとおり、この中等科時代が、三島の早い自己形成期だったのである。

＊

その読書の実際の一端を、『定本三島由紀夫書誌』（薔薇十字社刊）の蔵書目録（昭和45年現在）に見ることができる。ただし、この目録は、すべて三島が読んだものとは限らない。寄贈され保存されていただけのもの、家族の蔵書も紛れ込んでいるようである。また書庫の外にあって漏れたものもあろう。例えば改造社版「現代日本文学全集」が五冊、新潮社版「世界文学全集」が数冊にとどまるのは、このためかと思われるし、友人や知人に貸して戻らなかったものも少なくあるまい。そして、実際に読んだとなると、友人や図書館から借りたものが多かったらう。

そうした制約があると心得た上で、蔵書目録の昭和十九年以前の刊行の書籍を対象とする。

まず日本人作家で冊数が多いものから挙げると、

泉鏡花が十四冊ある。ただし、明治、大正刊行が十一冊も占める。多分、祖母夏子から譲られたものであらう。なお、昭和十四年、公威が買って店員に不審がられたという『縲紅新草』は目録にはない。鏡花好きは、明らかに祖母譲りであることが知られる。

次いで佐藤春夫が十三冊。谷崎潤一郎が九冊。堀辰雄が六冊。北原白秋が五冊。夏目漱石、川田順、蓮田善明が四冊。森鷗外、岡本かの子、上田敏、室生犀星、日夏耿之介が二冊である。また、萩原朔太郎が全集のバラで七冊。小泉八雲が二冊に全集のバラで二冊である。

明治以前となると、滝沢馬琴が全集二冊に「里見八犬伝」全四巻。河竹黙阿弥が文庫二冊に「脚本集」「全集」各一冊。

竹田出雲が文庫一冊に博文館と国民文庫各一冊。平田篤胤が一冊に全集二冊。創元社の「能楽全書」が二冊。

このように馬琴に馴染むとともに、歌舞伎や浄瑠璃台本を、この時点ですでに読み、能の基本知識も習得すべく努めていたと考えてよいのであろう。

外国人作家では、コクトオが七冊。ワイルドが六冊。ラディゲ、モオラン、リルケ、リラダンが四冊。ジョイスが「ユリシーズ」全五巻の他に三冊。ジイドが全集のバラで五冊の他に一冊。ポーが全集のバラで三冊。チェーホフが全集のバラで三冊。

次いでランボウ、ヴァレリィ、プルースト、ネルヴァル、モオラン、シュニッツラーがいずれも三冊。

ブレイク、モンテスキュー、フローベル、アナトール・フランス、ロレンス、ヘッセ、フロイドが二冊。

一冊で珍しいのがペトローニウス、「カレワラ」、「ルーバイヤット」、「アベラールとエローイズ」、ニーチェ『如是説法ツァラトストラ』（登張竹風訳、山本書店刊）、ヒトラー『わが闘争』などである。こういうところまで関心の輪を広げていたのである。フラアケ『マルキ・ド・サド』（式場隆三郎訳、昭和12年刊）があるが、これはもしかしたら後年の購入かもしれない。トーマス・マンは『魔の山』4岩波文庫が一冊きり（昭和二十年以降になると八冊を数える）だが、すでにかなり読んでいたのは疑いない。

その他、「世界戯曲全集」四冊、「近代劇全集」六冊がある。この中にギリシア劇やイプセンなども含まれている。三島の劇作について考えるのには、このあたりをもっと詳細に見る必要があるだろう。

また、これら翻訳書において堀口大学訳が特別の意味を持っていた。ラディゲ、モオランなど六冊（詳しくは後に）にもなるが、「堀口氏の訳文は、しばらくの間、私をがんじからめに」した（「一冊の本―ラディゲ『ドルジェル伯の舞踏会』」）と書いているとおり、その訳文に夢中になった。ただし、愛読したはずの『月下の一群』は、この目録には見えない。

このように翻訳書が多いのは、中学生になった三島が身を置いた赤い屋根の住宅と、なにほどか通底していると言えるかもしれない。社会全体が、明治・大正とは違った形で、一段と欧米化へと傾いたのである。より広く、一般人（主に中産階級）の生活レベルにおいてである。ただし、それが同時に、欧米相手の戦争を用意することにもなった。このあたりの歴史の不思議さについて、われわれはまだまだ考察が足りないようである。

＊

蔵書には児童書が少なくない。この児童書の持つ重要性は、池野美穂が「三島由紀夫の原点―『仮面の告白』に引用された童話」（「国文白百合」38号）などで指摘しているが、その昭和十二、三年以前刊行の多くは、母が買い与えるなり、公威少年が母にねだって買って貰ったものであろう。

母倭文重は、明治三十八年（一九〇五）、開成中学校長橋健三の次女として生まれ育ち、大正半ばから女学校教育を受け、読書好きの少女として成長したひとであったから、児童向け文芸としては「赤い鳥」に親しんだろう。そうして白秋の詩集、鈴木三重吉編『世界童話』、中島孤島訳『アラビアンナイト』などを買い与えたと思われる。

それとともに先に触れた全集ブームが、児童文学にも及んでいて、昭和二年にはアルス「日本児童文庫」、興文社「小学生全集」が同時に刊行を開始、裁判沙汰になり、芥川龍之介自殺の一因となったとも言われている。ただし、これらによって分かりやすく書き直され、古今東西の文学作品なり神話伝承の類までが読めるようになっていたことを忘れてはならない。

幼い公威は、まずこのような状況へ、母親に手を取られて歩み入ったのである。

ただし、この母と子は、通常とはひどく異なった環境に置かれていた。先にも触れたように誕生間もなく祖母夏子の手元に引き取られ、授乳さえ祖母の部屋で行うという有様で、親子の自然な触れ合いは阻まれていたのである。

そのため、母親が絵本を読み聞かせ、文字が少し分かるようになると、一緒に読むのが親子の絆を感じる貴重な時間となった。初等科に入ると、学校へ送り迎えをするようになったが、そうした折、買い与えた本の感想を聞くのが日課になった。日頃気ままに接することがかなわない母から与えられた本であったから、公威は熱心に読み、母に喜んで貰えるよう感想をしっかり話すよう努めたのは言うまでもなかろう。

本を読み語ることが母と子の愛情の貴重な交換の機会となったのである。だからいやが上にも熱心に読み、感想をまとめ、語った。そこに学校での作文が加わった。書くと母に見せて感想を聞き、それに応えてまた書くようになった。

こうして読み書く能力は、初等科の段階で恐ろしく高いレベルに達したと思われる。期せずして一種の秀才教育が行われたと同じことになったのである。

そうして中等科に進んだのである。だから、厄介な現代作品であれ、読みこなすだけの能力をかなり獲得していたと考えられる。乱読、多読にかかわらず、身についたのだ。

三島の人並み外れた該博な知識は、昭和の初めに出現した出版状況の盛況と、母親との特殊な係りようによって培われた早熟な能力、集中力に拠るところが大きかったと見てよかろう。

そうして本を自ら購入する段階へと入って行ったが、初めて小遣いで買ったのは、ワイルド『サロメ』佐々木直次郎訳・岩波文庫（昭和13年5月重版）であったと言う。

＊

この中等科生となった秋に書いたのが、『酸模』（「輔仁会雑誌」昭和13年3月）であった。散文詩風の、物語的なまとまりを持った最初の作品である。

母倭文重が「『酸模』を読まされたときは、私はもう口がきけなくなるほどあっけにとられました。これは公威の本当の処女作品といってていいと思います」（「伜・三島由紀夫」）と言っているが、三島自身も、自分には処女作が四つあるとして、第一にこれを挙げ、「生まれてはじめて小説らしいものを書いたといふ新鮮な喜びが、今になつてもそれを読むとひびいてくる」（「四つの処女作」）と記している。

そのようにこの時から、小説を書くことをスタートさせたのだが、以後、作品を書き継ぎつつ、一段と読書に精を出した。

その読書の詳細の一部は、昭和十六年からの東文彦宛書簡（『三島由紀夫十代書簡集』）によって、知ることができる。

そこを見る前に、清水文雄との出会いに触れて置く必要があるだろう。『酸模』が活字になった直後、昭和十三年四月に成城高校から赴任して来たが、明治三十六年（一九〇三）生まれで、広島文理大で国語国文学を専攻、同じ斎藤清衛の門下の蓮田善明らと雑誌「文芸文化」の創刊を目前にしていた。七月に創刊号を送り出したが、国文学ばかりか現代文学にも新風を吹き込もうとするものであった。清水自身も、「文芸文化」に掲載した論文をまとめて『女流日記』文芸文化叢書（子文書房、昭和15年7月刊）を出すし、校訂した『和泉式部日記』（岩波文庫、昭和16年7月刊）の準備をしていた。

このように最も活動的な時期に清水はいて、若く颯爽としていたろう。それだけに生徒たちは近づき難かったが、三島は引き付けられた。そして昭和十五年、清水が学内の青雲寮の舎監になり、一日置きに宿直するようになると、舎監室へ頻繁に訪ね、平安朝文学を中心としてわが国の古典文学について教えを受けた。読む本も、わが国の古典が増えた。

そこで東文彦宛書簡だが、まず、手紙のやりとりをするに際して、自己紹介（昭和16年1月21日付）をしており、これまで自分がたどって来た道筋をこう書いている。

「初等科時代――小川未明やストリンドベルヒの童話にかぶれ、印度童話集を愛読」、「幼少から書いたのは主に詩でした」。

「中等科時代――初等科六年の三学期から本気になつて詩を始め」、今日に至っているが、その「傾向序列（一）白秋（二）ワイルド（三）フランスの近代詩人（月下の一群）（四）日本現代詩人（丸山薫、草野心平等）」。

この傾向は、目録でも確認できる。北原白秋『作曲白秋舞踊詞集』（昭和4年、改造文庫刊）、『まざあ・ぐうす』（春葉堂文庫、昭和8年刊）、『白秋小唄集』（アルス、昭和8年刊）、『白秋詩抄』（岩波文庫、昭和11年刊）といった具合である。多分、『白秋小唄集』までは母親から買い与えられたのであろう。ワイルドは、早く『幸福な王子』（春陽堂、少年文庫、昭和7年刊）などがあるが、これも母親の選択、購入によるのであろう。

詩では日夏耿之介訳『ワイルド詩集』（新潮文庫、昭和13年刊）がある。日本現代詩人は、『現代詩集』四巻、（河出書房、昭和14年刊）によると思われる。白秋から出発、現代詩に及んだところだったのである。

これに昭和十五年三月に執筆の「童話三昧」の記述を参看する必要があるだろう。

小説は『酸模』を書いた後、「ワイルドに傾き谷崎を熟読し、ドルヂェル伯の舞踏会に感激し、その前に、芥川にかぶれ、モオランを知り、今は『スワン家の方』に親しんでいます」とある。

目録には、ワイルドが前出のほか戯曲『サロメ』日夏耿之介訳（戦後の角川文庫）、『ウインダミーヤ夫人の扇』谷崎潤一郎訳、散文は神近市子訳『獄中記』（改造文庫、昭和7年刊）しかない。

谷崎は『愛すればこそ』（以下、適宜出版社省略）、『神童』（大正15年刊）、『谷崎潤一郎全集』三（昭和6年、改造社刊）、『武州公秘話』（昭和10年刊）、『新版春琴抄』（昭和10年刊）、『鶉鷸隴雑纂』（昭和11年刊）、『潤一郎訳源氏物語』全八巻（上の冊数では一に数えた）、『猫と庄造と二人のをんな』、『文章読本』がいずれも昭和十四年刊である。血みどろな場面がある『館』は明らかに『武州公秘話』の影響であろう。

ラディゲは『ドニイズ・花売娘』（昭和11年刊）、『ドルヂェル伯の舞踏会』（昭和13年刊）、『肉体の悪魔』（昭和13年刊）がいずれも堀口大学訳である。モオランは『夜とざす』（大正14年刊）、『三人の女』（昭和3年刊）、『夜ひらく』（新潮文庫、昭和14年刊）がいずれも堀口大学訳。他に『世界選手』（飯田正訳、昭和8年刊）がある。

そしてプルーストだが、『若き娘の告白』（五来達ら訳、三笠書房、昭和11年刊）、『失はれし時を索めて1』（五来達訳、三笠書房、昭和12年刊）、井上究一郎訳『心の間歇』（世界文庫、弘文堂書房、十五年刊）がある。これらについて書簡で言及、『失はれし時を索めて1』（コンブレエ）は古本屋でやっと探して来たがひどく汚れていると言い、『心の間歇』を読んで興味が出たら、『若き娘の告白』ともお貸ししますと書いている。この時点では、プルーストに最も親しんでいたと思われる。

また、七月十日付書簡では、リルケ『マルテの手記』（大山定一訳、白水社、昭和15年刊）、『旗手クリストフ・リルケの愛と死の歌』（塩谷太郎訳、昭森社、昭和16年刊）への言及がある。後者については訳について「あまりよいものではありません」と注している。七月二十四日付書簡では、リルケ『ドゥイノの悲歌』（芳賀檀訳、ぐろりあ・そさえて、昭和15年刊）について「絢爛で哀韻高い叙情的な哲学大系と思ひます」と書いている。

以上から、佐藤春夫、谷崎潤一郎への集中が昭和十四年頃には一段落して、堀口大学の訳文に夢中になり、昭和十五年から十六年前半は、ラディゲ、プルースト、リルケあたりを集中して読み、共感を覚えていたと捉えてよいようである。

そして、その近いところに、堀辰雄の作品があったと思われる。昭和十五年までに刊行された堀の著書を目録から挙げると、『不器用な天使』（昭和5年刊）、『麦藁帽子』四季叢書・（昭和8年刊）、『かげろふの日記』（創元選書、昭和14年刊）、『聖家族』（昭和名作選集、昭和14年刊）である。かなり熱心に読んだのは間違ひない。

この後、東文彦宛書簡における読書への言及は、堀辰雄の作品を除けば、もっぱら古典となる。『和泉式部日記』、『更級日記』は八月十四日付。『伊勢物語』、『建礼門院右京大夫集』は八月三十一日付。『古今和歌集』は十一月十日付。

これらは、言うまでもなく清水文雄の影響によるのであろう。もっともそれまでにも、中等科一年の時に説話体に魅力を覚え、『大鏡』の現代語訳を試みたり、『枕草子』を読んだとも言っている。

その清水文雄宛書簡（昭和十六年九月十七日付、未発送）には、東文彦宛書簡と同じような言及がある。引用すると、

「影響をうけた作家を年代順にならべますと、／①北原白秋、芥川龍之介、②オスカア・ワイルド、③谷崎潤一郎、④レエモン・ラディゲ、ジェイムス・ジョイス、⑤マルセル・ブルースト」「詩では①北原白秋、②フランス訳詩集（堀口大学訳、月下の一群）の詩人たちと、坊城俊民兄、③ジャン・コクトオ、④アルチュウル・ランボオ、⑤中原中也、⑥田中冬二、⑦立原道造」。

詩に関しては少し変わっているが、小説はほぼ同じである。

＊

ところで昭和十六年七月末に、『花ざかりの森』の原稿を清水文雄に見せ、感銘を覚えた清水は、八月初めの「文芸文化」編集会議にその原稿を提出、全員一致で掲載が決まり、初めて三島由紀夫の名で九月号から四回にわたって十二月まで連載されることになった。

その『花ざかりの森』の前に『花の性および石のさが』という百枚を越す作品（破棄されたか）を書いており、四月二十五日付東文彦宛書簡で「私の愚作」と呼んでいる。それを五月三日に書き終えて間もなく着手、七月二十日には批評してほしいと送っている。

その直後の二十四日付書簡で、『花ざかりの森』の題はギイ・シャルル・クロスの詩から取ったと明かして、「内部的な超自然な『憧れ』といふものの象徴のつもりです」と書き、さらに「古代、中世、近代、現代の照応の為、『海』をライト・モチイフに使ひ、『蜂』を血統の栄枯に稍々関係させました」「この一篇が『貴族的なるもの』への復古と、それの『あり方』を示すものであることは『その一』の後段の主張でおわかりだらうと存じます」と書いている。自作についての、まことに要領を得た説明と言ってよかろう。

そして、いまも言ったようにラディゲ、プルースト、リル

ケあたりに加えて堀辰雄を集中して読み、共感し、平安朝文学に親しむ、そういうところで書いたと、納得させる。

十六歳の中学生が、こうした作品から多くのものを取り込み、十分に醸成させる時間はないながらも、自らの感性でもって統一性を生み出し、まとめ上げているのである。そこにはいまも指摘した、昭和初期の出版文化の恐るべき達成が踏まえられており、その多様さ豊富さが、以後の三島由紀夫の目覚ましい、八面六臂とでも言うよりほかない活動を可能にしたのであらう。

なお、先に触れた清水文雄宛未発送書簡は、『花ざかりの森』の連載開始を受けて、これまでの自作をまとめて見てもらおうと考え、書かれたもので、「ことごとく玉石混淆」だと言い、「さうした甚だしい混乱は、少年期特有の『大人になりたい』といふすばらしい衒気の狂ほしさから来てゐるものでせう」と書き付けている。

こういう自己評価もさることながら、この時点で少年期を抜け出したと、はっきり感じたのであらう。この自己認識は生涯を終えるに際しても変わることがなかった。「私の自己形成は、ませていたからでしょうが、十五、六のときにすんじゃった」と死を前に言ったのを、すでに引用した。ただし、小説を書く苦しみは、この時から始まった。それも自ら処女作と呼んだ残りの『彩絵硝子』、『煙草』、『盗賊』を書くだけでは到底足りなかったはずである。

（文芸評論家）

ミシマ万華鏡

太田一直

平成24年7月8日、三島由紀夫文学館で新しい試みが行われました。宮田慶子氏（新国立劇場演劇芸術監督）と小林拓生氏（演出家・俳優・プロデューサー）の演出によるリーディング（朗読演劇）が行われたのです。三島作品の素晴らしさを知ってもらうために三島由紀夫文学館主催の演劇を行いたいということは常々希望としてあり、お客様の要望も多くありましたが、なかなか実現には至りませんでした。それが今回漸く実現したのです。宮田慶子氏には『近代能楽集』から「弱法師」、小林拓生氏には同じく『近代能楽集』から「卒塔婆小町」を演出して頂き、役者の方々も良い舞台にしようとご尽力下さりました。公演日は悪天候の中にもかかわらず、多くの方々が会場の山中湖村公民館へ足をお運び下さいました。実際の舞台を間近で見て頂くことで、多くの方々に三島由紀夫文学の素晴らしさを伝えることができたのではないかと思います。お客様からの賛辞の言葉や行事の継続を希望する声を多数頂けたことは、当館の大きな財産となり、励みにもなりました。劇団の方々、ご来場頂いた方々に、この場を借りて感謝申し上げたいと思います。本当にありがとうございました。

これからもこのような行事が続けられるよう当館では力を入れて参ります。また、展示の方も三島の個々の作品や三島由紀夫という人物にスポットを当てた特別展示を行う予定ですので、是非当館へお立ち寄り下さい。

三島由紀夫と昭和十年代の映画文化

山内由紀人

1

三島由紀夫の映画の記憶は、新宿の武蔵野館で観た『スキピイ』という子供映画に始まる。昭和六年、六歳の時である。三島は当時をこう回想している。

はじめて映画を見たのは、たしか「スキピイ」であつたと記憶する。ジャッキー・クーパー主演の悪童物語で、そのころ「スキピイ」が大はやりであつた。私はスキピイの模様のセータアを着せられてゐた。

家が四谷にあつたので、主に武蔵野館に行つた。都心へ出るときは、帝劇へ行つた。それまで「陸の龍宮」とか云つて、パンテージ・ショウやマーカス・ショウをかけてゐた日劇が映画劇場に変つたのは、大分あとであつた。はじめて日劇へつれて行かれたのは、たしか「ベンガルの槍騎兵」で、大入満員であつた。（「私の洋画経歴」「スクリーン」昭和二十八年九月号）

武蔵野館とは現在の新宿武蔵野館のことで、『スキピイ』が公開されたのは昭和六年七月二十二日のことである。武蔵野館は大正九年六月に洋画上映館として開館したが、昭和三年十二月に定員千百五十五人の近代的な大型映画館として新装オープンした。当時、新宿といえばまだ場末の街で、都心といえば銀座、有楽町だった。三島は東京山の手の四谷区永住町（現在の四谷四丁目）に生まれ、八歳までそこで育った。新宿にも近かった。この年の四月、三島は学習院初等科に入学したばかりだった。学校は七月十五日から夏休みに入っていたから、映画初体験はその休暇中の出来事になる。

映画公開日に発行された「S・P」というプログラムがある。四六版変形の八ページほどの小冊子で、上映作品の解説と今後の上映予定作品が紹介されている。この号は第七号で、毎月一冊の刊行であることがわかる。発行所は「松竹パ社興行宣伝部」になっている。武蔵野館はこの年から経営が松竹パラマウント興行社になり、「S・P」はその略称である。

そのため『スキピイ』は武蔵野館の他、浅草の大勝館、丸の内の邦楽館といった映画館でも上映されている。その「Ｓ・Ｐ」の解説。

「スキピイ」はパラマウント第二回の児童映画で、パアシイ・クロスビイが「レエデイス・ホーム・ジヤアナル」（世界最大の婦人雑誌）によせた有名な漫画を映画化したものです。主役スキピイをやるジアツキイ・クウパアは「アワー・ギヤング」（これはアメリカのもつ唯一の児童映画団体で、常に二巻物喜劇を発表してゐます）出身の子供で、これでは驚くべき達しやな主演ぶりです。

つづいて子役をはじめ、出演者たちのプロフィールが簡単に紹介されている。この映画は四月二十五日に、ニューヨークのパラマウント座で封切られた。この時代はまだ洋画の輸入も自由だったが、六年後の昭和十二年には七月に勃発した日中戦争によって戦時下に入り、困難になっていく。そして十六年十二月に太平洋戦争に突入すると、アメリカ映画の輸入は全面的に禁止された。それが解禁されるのは、敗戦後の二十一年二月のことである。三島はその時に一九四二年製作の『カサブランカ』（日本公開は昭和二十一年六月）や、一九三七年製作の『天使』（日本公開は昭和二十一年七月）といった映画を観ることになる。

『スキピイ』の主役のジャッキー・クーパーは、三島より四歳年長の十歳だったが、この作品でアカデミー賞主演男優賞候補になっている。その後も子役スターとして活躍したが、十代後半から低迷し引退。しかし戦後の一九六〇年頃にカムバックし、多くのテレビ作品に出演した。のちにはスクリーン・ジェームズ社テレビ製作部門の副社長を務め、製作と監督も手がけた。七九年に日本で公開され大ヒットした、リチャード・ドナー監督、クリストファー・リーヴ主演の『スーパーマン』シリーズでは、主人公のクラーク・ケントが勤めるデイリー・プラネット社の編集長役で出演していた。八九年に引退、二〇一一年五月に八十九歳で死去した。

ジャッキー・クーパーの叔父でもある監督のノーマン・タウログは、この作品によって同年の第四回アカデミー監督賞を受賞している。三十二歳という若さでの受賞記録は、今日でも破られていない。タウログは『少年の町』（一九三八年）といった、シリアスなドラマでも手腕を発揮した。この映画に主演したスペンサー・トレイシーは、前年の『我は海の子』（ヴィクター・フレミング監督）に続き二年連続でアカデミー主演男優賞を受賞した。四一年には同じスタッフで、『少年の町』の続編ともいえる『感激の町』が製作されている。タウログは戦後になって、『底抜け船を見棄てるナ』（一九五九年）、『底抜け宇宙旅行』（一九六〇年）といった喜劇シリーズでも職人芸をみせた。

三島の初めての映画体験は、映画としてはかなり良質な作品で、洒落た映画館で始まったことになる。二〇一一年十二月に刊行された『映画の殿堂　新宿武蔵野館』には、当時の劇場の外観と館内の写真が載っている。内外装ともモダンな建築だったことがわかる。つづけて三島は『フランケンシュタイン』（一九三一年、ジェームス・ホエール監督、昭和七年四月日本公開）、『キング・コング』（一九三三年、メリアン・C・クーパー、アーネスト・B・シェードザック監督、昭和八年九月日本公開）などのアメリカの怪奇特撮物によって映画に夢中になる。昭和八年、初等科三年の頃である。この年の七月、平岡家は四谷区永住町から同じ区内の西信濃町（現在の新宿区信濃町）に転居した。隔てた二軒の家屋に祖父母と三島、両親と弟妹が離れて住んだ。「私の洋画経歴」には、「私は小学校時代から映画にやみつきになり、しよつちゆう広告を見ては映画をねだつてゐた」と書かれている。

「東和シネクラブ」の昭和四十三年五月号では、映画評論家の小森和子と「十二才のとき映画に開眼したんです」（以下「十二才のとき」）と題した対談をし、三島は十代の映画の思い出を詳しく語っている。小森は最初にこんなエピソードを紹介している。

当時は、小学校以前はご両親が映画を見せてくれず。たしか小学三年のとき新宿の武蔵野館で「ベティ・ブープ」や「ミッキー・マウス」のマンガ映画を見た帰り、つれてってくれた知人のお子さんとトマト・サンドウィッチを食べたのが、それまで大きらいだったトマトを食べるようになったはじまりとか。「つれの子がぼくより小さかったんで、食べなきゃみっともないとがんばった。懐しいですね」とおっしゃる思い出もある。

少年時代の三島を語る微笑ましいエピソードである。アニメーション映画の『ベティ・ブープ』のシリーズ第一作は、一九三二年に製作された『花形ベティ』である。一方の『ミッキーマウス』シリーズは、二八年の『蒸気船ウィリー』がトーキーで大成功し、以後ミッキーマウスを主人公にした短編映画が量産された。この頃に三島がよく親と行った映画館は、新宿の武蔵野館と丸の内の帝劇であった。

2

帝劇の通称で知られる帝国劇場は、日本で最初の西洋式の演劇場として明治四十四年三月に開館した。一階と二階に客席があり、収容人数は千八百九十七人という大劇場だった。大正十二年九月の関東大震災によって外部を残し焼亡したが、翌年に再開。昭和五年からは松竹の経営となり、洋画封切館となってS・Yチェーン（松竹洋画系）の基幹劇場となった。武蔵野館もその後S・Yチェーンの系列下に入った。昭和八年九月七日発行の「S・P」では、『キング・コング』は「S・Y独占封切」と謳っている。この「S・P」はやがて「MUSASHINO NEWS」（アメリカとの開戦後は「武蔵野週報」）となる。三島が印象に残っている映画としてあげている一九三六年のチェコスロバキア映画『巨人ゴーレム』（ジュリアン・デュヴィヴィエ監督）も、昭和十二年七月にS・Y系で公開されている。

一方の帝劇は昭和十五年に松竹の賃借期限が切れると、経営は東宝に移り、再び演劇を中心にした興行形態に戻った。三島はこの映画館だった帝劇で、初めてカラーの映画を観ることになる。

色彩映画をはじめて見たのは、帝劇でディートリッヒの「砂漠の花園」をやつた時であつた。「舞踏会の手帖」も帝劇で、ロード・ショウみたいな形で、へんなレビューをつけてやつたのを見た。シャリピアンの「ドン・キホーテ」やチャールス・ロートンの「レムブラント伝」（題不明）も帝劇で見た。（「私の洋画経歴」）

『砂漠の花園』は一九三六年のアメリカ映画。監督はリチャード・ボレスラヴスキーで、マレーネ・ディートリッヒとシャルル・ボワイエが共演した。父の死後、新たな人生を求めてアルジェリアの砂漠を旅した女性が、過去のある男性と知り合い恋に落ち、さまざまな体験をするというエキゾチックなラブストーリーである。三島はこの映画についてこう語っている。

三島　あのラスト・シーンで、砂漠に夕陽が沈んでいくとき、駱駝の手綱が首のところに影絵のようにゆれていたのを、今でもおぼえています。

初めてのカラー映画ということもあって、三島にはその色彩がつよく印象に残った一本だった。

『舞踏会の手帖』は一九三七年のフランス映画。ジュリアン・デュヴィヴィエ監督の代表作の一本で、マリー・ベル、フランソワーズ・ロゼーなどが出演している。日本公開は昭和十三年九月。三島は戦前のデュヴィヴィエを高く評価していて、とくにジャン・ギャバン、ミレーユ・バランスが出演した同年の『望郷』については、「昭和十四年か十五年ころ、あれは何度も見たような気がします」（「十二才のとき」）と語っているほどである。『望郷』は昭和十四年二月に日本で公開されている。

三島には帝劇の思い出がつよく残っている。

三島　ぼくは親と一緒に帝劇で見たものはずいぶんたくさんありますよ。「朱金昭」も「ドン・キホーテ」も見ました。あのころは、東京の山の手のインテリがまだあった時分で、帝劇の二階も品がよくて……今はあの雰囲気はないですね。その雰囲気といえば、ぼくの隣りに羽織り袴できていた紳士がウファのUFAが出ると口の中で〝ウッファー〟といったり、ドイツ語の字幕が出るとドイツ語をいったり（笑）、今でも思い出すとおかしんですけど、とにかくそういう時代でしたね。（「十二才のとき」）

昭和十年代の古き佳き東京山の手の文化を伝えるエピソー

ドである。当時の流行語である「今日は帝劇、明日は三越」という宣伝文句は、まさに山の手インテリ層の文化的生活の一端を物語っている。三島の生まれた平岡家もそうした家庭環境にあった。武蔵野館でのマンガ映画大会とサンドウィッチ、そして帝劇という東京のシンボル的な高級劇場で観る芸術的な娯楽映画。三島は子供向けの映画から、だんだんと大人の映画へと関心を向けていく。その十代の映画体験が、生来の早熟な感受性をより豊かなものにしていったのである。

三島が帝劇で観たという『ドン・キホーテ』は一九三三年のフランス映画で、監督はゲオルグ・ヴィルヘルム・パプスト。当時、世界最大のバス歌手といわれたフェオドール・シャリピアンが主演した。脚本はポール・モラン。三島が十代に愛読した『夜ひらく』などの作家である。チャールズ・ロートンが主演したレムブラントの伝記映画は『描かれた人生』のことで、三六年のイギリス映画。監督はアレクサンダー・コルダ。この対談では思い出に残った映画として他に、三四年のイギリス映画『朱金昭』（ウォルター・フォード監督、ジョージ・ロビー主演）、三五年のオーストリア映画『たそがれの維納《ウィーン》』（ヴィリ・フォルスト監督、アドルフ・ウォールブリュック、パウラ・ヴェセリー主演）などをあげている。

このうち特に『たそがれの維納』については、「いま見たら、ちょっとセンチメンタルでしょうけれども」と語っているが、この作品は三島に映画の愉しさを教えた一本でもある。原題は『マスカレード』で、直訳すると『仮装舞踏会』。いかにも三島好みといえるが、『たそがれの維納』というロマンチックな邦題も素晴しい。ウィーンの社交界を舞台にしたラブストーリーだが、ほのかなエロティシズムとデカダンスな雰囲気に包まれ、嘘と本当の愛の物語がミステリアスに描かれる。しかも歌とダンス、音楽会のシーンもふんだんにあって、映画的な興趣は申し分ない。

シューベルトの伝記映画『未完成交響曲』（一九三三年、ドイツ・オーストリア）で新しい感覚的な映像世界を表出した監督のヴィリ・フォルストは、この作品でも絶妙の語り口をみせる。脚本はヴィリ・フォルストとヴァルター・ライシュ。音楽はヴィリ・シュミット＝ゲントナーで、ウィーン・フィルハーモニーが演奏している。アドルフ・ウォールブリュックは、その貴族的な容姿でオーストリアを代表する二枚目スターとして活躍したが、ナチスを嫌いハリウッドに渡りアントン・ウォルブルックと改名した。戦後はイギリスの市民権を獲得し、『赤い靴』（一九四八年、イギリス）、『輪舞』（一九五〇年、フランス）、『埋れた青春』（一九五四年、フランス）、『美わしのロザリンダ』（一九五五年、イギリス）といった映画に出演した。これらの作品について、三島は映画評や鼎談でふれている。アントン・ウォルブルックについても名前をあげ、「映画『輪舞』のこと」（「群像」昭和二十七年九月号）の中では、「アントン・ウォルブルック（むかしこの人はアドルフ・ウォルブリュックと謂《い》つたやうに記憶する）が人生の傍観者を象徴した役柄で、口上役になり、給仕頭となつて出没する」と紹介し、「アントン・ウォルブルックは、維納情緒を一人で背負つてをり、宛然《さながら》生き永らへて年老いたフリッツ（恋愛三昧《ざんまい》）である」と書いている。三島にはこの男優は『たそがれの維納』以来の、少年時代の記憶につながっている。また「芸術新潮」昭和三十一年八月号の轟夕起子、横山はるひとの鼎談「『美わしのロザリンダ』」ではこんな発言をしている。

三島　アントン・ウォールブルックの独白で始まる出だしが非常に気が利いていたので、期待したけれど、案外に野暮だね。粋なのはウォールブルックだけ。舞踏会の夜が明けて、彼が退屈な顔をして噴水の側に坐ってるところなんかいいな。

アントン・ウォルブルックは、三島のご贔屓男優の一人だったことがわかる。『美わしのロザリンダ』は、『赤い靴』と同じマイケル・パウエル、エメリック・プレスバーガー監督によるバレエ映画で、三島はこうした映画も好きでよく観ていた。ことに同監督による『ホフマン物語』（一九五一年）は大絶賛で、「『ホフマン物語』特にあのヴェニスのエピソードの陶酔は、おそらく私が映画を見はじめて以来のものであつたらう。英国の十九世紀悪魔派の趣味の結晶した映画であつた。映画であれほどデカダンスを満喫したことはない」（「ウラノワのジュリエットーソ聯《れん》のバレー映画をみて」「毎日新聞」昭和三十一年二月十二日）と書いているほどである。

3

三島が映画に夢中になりはじめた頃の昭和八年二月二十四日に、日劇こと日本劇場は有楽町に開館した。地上七階、地下三階の広大な劇場で、収容人員は四千人を超えた。内装はアール・デコ調の豪華絢爛たるもので、地下にはレストランや散髪店もあった。その設計は画期的なもので、屈曲した外観は偉容を誇った。三島の回想にもあるように当初は「陸の龍宮」と呼ばれ、「パンテージ・ショウ」や「マーカス・ショウ」などのアメリカのレビュー団の公演で人気を集めた。日劇が映画館に変わるのは、二年後の昭和十年ごろで、今度はそのために「シネ・パレス」とも呼ばれるようになった。日劇で『ベンガルの槍騎兵』が公開されたのは昭和十五年三月のことだから、三島が観たのは中等科四年に進級する直前の春休みだったと思われる。この映画はヘンリー・ハサウェイ監督、ゲイリー・クーパー主演の、イギリス騎兵隊のインドでの活躍を描いたスペクタクル冒険活劇だった。十五歳の三島は大劇場の大入満員の中で、どんな思いで観ていただろうか。

こうした冒険活劇や『キング・コング』『フランケンシュタイン』といった怪奇特撮物の映画以上に、十代の三島を熱中させたのは、帝劇の思い出の中にも出てくるドイツのウーファー社（ＵＦＡ）のオペレッタ映画だった。

今も忘れられないのは、当時しきりに来たウファのオペレッタ映画である。「会議は踊る」「お洒落《しゃれ》王国」「朱金昭」その他無数にあつて、戦争になつてからも、リリアン・ハーヴェイの「カプリチオ」などが来た。こんなに熱中して見たものはなく、ケエテ・フォン・ナジイといふオペレッタ女優に病みつきになつた。セリフも歌も、バカ〳〵しい筋も、すべて好きであつた。後年フランスへ行つて、「メリイ・ウィドウ」や「微笑の国」に夢中になり、オペレッタ熱が再燃したのは、かういふ幼時の教養（？）の賜物《たまもの》であるにちがひない。（「私の洋画経歴」）

オペレッタ映画とは、シネオペレッタと呼ばれる台詞と踊りのある音楽映画のことで、軽妙なストーリーと歌に特長がある。ウーファー社は一九一七年から四五年までドイツにあった映画会社で、三〇年代にオペレッタ映画を量産し、世界中で大ヒットさせた。三島はその中でも三一年のエリック・シャレル監督、ヴィリ・フリッチュ、リリアン・ハーヴェイ出演の『会議は踊る』をつよく印象に残った一本としてあげている。また小森和子の「『会議は踊る』というオペレッタがございましたね」という質問にも、こう答えている。「あれはまったくよかったですね。ああいうものは、ぼくは一番映画芸術のリッチなぜいたくなしゃれたものだという観念が抜けません」（「十二才のとき」）。また田中澄江、黛敏郎との鼎談「たのしきかな映画」（「小説公園」昭和三十年十二月号）の中でも、「ウィーンのオペレッタ映画というのはよかったな。『会議は踊る』……」と語り、映画ベストテンに入れている。『会議は踊る』は昭和九年一月に日本で公開され、その年のキネマ旬報外国映画ベストテンの第二位に選出されている。武蔵野館が昭和八年四月二十日に発行したチラシには、「音楽映画の最高峰」「欧州名優総出演」「ウーファ超特作映画」といったコピーが並んでいる。この映画にはワインと歌と踊りが全編にあふれ、ロシア皇帝ウラルスキーと手袋屋の娘クリステルとのロマンスを中心に、大人のお伽話のような世界が描かれている。ナポレオンの刑を決定するため、オーストリアの首相が開催したウィーン会議。しかしヨーロッパ各国の首脳はワインとダンスに夢中で、会議は進まず。首脳たちの華やかなパレードに、クリステルが店の宣伝の花束を投げこんだことから、爆弾騒ぎとなる。クリステルは逮捕され、ムキ出しの尻に二十四回のムチ打ちの刑を言い渡されるが、それを救ったのがロシア皇帝だった。クリステルは一兵士と思いこみ、皇帝に夢中になる。皇帝もまたクリステルとのアバンチュールを楽しむ。やがてクリステルは皇帝であることを知るが、皇帝はナポレオンの脱出によって急ぎ帰国する。監督のエリック・シャレルはリズミカルで躍動感あふれる演出で、愉快な人間喜劇に仕上げた。パレードや酒場の群集シーンでの大合唱から、ラストの舞踏会の場面まで、明るく楽しい歌と音楽で一気にみせた。時にはユーモラスに、時にはエロチックに、政治を諷刺しつつ、当時の人々の生活感情を美しく描いた。脚本もよく練られ、構成も巧みである。音楽はヴェルナー・リヒャルト・ハイマン。カール・ホフマンの流麗なカメラワークが素晴らしい。ウーファー社の技術力の高さを証明する一本である。クリステル役のリリアン・ハーヴェイはオペレッタ映画の人気女優で、ここでは可憐でコケティッシュな魅力をふりまく。この映画と、三〇年にヴィリ・フリッチュと共演した『ガソリン・ボーイ三人組』（ウィルヘルム・ティーレ監督）で国際的な名声を得た。三島は「映画と小説はライバルですね」（「アサヒ芸能新聞」昭和二十六年三月十八日号）と題された談話の中で、「フランスは映画がやはり一番好感が持てます」と語ったあと、こうつづけている。「フランス物に次いでは往年のドイツ・ウーファーのオペレッタ物ですね。リリアン・ハーヴェイのよくやったウィーン物はむしろフランス物よりコクがあって非常に楽しいものでした」。

ロシア皇帝ウラルスキーを演じたヴィリ・フリッチュは、三島がファンの女優ケエテ・フォン・ナギ（ナジイ）と共にウーファー社を代表する人気俳優で、歌えるスターとして活躍した。監督のエリック・シャレルは舞台で多くのオペレッタやレビューを手がけたあと、ウーファー社の大プロデューサーであるエーリッヒ・ポマーに認められ、『会議は踊る』で映画界に進出した。初監督とは思えない完成度で大成功を収め、その後ハリウッドに招かれ一九三四年に『キャラバン』を撮るが、駄作に終わった。その後は映画界を去り、舞台に復帰した。映画作品としては『会議は踊る』一本にとどまったが、エリック・シャレルはウーファー社を代表する監督として名を残した。ウーファー社のオペレッタ映画の代表的作品としては他に、三〇年の『嘆きの天使』（ジョゼフ・フォン・スタンバーク監督、エミール・ヤニングス、マレーネ・ディートリッヒ出演）、三一年の『三文オペラ』（ゲオルク・ヴィルヘルム・パブスト監督、ルドルフ・フォルスター、カローラ・ネイベル出演）、三三年の『ワルツ合戦』（ルドウィッヒ・ベルガー監督、ヴィリ・フリッチュ、レナーテ・ミュラー出演）などがある。三島があげているリリアン・ハーヴェイの『カプリチオ』は、三八年のカール・リッター監督作品。『朱金昭』はウーファー作品ではなく、三島の記憶違いと思われる。

オペレッタとは〝小さなオペラ〟の意味だが、オペラとは全く別の音楽形式として、イタリアではなくオーストリアのウィーンを中心に発達した。そのためにウィンナ・オペレッタとも呼ばれる。三島はこう語る。

三島　あとは、やはりウィーンのオペレッタです。東和がやたらにオペレッタを輸入した時代がありましたね。

あのころ見たのが、ぼくが芝居を書くうえでとても影響しているんですよ。ああいう十九世紀末的な、駘蕩たる感じ……。パリへいって一番はじめにモガドールでレハールの「メリー・ウィドウ」を見て、いいナと思いましたね。みんな子供のときからの記憶につながっているんです。あとは、やはりレハールの「微笑の国」なんかも見ました。（「十二才のとき」）

三島は戦後になって、実際にパリで観たウィンナ・オペレッタの思い出を語る。レハールとは、ウィンナ・オペレッタを代表する作曲家のフランツ・レハールのことで、『メリー・ウィドウ』も『微笑の国』もその代表作である。このうち『メリー・ウィドウ』が戦前に二度映画化されている。一度目はオーストリアに生まれハリウッドで活躍した、俳優でもあるエリッヒ・フォン・シュトロハイムの監督作品で、一九二五年に製作された。日本での公開は昭和三年十二月である。二度目は三島の好きなエルンスト・ルビッチ監督によって三四年に製作され、昭和十年五月に日本で公開されている。

4

「やたらにオペレッタを輸入した」「東和」とは、現在の東宝東和株式会社の前身である、東和商事合資会社のことである。外国映画の輸入と配給を業務とし、昭和三年に川喜多長政によって設立された。戦後になって東和映画株式会社に改称。三島が昭和四十年に自作自演で製作した映画『憂国』の外国での公開に尽力したのが、当時の副社長でもある長政夫人の川喜多かしこだった。三島からアドバイザーとしての依頼を受けたかしこは、九月にパリのシネマテックでの試写会を実現させた。瑶子夫人とともにヨーロッパ旅行中だった三島は、この試写会に出席した。試写は好評で、三島を感激させた。

三島が十代で観た思い出に残る映画としてあげている、『たそがれの維納』『会議は踊る』『巨人ゴーレム』『望郷』などのヨーロッパ映画は、すべて東和商事の提供である。東和が当時の日本の映画文化の最先端にいたことは、三島の次のような発言からも窺うことができる。

三島　ぼくは好きなものを、といいますか……親が、あんな映画、子供はいけないとかなんとかいうものですから、東和映画の、当時は東和商事ですか、あの黒い格子の模様の入った広告を持っちゃ親のところへいって、これを見たい見たいといった記憶があります。

そのころでもヨーロッパの名画といわれるのは東和が一手に入れていたんじゃないですか。あの当時のインテリは今よりずっと気取りがありましたから、映画は東和しか見ないとか、帝劇、武蔵野館、芝園館しかいかないとか……。（「十二才のとき」）

芝園館は、現在の地下鉄の芝公園駅に近い、芝園橋にあった映画館。戦前から戦後にかけて賑ったが、映画産業の衰退と町の変貌から六〇年代に閉館した。三島はまた同じ対談で

「映画も、東和のおかげで、いい時代に見たと思うんですよね」と語り、さらにこう回想している。「ぼくは十二歳のとき『女だけの都』で、映画に開眼したんですよ」。

『女だけの都』は一九三五年のフランス映画で、東和の配給によって昭和十二年三月に日本で公開された。この映画には冒頭でタイトルとクレジットが流れたあと、作品についての説明がある。舞台はフランドル地方の小さな町ボーム。フィリップ三世の治下にある一六一六年。平和な時代だが、人々にはまだかつてのスペインとの残虐な戦争の記憶がつよく残っている。その背景につづく説明。「この物語は史実に基いていないが、運河沿いの村の様子や祭に浮き立つ村人の様子がいきいきと描かれ、かの有名なフランドル派の絵画の裏側にあった当時の世界をみごとに再現している。その素晴らしい写実性と想像力の表現で、『女だけの都』はフランス映画祭でグランプリを受賞した」。ボームに一夜の宿を求めた公爵の率いるスペイン軍と、それを恐れつつ接待する町の人々の様子を、町長婦人を先頭に女たちが団結して活躍するという物語である。監督のジャック・フェデーは、当時の社会に生きる男女の生活感情を時代色豊かに描いた。助監督はのちに『天井桟敷の人々』（一九四五年）を撮るマルセル・カルネ。豪華な美術と美しいモノクロームの映像、そして俳優たちの達者な演技で映画の面白さを堪能できる。ジャック・フェデーは戦前のフランス映画を代表する監督の一人で、他に『外人部隊』（一九三三年）や『ミモザ館』（一九三五年）といった作品がある。

主役の町長夫人を演じたのは、ジャック・フェデーの妻でもあるフランソワーズ・ロゼーで、貫録十分な演技をみせる。他にルイ・ジューヴェ、アンドレ・アレルム、ジャン・ミュラらが出演している。一級の諷刺コメディーにして、エスプリに富んだ人間喜劇である。さらにはややエロチックなフランス流の艶笑話の一面ももっている。この映画はフランス・シネマ大賞の他、一九三六年のヴェネチア国際映画祭監督賞、同年のニューヨーク映画批評家協会最優秀外国語映画賞を受賞している。日本では昭和十二年のキネマ旬報外国映画ベストテン第一位に選出されている。三島が『会議は踊る』について語った、「一番映画芸術のリッチなぜいたくなしゃれたもの」という評は、『たそがれの維納』や『女だけの都』などの一九三〇年代のヨーロッパ映画に共通していえることである。

アイ・ヴィー・シーから発売されている『女だけの都』のDVDには、参考資料として三木宮彦による解説が収録されている。その一つ「検閲と『女だけの都』」によると、昭和十二年の日本公開版では何箇所かのシーンがカットされているという。たとえば回想でスペインとの戦争が描かれるが、ここでのレイプ、幼児虐殺、拷問、縛り首といった残虐なシーン。そして上流階級の夫人たちのモラルの問題に関わる、セックスを連想させる場面。十二歳の三島が観たのも当然この検閲後の作品だろうが、その面白さを損なうほどのものではなかった。おそらく三島の想像力は、この映画のもつ世界に深く共鳴したのである。三島はただこう語るだけである。

小森　あの映画には大変な名優が出ていましたね。

三島　フランソワーズ・ロゼー、ルイ・ジューヴェとかね。これは素晴らしい映画だと思いましたね。

小森　私なんかは、あの生臭坊主をやったルイ・ジューヴェが、ただ素晴らしい役者だナと思っただけですけれど……やはりそういう時代から、感覚的にも普通の人とはちがっていらした……。

三島　ただマセていただけです。（笑）

たしかに十二歳で『女だけの都』によって映画に開眼したというのは、かなり早熟なのである。まだ『たそがれの維納』や『会議は踊る』をあげた方が一般的にはわかりやすいといえるだろう。しかし『女だけの都』はその二本の映画よりははるかに面白く、映画芸術として完成されていたのである。

そしてこの十二歳という年齢は、三島の少年期を語るうえで重要な意味をもっていることも見落としてはならないだろう。性にめざめ、自我にめざめ、芸術に興味をもちはじめたこの年に、初めて大きな環境の変化を体験しているのである。四月、三島が学習院中等科に進学した直後に、四谷区西信濃町から渋谷区大山町（現在の渋谷区松濤）へ両親弟妹と転居し、家族四人だけの生活が始まった。三島はようやく祖母のもとから解放された。しかし週に一回は祖母の家に泊りに行くこと、一日一回の電話が義務づけられた。祖母に連れられ、初めて歌舞伎を観るのもこの頃である。歌舞伎によって、三島の映画鑑賞も影響を受け、演劇的なものになっていく。三島は詩作に没頭するが、父の梓は文学を志すことに猛反対し、原稿を破り棄てたりした。その梓が十月に農林省大阪営林局長に就任し、単身赴任した。母の倭文重に見守られ、三島は思う存分創作に専念できるようになった。学習院高等科三年で文芸部員の坊城俊民と知り合い、親密な交際が始まる。坊城は三島の才能を高く評価していた。十二月には、「輔仁会雑誌」に投稿した「秋二篇」などの詩五篇が掲載された。そして翌十三年三月、三島自らが処女作の一つであるという短編小説「酸模《すかんぽ》―秋彦の幼き思い出」を同雑誌に発表した。以後、精力的に詩や小説を発表しつづける。映画に開眼したとほぼ同時に文学活動も活発化していったのである。そうした中で、三島が十一歳で体験した二・二六事件は生涯忘れることのできない大きな精神的事件となった。三島は『豊饒の海』の第一巻『春の雪』（昭和四十四年一月）を上梓した直後、その感想を送ってきた坊城俊民宛の返信の中で、二・二六事件についてふれている。

われわれ（貴下と小生）の人生には一体何が起つたのでせ

うか？　その根本原因は、あの三十年前の雪の日の事件なのでせうか？（中略）……おそらくあのとき、少年の小生は（中略）、何かある凶変の純粋な焔に魅せられてゐたのです。今も小生には、人生の行手に、その焔の幻だけが見えます。その幻が小生をこんな風に変へてしまつたのだと思います。（昭和四十四年三月十二日付）

坊城は『焔の幻影―回想三島由紀夫』の中でこう書いている。

しかしその感じやすい魂は、事件の背後にあるものを、本能的に読みとったのではあるまいか。それは、三十年後の『天人五衰』に、本多の考えとして書かれている「日本の深い根から生ひ立つたものの暗さ」である。われわれのはるかなるふるさとの、暗いともし火である。それは『春の雪』に結実した「優雅」であるとともに、『奔馬』における「暗い熱血」でもあった。ふたつながら、この国の長い歴史に培われた伝統の精神にはちがいない。しかしふたつながら、「近代」の前に消え失せようとしている、すでに不在の残像かもしれない。その火影《ほかげ》を、三島は十二、三歳の歳、みずからも手の届かない心のおくがに、見てしまったのではなかったろうか。

三島にとって十一歳から十五歳頃までの五年間は、その後の生涯を決定してしまうきわめて重要な時代だったのである。三島は死の一週間前に坊城に送った手紙にこう書いている。

「十四、五歳のころが小生の黄金時代であつたと思ひます」（昭和四十五年十一月十九日付）。

そうした少年期の三島の「黄金時代」を築いたのは、映画と読書だった。九歳の頃から『アラビヤン・ナイト』を読みはじめた三島は、十代になるとワイルド、コクトー、ユイスマンス、リラダンといった作家たちを愛読するようになった。幼年期に祖母と過ごした密室での生活で、孤独感から空想癖を形成していった過敏ともいえる感受性は、それら読書によってさらに現実逃避を好み、幻想とお伽話の物語世界へと三島を誘っていったのである。『女だけの都』はそんな三島にぴったりの映画だった。粋でおしゃれで、ロマンチック。しかもユーモラスでエロチックに、大人のお伽話のような世界が描かれているのである。そして何より芸術として洗練されていたのである。三島の映画観と芸術観はすでにここに確立されたといってもいいだろう。後年、三島は「いい映画」の条件について次のように書いている。

私がいい映画だと思ふのは、首尾一貫した映画である。当り前のことである。しかしこれがなかなかない。各部分が均質で、主題が納得され、均整美をもち、その上、力と風格が加はれば申し分がない。それは映画以外の芸術作品に対する要請と同じものである。（「ぼくの映画をみる尺度・シネマスコープと演劇」「スクリーン」昭和三十一年二月号）

『女だけの都』がこうした条件が揃った「いい映画」だったことはいうまでもないだろう。この時から映画は三島にとって文学と対等の芸術となったのである。それは三島が死を直前にして、十四、五歳の頃を「黄金時代」と言ったことと決して無関係ではない。たとえば最後の対談となった古林尚に対するこんな発言。

三島　どうしても自分の中には理性で統御できないものがある、と認めざるを得なくなった。ひとたび自分の本質がロマンティークだとわかると、どうしてもハイムケール（帰郷）するわけですね。ハイムケールすると、十代にいっちゃうのです。（「三島由紀夫　最後の言葉」「図書新聞」昭和四十五年十二月十二日、四十六年一月一日）

三島の最後の映画評論となった「忘我」（「映画芸術」昭和四十五年八月号）もまた、この発言と同じ心情から書かれている。そこには十代の記憶へとつながる、映画と映画館に対する思いがあふれている。三島はこう書き出している。

どうしても心の憂悶の晴れぬときは、むかしから酒にたよらずに映画を見るたちの私は、自分の周囲の現実をしばしが間、完全に除去してくれるといふ作用を、映画のもつとも大きな作用と考へてきた。（中略）私の映画に求めてゐるのは「忘我」であつて、娯楽といふ名で括《くく》られるのは不本意である。私はただの一度も、映画で「目ざめさせて」もらつた経験もなく、又目ざめさせてもらふために、映画館の闇の中へ入つてゆくといふ、ばからしい欲求を持つたこともないのである。

「忘我」は映画を通して書かれた遺書として読むことができる。つづけて「ヒッチコックの近作に、往年の色艶《いろつや》が褪《あ》せて来たことは淋しい」と語り、「スター・システム」と「性」をテーマに独自の映画論を展開する。最後に「性」が氾濫する難解な芸術映画を嘆き、こう結んでいる。

かくも忘我から遠いものはないために、私は、これを見定めて、忘我を与へてくれさうな映画を見るとき以外に、映画館へ足を運ばなくなつたのであつた。

こう語る三島の脳裡には、十代の頃に観た洋画の数々と、武蔵野館、帝劇、日劇といった映画館の思い出が揺曳していたに違いない。またその映画体験は、おそらく十二、三歳の頃の三島が「心のおくが」に見てしまった「火影」にも呼応していた。映画が映画館とともにあり、みごとな映画芸術が娯楽でもあった時代。そして東和が輸入したヨーロッパ映画の豊饒な世界。三島にとって映画館は「忘我」を与えてくれる場所であり、それはまさに十代に「ハイムケール（帰郷）」する場所であったのだ。映画は三島のもう一つの文学的故郷だったのである。

（文芸評論家）

三島由紀夫のトポフィリア——神島から琉球へ——

岡山典弘

一、南の島憧憬

三島由紀夫は、生涯にわたって南の島を憧憬した。

常夏。!!!
お陽さまは只かん〳〵と照る。
でも此の常夏の、波は、風は、？
皆清い!!
なんとなくきよらかなのであります。
遠い彼なたにかすんでみえるしまは。
只ひとつのしまは。
人げんの「きぼう」であります。（『夏の文げい』）

八歳の公威少年は、常夏の島を「人げんの『きぼう』」と表現した。後年、三島は、遠い彼方に霞んで見える島を『潮騒』の神島、『椿説弓張月』の琉球として描いた。神島と琉球。三島の描いたこの土地が意味するものは何であろうか。そして、この土地に何らかの繋がりがあるのだろうか。イーフー・トゥアンは、「トポフィリアとは、人々と、場所あるいは環境との間の、情緒的な結びつきのこと」で「人間の場所に対する愛」と定義している。[1] この小文では、三島と神島・琉球との結びつきや、三島文学に描かれた場所の意味を探ってみたい。

二、神島の日輪

『潮騒』は、貴種流離譚と捉えることができる。新制中学の落第生でありながら、背丈は高く、澄んだ目を持つ漁師の新治は、王子である。目もとが涼しく、眉は静かな海女の初江は、姫に当る。

デキ王子の伝説は模糊としてゐた。デキといふその奇妙な御名さへ何語とも知れなかつた。六十歳以上の老人夫婦によつて旧正月に行はれる古式の祭事には、ふしぎな箱をちらとあけて、中なる笏のやうなものを窺はせたが、その秘密の宝が王子とどういふ関はりがあるのかわからなかつた。（略）とまれ古い昔にどこかの遥かな国の王子が、黄金の船に乗つてこの島に流れついた。王子は島の娘を娶り、死んだのちは陵に埋められたのである。（略）

初江は吉夢を見たのであつた。神のお告げで、新治はデキ王子の身代りであることがわかり、めでたく初江と結婚して、珠のやうな子供が生まれるといふ夢を見たのである。（『潮騒』）

三島は、昭和二十八年三月に初めて神島を訪れた。寺田宗一漁業組合長宅に寝起きして、朝は蛸漁に出かけ、夜は青年会の例会に出席するなど、島の生活を体験するとともに、島の民俗や伝承を綿密に取材して、物語に織り込んだ。しかしデキ王子の記述には、作者としての作り変えが認められる。「黄金の船」に乗って神島に流れついたのは、デキ王子ではなく、「おたつ上臈」である。

遠い昔、「おたつ上臈」と呼ばれた美女が、黄金づくりのうつぼ舟に乗って流されてきた。漂着した「おたつ上臈」は、うつぼ舟を島の南西の浜辺に埋め、岩屋に身を隠した。やがて島民に見つけられた「おたつ上臈」は、庄屋の家に匿われたが、追っ手が来た際に手鏡を井戸に投げ入れて難を逃れたという。[2]

三島は、デキ王子を異国の王子であるかのように描いているが、我が国の流竄の王子については、幾つかの傍証がある。

折口信夫は、「麻績王が、伊勢国の伊良虞の島に流された。伊良虞の島では外から見た地形に、はつきり別々の区画が見えるから、伊良虞崎のことだろうと言ふ人も多いが、いや伊良虞崎に向かつて行く途中にある神島といふ島だろういふ説があります——私も実は其説です」と天武期の麻績王を貴種流離譚の例に挙げている。[3]また八代神社の社掌で郷土史家の小久保保彦は、後醍醐天皇の八人の皇子が上陸して、その八人の塚があったという口碑を記録している。島には、デキ王子の塚のほか、カツ王子、セト王子、カツメ王子の塚が痕跡を留めている。[4]北畠親房の『神皇正統記』には、延元三年（一三三八）陸奥から神宮に向う皇子一行の航海のことが「波風をびたゝしくなりて、あまたの船ゆきがたしらずはべりけるに、御子の御船はさはりなく伊勢の海につかせ給」と記されている。神島に漂着したのは、皇子はともかくとして、「あまたの船ゆきがたしらず」のうちの一隻であろうか。

『三島由紀夫選集』で「歌島の人と言葉」を解説した矢野文博は、「旧正月に行はれる古式の祭事」に触れて、「ゲーター祭であろうが、デキ王子の古墳とは関係はなさそうで、『ふしぎな箱』をあけるようなこともない」と断言している。[5]

神島に伝わるゲーター祭は、天下の奇祭である。元旦の夜明け前、グミの枝を束ねて作った「アワ」と称する直径二メートルの輪を、若者が浜に担ぎ出す。「アワ」は、大勢の男衆が持った竹で激しく打たれる。数十本の竹に突き刺されて中空高く差し上げられた「アワ」は、叩き落され、八代神社に奉納される。「アワ」とは、日輪の象徴で、「天に二日なく地に二王なし」ということから、叩き落されるのだという。筑紫申真は、これを天の岩戸に隠れた天照大神を甦らせる神話と同じで、太陽霊の復活を祈る祭りだと論じた。[6]また矢野は、「おたつ上臈」の乗った「金の船」は太陽と関係があり、ゲーター祭をもたらした者こそ「おたつ上臈」ではないか、と推論している。

周知のとおり神島は、「太陽の道」の東端である。神島――斎宮跡――三輪山――大鳥神社は、北緯三十四度三十二分に位置して、東西を貫く一本の直線で結ばれる。春分と秋分の日、太陽はこの四つの土地の上を通過する。「太陽の道」(レイライン)は、三島の死後、昭和四十八年の写真家・小川光三の『大和の原像――知られざる古代太陽の道』や、昭和五十年のNHKのディレクター・水谷慶一による『謎の北緯三十四度三十二分をゆく――知られざる古代』の放映によって世に知られるようになった。[7]

三島は、『潮騒』の舞台を神島に設定し、『奔馬』で三輪山を描いたばかりでなく、伊勢の斎宮や和泉の大鳥神社の場所までも作品に登場させていた。その作品とは、昭和十七年に執筆された日本武尊の物語で、『決定版三島由紀夫全集』に初めて収録された『青垣山の物語』である。同作では、倭比売命の前で「すめらみこと既く吾を死ねとやおもほすらむ」と日本武尊が慟哭する場所として、伊勢の斎宮が登場する。物語の大尾で、大和を目睫に能褒野で薨去した日本武尊が御陵に葬られる。御陵からは、白鳥が日に照り映えながら翔ってゆく。天翔ける白鳥は、日本武尊の魂であり、日輪の象徴でもある。八尋白智鳥が最後に留まった地点が、和泉国一宮の大鳥神社が建つ場所に相当する。

アマチュアが発見した「太陽の道」に対して、学会の反応は冷ややかである。しかし事実、古代遺跡は「太陽の道」に連なっており、三島は、そこに「日輪」や日輪の象徴である「黄金の船」「白鳥」を登場させた。「太陽の道」に当るものを踏まえて、三島が作品を構想したことは確かなように思われる。「神仏の聖性に敏感な感受性によって、かすかに訴えかけてくる土地の意味や分節までもが読み取られ」(佐藤秀明)たのであろうか。[8]

三、神島の観的哨

嵐のほしいままな跳梁のなか、若者の瞳は耀き、頬は燃えている。

「初江!」

と若者が叫んだ。

「その火を飛び越して来い。その火を飛び越してきたら」

少女は息せいてはゐるが、清らかな弾んだ声で言つた。

(『潮騒』)

この場所が、およそ逢瀬にはふさわしくない観的哨であることに留意したい。島民の眼を逃れる場所なら、「おたつ上臈」が隠れ住んだ岩屋がある。なぜ廃墟と化した色気のない観的哨なのだろうか。

周知のとおり昭和三十六年に『憂国』を発表して以降、三島は軍事に対する関心を急速に深めてゆく。しかし昭和二十年代の作品では、軍事施設が描かれることは少ない。自伝的色彩の濃い『仮面の告白』には、「本籍地の田舎の隊……営門」「M市近傍の草野の隊……営庭」「S湾から数里の海軍工廠」が登場するが、ほかには、『青の時代』の「富士の広大な裾野の一角に誠たちの泊る廠舎」や『禁色』の「H公園は大正期その一劃に練兵場があつた」が目に留まる程度である。敢えて陸軍の観的哨を『潮騒』の佳局に持ってきたところに、隠された三島の意図が感じられる。

観的哨は、「試射場から、射ち出される試射砲の着弾点を、兵が確認」するために設けられた。試射場とは、伊良湖崎の陸軍技術本部伊良湖試験場のことである。試射場が整備される以前の土地の情景は、次のようなものであった。

> 私は明治三十年の夏、まだ大学二年生の休みに、三河の伊良湖崎の突端に一月あまり遊んでいて、このいわゆるあゆの風を経験したことがある。この村は、その後ほどなく、陸軍の大砲実験場に取り上げられて、東の外側の海岸に移されてしまったが、もとは伊勢湾の入口に面して、神宮との因縁も深く、昔なつかしい景勝の地であった。（略）四五町ほどの砂浜が、東やや南に面して開けていたが、そこには風のやや強かった次の朝などに、椰子の実の流れ寄っていたのを、三度まで見たことがある。（略）ともかくも遥かな波路を越えて、まだ新しい姿でこんな浜辺まで、渡って来ていることが私には大きな驚きであった。（柳田國男『海上の道』）

神島の観的哨から望まれるのは、対岸の伊良湖崎である。そこは柳田國男が、浜辺に漂着した椰子の実を見て、遥か南方から稲を携えて北上してきた日本人の起源を探る壮大な「日本人の南方渡来説」を着想した場所であった。『海上の道』の巻頭に付された「日本近海の海流図」には、黒潮の反流が伊勢湾口を洗う様子が示されている。そして柳田は、椰子の実に象徴される「海からくさぐさの好ましいものを、日本人に寄与した風の名を、あゆと呼んでいた」と綴っている。「海がなア、島に要るまつすぐな善えもんだけを送つてよこし」という新治の述懐は、柳田の「あゆの風」の記述に照応している。『海上の道』が「心」に掲載されたのは、昭和二十七年のことで、三島は『潮騒』の執筆前にこれを読んでいたと思われる。

水産局から推薦された金華山沖の某島と神島の二つのなかから、三島が、神島を選んだことはよく知られている。選択の理由は、『万葉集』の歌枕や古典文学の名所に近いことだという。『潮騒』という題名は、柿本人麻呂が吾妹子を歌った「潮さゐに　伊良虞の島辺　漕ぐ舟に　妹乗るらむか　荒き潮廻を」に拠ったのであろうが、神島を選んだ理由は、「『万葉集』の歌枕や古典文学の名所に近い」ことに加えて、常世の波の重波寄する国であり、『海上の道』の要衝であったからではあるまいか。

観的哨の新治と初江は、焚火を挟んでつと廻る。

三島は、この情景を『古事記』の国生み神話になぞらえて描いた。歌島は「淤能碁呂島」、観的哨は「八尋殿」、焚火は「天の御柱」の見立てである。国生みを遣り直す二柱の神の姿は、漁師と海女のもどかしい恋の所作として反復される。フレイザーの『金枝篇』には、恋人たちが火を挟んで立ち、互いに見詰め合い、燃えさしの上を飛び越えるボヘミアの習俗が記されており、これに示唆されたのかも知れない。

柴田勝二は、「鮑は神饌として供されることが多く、初江が鮑を獲る名手であることは、彼女が伊勢神宮に仕える人間としての側面をもつ」「新治が力強くその火を飛び越え、初江の身体を抱きとめる行動が、〈戦火を越える〉という意味をはらむ」と論じた[9]。卓見である。さらに論をもう一歩進めると、焚火を挟んでつと廻る動作は、「神降し」「神迎え」の舞い（旋回）のようにも思える。ユルスナールは「神道の火の儀式におけるそれに近い」と指摘したが[10]、観的哨の場面は「火」の通過儀礼であるとともに、新治を「巫覡」、初江を「巫女」とする「神降し」の火の祭儀の意味を持つというと、牽強付会が過ぎるであろうか。

ロンゴスの『ダフニスとクロエー』が『潮騒』の藍本とされるが、同書はただの牧歌的な恋物語ではない。舞台となったレスボスの島は、しばしば騒乱に見舞われている。田荘は、速船に乗ったフェニキア人の海賊に襲撃されて、ダフニスの恋敵ドルコオンが横死する。さらに、ミュティレーネーとメテュムナとの都市間戦争が勃発し、クロエーはメテュムナ軍の兵士に一時略奪されるのである[11]。

三島が描いた歌島も、決して平和な楽園ではない。潮騒の背後には、血塗られた歴史が隠されている。戦時中、新治の父が乗った組合の舟は、歌島から三哩位のところでB24リベレーターに遭遇して、一方的な攻撃を受ける。爆弾が投下され、機銃掃射がこれに続き、新治の父は、「頭の耳から上はめちゃめちゃに裂けて」死んだのである。新治が修学旅行にも行けなかったほど、久保家が貧困に喘いだ要因は、非戦闘員であった父を米軍機に殺戮されたことにある。こうしてみると『潮騒』は、被災家族の再生と、戦災遺児の自立の物語ともいえよう。

四、神島から沖縄へ

新治は「人口千四百、周囲一里に充たない小島」を離れて、歌島丸で旅立つ。

いわば王子の船出である。三島は、歌島丸の航路を神戸、門司、横浜間の本土に設定せず、これを沖縄航路とした。椰子の実の流れ寄った伊勢湾口を出帆して、黒潮の流れを遡行すれば、自ずと椰子の木の生い茂る琉球弧に至る。王子の船は、南の島に舳を向けて、柳田が日本人の源流を探った『海上の道』をゆく。

昭和二十六年に調印されて、翌二十七年に発効したサンフランシスコ講和条約により、連合国軍の占領が解けて日本は主権を回復するが、沖縄は米国の施政権下におかれた。そのため歌島丸は、外航船と同じ扱いで、通関手続きを必要とした。

やがて船は、沖縄の那覇に入港する。そこは、椰子が実を結ぶ楽土であったろうか。新治が目にした那覇周辺は、緑が滴る仙境ではなく、荒涼とした禿山であった。不発弾の残存を恐れた米軍が、山の樹々を残らず焼き払ってしまったからである。神の天降る神聖な御嶽を含めて、島の森が破壊されている。「すこしも物を考えない少年」の感想こそ記されていないが、新治は、美しい国土が米軍によって蹂躙されている姿を目の当たりにしている。戦闘機の爆音は終日とどろき、広いコンクリートの舗道には数え切れぬほどの車が往来し、「米軍家屋は鮮やかな瀝青の光沢を放ち、民家は打ちひしがれて、つぎはぎのトタン屋根が風景に醜い斑らを描いてゐる」。

「火」の試練（通過儀礼）を経て、姫の心を捉えた王子の行く手には、「水」の試練（通過儀礼）が待ち受けているが、ここでバシュラールを援用することは差し控えよう。観的哨の抱擁とともに物語の山場をなすのは、颱風に遭遇した歌島丸における新治の目覚ましい活躍であり、その場所が運天である。運天港は、沖縄本島北部の今帰仁村にある重要港湾である。戦時中は、海軍の特殊潜航艇（甲標的）基地が置かれていたが、空爆によって壊滅し、「米軍が最初に上陸した地点」でもある。新治は、身をくねらして蟠っている真暗な波を泳ぎ切り、命綱を浮標に繋ぎ止めて、歌島丸を救う。颱風は国際紛争、歌島丸は日本、新治は企業戦士、運天は米国の軍事力・経済力の暗喩で、昭和三十年代の我が国が、米国の核の傘のもとで急速な経済成長を遂げてゆくことを予見したものと読むことができそうである。

山川運送の用船となっている歌島丸は、沖縄へ材木を運び、帰りには鉄屑を積む。宮田家の婿となった新治の生計は、沖縄に復興資材を運び入れて、米軍関連のスクラップを持ち帰ることで支えられる。かくて戦災遺児の自立は、皮肉なことに父を殺した米軍によって齎される。新治が激浪を泳ぎ切って、浮標に繋いだ命綱は、神島の王子を沖縄の基地経済システムに絡め取る綱であったのだ。

五、日琉同祖論

『椿説弓張月』は、危機意識が生んだ作品である。

馬琴が『椿説弓張月』を書き始めた文化三年（一八〇六）は、膨張政策をとるロシアの船舶が北辺を脅かしたため、幕府が薪水給与令を布告した年である。植田啓子が論じたように馬琴は、諸外国の動向を警戒して、幕府の対応に危機感を募らせていた[12]。三島が、最後の歌舞伎の原作として『椿説弓張月』を選んだ背景の一つには、こうした馬琴の危機意識や海防思想に共鳴するところがあったからではあるまいか。
馬琴の『弓張月』の方は、（略）気楽に時代の距離を短縮した一点を除けば、その態度はいわゆる写実であった。『国姓爺』などとはちょうど正反対に、我々二つの島の者が、大昔手を分かった同胞ではないかということを、この書によって感じ始めた者も多かったように思う。そうすればまた尊敬すべき一の先覚者であったのである。

（柳田國男『海南小記』）

柳田は、『椿説弓張月』によって日琉同祖論を普及させた馬琴を「一の先覚者」と評価した。柳田の沖縄理解は、沖縄の文化と本土の文化は同質であり、沖縄には本土では既に失われてしまった古い姿が現実に生きているというものである。『海南小記』から『海上の道』へと展開する柳田の民俗学は、日本にとって沖縄は不可分な土地であることを、遙か昔に日本人の先祖が日本列島に渡ってきた経路を論じることで示そうとしたものである。とりわけ『海上の道』は、サンフランシスコ講和条約により、沖縄を切り捨てることで達成された日本の「独立」に警鐘を鳴らして、日本人に反省を促す意図をもって書かれた。[13]

沖縄復帰は、昭和四十七年のことで、三島が『椿説弓張月』を執筆した時点では、日米間で沖縄の返還交渉が大詰めを迎えていた。三島作品が、馬琴の危機意識や柳田の民俗学に触発されたことは確かなように思われるが、そこに描かれた琉球の姿は、馬琴の琉球観や柳田の沖縄文化論を祖述したものではない。三島には、応召、軍医の誤診によって即日帰郷し、同世代の若者を南の島で失ったという敗戦体験があった。そしてその体験は、年ごとに三島のなかで重みを増していった。

三島は、本土と不可分な土地である沖縄の戦いに真率な関心を寄せた。昭和二十年三月から六月にかけての沖縄戦は、戦没者が二十万人ともいわれる国内唯一の地上戦であり、日米最後の大規模戦闘であった。米軍が沖縄本島に上陸した四月、天一号作戦（菊水作戦）が発動されて、戦艦大和を旗艦とする第二艦隊が沖縄に向けて出撃する。坊ノ岬沖の絶望的な海戦を描いた吉田満の『戦艦大和の最期』を、三島は「日本人のテルモピレーの戦を目のあたりに見るやうである」と絶賛した。

昭和四十二年に三島が発表した『朱雀家の滅亡』では、海軍少尉となった朱雀家の嫡男・経広を「日本で一番危険なあの島」を守るために出征させて、名誉の戦死を遂げさせた。「貨物船と近東風の月夜と、ペルシャ湾の毛足の長い絨毯のやうな重い夕凪と」に憧れた経広少年は、戦時下の青年に成長し、その頬を海風が打つ。海風のなかには、絶望と栄光がいっぱいに孕まれている。経広は、海に惹き寄せられるようにして戦地に赴く。南の島における経広の戦死は、三島が、自らの分身に付した「懲罰」とも、輝かしい「賜死」とも読むことができそうである。「孤忠」を貫いて嫡子を失った経隆は、南の島へと続く海の見える高台から呼びかける。「経広よ。かへつて来るがいい。現身はあらはさずとも、せめてみ霊の耳をすまして、お前の父親の目に伝はる、おん涙の余瀝の忍び音をきくがよい」、と。

さらに三島は、戦艦大和の沖縄海上特攻を主題とする浅野晃の叙事詩『天と海』を朗読して、「むかしからいつも一つであった国土が呼んでゐる」という肉声を残した[14]。

『椿説弓張月』の「伊豆国大嶋の場」で、上陸した敵軍に追い詰められて岩場から身投げする簓江と島君、自刃する為頼の姿は、サイパン島の戦いで、バンザイクリフから飛び降りて自決した婦女子の姿を想起させる。「薩南海上の場」の高間太郎、磯萩をはじめ忠臣たちの夥しい死は、沖縄戦の悲劇と二重写しに見えてくる。

西行、夢ともなく現ともなく御返事申けり
よしや君昔の玉のゆかとてもかゝらん後は何にかはせん
かやうに申たりければ、御墓三度迄震動するぞ怖しき
(『保元物語』)

為朝の活躍を描いた『保元物語』には、西行が歌によって崇徳上皇の怨霊を鎮魂するくだりがある。この顰みに倣うと、三島の『椿説弓張月』は、無念の思いを抱いて南の島で散華した戦没者を悼む挽歌であり、死者の魂鎮めであり、通奏低音として英霊を鎮魂する靉靆たる調べが響いているように思われる。

六、琉球の君真物

清和源氏の嫡流・為朝の英姿は、琉球の王子の眼に「君真物」として映った。

尚寧王の血をひく寧王女は、奸臣・利勇と巫女の長・阿公によって囚われの身となる。為朝は、利勇を倒して、「君真物」の犠にされようとした寧王女を救い出す。現れた為朝を見て、王子は「君真物が出たわ。出たわ」と狼狽える。いったい「君真物」とは何か。

我々が天神地祇の名をもって神々を総称するところを、沖縄の方では天神海神と呼んでいる。あるいはまたオボツカクラの君真物が天神であるのに対して、儀来河内すなわちニライカナイの君真物を海神だというのも、しばしば引用せられる箇条であった。君真物の君は本来は巫女のこと、真物は正式の代表者という意味であったのを、後には神そのものの名と解したのは変化だが、ともかくも海の信仰は独立してなお伝わっていたのである。(柳田國男『海上の道』)

琉球の王室で祀つた神を君真者と言ふ。真者とは尊者の称呼である。此を正しい文法にすると、真者君と言ふことである。琉球の神々と、内地の神々の最甚しい差異

点は、琉球の神々は、時々出現することである。此出現を、新降（あらふり）と言ふ。球陽の説では、君真者は、天神と海神の二つで、色々の神々を、此二つに分類して居る。（略）其中で、最著しい神は、与那原の御公事の神である。此の神は、琉球の王朝の中に祭祀する。其祭祀する者は、此国第一位の女神官である。（折口信夫『琉球の宗教』）

「君真物」とは、琉球の王室で祀った神のことで、幼い王子は、為朝の出現を神の新隆（あらふり）と見誤ったのである。原作のなかで馬琴は、天孫氏の父の「阿摩美久」「海神」「君真物」「南極老人」「福禄寿仙」はいずれも同じ神が別の場所に顕現したものであることを、縷々として蘊蓄を傾けながら説いている。[15] 一方三島は、巫女の長・阿公に「白波の環をめぐらせし珊瑚礁の浅瀬は萌黄いろ、そのかなたは深緑、そのわたのそこひこそ、君真物のおましどころでござりまする。君真物のお怒りに触るれば、海は荒れ地は震ひ、雹さへ降つて作物みのらず、悉く民の苦しみ」と語らせた。三島は、馬琴による「わが国最初の海洋小説」（徳田武[16]）を、全篇、つねに背後に海がある歌舞伎作品に仕立てたが、ここでも「君真物」を「天神」ではなく、荒ぶる「海神」として描いた。

「君真物」を祭祀する琉球第一位の女神官「聞得大君」は、大和では天照大神に仕える斎宮に相当する。三島が昭和四十二年から四十三年にかけて発表した『奔馬』では、前述したように三輪山が重要な舞台として登場する。三輪山は、山そのものが神霊の鎮まる神体山であり、神奈備であって、同様の祭祀形態が見られる場所が、沖縄である。沖縄の御嶽は、社殿を持たず、禁忌の強い森そのものを神祭りの場所としている。[17] 日本文化の源流を探ってゆくと、大和の三輪山から琉球の御嶽に至ることは自然な流れである。

大神神社の参籠から三年を経た昭和四十四年、三島は「君真物」に導かれるように『椿説弓張月』の取材で沖縄を訪れる。島では、名護、今帰仁（今帰仁城・御願所）、北谷、糸満（南山城）、斎場御嶽を見ている。「創作ノート」には、「セイファウタキ　△斎庭の裏に石洞あり　水垂る。［この部分に石洞の図。次のように注記］拝む。石 ⟶海」と記録されている。『椿説弓張月』に描かれることはなかったが、三島は、琉球で最も神聖な場所とされる斎場御嶽を綿密に取材していた。

七、琉球の運天海浜

運天海浜では、月の出とともに宵宮が始まる。

『潮騒』から十五年の後、『椿説弓張月』で三島は再び運天を採り上げた。琉球の歴史を繙くと、運天は、本土と最も緊密な繋がりを持つ土地である。

嘉津宇嶽の向うの麓が運天の港で、（略）身長が六尺何寸、弓は三十人力という青年将軍が、大和から漕ぎ寄せてそこに上陸し、渚伝いにのっしのっしとやって来て、やがてこの下の牧港を出て還ってしまった。残波岬の波は、その時分から、今に至るまでこの島の女たちが、眺めては泣くべき波であった。（柳田國男『海南小記』）

運天は、米軍上陸に先駆けることほぼ八百年、安元二年（一一七六）に為朝が上陸した地点であった。為朝が「運を天にまかせて、まっすぐにすすめ」と「船頭たちをはげまして」到着したその場所には、「源為朝公上陸の跡」と刻んだ石碑がある。[18]

奸臣・利勇と妖術者・曚雲を征伐して琉球を平定した為朝は、舜天丸を王位に就けて、島を旅立つ。琉球の伝承では、「牧港」から出帆し、馬琴の原作では、福禄寿仙（金真物）の導きで「八頭山」（八重山）から神馬に打ち跨って飛翔する。しかし三島は、為朝が天翔ける場所を「運天海浜」に改変した。運天は、『海上の道』の結節点であり、歴史的・文化的・経済的に琉球と本土とを繋ぐ場所である。三島畢生の大作『椿説弓張月』の幕切れで、為朝を運天から白峯（本土）に向けて旅立たせたところに、日本人の覚醒と奮起を促す狙いがあったように思われる。

運天海浜に白木の机を据え、御幣や榊を立てて為朝が祭を執り行うと、八重波が砕け、白波を蹴立てて神馬が出現する。馬琴の原作には「馬」とあるが、三島はこれを「白馬」とした。意外なことに、沖縄には白い色が豊かでないという。

暖かい南の国でありながら、沖縄にはどうも白い色が豊かでない。野山は一様に冬も深い緑で、処々に花の紅をもって点綴する。島を取り繞らす干瀬の浪だけを例外にして、大小の船の帆にも褐色のものが多い。鷗の羽の色も必ずしも白ではない。浜の真砂の一文字も、遠く見ればいわゆるクリーム色であって、これを運んで敷きつめた作り路も、リボンのようで美しいが、やはり黄を帯びて緑と映じている。（略）島人はことに年久しく山藍の香を愛して、その色に親しんでいたのである。（柳田國男『海南小記』）

三島は、運天海浜に「白馬」を登場させて、白のイメージを際立たせた。

思えば少年期から三島は、「白馬の幻を見るひと」（松本徹）であった。[19]さらに三島は、源氏の白旗にちなんで「鶴」「白縫」「白峯」「白木」「雪」「白帆」「白浪」「白波」「白馬」……と、原作から白のイメージを意図的に抽出している。イーフー・トゥアンによると、白は「光、純粋、精神性、無時間性、神性」を意味するとともに、「喪、死」の象徴でもある。三島は、つねに挫折し、つねに死へ、「孤忠への回帰」に心を誘われる為朝の生涯を、白色で彩ったのである。筆者には、自らを為朝に擬した三島が、言の葉で織りなした白の死装束を身に纏ったように思えてならない。

葉月も末の夕空に、弓張月を見るときは、この為朝の形見と思いやれ。（『椿説弓張月』）

南の島への憧れを作文に綴った公威少年は、三十余年後に壮年の作家・三島由紀夫となって沖縄を訪れた。昭和四十四年七月十一日、三島は運天港で舟遊びをした。その日、沖縄の海は、紺碧に耀いていた。「創作ノート」には、「多島の間をゆく、海の色、紺碧、水すみ、波一つなし」とある。三島は、運天の記述を次の言葉で結んだ。「絶美の海景也」。

（三島由紀夫研究家）

【参考文献】

① 『トポフィリア　人間と環境』イーフー・トゥアン　一九九二年　せりか書房
② 『潮騒の島　神島民俗史』田辺悟・田辺弥栄子　昭和五十五年　光書房
③ 「真間・蘆屋の昔がたり」折口信夫（『折口信夫全集　二十九』昭和五十一年　中央公論社）
④ 『潮騒の神島考』櫛田勇　昭和六十年　味覚と文化社
⑤ 『歌島の人と言葉』矢野文博（『三島由紀夫選集　十四』昭和三十四年　新潮社）
⑥ 『アマテラスの誕生』筑紫申真　昭和三十七年　角川書店
⑦ 『知られざる古代　謎の北緯三十四度三十二分をゆく』水谷慶一　昭和五十五年　日本放送出版協会
⑧ 『三島由紀夫の文学』佐藤秀明　二〇〇九年　試論社
⑨ 『三島由紀夫　作品に隠された自決への道』柴田勝二　二〇一二年　祥伝社
⑩ 『三島あるいは空虚のヴィジョン』ユルスナール作／澁澤龍彦訳　一九八二年　河出書房新社
⑪ 『ダフニスとクロエー』ロンゴス作／呉茂一訳　昭和二十六年　角川書店
⑫ 「曲亭馬琴の対外関心について」植田啓子（『言語と文芸　一九』一九六五年九月）
⑬ 「柳田國男全集　解説」福田アジオ（『柳田國男全集　一』一七八九年　筑摩書房）
⑭ ポエムジカ『天と海　英霊に捧げる七十二章』昭和四十二年　タクトレコード
⑮ 『椿説弓張月　上・下』一九六二年　岩波書店
⑯ 「椿説弓張月　作品鑑賞」徳田武（『曲亭馬琴』昭和五十五年　集英社）
⑰ 「神殿をめぐって」和田萃（『三輪山の神々』二〇〇三年　学生社）
⑱ 『三島由紀夫と歌舞伎』木谷真紀子　二〇〇七年　翰林書房
⑲ 『三島由紀夫論　失墜を拒んだイカロス』松本徹　一九七三年　朝日出版社

三島作品の引用は、すべて『決定版三島由紀夫全集』（新潮社）に拠った。

対談

「こころで聴く三島由紀夫」アフタートーク

「弱法師」と「卒塔婆小町」をめぐって

■出席者　宮田慶子・松本　徹
■平成24年7月8日
■於・山中湖村公民館

山中湖文学の森　三島由紀夫文学館では、「心で聴く三島由紀夫」と題して、リーディング（朗読劇）『弱法師』と『卒塔婆小町』（近代能楽集）を平成二十四年七月八日、山中湖村公民館で上演した。

『弱法師』は、演出・宮田慶子（新国立劇場演劇芸術監督）で、俊徳・木村了、桜間級子・那須佐代子、川島・前田一世、川島夫人・岡野真那美、高安・梶原航、高安夫人・仁木咲子。

『卒塔婆小町』は、演出・小林拓生（プロデューサー、俳優）で、老婆・好村俊子、詩人・大沢一起、女A・栗山寿恵子、女B・新保麻奈、女／女C・松本紗奈美、男／男A・田辺佳祐、男B／巡査・端木健太郎、男C・小林拓生。

当日は生憎の雨天で、申し込み二百人のうち一割ほどの欠席があったものの、首都圏を初め、中部地区からの参加者もあり、終始、熱心に耳を傾けた。舞台は熱気のこもったもので、盛大な拍手を受けた。文学館として最初の試みであったが、予想以上の成功であった。

上演の後、宮田慶子さんと松本徹館長が、舞台をめぐって忌憚のない討議をおこなった。優れた演出家が、どのように三島演劇に取り組んでいるか、その手の内も明かす、貴重な内容であった。

■素晴らしい舞台

松本 正直なところ、いま、言葉を失っております。本当に素晴らしい舞台を見せて頂いて、何と言えばよいのか、宮田さんの演出の素晴らしさを今更のように思い知らされました。

そのことを承知したのは、去年の秋、新国立劇場で上演された三島由紀夫の「朱雀家の滅亡」の舞台によってです。宮田さんにとっては二回目の演出でしたね。この戯曲には、「エウリピデスの『ヘラクレス』に拠る」と注がついているのですが、私などは、『ヘラクレス』の設定を借りているところがあるな、と思う程度だったのです。ところが劇場へ足を踏み入れ、舞台装置を見たとたん、私の浅はかさを思い知らされました。ギリシア古典劇の舞台を彷彿とさせる、こうでなくてはならない、と思うものだったからです。三島がト書きで指定しているのとはやや違って、朱雀家の屋敷神・弁財天の鳥居が正面奥に据えられていたのですが、この戯曲ならこうでなくてはならないという装置でしたね。その舞台で演じられたドラマは、一言でいえば、ギリア古典劇では登場しなくてはならない神が、目には見えないものの出現した、と思われるものでした。その時のことが忘れられず、舞台装置の模型をおねだりしまして、今日、文学館の方へお持ちいただきました。本当にありがとうございました。さっそく展示させて頂きます。

■プロフィール

宮田慶子（みやた　けいこ）

演出家、新国立劇場演劇部門芸術監督。

昭和三二年（一九五七）東京生れ。学習大学国文学科を中退、青年座研究所を経て、青年座に入団。「セイムタイム・ネクストイヤー」で平成二年文化庁芸術祭賞、「ＭＯＴＨＥＲ」で平成六年紀伊国屋演劇賞個人賞、「ディアー・ライアー」で平成一〇年度芸術選奨新人賞を受けるなど、受賞多数。オペラ「沈黙」を手掛けるなど幅広く活躍、三島作品は「朱雀家の滅亡」を平成一九年と二三年の二回演出。

そして、今日の「弱法師」ですね。「弱法師」というのは、すごく難しい戯曲だと思うんです。実は私は「弱法師」の舞台を七、八回は観ているのですが、気にいった舞台にはなかなかお目にかかれずに来ているのです。ただし三年前に新国立劇場で、今日、俊徳をやってくれた木村了くんがやっていたのがよかった。今日はどうなのかと期待して見たのですが、それが素晴らしかった。前回を遙かに上回る迫力でしたね。台詞がひどく多い、難役のなかの難役なのに、圧倒的な迫力でした。至難の業に真正面から挑んで見事にやってのけた。それに他の二組の両親と、調停委員の級子ですね、これが俊徳を真ん中にして、われわれの方へせり出て来ました。今までの舞台は、両脇にいる人物が人物として生きていないんですね。確かに俊徳に愚弄されつづける二組の両親を生かすのは難しい。これまでもすぐれた演出家がやって来ているのですが、これがもう一つ、うまくいってなかった。それが今日は、それがちゃんとしていて、俊徳と噛み合っている。そういう意味で、私は大感激しまして、舞台裏に引っ込んだ皆さんにその感激を申し上げようと行きかけましたら、途中でばったり木村くんとぶつかりまして、木村くんと抱き合って、「君は凄い」「君は凄い」とだけ言って私は不覚にも泣いてしまいました。こういう経験は、初めてです。『卒塔婆小町』の方も、申し上げなければいけないですけど、あとでゆっくり。とりあえず、私は大感激したということをまず申し上げたい。

■言葉の力がポイント

宮田慶子氏

宮田　いきなりいろいろお褒め頂いて本当にありがとうございます。今日は、二本立てでご覧いただきまして、私は今、館長がお話しくださいました「弱法師」という一本目の方の作品を演出させて頂きました。二本目の「卒塔婆小町」は小林拓生さんの演出で、ご自身も出ておられました。リーディングといったり朗読劇といったりしますが、こういう形ではなかなか普段ご覧になる機会がないかと思いますが、舞台でちゃんと動いてセットを作ってというよりは、ご覧のように手軽に上演できるのですが、どっこい稽古はなかなか大変で、やはり同じような稽古の手順を踏みながら、そしてより一層言葉の力というのが非常に重要なポイントになります。逆に動きやその他でごまかしが効かないというと言い方は変ですが、より的確にテキスト、台本を表現していかなくてはならないという、とってもハードルの高い作業です。ただ、多くの方にこうして観て、聴いていただいて、視覚的には、「卒塔婆小町」の方は衣装もお召しになり、動きも、踊りもお踊りになり、いろいろな形で非常にイメージがしやすいように工夫されて演出してくださっていました。一本目の「弱法師」の方は、法廷劇でもございますので、椅子を置いただけの形で、衣装も黒と白というだけでやらせていただきましたが、どちらもお客様の想像力をお借りして上演する形というのでしょうか。言葉を通して、皆さまの頭のなかにこういう情景なんだろうなとあれこれ想像していただいて、その力をお借りして、その物語を深めていく、そんな形がリーディングなり朗読劇です。厳密にいうと、朗読とリーディングはわれわれやる側としては、ちょっと区別をしたりしていますが。

　ただ、三島さんの作品というのは、この『近代能楽集』も

松本　徹氏

そうですし、それから他の作品も、一般的には難解と言われますね。難しい。もちろん、華麗な日本語というんですかね、日本語の美しさの限りを尽くしたというか、やはり三島さんの文体のすばらしさというのは、やっているほうはこんなに興奮するものはないですね。大変ですよ。大変なんで、いささかちょっとマゾヒスティックな喜びかもしれませんが、本当に楽しいです。言葉ってこんなに豊かだったかということを思い知らされますし、そして、やはり自分たちが演じることによって、高みに近づこう、近づこうとしていくことは、いつまでたっても追いきれない夢を追いかけているみたいな興奮を、非常に感じる稽古場になるので、好きなんです。

松本　評論家とか研究者というのは活字を読むことしか知らない人間ですから、いまのお話、本当に新鮮に聞きました。確かに、興奮しなければ、あんな演技はできないのでしょうね。発声するのが難しい、しかし、発声し甲斐のある台詞を、確実に発声していくと、自ずと興奮してくるのでしょうね。

三島の演劇、特に『近代能楽集』は、申し上げるまでもないことですが、能を踏まえています。能は、ご存じのように、老松を描いた鏡板を背にしただけの、基本的には何もない本舞台と橋掛りだけです。たまに作り物が持ち出されますが、観客を前にしてしずしずと運び出されます。このような能の舞台は、言ってみれば虚の空間、無の空間なんですね。言い換えれば、何でもあり、の空間なんです。だからそこに亡霊とか霊魂とか、そのようなものが出現してくるのです。その特別な場所を三島さんは巧みに利用している。そうして、現実には在り得ない事態を出現させるのです。「弱法師」はこの世の終わりという、とんでもない事態を出現させる。

私は、大阪育ちですから、能の「弱法師」の舞台になった四天王寺の西門と石鳥居を、少年の頃からよく知っています。彼岸の中日の夕暮れ、西門から真西にある石鳥居の中を太陽が沈んでいくのを見、念仏を称えれば、極楽往生が約束されると、信じられて来ているのです。極楽は遙か西方にあり、そこへ太陽が沈んでいくのですから、まあ、太陽に予約をお願いするわけです。その四天王寺の西門ですが、西方極楽浄土の東門と向き合っていると考えられるようにもなりました。理屈は通っていますね。そこからさらに不思議な信仰が生まれます。西門まではこの世で、石鳥居の向こうはあの世で、西門と石鳥居の間は、そのどちらにも属さない、この世で生きる場を失いながら、まだ死なずにいる者たちの場であると。そういう考えが広まりますと、不治の病に冒された人とか、この世で生きていけなくなった人たちが集まるようになったのです。そのなかに、不治の病となり、盲目となって、親から棄てられた少年がいたのです。俊徳丸です。彼は物乞いをしようとしてよろよろとよろめき歩く。その姿からよろぼし、弱法師とあだ名されたのです。ただし、生まれは有力武士の家柄、教養も豊かで、彼岸の中日、すべてが赤々と色づく日没の時、目は見えないが、それゆえ却ってこの世界の果てまでがまざまざと見える、と高らかに言うのです。能のヤマ場です。

その原曲に対して、三島の作品では、家庭裁判所が舞台ですね。二組の夫婦が、俊徳の親だと名乗り出てきて、調停をしているのですが、なにしろ戦災で盲目になった上、世の終わりを見てしまったと俊徳は主張するのです。五歳の時に盲目になり、それから十五年、川島夫妻に養われ、ちょうど二十歳になっています。

世の終わりとは、最も恐ろしく、呪わしい事態です。それを見てしまったのが俊徳です。そのような者は、恐ろしくもおぞましい存在ですね。その恐ろしさおぞましさが、これまではなかなか出なかった。それが今回は二組の両親と級子という存在としっかり嚙み合い、出ましたね。俊徳に罵られ、徹底して愚弄されるのですけど、俊徳はこの世の終わりを見てしまった少年なんですからね。だから狂気にもある程度踏み込んでしまってもいるでしょうが、なによりもあらゆる存在が馬鹿げて見えている。それに苛立ち、苦しみ、荒れ回っている。そういうところを本当によく出してくれました。舞

「弱法師」上演風景

台を見ていて恐ろしいと感じることはあまりないですけど、今回は感じましたね。

宮田　そうですね。今日俊徳をやってくれた木村了さんは、新国立劇場で三年前に、その時は私の演出ではなく深津篤史さんの演出だったのですが、その舞台で初めてこの役を勤めまして、もちろん私も拝見していますが、その時、彼は実年齢くらいだと思います。十九歳か二十歳。今でもまだ二十三歳かな。

松本　この間確認したら、以前の時はちょうど二十歳だったとのことでした。

宮田　実年齢に近い若い俳優が、この役を実際に演ずるのは、とてもめずらしいですね。その若さでは、とても歯が立たないはずなんですね。彼は今日やった舞台が二度目の俊徳役になりますが、これは本当にめずらしい――演出家が俳優を褒めるのは照れ臭いですが、本当にすばらしかった。あれだけ俊徳を表現する、もちろん感性もそうだし、技術もそうですが。「弱法師」を当分やってほしいですね、彼には。そう思うくらいでしたね。これだけこの役に嵌る俳優さんはいないと思います。

■二組の親の暮らしまで探る

宮田　本来の舞台は大阪なんですが、三島さんは東京大空襲があった東京の街に置き換えていますね。私たちはおそらく東京下町の隅田川の近く、それこそいまスカイツリーが立っている辺りだろうと、想定するのですが、空襲の焼け方が一番ひどかった場所、何万人もの方が亡くなった場所で、親とはぐれて、火に囲まれて目の中に火が飛び込んで来て、失明をしたという設定ですよね。それから十五年経って、舞台は昭和三十五年になっているのですが、裕福だろうと思われる夫婦が、子が無かったので、上野の山で浮浪児になっていた俊徳を戦後間もなく引き取って、それ以来十五年間、ずっと育ててきた。ところがやっと身元が分かって、親がやってきて、「自分たちに返してくれないか」と言い出した。「いや返せない、十五年育ててきたのだから」、「いや、こちらが実の親なんだから、返して欲しい」と、そういう話になったんですね。でも、ご覧になったように、俊徳本人は両方の親をともに拒絶するんです。おそらく彼が、三島さんの求めた観念的な主人公として背負ってるのは世界の終りであろうと思いますが、稽古場ではいろんなことを話すんですね。

養い親は、人間の持っている偽善というとちょっと、簡単な言葉になりますが、一番可哀そうな子だから育てようとするわけです。非常に可哀そうだけれど、誰よりも美しい顔立ちをしているんですね。だから、本当にかわいそうだと思って引き取っているのではなく、子供ができないという自分たちに足りない点を補うためであり、さらには大きなハンディを背負っている子を養うことに、何かしら歪んだ満足を得ているじゃないかと疑うことも出来る。だから俊徳は、どんどんどんどんとこの親に対して、暴君になっていくんですね。途中で奴隷だと言い始めますが、俊徳の言うなりになっていく。

「この夫婦は、どんな夫婦なんだろう」と稽古場でよく話しました。子供がいない、貰い子を蝶よ花よと育ててきた。どれほど金を持っていたのだろう、もしかしたら旧財閥かもしれない、旧華族かもしれない。また、戦後成金かもしれない。唯一自分たちに足りないものは、子供であるということで、夫婦関係を繋ぎとめるためか、ヒステリックになりかけていた奥さんの気持をなだめるためか、分かりませんが、そうした経緯があって——。（館長に）何かご意見がありそうですね（笑）。

松本　演出家とかお芝居する人というのは、そこまで考えるんですか。何十回と読んでいるはずですけど、私はあの夫婦の日常まで具体的に想像するなんて、残念ながらしたことがありませんね。ちょっとショックを受けています（笑）。演出家とか役者さんというのは、そこまで考えてお芝居をつくっていくのですね。いやいやほとほと——。

宮田　いやいやそんな（笑）。そうすると今度は、こちらのもう片方の生みの親というのは、十五年間、探しに探したかもしれないけど、本当に十五年間「俊徳〜」と追いかけていたら、あのタイプのお母さんはもっとおかしくなっていますよ。あれだけ子供に依存しているのですから。

松本　そうですね。

宮田　それが、何で十五年間生き延びてきて、そして今この期に及んで、この子は私たちの子だと言いに来たんだろうねと。この十五年という設定が、私じゃないですよ、三島さんが設定した十五年というのは、なんて意地悪な時間なんだろうと、やっぱり思うんですよ。

十五年たって取り戻しに来たのは、生んだ親の権利を盾に取ってのことでしょう。じゃあ、「生んだっていうことは何なの」と言いたくなる。「生んで本当に愛しているんだったら、何で十五年間もっともっと探さなかったの」とも言いたい。いくら探しても見つからなかったのは、戦災孤児がいっぱいいましたから、あったでしょうが、それならそうで、「何のきっかけで見つかったの？」とも考えたくなるのです。

そうしたいろいろな事を稽古場でしゃべりながら、「きっと間に入った人たちがいるんだろう」とか、「じゃあ、彼らの職業は何」とか、いろいろなことを考えるわけですよ（笑）。「育ての親が裕福な家に対して、生みの親は何屋さんなの？」とか。おそらく法廷で顔を合わせた時に、明らかに、「あ、いい身なりしてる」って言って、こっちは会ったとたんにコンプレックスを抱えているわけですよ。その中で自分たちが、いかに「あの子だ、あの子を探していたんです」ということを訴えていくか。でも、旦那さんは「いいからお前全部聞こうよ」と、なかなか冷静に押し止めますね。でも、奥さんの方は言うことを聞かないでキーッとなっていきますよね。でも、そのうち彼女の長い長い言い訳を聞いていると、あれれれれ〜って。どうやらこの人、単に俊徳を探していたのではなくて、俊徳を探している可哀そうな自分が途中から好きになっていているなという、そういう台詞なんですよ、やっぱり。

松本　かなり意地悪な見方ですね（笑）。

宮田　（笑）すみません、演劇ってよくそういうことをするんです。けれども、そういうイヤな面を暴くのが目的ではないですし、ただ人間の心の中って、いろいろな要素が渦巻いているものですね。それが当たり前で、そのことを全部、清濁あわせて抱えているのが人間ですし、そのことに自分自身が無批判であるのも当たり前なんですね。だからそういうところをちゃんと捉えていかないと、一人の人間にはなかなかなってこない。そこで演出家としては重箱の隅をつつきながら、意地悪な事を考えるんですよ（笑）。

松本　二組の両親が生きてる、そういう舞台を拝見したのは初めてだと、最初に申しましたが、その理由がよく分かりました。そこまでですね、徹底的に意地悪くというべきか、徹底して追求して、宮田さんという演出家はおやりになる。そこまでは男の演出家はできそうにない……。

宮田　あんまり女らしくないんで（笑）すみません、男っぽいと言われるので。

■眼の人の不幸が

松本　私なんかは、やはり俊徳の方に焦点がいってしまうんですね。両親の方にはなかなかいかない。これまでの演出家と同じです。その俊徳を考えるのに、三島さんという人は眼の人だということを思ってしまうんですね。あの長い台詞を聴いていて涙を流したんですが、なぜ流したかと申しますと、三島さんが自分にとって眼が見える、物が見えるということはどういうことか。そのことをあそこで、徹底的に考えたのでしょうね。そして、自分にとってはこんなに眼が見えるということは、もしかしたら、大きな呪いじゃないかと。そういうことを三島さんは思ったのではないか。三島さんの生涯を見ていくと、そういうことが感じられるんです。その裏返しになったのが、あの俊徳の嘆き、恨みつらみなんでしょう。三島さんの内心の痛切な叫びが、あそこから聞こえてくるなと思いました。

宮田　そうですね。さきほど、親の考え方として、眼が見えないというハンディをという言い方をわたくし致しましたが、それは現実生活の中でリアリスティックに生きている人間にとってはそうですが、だけども見える事って果たして幸せなんだろうか。われわれ一体何を見ているんだろうか。本当の姿を見ているんだろうか。もしかしたら、俊徳のように、この世の最後を見た後は、一切見ていない方がよっぽど人生幸せなのかもしれない。そして、俊徳が五歳から目が見えなくても、あれだけのことを考え、あれだけのことを感じ――。じゃあ、彼は何をもって感じていたのだろう。人間の感性は、今おっしゃいましたけど、眼っていたずらに使ってはいけないというか。三島さんはね、きっと、本当に眼を持っているんだったら、本当に美しいものを見極めろとか、本当の真実の姿を見極めろとか、たぶんそういうメッセージを持っていらっしゃるんだなと。だから非常に逆説的にそのことを使ってらっしゃるなと思いますね。ごめんなさい。「弱法師」の担当で「弱法師」の話ばかりになってしまって。

■時空をワープする

松本　「弱法師」についてもう少し言いたいことがありますけど、後に回して、「卒塔婆小町」のことを。

宮田　「卒塔婆小町」の演出の小林さんはあそこにいますけど、演出者協会の仲間なのでね。（客席に座っている小林さんに向かって）小林さんです。（会場内からは拍手）。「卒塔婆小町」もたくさんの形でやられてきている作品なんですが、ちょっと幻想的な、八十年前に時間が遡るという。先ほど、館長も説明していましたが、お能は幽玄とかいろいろな言い方をしますが、平気で、恐ろしいことをやってのけるのです、日本の舞台文化は何て優れているんだろうとつくづく思いますが、時空をワープする――。ワープって、もう死語ですか（笑）。時空を平気で飛び越える演劇が室町時代に生まれていたんですね。これは日本が誇っていいことだと、本当に思います。全く何もない能の舞台と橋掛りがあって、何もない真四角な舞台の上を一回りすることによって、例えば時間が八十年変わるとか、そういう様式がどうして生まれたかというと、当時の作家なり観客を含めての想像力の素晴らしさだと私は思うんですよ。すでに日本人は、そういう想像力をもともと持っていて、その素晴らしい日本の演劇の構造を、この話しをすると長くなりますが、三島さんは若い時から、ざっくり言うとおばあ様がとても歌舞伎好きでいらして、どちらかと言うとおばあちゃん子で、おばあさんに連れられて歌舞伎をた

「卒塔婆小町」上演風景

くさんご覧になり……。

松本　同時に、母方のおばあさんに、能に連れて行ってもらっています。

宮田　いい時代だったと思いますね。今はなかなか演劇を趣味として見てくださる方が少ないのですが、当時は皆さん芝居見物といって、私の祖母も「今日は芝居見物」と言っていましたね。いい着物を着て、出かけていました。

松本　芝居見物が、日々の暮らしの華だったんですね。そこでちょっと悪口を言いますと、三島さんは戦後まで新劇を見たことがないらしいですよ。歌舞伎と能ばかり。もし、新劇なんかを見ていたら、こんな近代能楽集のような作品は書けなかったと思いますね。

宮田　うーん。どうでしょう(笑)。でも逆に、当時の新劇が非常にリアリズムに偏っていた時期もございますし、その中で三島さんが、リアリズムもありなんだけれども、同時に日本には時間が飛ぶような、空間が飛ぶようなすばらしい演劇構造があったんだよっていうことを提示してくださって、随分可能性を広げてくださったと私は思います。

■天上への階段を登る

松本　そうですね。だから、『近代能楽集』、特に「卒塔婆小町」なんかを見ますと、この舞台に目に見えない階段が天からすっと降りてきて、その階段を汚らしい老婆と詩人が、一段一段と上がって行く。そして、輝くばかり美しい小町と深草少将になり、恋を成就させて天に至るかと思った時、ストンと落ちちゃう。そういうイメージが浮かんでくるんです。そんな天上へ至るようなイメージを浮かばせる舞台なんて、世界どこにも無いんじゃないかなと思っています。それも、言葉だけでやり遂げる。

宮田　三島さんの演劇はよく様式的と言われますけど、単なる様式だけだと、あの「ちゅうちゅうたこかいな」という言葉から始まるということはない。あの言葉は、今日も素晴らしかったですが、喋れる役者さんがなかなかいらっしゃらない。あの言葉は決して美しい言葉ではないですよね。浮浪者で、百年にも及ぶ人生を背負っていて、もしかしたら人間ではないかもしれない可能性も持ちながら、あの一番現実的な言葉を喋るという、これが三島さんの仕掛けた最大の意地悪というか、面白さだと思うんですけど。そこから、館長もおっしゃったように、本当に階段の一段目から、天空にも届かんばかりの何百段まで全部登りきるみたいな、そして登ってからまたサーッと落ちてくるみたいな、このダイナミズムというのですかね、それを四十五分弱くらいの作品で、見せてくれる。

松本　そして、永遠の美女に会う事ができるんですからね。

宮田　そうですよ。

松本　それから、どちらの作品でも、世界の終わりに立ち会うことになる。

宮田　「卒塔婆小町」や「弱法師」に限らず、『近代能楽集』は全部で八本（厳密には他に三島が廃曲にした一本）、いずれもそれほど長くないんです。だいたいこのくらい。でも、そのどれもが一つ一つ、本当に大きな大きな世界を内包しているので、繰り返し上演し続けられています。三島さんにはもっと長い、一作品で二時間三時間に及ぶような台本もありますが、でも手軽と言えば手軽かもしれないですが、逆にこんな短時間にこれだけのスケールを感じさせてくれる本は、あまりないですよ。日本の近代以降の作家の中には、久保田万太郎さんや岸田國士さんなどのすばらしい作家がいらっしゃいますけれども、三十分くらいで違う世界まで行って帰ってくるみたいな、こういう非常にコンパクトで大きなスケールを持っている作品は、やはり『近代能楽集』だと思いますね。

松本　「卒塔婆小町」では、未来の記憶なんていう、とんでもないものが出てきますね。これには恐れ入りますね。記憶なんて過去に決まっているじゃないかと言いたいけれど、八十年未来の記憶が記憶として蘇ってくるなんて、よくもよくも……。

宮田　意地悪ですよ。その一言で一か月くらい悩みますよね（笑）。未来の記憶って何だろうって。

松本　（笑）本当ですね。しかし、楽しい。

宮田　本当にそういう面白さがね。

松本　われわれが生きているこの世界がぐるぐるぐるぐるとひっくり返えされて、われわれの前に突き付けられるわけですから。

宮田　三島さんの戯曲の魅力というのは、よく建築に例えられたりしますが、私もどちらかというと建築派なんですよ。大きな大きなお城のような作品もあれば、『近代能楽集』なんかは一軒一軒がわりとこじんまりしているけれど、見事に作り込まれた一軒家という感じの建築だと、いつも思いますね。玄関入って、どこの階段を上がっていくと迷宮に入るとか（笑）。いろいろとそういったことを考えます。建築のイメージです。

松本　「卒塔婆小町」と「弱法師」の間には、約八年の間があるんです。「卒塔婆小町」はまだ二十六歳の執筆で、若書きのようなところがちょっとはあるんですね。偉そうなことを言うようですが、三島自身もちょっとしまったなと思っているところがあるみたいですね。というのは、俳優さんを割合粗末に扱っているんですよ。舞台に出てきた以上、少しでも長くいて、しどころがなくてはならない。例えばその役者がちょっと失敗しても、次で挽回するということがありますね。いくつかの台詞があればそれが出来るけれども、一声二声しか台詞がないと。そういう役を書いている。これは若気の至りだったなということを三島自身も言っているんですね。それをカバーするのは、演出者及び俳優さんとして大変だろ

う と思いますが、そこを皆さんうまくやっていますね。だから三島さんは、感謝しているんじゃないかと思うんですよ（笑）。「俺の失敗をうまく取り繕ってくれてるよ」って。

宮田　そうですかね。「お前らできるのか」と天国から見て下さっているな、とわたしなどはいつも思うんですけど。やはり三島さんと言えば、小説の仕事が大きいのでしょうが、劇作家としてのお仕事は素晴らしく、今日のようにリーディングで聴いていただいたり、お芝居として見ていただいたりしたいと思います。そのため、われわれはこつこつとやっていこうと、今日は本当に思いました。

松本　小説は読者が一人、孤独に活字を読むという作業をするわけですので、時代の変化によって変わるところが、不可避的にあるんです。そして、三島さんが期待する形でうまく読めない人がだんだん増えて来る。これは避けられないことです。ところがお芝居になりますと、演出家、俳優の方々が、智慧を絞って、その時代時代において一つの世界を築く。三島さんは、そこに却って期待を寄せているんですね。自分の予期しないものが出てくる。小説を書くより、そういう芝居を書く方が楽しい、好きなんだと三島さん自身が言っています。そして、三島さんの本音が、芝居からはよく零れ出る。なかでも『近代能楽集』が、三島さんの肉声が出ている気がしますね。今日も思いがけず、「あ、三島さんの声を聞いたな」と感じました。

■訳のわからぬものを

宮田　そうですね。われわれは演劇の立場から三島さんの作品と接していますけれど、三島さんの凄さっていうのは、いろいろなことが言えると思いますが、そのひとつは人間の生の不条理さなどを受け入れる度量の広さだと思っています。少年時代からじぃーっと、例えば家庭内の確執を眺めたり、学生になれば、学校生活の中でいろいろな人間の裏表を見たりしながら、人間は訳のわからないことをするものだなとか、決して美しいだけではなく、時にはみっともない姿もするんだなとか、いろいろなことを三島さんは感じていらっしゃるからこそ、豊かな文学に繋がったと思うんですね。演劇は生身の役者に乗っかるじゃないですか。だから、理屈で通らないことがそこにいっぱい表現されてくるはずなんです。その理屈で表現できないことを、重箱の隅をつつきながら演出家も俳優も求めているわけで、「理屈で書けるんだったら、そんなもの舞台でやる必要はない」といつも言ったりします。私、口が悪いので「そんなわかりやすい芝居するなら台本配って、おしまいにすればいい」とか言うのです（笑）。あくまで訳のわからないものをやりたいんですよ。そうした時に、おそらく三島さんが「そうそうそう」って、どこかでほくそ笑んでくれると、思ったりしますね。

松本　三島さんは自分の体にコンプレックスがありましたね。

そして、ボディビルであああいう体を作ったわけですが、自分の存在というものに対して、ある決定的なコンプレックスを持っていたと思います。それは普通の人間としての存在感が持てなかったことですね。それが大きなコンプレックスだったと思うんです。ところが芝居なら、俳優という訓練された肉体と声を借りる事ができるわけです。だから、三島さんの舞台は、台詞でびっしり書かれているようだけれども、そういう一番大事なところの、俳優が演ずべきそのところを、余白としてちゃんと残して置いてくれている。

宮田　そう思いますね。そこに到達するには、実はかなり精進しないと。手軽なところで余白を好きになっていいかというと、それは絶対許されない。

松本　そうですね。

宮田　そのようなことをすれば、失敗して痛い目を見るので（笑）。やはり、こつこつと謙虚に作業を重ねていかないと。そうしなくては、余白を感じるには至らない。そんなことを感じますね。

松本　そこでですね、「弱法師」の一番の難問は、最後の俊徳の台詞ですね。ああいうふうに荒れ狂って、二組の両親を徹底的にやっつけながら、最後に「僕ってね、…どうしてだか、誰からも愛されるんだよ」と言って、一人ぽつねんとしているんですね。あれは何でしょうね。僕もずっと考え続けてきていますが、あまり考えない方がいいですかね。

宮田　（笑）あまり理屈付けるよりは……。もちろん演じる側では、たぶんこれだろうという答えを持ちながらやるんですが、ただずっと四十五分演じてきて、どこに落とし込めるかは、もしかすると最終的には現場の神様しか教えてくれない。でもこういうことだろうなということはあります。ただ、三島さんは戯曲の最後の一言が書きたくて書いていらっしゃると思うんですよ。だから「僕ってだれからも愛されるんだよ」という、あの一言が書きたくて書いてらっしゃるんでしょうね。実を言うと、去年、「朱雀家の滅亡」をやらさせていただいて、その前にも一回しているんですが、あれもそうですよ。最後の経隆の台詞。「どうして私が滅びることができる。とうの昔に滅んでいる私が」という、あの一言が書きたくて書いたと思います（笑）。

松本　級子さんも、俊徳に向かって、「あなたはもう死んでいたんです」と言いますね。台詞が基本的には、照応しているわけですね。

宮田　両方の作品とも、最後の一言がそうなんですね。

■世界の終わりと始まり

松本　だけど、今度あの芝居を観たり、脚本をもう一度読み返したりして、単純に考えて、最初のところと呼応しているんだと考えればいいと思いました。結局どういうことかというと、俊徳は、世界の終わりを見た人間ですね。世界の終わりというのは一体何か。例えば、インカ帝国の暦によれば数年前に……。

宮田　マヤ文明ですね。今年の十二月に暦が終るんです。

松本　今年ですか。

宮田　今年です。二〇一二年。今年は滅亡するんじゃないかと言われていますけどね。(笑)。

松本　(笑) あれ、もう終わったと聞いたのは間違いですか。

宮田　インカが終ったのかもしれないです。マヤは今年らしいです (笑)。

松本　文明というのは、世界の終わりを必要とするんですね。キリスト教で言う最後の審判は、まさしく世界の終わりですね。日本も天照大神が岩屋に隠れるという、あれも世界の終わりです。仏教では末世を言います。そういうふうに世界の終わりは、人間が文明を築くと同時に必ず意識する。そして、それがある意味では文明の出発なんですね。そういうことを考えれば、「僕ってね、…どうしてだか、誰からも愛されるんだよ」という、これはすごい台詞だなという感じがしますね。〝世界の終わり、世界の滅亡を考えなければ駄目だよ。世界の終わりをちゃんと考えて、私のように世界の終わりを見た少年とちゃんと付き合いなさいよ〟と。三島の最後の大作『豊饒の海』の最後で扱っているのが、世界の終わりだと僕は思うんですね。世界の終わりを書いているんですよ。そういうふうに三島という人は、世界の終わりを考え続けて生きた人なんだなと、そう考えれば、あのにっこりと笑う俊徳のかわいらしい少年のような笑顔は、本来は不気味な激しさを持って迫ってくるような気もするんですが、ちょっと考えすぎですかね。

宮田　一年くらい考えたいです (笑)。

■参加者との質疑

司会者　会場の皆さんのなかで、なにかご質問がありましたら、お二人にお訊ねください。

質問者①　ごくろうさまでした。質問というよりも、どうも気になることがありまして、かれこれ五十年くらい前になるんですが、私が大学生のときに、同級生が三島由紀夫論を書いて、三島氏に送ったんです。すると返事がきまして、こう書いてあったそうです。「あなたは、わたくしのことを実によく理解くださっています。さりながら、わたくしは、わたくしを理解してくださる人々を必要とはしていません。私は私を信じ、私と行動を共にしてくださる人のみを信じます」と。とにかく一心同体で生死を共にしてくれる人間だけを信じるというわけです。これに付いて行けたのは、楯の会の森田必勝だけでした。私なんかもついていけない。今日になっても私は何にも言えないのですか、そのことについて感想なり、三島氏のそういう一面なり文章があれば教えてください。

松本　その返事、大変面白いですね。

宮田　おもしろいですね。

松本　最期の行動に出る、どのくらい前の時期か分かりませんが、いよいよとなればそう言いますね。これは、三島ではなくても言うと思います。彼は、行動を共にする人を何人か選んだんだけれども、結局、森田必勝ひとりだけ選んだ。お互いにそういう決断をしたのであって、その他の誰もついて行かなかったというわけではなかったと思います。その点は、ちょっと明確にしておく必要があると思います。ただし、三島自身、恐ろしい孤独感に囚われていたのは確かです。

宮田　われわれ演劇をやっていますが、演劇をなんでやるのかという話しになるとちょっと面倒なんですけど、結論から言うと、三島さんは嫌だと思われるだろうけれど、「すみません、ちょっと追いかけていきます」と。「理解なんかとてもできないので、ちょっとずつでも、一ミリでも前に踏み出そうとしています。すみません。」みたいなそんな感じです。

松本　私の方が、三島さんに冷淡なようですね。不遜な言い方かもしれませんが、三島を本当に理解しようなんてことは、考える必要はないと思うんです。考えても、無理ということもありますが、三島さんが残してくださった作品をわれわれが読んで、われわれが自分で納得できる世界を築けばいい。特に『近代能楽集』はそうですね。三島さんが何を考えているのか、それはまぁいいじゃないの。私たちは、こういう舞台をつくりましたよ、三島さんこれでご不満ですか。たぶん、三島さんは今日の舞台を見たら、大喜びだと思います。

宮田　それはわからないですけどね（笑）。少なくても三島さんと一緒に仕事をした先輩方がわたしの周囲にはおられますし、演劇を愛する気持だけは、そうしたかたがたの隅っこに入れていただけるかなと思っています。

質問者②　素敵な舞台をありがとうございました。宮田さんにお伺いしたいのですが、俊徳の最後の台詞はどんなことを考えてこの舞台をつくられたのでしょうか。

宮田　あなたはどう思います？

質問者②　見ていて、正直どう解釈していいかわからなかったのですが、それまでの話がすごく怖いことがずっと続いていて、それがのっかってきて、愛されていると言っているのに、怖かったです。

宮田　「誰からも愛されるんだよ」と言っている俊徳が怖かった。それを大事にされればいいんじゃないでしょうか。

松本　いいお答えですね。

質問者③　私は、三島由紀夫の作品をあまり読んでこなくて、今回初めて舞台という形で拝見したのですが、これからもまたこのような機会を設ける予定はありますでしょうか。ぜひ今後も来たいなと思います。また、リーディングもですけども舞台も拝見したいなと思いまして、質問というよりも、お願いなんですが。

松本　うれしいですね。

宮田　煽られました。やりましょうよ。

松本　私はずっとそう思っていたんですよ。ですけどね、何しろ予算が乏しくてね（笑）。宮田さんが来て下さったのは、瓢箪からコマが出たようなことでした。ですから、来て下さるのはうれしいが、どうしたらいいだろうと、正直なところ、恐れおののいていたんですよ。だけどね、またやりましょうと言って下さった。うれしいですね。（会場拍手）。

宮田　お手伝いできるようなことがあれば……。

松本　宮田さんに頼んだらですね、一流の役者も連れて来て下さる。それもね、ギャラなんかも村の予算規模でどうにかなるらしい（笑）。

宮田　私はいいですけど（笑）。そうですね、せっかくここに文学の森があり、三島由紀夫さんの文学館があり、そしてこの公民館があり、いろんな可能性があると思うので、いろんな形で三島さんの戯曲をご披露することにちょっとでもお役に立てればなと思います。そして、一番最初に館長がお話になりましたが、昨年やりました「朱雀家の滅亡」ですが、若い経広という役を木村くんがやり、経隆さんという当主を國村隼さん、奥さまを香寿たつきさんがやってくださり、自分で申すのもおこがましいのですが、すばらしい舞台になりました。その舞台装置は、池田ともゆきさんという伊藤熹朔賞をおとりになった、今若手で一番の美術家の手になるものですが、その模型が文学館に展示していただけることになりました。舞台装置ってこういうものかと、ちょっと見ていただけると嬉しいなと思っております。いろいろな形で、三島さんの戯曲広報担当として、一言（笑）。

松本　ありがとうございます。宮田さんみたいな方に広報担当になっていただいて。その上、他に例のない高いレベルの舞台をつくってくだる。本当に「朱雀家の滅亡」というのはすばらしい舞台でした。舞台の模型を眺めて、思い浮かべ続けようと思います。

宮田　いろいろな形で今後もなんとかご期待に添えるように、いろいろな形でね、館長お願いしますよ。

松本　こちらこそお願いいたします。会場の皆様、長時間ありがとうございました。

未発表

「豊饒の海」創作ノート⑩

翻刻・佐藤秀明（本号代表責任）
工藤正義
井上隆史

薔薇宮①
Laos, India & Bangkok〔暁の寺〕三島由紀夫　1967

〔三島由紀夫文学館所蔵ノート「薔薇宮①」と「Laos, India & Bangkok〔暁の寺〕三島由紀夫　1967」の翻刻である。

「薔薇宮①」は表紙と途中のページが、『決定版三島由紀夫全集』第十四巻（新潮社、二〇〇二年一月）七八九ページから七九〇ページに翻刻整理されている。ここでの翻刻は、表紙と全集翻刻部分との間に入る部分を**【翻刻A】**とし、全集翻刻部分の後ろに続く部分を**【翻刻B】**とする。これにより、「薔薇宮①」はすべて翻刻されたことになる。

「Laos, India & Bangkok〔暁の寺〕三島由紀夫　1967」は、前掲『決定版三島由紀夫全集』および「三島由紀夫研究⑫三島由紀夫と同時代作家」（鼎書房、平成二四年六月）掲載の「「豊饒の海」創作ノート⑨」に一部翻刻整理されている。全集での翻刻整理は、

①七九一ページの表紙から七九五ページの「ガバナー邸（中略）バス・コントロール問題」まで。
②七九五ページの「△中共侵略」から八一〇ページの「△一つは焦茶の斑、（中略）鼻をうごめかす。」まで。
③八一〇ページの「◎第三巻　お姫さま」から同ページの「遺言なかりき。」まで。
④八一一ページの「第三巻　暁の寺」から八一三ページの「◬日本——金商又一K.K.　顧問斎藤氏（64歳）」まで。
⑤八一三ページの「この世界はすでに」から同ページの最終行まで。
⑥八一四ページの「〈20・10・67〉」から八一六ページの最終行までがなされており、「「豊饒の海」創作ノート⑨」（「三島由紀夫研究⑫」）で、①と②間に入る未翻刻分と②と③の間に入る未翻刻分が翻刻された。

なお、「三島由紀夫研究⑫」の「「豊饒の海」創作ノート⑨」の前文の記述で、⑤が「八一六ページの最終行まで。」とあるのは「八一三ページの最終行まで。」の誤りであり、⑥が「八三六ページの最終行まで」とあるのは「八一六ページの最終行まで」の誤りである。

ここでの翻刻は、③と④の間に入る部分を**【翻刻C】**とし、④と⑤の間に入る部分を**【翻刻D】**とし、⑤と⑥の間に入る部分を**【翻刻E】**とし、⑥に続く部分を**【翻刻F】**とする。

これにより、「Laos, India & Bangkok〔暁の寺〕三島由紀夫　1967」はすべて翻刻されたことになる。なお、このノートには三島由紀夫とは異なる筆跡によるビエンチャン市街図やラオス王族の略歴、タイプ印刷によるインドの旅行案内な

どが挟んであったが、翻刻はしなかった。
また、筆記具はブルーブラックのペンと鉛筆が使われているが、その違いは注記せず、のちに記したと思われる朱書きのみ注記した。〕

薔薇宮①

【翻刻A】

*Weekly bill〔この一行抹消〕
The Devil's Discus by Rayne Kruger
Lon〔「Lon」抹消〕England 1964
*〔この部分、すべて朱書き〕

H	100
飛	200
土産	500
ホテル二夜	600 (+
	1400

2795
1400
1395

①バンパイン
②サンドウキッチ
③ワットプラケオ　正装

△カンボジヤ

（1）換金――昌利かartの店――土産物も。
32→80

（2）飲物、食事、その他弗で払はねばならぬ。
Room Chargeと観光代はドルで払ふ。と交渉。

（3）マネー、タイで五十弗換金。

（4）マネージャーに車借り交渉。
〔この部分に服と剣の図〕

（5）飛行場で reconfirm

【翻刻B】

△女の名　Nappa
△ザボン＝ソムオー
△マンゴスチン
△〔この部分にランブータンらしきものの図〕
△結婚式のかへり、お祝ひにマッチ一つくれる。赤い絹糸で飾りたり。ネームが入つてゐる。
△結婚式に赤、黄、紫　緑の四種の僧衣〔「僧衣」抹消〕大うちわをうしろに置いておき、お祈りの時前に手にもつ。お祝ひの、
〔「お祝ひの、」抹消〕
〔この部分に大うちわの図〕
男女の前でこれを持つて祈る。

男は絹の紐の冠
女も――――｝これを結ぶ。
男女、中腰になつて坐る。金又ハ銀の器から水を灌ぐ。
◎猩々椰子　幹が炎いろ〔この部分に猩々椰子の図〕
◬シンガポール
ゴルフ場で日本人。
曇天なるに雷下り、脳天二つに裂け、バックル二つに裂ける。
◬スレート屋根　二階建　白塗り、中央バルコニー
小柱廊、二階、鎧扉。
◬〔この部分にバラの図〕タイの赤いバラ　小さい花、丸い葉
五弁の緋の石楠花に似た鉢植もあり。
○二階
〔この部分に鶏頭の図。次のように注記〕
鶏頭　鶏頭　ソンクリンの花。（金魚草に似て〔「（金魚草に似て」抹消〕（フリージヤに似て純白）、紅白の蓮の花を外側から*〔「から」抹消〕を三角に折つて、三角〔「三角」抹消〕円錐型に仕立てる。
*〔この部分に円錐型の図〕
チークの壁。
チークの柱。

> 金の扉の内側。黒字に金で、鳥、牡丹、経蔵の扉。――王子と猿神の戦ひを金で描きたり。

◎蛇の上に坐す釈迦。
女が水になり溺れさせようとする釈迦を五頭（タイ）、七頭（カ

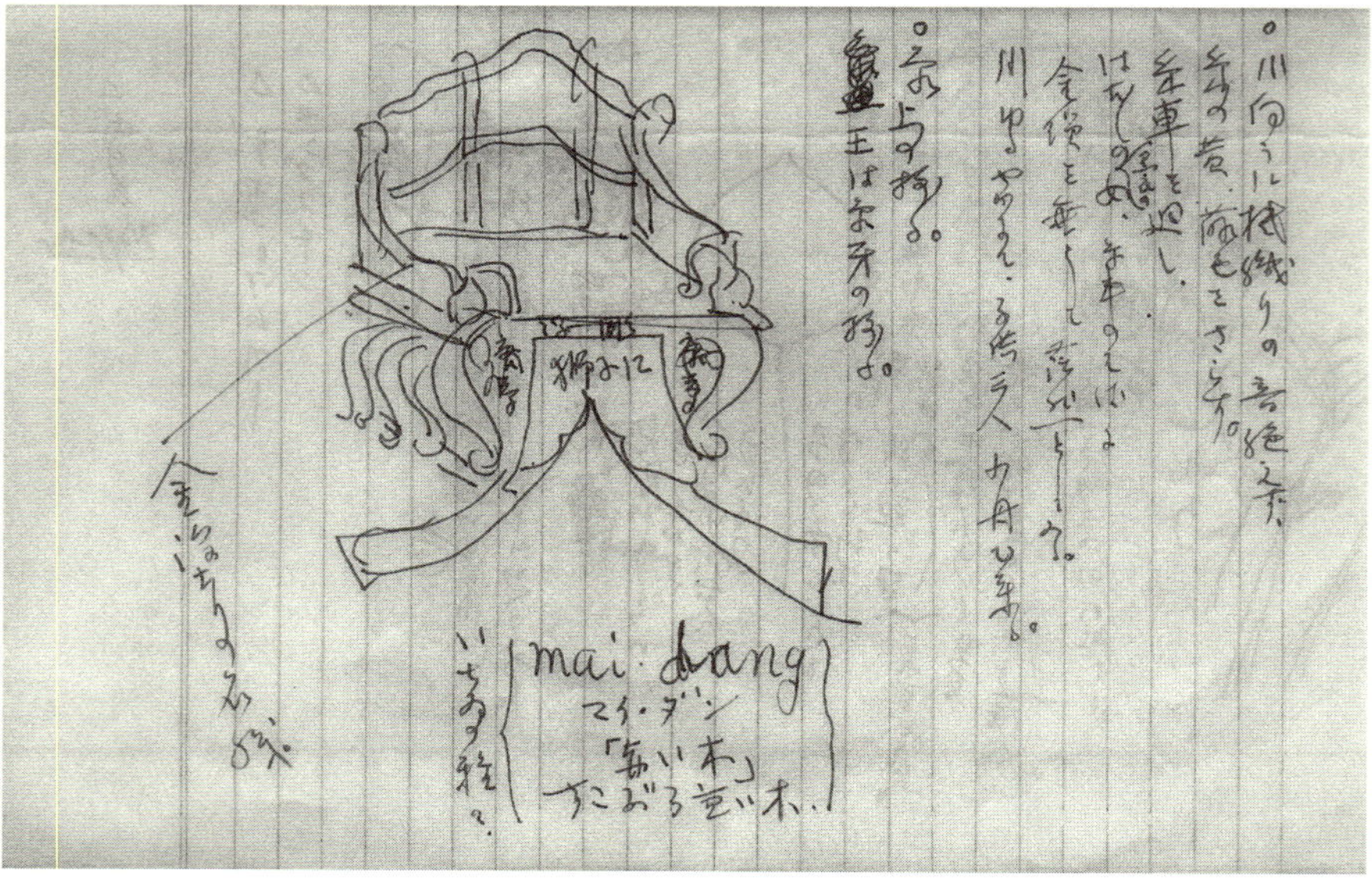

ンボジヤ）、九頭の蛇が、トグロを巻いて釈迦をもち上げて救ふ。
○川向うに機織りの音絶えず、糸の黄、藤色をさらす。糸車を廻し、はだしの黒衣の女、糸車のそばに金鎖を垂らして茫然としてゐる。川ゆるやかにて、子供三人小舟で来る。
○象上の椅子。
象上〔「象上」抹消〕王は象牙の椅子。
〔この部分に椅子の図。次のように注記〕
浮彫　獅子口　唐草〔「唐草」二箇所〕　金塗りの名残。

Mai dang
マイ・ダン
「赤い木」
すこぶる重い木
｝いちゐの種？

△トムプソン卿
アヌタヤからもつてきた家。紅ガラ塗りのタイ式住宅。
○マンゴ（季節をはり）――〔この部分にマンゴの葉の図〕
栗に似た葉。
○ハイビスカス、赤と桃いろ。
○ドンヤ、（緑白い花房〔「花房」抹消〕――葉房に、小さいオレンヂの花。）――白い花の如し。
○護り神の紅ガラの柱の上の守護鳥
○一階は柱のみでテラスに使ふ。
○庭に赤いオーム。雷近づく。
○塀の外をゆく舟。対岸の貧しい家。二階から裸でのぞく男。
胸までサラサの女。

Laos, India & Bangkok〔暁の寺〕三島由紀夫　1967

【翻刻C】

安藤氏の話。〈14・10・67〉
△昭和十六年六月
（旅行の自由）？

在留邦人六百名。


軍隊は十二月八日午前零時を期して入る予定なりしが、七日午後から、大使がピブン首相と会談して、「みとめろ」と言ふ予定なりしが、総理官邸にピブンゐざりき。当時、仏印国境に行つてゐた。午前二時か三時頃、すぐ〔「すぐ」抹消〕帰つてきた。通過をみとめたるが、六時頃。

予定変更伝はらず、午前零時、仏印国境からトラック隊入つてきて、午前八時ごろ、バンコックへ入つてきた。

ほかに、南シンゴラに上陸せり。

その前に、タイは、険悪なりし故、「はじめに入つた者がわれらの敵なり、最後に戦ふべし」と命令入り南より入つた者に対し、シンゴラ港との中間あたりで二時間ほど交戦。

バンコックから通過指令行きて止みたり。

これと関連して、八日にマレーより上りし大南公司商社六人ばかり、ナコンシータマラート（バンコックと南端国境の中央位、タイ湾に面した海岸）へ知らずに入つてきて、忠実なタイの警察により、敵だといふので、六人みな追はれ、ピストルで射殺さる。あと陪償問題起れり。
△その時ここには在バンコック大使館と総領事館あり。さらに南は*シンゴラ、北はチェンマイに領事館ありき。

（戦争直前にできた）

書くな（参謀本部から、領事館の名を詐称して来た）化けてゐた。勃発と同時に剣吊れり。

十二月以後　○〰〰〰〰〰〰〰〰〰〰〰〰〰○

義部隊入つてきた。サートン路の南サートン（中央運河）の南に義部隊本部でき、神社を作つてゐた。南サートンに別に司令部あり。ルンピニー公園に外池《とのいけ》部隊ありき。十六年〔十六年抹消〕十八年には徴集延期みとめられず、大使館から十三人とられ、ここで三ヶ月調練後、プラカノン（バンコックの東側）に、部隊ありてここにをれり。

（十六年の秋、旅行は自由なりき。

査証？

＊ソンクラ（本名）
＊＊〔「書くな」朱書きで抹消〕
＊＊＊←──大義神社
＊＊＊＊〔括弧と「十六年の」から「査証？」まで朱書き〕

◎弁護士──ふつう現地の弁護士を雇ふ。打合せにやつてきた。
三井が当時強かつた。（三菱の林さんにきくこと）
○〰〰〰〰〰〰〰〰〰〰〰〰○
△対仏印抗争、日本が居中調停、その記念碑として戦勝記念塔、飛行場から来ると、必ずこれにぶつかる。（安藤氏の記憶では、十六年六月できてゐた）失地回復を叫んだ。
（四十一年、仏印戦争をはじ）〔この一行抹消〕
六月には、仏印には日本すでに進駐。（南からはマレーのイギリス）（西からはビルマからは山路にて入れぬ）
「イギリスと日本、どつちが来るかわからぬ。はじめに入つてきたのが、われ〳〵の敵だ。」と云つてゐた。
◎十六年、飛行場はほとんど民間用に使はれぬ。船でバンコック港 Chao Phya《ピア》 River（メナム）の南のバンコックから入港。
三井船舶で来た。

川〔「川」抹消〕覧客船（船室六つ）川の途中で港で入り、車で市へ入る。川口にパク《口》ナム《水》（メ《母》ナム《水》川）といふ町あり。パクナムを昇つて川へ入る。潮の満干を計算に入れて上つて来る。バンコック港（クロングトゥーイ港）の名前。パクナムから港の内に、タイの海軍の軍艦がとまつてゐる。川のところに止つてゐる。

途中に運艦がゐた。両側ずつと、芦と椰子、マングローブ。川口には、若干の家見られるが、バンコック港直前までは家殆んど見えぬ。右側がバンコック市、左側はトンブリ市。トンブリのはうに果樹園あり。果樹園の労働者がポツ〳〵と見える。高床（潮の満干のため）のカヤぶきの家。

＊〔傍線朱書き〕
＊＊水椰子──灌木の葉（チャーク）

下は〔「下は」抹消〕道路はなくて水の運送。舟で運ぶゆゑ、一本櫂で漕いでゐる。左右にこいで進む。──あそこに、小さな足の生えた魚あり。木によつて魚を求む。びんろう樹の木に上つてくる。（船からは見えぬ）
（果物──ほとんど見えぬ。椰子のみ。
びんろう樹（タバコ）──＊金馬《きんま》（ギンマーク）Mak

＊盆に、中央にびんろう樹の実、葉その他をまはりにすすめる。口の中が赤くなる。葉と石灰と香料。
＊＊食

果物？

（高い、椰子よりも高い。これが見える。

（バナナ、パイナップル、マンゴスティン等。

○〜〜〜〜〜〜〜〜〜〜○

バンコックといふ町の名は、アヌタヤ時代バーン《町》コーク《オリーヴ》といへり。アヌタヤ（十七、八世紀）のさかえた頃、そのころ、コークといふ木の多いところといへり。ひんそな町。昔はこの名を呼ばず、「天使都」＊と呼べり。クルンテープ Krung（大都）Thep（天使）

＊〔傍線朱書き〕
〔余白に軍用機と注記〕

川が相当に蛇行してゐる。水の石が完全な茶色。ここの川は、塩が相当に入つてきてゐる。十六年頃にはヴェニス・オヴ・エイジア、運河交通。海抜二m足らず。道も家も土盛りをせねばならず、道をつくる為、土盛りをすると川となる。家も土盛りすると池出来、川と通ず。サートンの運河も潮の満干につれて＊変つてくる。サートンの運河もつゞいてゐる。

（河について、潮が上つて来ると、上のはうは川上から流る。

川の中の水は川下から遡る。

（うまく表面のみ泳ぐべし。

上下逆に流る。潮上つてゐる時、見えない部分が遡流してゐる。

＊〔傍線朱書き〕

昭十八年頃大水、台湾細菌学者来り思つたほど大腸菌なし。太陽光線強し中央駅陸橋のみ水につかず、全市水没

地方——素焼の水瓶に雨水ためたり。水ない時は椰子の水のみたり。

○〜〜〜〜〜〜〜〜〜〜○

当時、高い建物全くなく、二階、三階ほとんど見ず。お寺のみそびえ立ち、金いろは、年中ぬりかへたり。瓦は黄いろと青。町へ来て美しいのは並木だつた。あちらこちら道をおほふ如し。

（シャワーが完全に定期的、一時間つゞいて上る。

（夕方から夜中迄。雷鳴（雨季のはじめとをはり）

町の中に線ができる。（ふつてゐる所とふつてゐない所）マカムの並木それまでグニャリとせるが雨後ピンとしてさわやかにピンとする。

（ホテル、（オリエンタル・ホテル）は昔のまま。

（ロイヤル・ホテルが昭和十六年に建つた。

（ラチエダム〔「ラチャダム」のこと〕）

ラチエダム〔「ラチャダム」のこと〕の新建築は未完乍ら出来てゐた。一部もう入つてゐた。タイ人以外には入居みとめた。

＊昭和十五年位に国号をタイに変へた。終戦後＊＊シャムに戻し、又タイに変えた。

＊〔囲み線朱書き〕
＊＊終戦後十六ヶ条の屈辱的条約を英国よりつきつけられ、国連復帰。

その時、街路樹ありしを、惜しげもなく切れり。道路改正のために切つてしまつた。道路あちこち直してゐた。

舗装道路、――ニュ

チャラン・クラン道路はニューロードと呼ばれ舗装)

(ヤワラートは、支那人町)

木伐り倒して若木を入れ、小さいのがのびてゐた。

寺の尖塔目立つ。競馬場もあり。

△動物園――動物らしい動物なし。白象一頭。わに少々。あとは道のところの〔「ところの」抹消〕木に猿各種あり。木から木へワイヤーを通し猿を飼へり。

△上が青で、下が白のワチエラウット〔「ワチラウット」のこと〕(六世)学校(学習院)の生徒、中学と附属小学校。(全塾制度)夜ねる前お経 寮四つになつてゐる。

△ラーチニー*(女王)女子学習院、動物園のうしろのはう。

(△戦争はじまつてから、午前八時、サイレン鳴らし、全交通機関止つて国旗に対し敬礼。朝礼。

** ◎交通***

**** タクシーなく。(三輪)サムロー***** のみなりき。二人しか乗れぬ。母衣はついてゐる。ふだんは屋根のみ、横、うしろの母衣を下げ、椅子の下の予備を前にかけ、顔のみ出せるやうに、前のはうをスナップでつける。

(跣足)****** ――の人間多。子供はハダカ多し。女の子はバタフライで金属製の蛇腹のおほひを蓋ひつけてゐた。

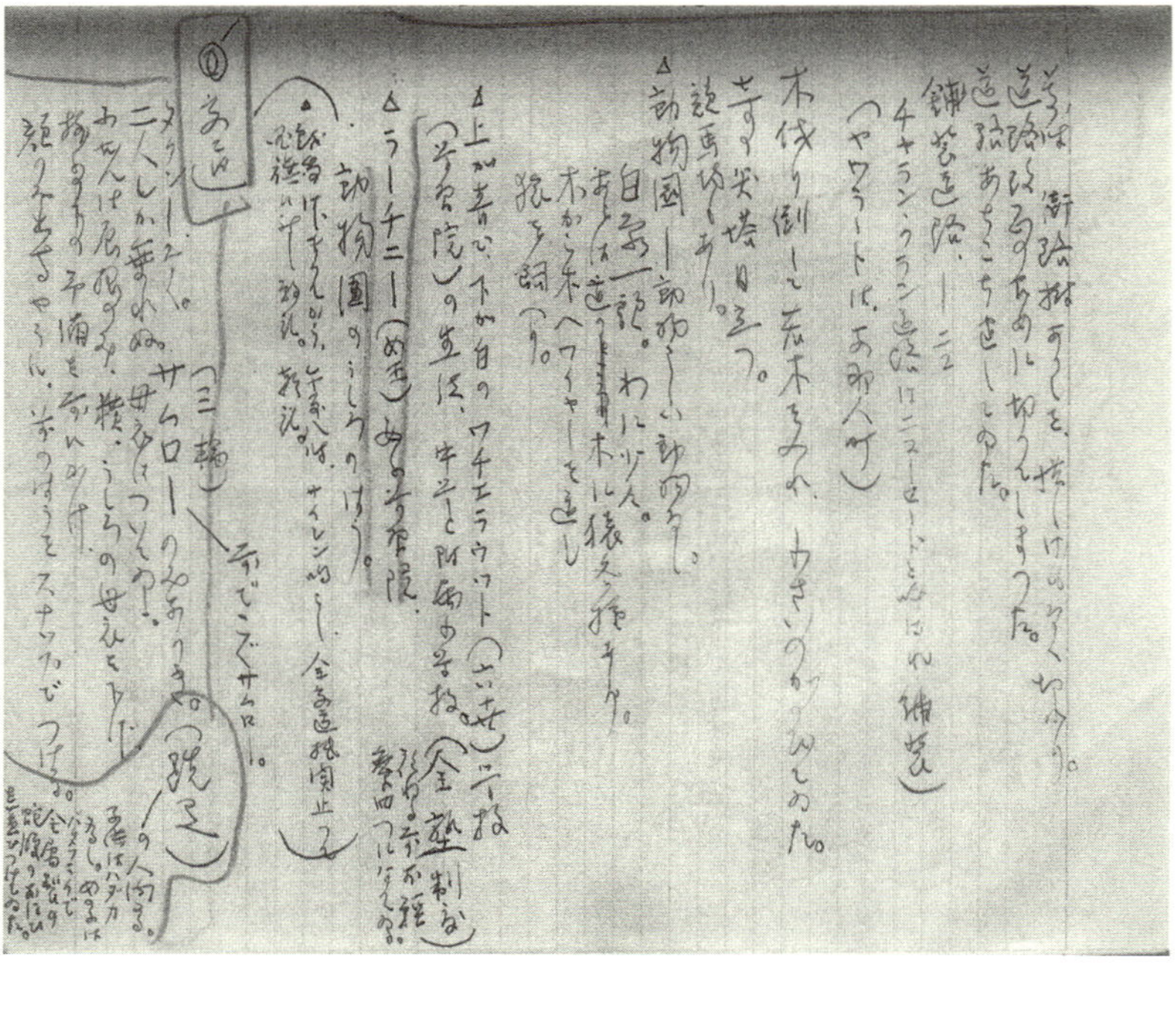

＊〔傍線朱書き〕

＊＊〔囲み罫朱書き〕

＊＊＊singapole からも国際列車ありき。昭和16・12・7、サイゴンから汽車で、（ここの汽車はチーク材を燃やして走る。）〔罫線朱書き〕来た人あり。プノンペンからここまで国際列車ありき。（プノンペン・サイゴン間バス）夜12時サイゴン発。六時間のバスで朝六時プノンペン着。こちらへ着いたのが夕方、六、七時頃、予定で迎へに行つたが来ぬ。夜おそく着く。

〔囲み罫朱書き〕

＊＊＊＊〔囲み罫朱書き〕

＊＊＊＊＊前でこぐサムロー。

＊＊＊＊＊＊〔囲み罫朱書き〕

文化運動をピブンが起し、「帽子をかぶれ、靴を穿け、」といふ運動。

市内はサムローで動く。

（町内は〔「町内は」末梢〕トンブリは舟で運送。

（朝市は今でも舟。

昔はトンブリにプリンス等住めり。

（輸送（木炭）は、舟でやつてゐた。

（◎電気——

夜になると、自家発電のホテル等は煌き、電圧下る故 step up を個人の家でも用ひたり。

ランプの家多かりき。アラウィン・ランプを使ひたり。

ふつうの家ではローソク多かりき。仏産のローソクまたたけり。

太い茶の線香、朝晩祈れり。一家、仏の前に集まつて祈る。

金持の家は明るい。ところ〳〵が光つてゐる。

◎当時、の日本政府のこと〔この一行抹消〕

○支那人町、——町角に金行ありき。金がキラ〳〵して目につく。

夜おそくまでやつてゐた。

○ネオンはなし。

○お祭——プアトン　ハートン〔「プアトン　ハートン」抹消〕

プハートンの祭。

○花や果物はサランロム・パレスは、そこで朝市が立つ。

◎日本人会

日本人学校

＊大使館——マハサンのそば。（十九年に情報部建増——すぐ爆撃され、現在の英国大使館）

大使館附武官——エラワン附近。

（義部隊の司令官——中村中将）軍紀厳正

○〜〜〜〜〜〜〜〜〜〜〜〜○

△娯楽機関

映画、支那芝居、

支那の映画、言葉は南也。（潮州語に似てゐる）

食事は広東系。喰物屋は、海天楼有名。

ランピニー・パークには支那料理屋、他になかりき。

（ワチエラウット〔「ワチラウット」のこと〕の銅像は戦後）

チェラルンコン〔「チュラーロンコーン」のこと〕〔議事堂の

前）の銅像はありき。

アンポン公園**で、夜会ひらかれた。プリンス等集めたり。

△馬***――Royal Sports Club

＊泥道に立てた二階建木造。

＊＊〔囲み罫朱書き。朱書きで「アンポン公園」と注記〕

＊＊＊〔囲み罫朱書き〕

ナイトクラブはなし。

女郎屋――新しいのが果物屋と称し、果物をサービスして、話まとまるとしけこむ。あとハ直接法現在形。散花。

まとまらなかつた。しもたや風のもあり。

オカイクー、昼の女郎屋もあり。

（アルバイト。

△昭和十六年十二月以後

①帽子をかぶれ運動

（帽子をかぶらねば汽車に乗せぬ。

②国語運動。（国字改正運動）

日本の文化侵略に対抗するためピブン国字改正。

タイ文字は子音だけで44文字。二十音しかない。あとはだぶつてゐる。これを整理する。「てふてふ」を捨てる式。母音についても若干。

③十何種類の職業留保運動

中国人からしぼられぬ為　タイ人のみ。

米作り、仏像鋳造等。

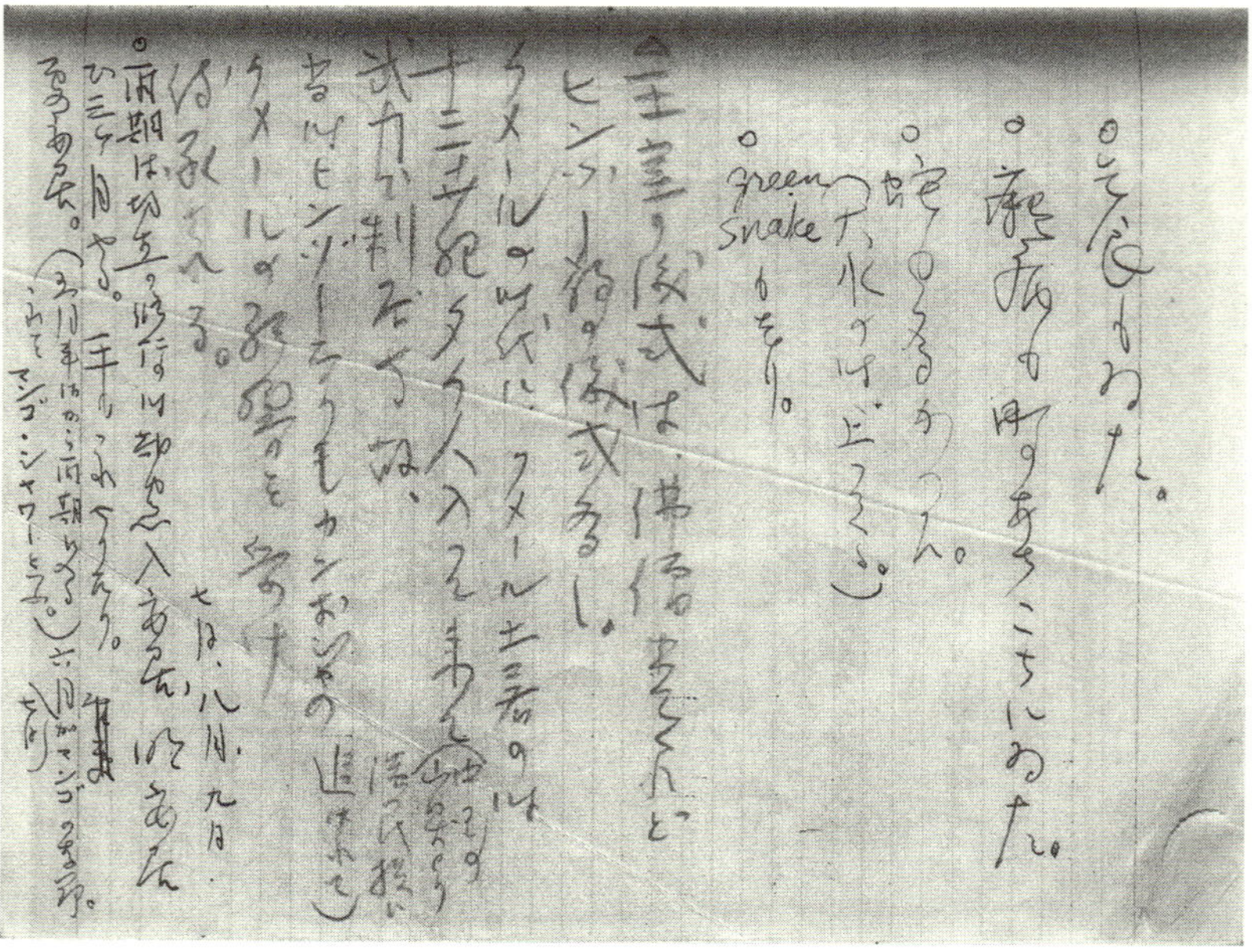
○green snake もをり。
△王室の儀式は仏信者でなくてはと
ヒンヅー教の儀式あるし。

◎大東亜戦争開始後

入つてきて、とたんに、インドシナ右側交通、ここは左側交通ゆゑ、トラックで入つて困る。

兵隊、老婆ひきかけた。

トラブル起らぬ。兵隊、日にたつにつれて町にあふる。

ルンピニー公園、外池部隊バラック。

司令部

プラカノン。

営外居住?

PX的なもの酒保、あり〔「あり」抹消〕

日用品を売る店 New Road にもあり

タイ人売子になつてゐた。

△とたんにフリー・タイ運動

駐米大使が、フリー・タイ運動起し、連合軍との間に緊密な連絡　摂政以下上層部で推進してきた。

（カオデンのそばで日タイ連絡事ム所）〔この一行抹消〕

（カオデンのそばで日タイ連絡事務所）

水上飛行機でタイ湾に潜入させたり　秘密飛行場に入れたりして　日本はわからぬ。終戦直前にわかつた。

憲兵と連れ立つて兵と共に　北方へ秘密飛行場をさぐりに行き行方不明。現金沢山もつてきた。

駐米大使は、〔「駐米大使は、」抹消〕昭和十七年一月　対米英宣戦布告をやつたが

（昭和十六年十二月、日タイ軍事同盟）

（十二月八日、国内通貨〔「通過」の誤記か〕みとめる）

駐米大使は本国の訓令を無視して向うに伝へなかつた。

戦後　対米英宣戦布告無効宣言　これを米すぐうけ入れ、英条件つき。

昭和十八年ごろ　どうも怪しいと気がつく。

△*満鉄調査部　昭和十一—十二三年「シャム篇」（南洋叢書?）

◎バンカッピ（エラワンの通りを東へゆくと、英国大使館の前を町と反対にゆき、鉄道線路をこえたところから先）にはほんのわづかした〔「わづかしか」の誤記か〕家がなくずつと水田で、水牛が多かつた。子供が水牛を追ふ。市内でも水牛ゐたりき。

鴉背中に止る。

○乞食もゐた。

○癩病も町のあちこちにゐた。

○蛇も多かつた。（大水の時、上つてくる。）

○green snake もをり。

△**王室の儀式は、仏僧出てくれどヒンヅー教の儀式多し。クメールの時代に、クメール土着の時　十三世紀タイ人入つて来て（中国の山奥より漢民族に追はれて）武力で制圧せる故、当時ヒンヅーなりしカンボジヤのクメールの影響を受け伝承される。

七月、八月、九月

○雨期は坊主の修行時期ゆゑ入安居、明安居で三ヶ月やる。王もこれやりたり。夏安居。（五月半ばから雨期に入る　これをマン　ゴ・シャワーといふ。）六月七月がマンゴの季節。

＊〔この一行朱書き〕

＊＊〔「王室の儀式は、」から「伝承される。」まで朱書き〕

○子供がビー玉で町角でバクチをやつてゐた。
○サムローは一寸働いては木陰でバクチをやつてゐた。サムロー曳きも六人の子供。
○妾が堂々としてゐる。誰の二号だと堂々としてゐる。
○王は妻妾同居。
○ピブンは何人も妾がゐた。

【翻刻D】

〈17・10・67〉

◎戦争準備に身分詐称して来た。
（法律研究の目的。
米買ふとごまかしてゐたのもある。歯医者と称せしもあり。
タイ人の
△経済大臣の娘*息子キャプテンの妹*大へん別嬪
学校で法律学び　あとで弁護士になつた人あり。
△当時、弁護士ある程度必要。
　＊〔二箇所の＊を線で結び、「娘」と注記〕

十六年六月
△三菱商事
電話局入札に来タイ　三千回線と〔「三千回線と」抹消〕四千回線と六千回線、沖電気と技師と一緒に来る。
ロン・コビットといふ人が郵便局長。英国に二つの回線とも落ちた。コビット氏のところへ斉藤氏行き　政府の絶大な支援の下にdampingしたのに英国へ落ちたのは解せぬ、再入札やつてくれ。再入札の結果、４０００の方だけ日本に落ちた。斎藤氏「英国は戦争やつてゐる　かういふ工事はできる筈はない、英国供給できなくても日本はこの値段ではできぬ。知らないよ」すぐconfirmationを書いた。英国は手をあげた。前に損した奴をカバーして出した。結局両方ともとれた。電話の国製品入れた。日本、戦争に突入したので、それもダメになつた。
△米――仏印*とタイ**をわけ三菱がタイ一手販売。
「タイ・ライスカンパニー***」――ワニット（殺された貿易局長、蔵相）と三菱が独占。
タノントックの米倉庫は三菱が建てた。終戦の当時ブンチットの名になり金持になつた。
△電線、等雑貨類。
△材木はやらぬ。
△油少し。
△日本の綿製品。紡績織物。綿糸――→織布。シャツ　タオル　靴下
△十五年、ダットサン五台入れた。
江森氏これをよく知る。
　＊三井
　＊＊三菱
　＊＊＊全タイの米統制。統制会社。
当時フィアット等外車
△電気製品――扇風器のみ（ラヂオもまだ、）三菱の扇風器、いいが音せぬ故風が来る気がしない、音を入れてくれ。
（△このこの三つの橋　斎藤氏がかけた）
△十六年開戦前　日本人３５、６０人〔「３、５６０」の誤記〕
（十四年は２００人）（終戦当時は４０００人　今は３０００人）
△ピブン――帽子の小さいのを頭に一寸。

△日本人の家には、タイ人礼儀上入れぬ。平つくばつて入る。日本人は威張つてゐた。
△ピブン日本料理好きで、
△支店長代理、自動車（月給９００円）
社宅——使用人六人
最上のコックは一ト月15Bahts（十五円）
ジョニ黒3Bahts　店売4Bahts
○野球、*——三菱買つた〔「勝つた」の誤記〕ことなし　斉藤氏来てはじめて勝つ　大工等日本より来りし也、
○水つき出すと、３ヶ月して全部引く、rain road のみ車、水を蹴立ててゆく。
◎米を約束して（三菱を通さぬ）サンプルと本物ちがひ、クレームつく。たのまれて交渉。こつちのバイヤーが、クレームがついてからクレーム代をくれ、と云つて、通商省**から金もらひ猫ババ決めて日本へいいものを送らぬ。
◎戦争前に電線の大きな注文もらつた。戦争はじまり、なか〳〵来ぬ。一年後来た。deliveryもするし、金もうけとり、ヤレヤレ。買主から怒つて来た。この受取は私のサインぢやない。値段20倍になつてをり　売値だけ会社へ納め　あとの利益みんなで分配。主だった人は、支店長。

○日本の弁護士、ここの法廷に立てぬ。

＊十六年一月頃タイへ来れり。
＊＊Ministry of Economical Affair

◬ここの商業大臣半年やると３００万Bahts のこる

◬総理給料１２０００バーツ（安い、）
（△マレー・インドネシアは華僑問題あり。宗教問題で。
しかし、タイでは同化してゐる。）
（繊維会社の父、大華僑、死せり
死んだら、二つ同時に葬式　タイ式坊さん黄衣で並び、中国人のチャン〳〵〳〵経さわがし　二つやる。）
（支那人との混血児政界支配
純粋のタイ人凡クラ
△僧位はうしろに立てる大きなうちわのもやうで見分ける。
◎戦争中、米を一番先に出したワニット　親日家といふので殺された。駐在司令官中村司令官、心配した。「自殺したのか？」「イヤ殺されたのだ」「ぢや仕方がないな。もうかうなつたらタイとは戦争をする他はない」
△ピストル事件
王も殺された。赤色テロ也。
◬高田竹次〔「次」抹消〕二郎氏
来年四月。
大阪外語大泰国主管教授。（鶴田氏紹介）｝金商又一の支店長　鶴田氏の紹介
○赤坂氏（ラオス大使館）

あらゆる芸術は夕焼の如きものである。それは一時代の終末観と符節を合してゐる。現代なら原子戦争と。「未来に希望をもつ」といふ哲学。「よりよき未来のために」といふ哲学は芸術の敵だ。過去と絶望と**たゞ死を待つことに、芸術の存在理由が*

あり、未来と希望と名誉ある死は行動の原理である。

＊〔囲み罫朱書き〕
＊＊不名誉な死

〈18・10・67〉大使夕食　夜 Vientienne〔「Vientiane」の誤記〕
精霊流し　蓮の花の舟の蝋燭

〈19・10・67〉

Luang-Prabang：のどかな山間の町、やゝ強い小春の日和、絶妙ののどけさ、州知事邸程度の王宮と郵便局程度の皇太子邸、

△ここの王は、水祭りの時、娘が男のシャツを破つても水をかぶせてもよい祭故、朕にそれをできたら500弗やるといひ、娘ら王宮前にて待つに、白象に乗つてあらはれ、娘ら、口惜しがりて追ひゆきしに、梢の下象とほりし時、上にひそみし娘　蟻の巣を投げ下ろし、王全身蟻だらけになり、川で水浴して、娘らどつとこれを襲ひし由。

△ラオス正月の四月には、王宮前のプー・シー山頂の寺院より内より光りの発する如く作られたる大いなる龍の飾り物を出し、標高170米の山の石段をその光る龍降り来りて、王の前に拝するを王が迎へる儀式あり。列国使臣居並んでこれを迎へ、あと舞踊等のレセプションあり。

△王は最後の王たることを自ら洩らすことあり。

この村のどかにて、パテト・ラオ勢力に包囲されたりと見えざれど、つい八月もこの飛行場で、十機深夜に焼かれたり。軍＊用輸送機＊＊に乗りて、パテト・ラオ地帯の山岳上をゆく。白くピカリと山間より光れば高射砲なる筈なれど、米人飛行士らも、〔指揮官はマイク〔「マイク」抹消〕無線で指揮〕、山岳地帯にかかりても、本などよみ、窓外に注意を払はず。

＊うしろのあいたカラベル
＊＊Air American は民間搬送の軍用機。先頃も米人子供三人を含め、撃墜された。

〈Lane Xang（百万の家）の Hotel〉

△ホテルにて待つに、十一時半接見＊のしらせあり。弟とお辞儀の練習。

十一時二十五分にホテルを出て行くに、白堊の塀の内に、内庭の彼方に、シャム風の尖塔を奥にいただきたる王宮の白き階段あり。門衛立つのみにて閑散たり。ダブルの紺背広の、儀典長の Prince（your〔「your」抹消〕his Royal heiness〔「highness」の誤記〕）段上に立ちて待ちてをり。中央の間より、右の接見室へ導かる。ひろき天井高き部屋の四囲はラオス民衆の生活を描きし写実的な壁画を描き、玉座の左右にまでいたる。金のふちどりの肱座六つ壁に並び、それ〴〵枕の如きクッション一つ。中央の玉座＊＊も然り。座は灰色也。王座の左右には、ブロンズの胸像。奥には〔この部分にパラソル形の図〕形のシャム王家と同じ茶褐色の飾り物あり。王は、〔「王は、」抹消〕まばゆき柱廊に影さして、儀典長のあとより灰色の背広の王あらはれ、儀典長も姿を消し、三十分の接見の間、護衛の影すらなし。王は、玉座のはじに腰かけ、咫尺の間にてにこやかに話す。王政、君臣の情、教育等について話すに、王の子弟も村の小学校へ入ると仰せられたり。話は文学に移り Marcel Proust に移

る。飜訳の話から、一語一語のニュアンスに含まれぬる多様性
に王の話及びたり。ゲルマント、シャルリュス等の話出て、ク
リスタリザシヨン（一時代一社会の典型）に作家の手腕を認め
たり。モオリヤックはすでに凝固したる作家也と、テレエズ・
デケイルウの題名その口から洩れたり。
　＊Royal Audience
　＊＊〔この部分に接見室の図。「庭」「柱廊」「玉座」
　　「卓」「花飾る」と注記〕

△何も起らぬといふことの可能性
（1）政治的社会的＊経済的条件の成熟、
（2）保守党の左傾と社会党の右傾、
（3）憲法改正の不可能
（4）国境のないことから領土問題の古典的戦争の可能性の無い
こと
（5）間接侵害〔「害」抹消〕略による共産クーデターあるひは人
民戦争理論の不可能（魚を泳がせる水がない）
（武器及び補給の困難）
（6）帝国戦争時代の終焉と国家観念（交戦権）の相対的稀薄化
（7）左翼革命を激発させぬ諸条件
（農地改革の成功と工業化、都市化）
　＊アメリカの破滅的不況による世界的大不況はありえぬ。
　　資本主義の体質は改善された。
△間接侵害〔「害」抹消〕略とは高度のイデオロギー的戦争観念
である。
△何も起らぬ、といふ点からの共産革命の可能性

（1）天皇制の利用（左翼の分極化）
（パテト・ラオ方式。タイ愛国戦線の国王讃歌。カンボジ
ヤ）
（2）連立政権方式による漸進的、議会主義的改革（すでに間接＊
侵略）
（3）自衛隊、軍隊〔「軍隊」抹消〕警察に対する面子を立てつつ、
その下部組織の漸進的細胞化と、危険分子の昇進——分裂
の防止
（4）社会福祉の拡大による民心の把握
○社会福祉利用〔この一行抹消〕
　〔ここでノートの一枚分が切り取られている〕
（5）自主防衛＊＊方式による安保体制＊＊＊打破
（——→中ソ軍事同盟——→徴兵制）
（6）安保自動承認後の、米国の内政干渉排除の構へ
　＊左は何でもファッショといふ、なるほどファッショ
　　は議会制で出た。然らば間接侵略も然り。民主々義
　　の矛盾。
　＊＊なぜさうなつては困るか？　自由の喪失ゆゑ也。
　＊＊＊核防衛問題は解決せぬ故　中ソ軍事同盟以外に
　　　なし。
△その陥穽　民族自立と自主防衛——→理想的には集団保障（核）
と自主防衛（非核）の二本立であるべきもの。
△中共に理性ありや？　他国の理性あるひは情況判断に信頼しう
るか？
△軍隊のイデオロギー化の必要
（民社党を含めた線までのイデオロギー的軍隊）

その場合の忠誠の目標*→天皇。〔「→天皇。」削除〕

（天皇か？　否）

〈反体制の平和**主義に対する非忠誠〉

しかし「否」は弱い。

△何のために、何を、何に対して、護り戦ふか

（1）天皇（天皇の先取特権）

（2）民族

（3）国土

（4）家庭（小単位）

（5）文化伝統――日本精神――日本刀

△日本刀を護るために日本刀を執るといふ循環論理。（護るための価値を自ら作り出す――productive な防衛理念→芸術）

＊政治的になりすぎ、スピリットを逸する。

＊＊これすらカモフラージュされる。

【翻刻E】

○千之はトンチャンといふ名の spy（元共産系）を雇つてをり、すでに二度母親を死なしめて50弗をせしめたり。正月には夫婦そろつて来て、花〔「花」削除〕膝行して花をささげ、花を膝にこすりつけて、祝福と愛顧をねがふ也。

○Vient〔「Vient」抹消〕ラオス国内に Elevator 一つもなし。ホテルの室内電話も、佐藤総理のおかげでごく最近つきたり。Luang-Prabang との間の電話連絡は毎日、午前10時～11時のみ。電報局は休日は休み。この国には国際電話なし。（きだ・みのるみたいな国だ）

○王のところにソヴェトの肖像画家何ヶ月も泊つてをり。もちろん spy にして、provda〔「pravda」の誤記〕の記者二人、これに連絡に行くに、行きの飛行機で同乗したり。

○阿片密輸に上層部は皆携はつてゐる。アメリカからの援助の武器を共産側へ売〔「売」抹消〕渡し、代価に阿片をもらひ、これを売つて巨富を得る。軍部も、正義派の空軍司令官をのぞき皆これに関係せる故、正義派はいつも暗殺の心配をせり。在日大使館もこれに関係せり。阿片用具公然と売る。

（Luang-Prabang）

○トッケーは夜10時すぎ、人静かになると大きくトッケーと啼き、七回位ゐ啼くが、だん〳〵声小さくなり、おしまひに申し訳のやうにトッケといふ。雌を呼ぶなりけり。

○われをCIAと知つてもらひたがりしCIAもゐたり。

○祭は、Boxing、福引、射的等川岸に人群がれど、この満月の夜、月蝕なれば、月蛙に喰はるるとて、蛙を撃つ為　小銃を撃つを禁ぜらる。以前の祭にも、手榴弾を投じて人死を出したり。町のそこかしこ露台に蝋燭を立て並べたる様美し。

【翻刻F】

◎この日吉田茂氏死す。

△市では大トカゲや鼠の顔をし鹿の肢をした小犬大の動物や蛙や大コーロギを食料に売つてゐる。

△White Rose

竹葺きの天井、〔この部分に壁の模様の図〕の壁、赤や黄の小さな暗い間接照明、玄関前に屯するサムロー、しんとした町の一角、女、500kips で裸になり、客席で体をふつてみせ、自由にさはらせる。ブリーフを下ろしても平気。二階は個室、風呂

等。九時ごろ顔見世。女は皆 Thai からの出稼ぎ。
△この国の精霊P.
メコン河で水泳中のポーランド大使館員、背の立つ高さで急に見えなくなり行方不明となり、ポーランド大使館口よせの女にききしに、「彼なほ火のPと戯れて生きてをり」といひしが、二三日後土左ヱ門上りたり。
△夜の壁のおびただしい小さなヤモリ
一疋の小さなトッケー、刺すやうな高い大きな虫の音
『巨大な夕焼け』

第四巻は30枚程25の Episodo から成立つ　*

*〔この部分に「750÷25＝30」の数式〕

△
〈21・10・67〉――Phanh Nolingr*（上院事ム局長）
{政府軍6万＋中立軍**（三派連合の内、左は向うへ行つた）
{1万
パテト・ラオ2万＋北越4万
国土の2/3がパテト・ラオ地域（社会主義的政策実施***）
しかし人口は1/10に充たぬ。パテト・ラオ地域よりの避難民
40万（全人口が200万〜300万）

*「?」と注記。
**プーマ（元コンレも一緒なりしが左へ逃亡）
***村長以上才判にかけ共同農業等。しかし、大地主や搾取なき故階級斗争の現実なし。税もとらぬ。

△1961年、（そのころ国内入り乱れ、コンレ*がクーデターを起し、左寄りの中立なりしが左翼化せんとしてクーデター、右翼南より攻め上る。コンレ北越に救ひを求め北越 Luang Prabang まで攻め寄せんとす。Vientiene〔「Vientiane」の誤記〕戦争：左右対立　何百人死んだ。ラオス兵生れてはじめて近代火器、小銃を使へり。目に見えるものは射てぬ故野次馬往来〔「往来」抹消〕射たる。コンレ北に〔「北に」抹消〕逃る。〔「る。」抹消〕亡。ホー・チミンに面会〔「ホー・チミンに面会」抹消〕（pilot の spy、コンレを救ふため、ホー・チミンに密書をもつて行つた）
Luang Prabang をパテト〔「をパテト」抹消〕正に攻撃されんとし、米軍も引揚げたる後、老占師、Luang Prabang へは決して敵の手に陥ちぬと予言せし故、王も日常のまま暮してゐたところ、すぐ近くまで来た北越は、何のせいか急に引揚げてしまつた。

*Konle

；パンノリン氏のところで lunch
△夕刻、5時半近くの野へゆき、彼方の部落の森のすでに暗き洞より、サフラン色の僧二人、ついで首の鈴を鳴らす水牛の群と車来る。破橋を渡り来る。破橋の下、雨に打たれし如き波紋夥しき　川の断片。水牛この中へ入りたがる。水牛を馭する人忽ち影絵となる。空の夕焼け美しきこと限りなし。椰子や熱帯林のデリケートなシルエット。
△悔ゐなき同盟 data
（1）メナム――メ＝母、ナム＝水　水の母＝河、
尊称最高位「メナム・チャオプラヤー」
（2）オリエンタル・ホテル右の川上対岸――ワット・アルン

（3）サーム・ロー（三輪車）
（4）バンコック寺院数700、ここに居住僧侶7000
（5）僧衣――巾四、五尺、長さ一丈
（6）1941年十二月二十一日、日タイ同盟条約。
（7）1943年春――2月1日　バンコック「義七九七〇部隊」軍司令部　中村明人中将指揮官
（8）1943年　ラーマ八世は未成年でスイスのローザンヌ留学中、第一摂政アチット・アパー殿下、第二摂政プリディ・パノムヨン殿下、アチットはピブンの傀儡。一切は後者が握る。プリディは1932年、パホン・ヨテイン大将（当時大佐）と結んで立憲革命を成就した文官派系の元勲、開戦当時はピブン内閣の蔵相。ピブンこの処遇に困り、参戦後の内閣改造の際、プリディを祭り上げる。

◇「豊饒の海」ノート翻刻に際しては、著作権継承者及び三島由紀夫文学館の協力を得た。記して謝意を表する。
◇今日の観点から見ると、差別的と受け取られかねない語句や表現があるが、著者の意図は差別を助長するものとは思えず、また著者が故人でもあることから、底本どおりとした。本誌掲載の創作ノートは、以後も同様の扱いとする。

ミシマ万華鏡

山中剛史

古代ローマと現代日本を入浴を軸にしてユニークに描いてベストセラーとなり数々の賞を受賞、昨年遂に映画化されたコミック「テルマエ・ロマエ」の作者ヤマザキマリの新作「ジャコモ・フォスカリ」（集英社クリエイティブ）第一巻が昨年九月に発売された（現在、雑誌に継続連載中）。

物語は、一九六〇年代、ジャコモ・フォスカリという日本の大学で教鞭を執るイタリア人を主人公に、明らかに三島由紀夫や安部公房をモデルにした人物達との交流と、密かに心惹かれていく美少年（と近親相姦の関係にあるその姉）を巻き込んで展開していくというもの。主人公は少年の頃に使用人の子供で乱暴な美少年に憧れていたなどという設定からは、「仮面の告白」を下敷きにしたような印象も受けるし、主人公はドナルド・キーンをモデルにしているともいう。

そもそも作者自身、イタリアで十一年間美術史と絵画を学んでいた間に三島と安部公房には相当入れ込みむさぼり読んだようで、作者のブログでは〈青春の師匠である三島〉とまで書いている。作中三島は岸場義夫という人物として登場、スター小説家として映画に主演するというエピソードも描かれ、お目当ての美少年がいる名曲喫茶としてブランスウィックをモデルにしたようなそれも出てくる。

もちろん、未だ第一巻であり物語は始まったばかりだが、今後の展開を楽しみにしている。

資料

三島由紀夫と林富士馬

——林富士馬先生の霊前に捧ぐ——

犬塚　潔

三島由紀夫氏は、「私の遍歴時代」[1]の中で、林富士馬氏のことを「『文芸文化』を通じて、はじめて得た外部の文学的友人は、詩人の林富士馬氏であった」と記している。三島氏にとって林氏はどのような存在だったのだろうか。

文芸文化

文芸文化は、池田勉、栗山理一、清水文雄、蓮田善明を同人とする国文学同人雑誌である。昭和16年9月号（写真１ａ）に三島氏の「花ざかりの森」（写真１ｂ）が掲載された。三島氏は学習院中等科に在学中であり、「今しばらく平岡公威の実名を伏せて、その成長を静かに見守っていたいという」同人の意向により、清水文雄が三島由紀夫というペンネームをつけた。林氏は文芸文化に掲載された「花ざかりの森」を読み、「三島由紀夫」を知った。しかし、この時点で三島氏と林氏の面識はない。

編集後記に蓮田善明は、「『花ざかりの森』の作者は全くの年少者である。どういふ人であるかといふことは暫く秘しておきたい。それが最もいいと信ずるからである。若し強ひて知りたい人があったら、われわれ自身の年少者といふやうなものであるとだけ答

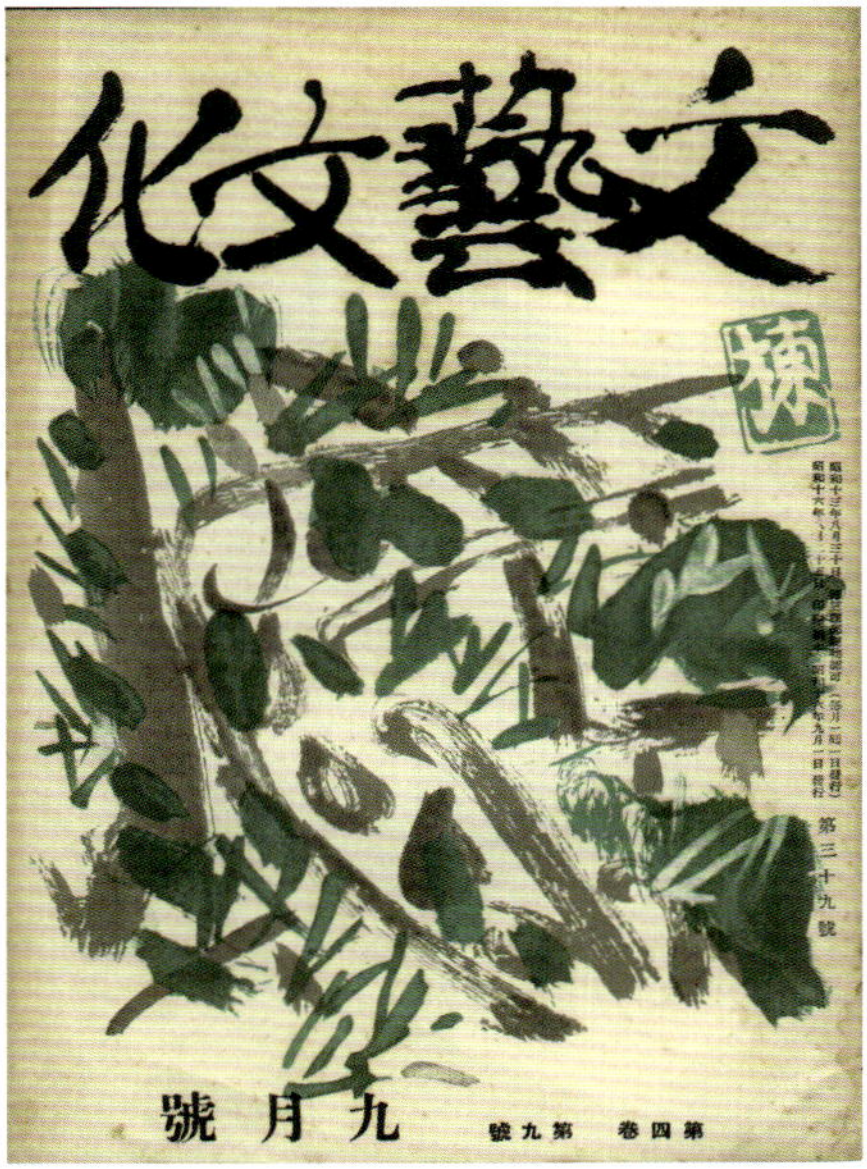

写真１ａ　文藝文化　表紙（昭和16年９月１日）

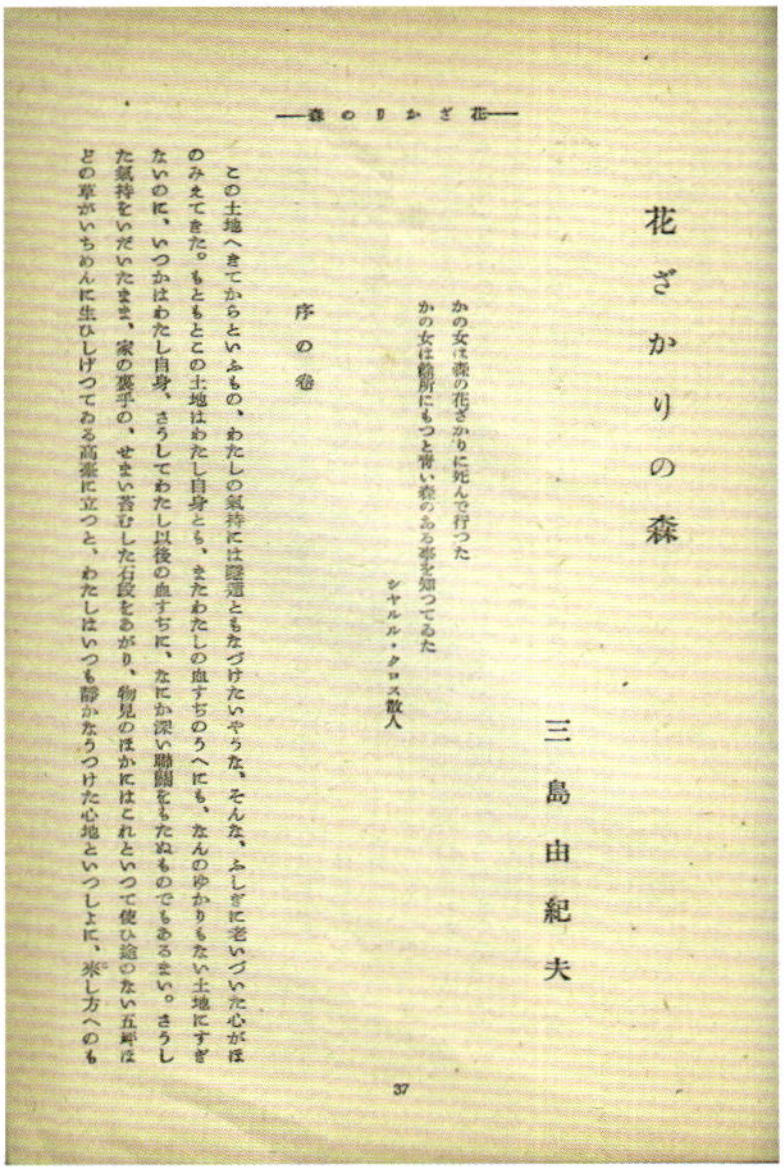

花ざかりの森

三島由紀夫

かの女は森の花ざかりに死んで行つた
かの女は餘所にもつと靑い森のある事を知つてゐた
シャルル・クロス散人

序の巻

——花ざかりの森——

この土地へきてからといふもの、わたしの氣持には隠遁ともなづけたいやうな、そんな、ふしぎに老いづいた心がほのみえてきた。もともとこの土地はわたし自身とも、またわたしの血すぢのうへにも、なんのゆかりもない土地にすぎないのに、いつかはわたし自身、さうしてわたし以後の血すぢに、なにか深い聯關をもたぬものでもあるまい。さうした氣持をいだいたまま、家の裏手の、せまい苔むした石段をあがり、物見のほかにはこれといつて使ひ途のない五米ほどの草がいちめんに生ひしげつてゐる高臺に立つと、わたしはいつも静かなうつけた心地といつしよに、來し方へのも

37

写真１ｂ　文藝文化　花ざかりの森

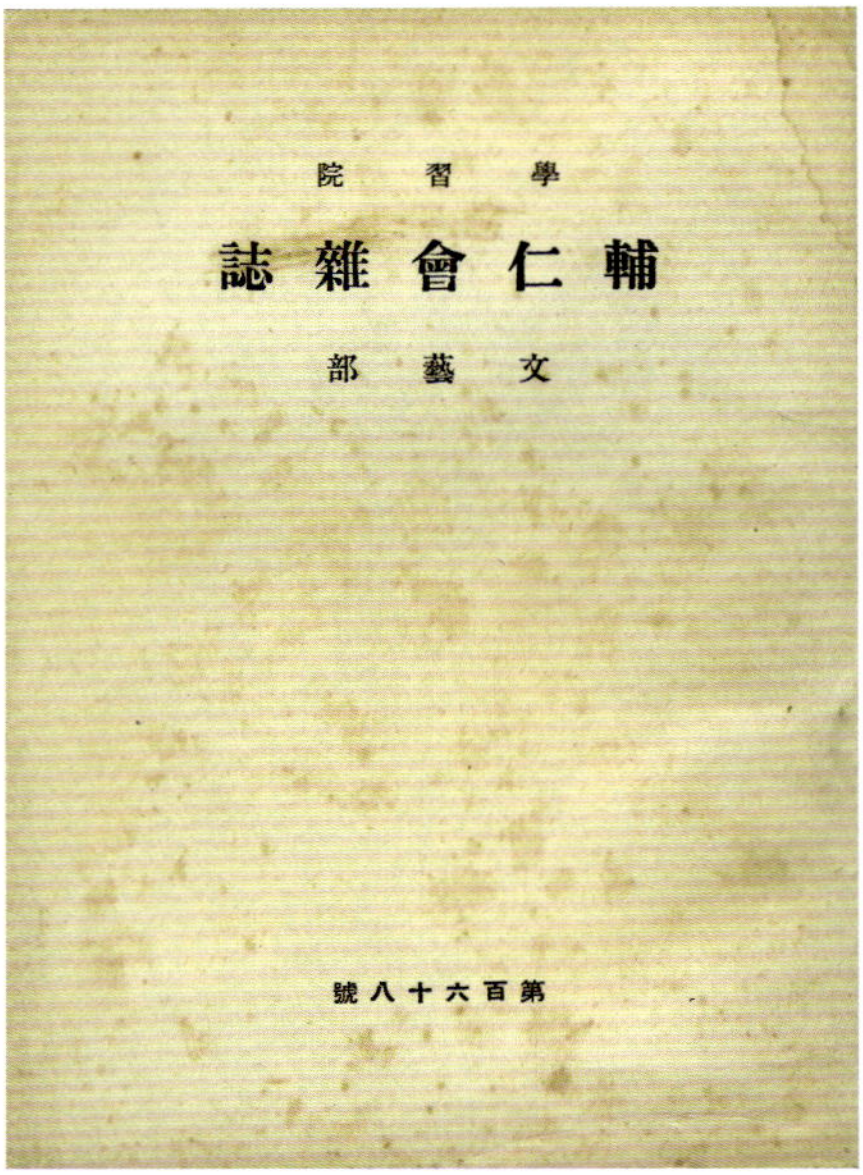
學習院
輔仁會雜誌
文藝部
第百六十八號

写真２ａ　輔仁会雑誌　第168号

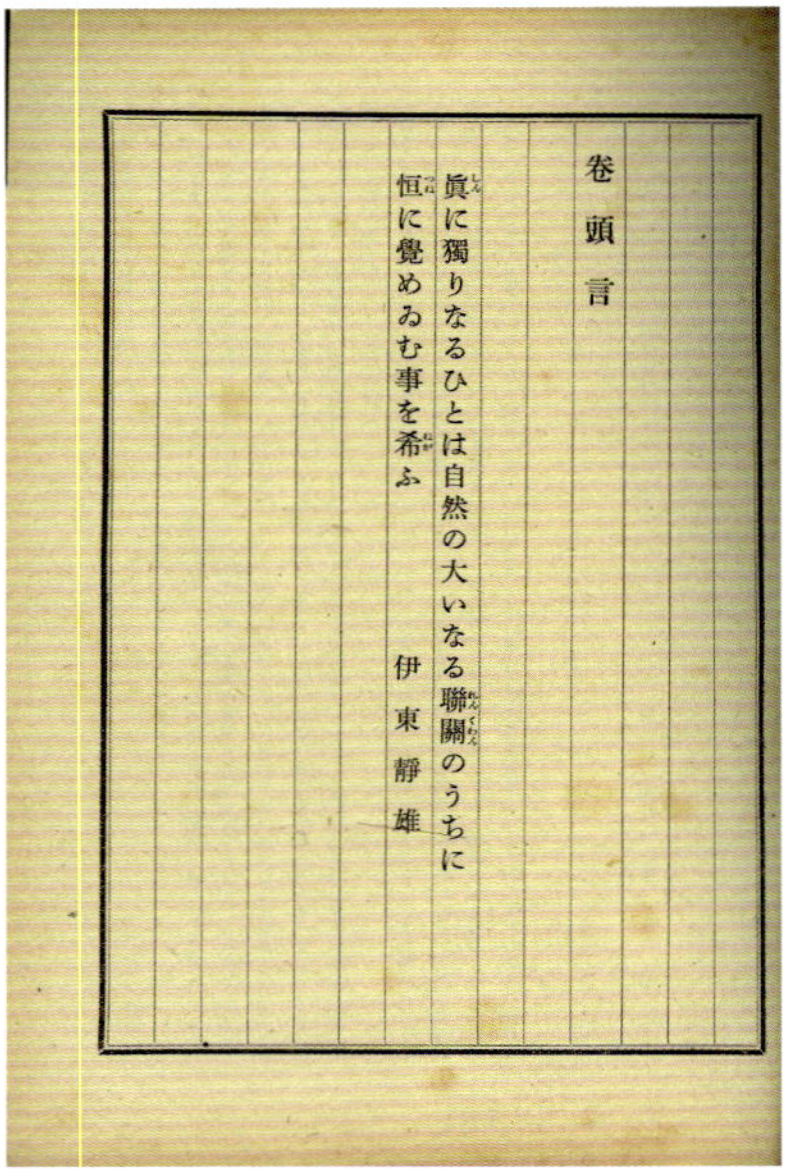
巻頭言

眞《しん》に獨りなるひとは自然の大いなる聯關《れんくわん》のうちに
恒《つね》に覺めゐむ事を希《ねが》ふ

伊東靜雄

写真２ｂ　巻頭言

へておく。日本にもこんな年少者が生れて来つつあることは何とも言葉に言ひやうのないよろこびであるし、日本の文学に自信のない人たちには、この事実は信じられない位の驚きともなるであろう。

この年少の作者は、併し悠久な日本の歴史の請し子である。我々より歳は遥に少いがすでに成熟したものの誕生である。此作者を知ってこの一篇を載せることになったのはほんの偶然であった。併し全く我々の中から生れたものであることを直ぐ覚った。さういふ縁はあったのである」と記している。

林氏が三島氏と出会うのは、「花ざかりの森」の掲載から2年後の昭和18年秋になってからのことであった。

輔仁会雑誌

輔仁会雑誌は学習院の校内誌である。昭和17年12月の輔仁会雑誌168号（写真２ａ）の巻頭言に、三島氏は伊東静雄の言葉（写真２ｂ）を掲載した。編集後記に「巻頭言には伊東静雄氏の凛烈な詩の決意と孤高のまことの意味とその美しさを漲らせたたぐひまれな詩句をば無断借用させていただいた。かういふことは未知の伊東氏をお憤らせするかもしれぬが失礼乍らそれはかまはぬのである。私どもは伊東氏のあゆまれた道とそこに咲いた花のかずかずを古典としてうやまふがゆゑである。古典といふものへの敬虔さの度合からして私どもはこの学舎にあってジャアナリズムの汚濁にそまってをらぬことをみとめて頂けばよいのである。学生諸君のなかには伊東氏の詩集に接されたことなく更に伊東氏の御名を知らぬ人すら少なくないのかもしれぬ」と記している。

また、三島氏は赤絵の同人・東文彦宛の書簡（昭和17年9月20

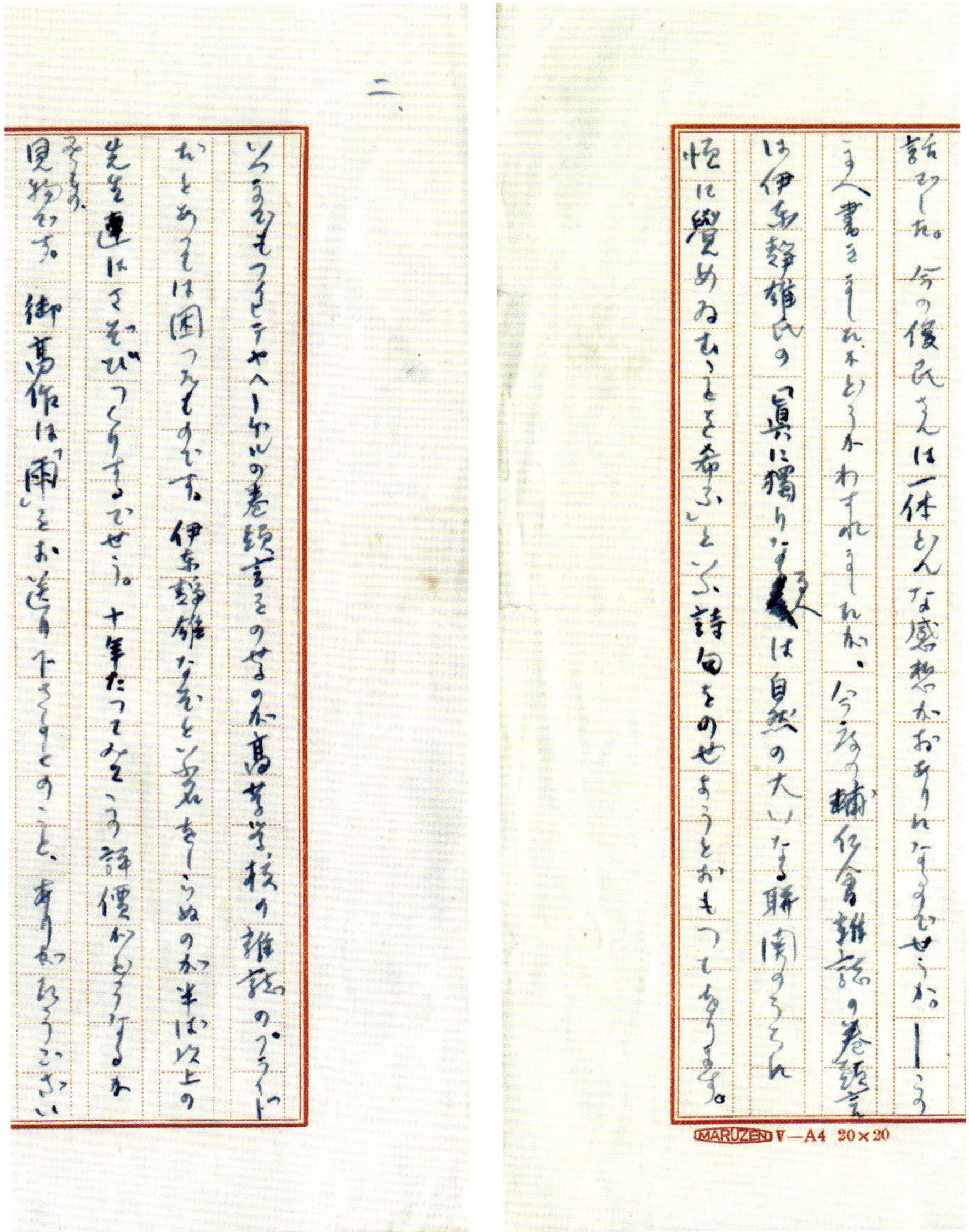
話でした。今の保田さんは一体どんな感想がおありなさるのでせうか。ーーその
こう人書きましたかわすれましたが、今度の輔仁会雑誌の巻頭言
は伊東静雄氏の「真に独りなる人は自然の大いなる聯関のうちに
恒に覚めゐむことを希ふ」といふ詩句をのせようとおもつてをります。

二、
いまでもフィヒテやヘーゲルの巻頭言をのせるのが高等学校の雑誌のプライド
などあつては困つたものです。伊東静雄なぞと云ふ名をしらぬのが半ば以上の
先生達はさぞびつくりするでせう。十年たつてみたらこの評価がどうなるか
そのときが見物です。御高作は「雨」をお送り下さいますとのこと、ありがたうございます

写真２ｃ　東文彦宛三島由紀夫書簡　部分（昭和17年９月20日）

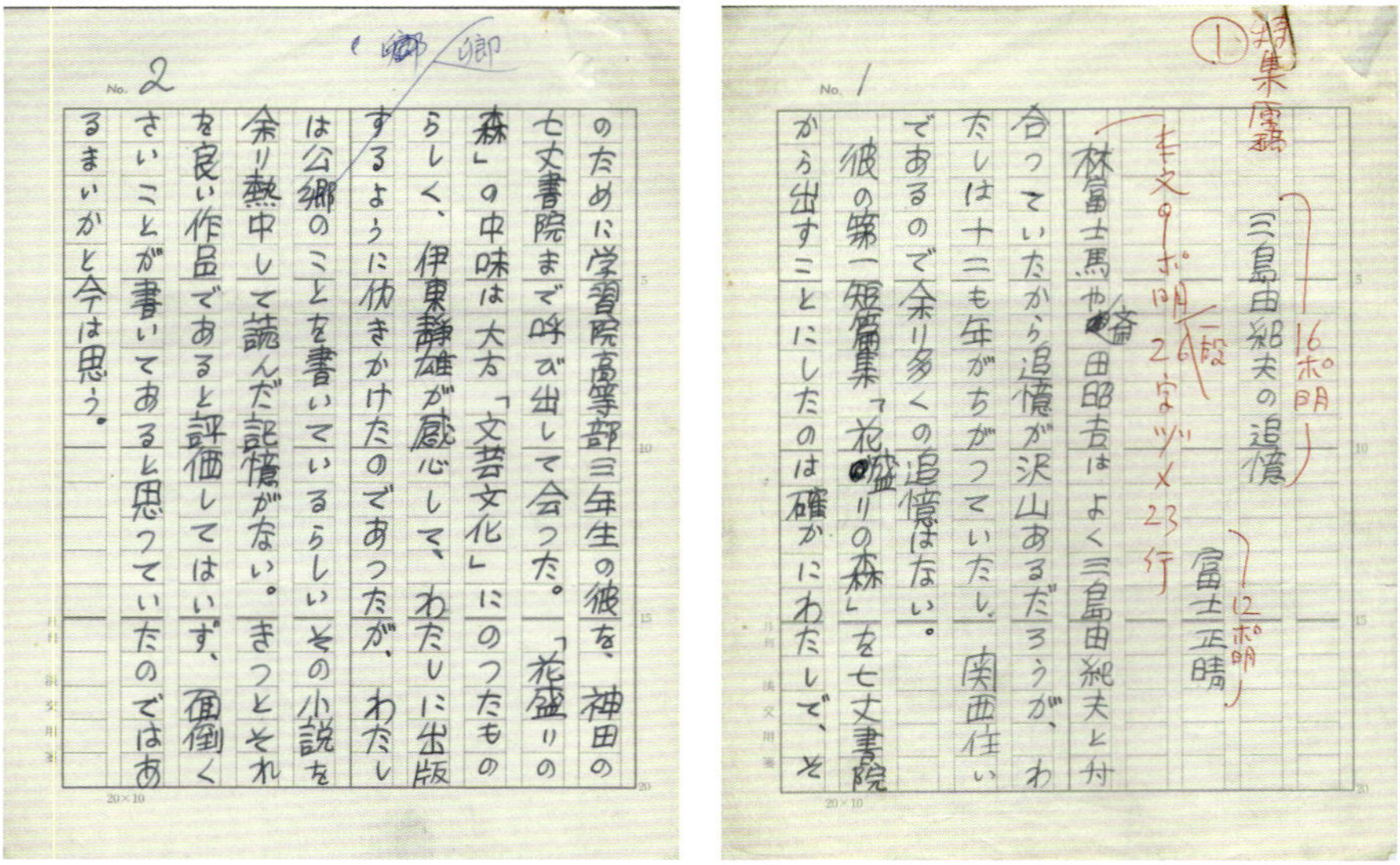

写真３　三島由紀夫の追憶　原稿

日）（写真２ｃ）でもこのことに言及している。「今度の輔仁会雑誌の巻頭言は伊東静雄氏の『真に独りなる人は自然の大いなる聯関のうちに恒に覚めゐむことを希ふ』といふ詩句をのせようとおもってをります。いつまでもフィヒテやヘーゲルの巻頭言をのせるのが高等学校の雑誌のプライドだとあっては困ったものです。伊東静雄なぞといふ名をしらぬのが半ば以上の先生連はさぞびっくりするでせう。十年たってみてこの評価がどうなるか見物です」

この頃、林氏は伊東静雄と懇意であり、伊東静雄が主宰する同人誌「天性」に作品を発表している。三島氏は、「伊東静雄氏は私が少年時代から、稀有のロマンティストとして懐しみうやまってきた詩人であった[2]」と記している。

三島由紀夫と林富士馬の邂逅

三島氏と林氏の邂逅には、富士正晴がかかわっている。富士正晴は、「三島由紀夫の追憶[3]」（写真３）に「『花盛りの森』の中味は大方『文芸文化』にのったものらしく、伊東静雄が感心して、わたしに出版するように働きかけたのであった」と記している。また、「『花ざかりの森』のころ[4]」に「昭和十八年の秋の頃のような気がするが、わたしは三島由紀夫を、神田の七丈書院まで呼び出して、はじめて会った。

彼は学習院高等部の三年生で、海軍兵学校の制服によく似た学習院の制服を着てやって来た。青白い、大頭の、太い眉毛の下に丸い目がひらいている、このはなはだ礼儀正しい言葉づかいの高校生に、たちまちわたしは閉口した。それにわたしの関西弁が彼にどこまで理解されるかも判らなかった。

あんたの本を、伊東静雄が出せ出せとぼくにいうから、七丈書院から出すことにしようという位のことをいった後は、一体この学生を相手に何を喋ったらいいのか困惑した。（彼とわたしは年が一廻りちがう。どっちもエトは丑である。）

そこでわたしは一人対一人ではやり切れないから、林富士馬の家まで三島を連れて行くことにした。林は若い人に熱中するところがあるから、きっと喜ぶだろうと思った。

案の定、林は三島が気に入ってしまい、その気に入り方はビールをのめといったのに、三島が御酒は（といったと思う）外ではいただかぬことにしているということをスパッと上品にいって絶対にのまなかったことやら、三島の表情には大奥の女性の底意地の悪さがあるということやら、何でもかんでも林を三島に熱中さ

写真４ａ　天性第八号　表紙（昭和16年10月）

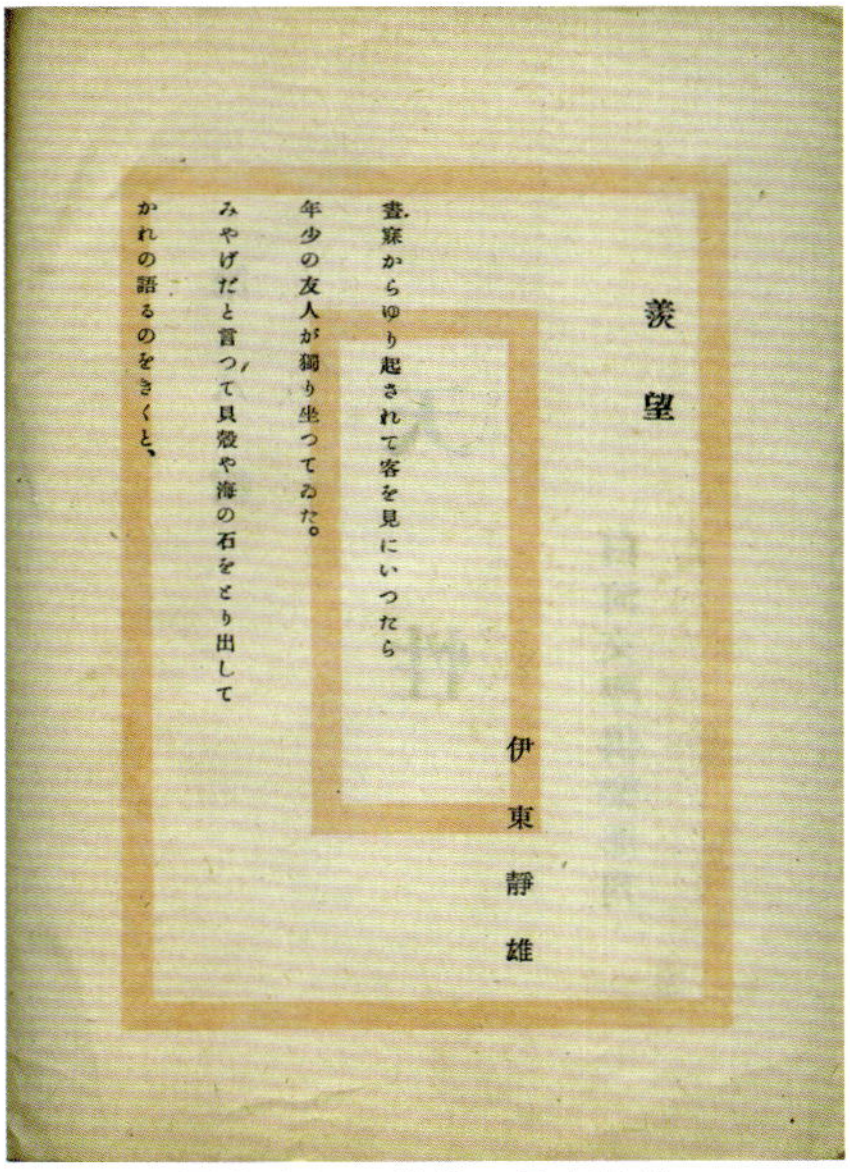
羨望

伊東静雄

晝寐からゆり起されて客を見にいつたら
年少の友人が獨り坐つてゐた。
みやげだと言つて貝殻や海の石をとり出して
かれの語るのをきくと、

写真４ｂ　羨望　伊東静雄

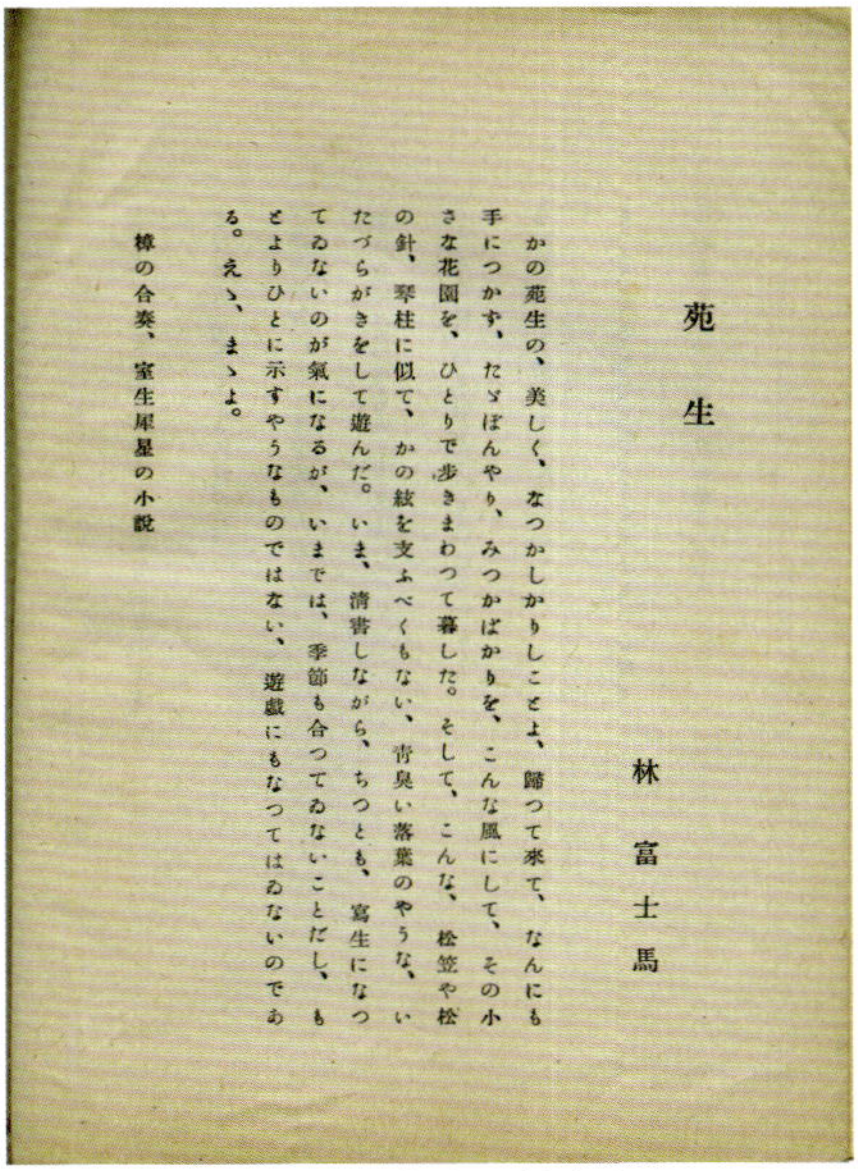
苑生

林富士馬

かの苑生の、美しく、なつかしかりしことよ、歸つて來て、なんにも手につかず、たゞぼんやり、みつかばかりを、こんな風にして、その小さな花園を、ひとりで歩きまわつて暮した。そして、こんな、松笠や松の針、琴柱に似て、かの紋を支ふべくもない、青臭い落葉のやうな、いたづらがきをして遊んだ。いま、清書しながら、ちつとも、寫生になつてゐないのが氣になるが、いまでは、季節も合つてゐないことだし、もとよりひとに示すやうなものではない、遊戯にもなつてはゐないのである。えゝ、まゝよ。

棹の合奏、室生犀星の小説

写真４ｃ　苑生　林富士馬

写真５　苑生第六号　表紙（昭和21年12月）

せるといった風のものだった。林は本人も上品だし、家庭も上品だったから、三島の上品さも程良かったのであろう」と記している。

一方、林氏は「国文学の同人雑誌『文芸文化』に発表された『花ざかりの森』は既に読んでおり、（略）私より余程年少らしいこの作者と作品とにひどく惹かれ、それで富士氏に紹介して貰ったのだと思う。

私は他の年少の仲間を紹介し、毎日のようによく会い、それでも追いつかず、よく手紙を書いた。

私達はやがて、誰でもがお召しを受け、血腥い戦場に遠征することは解っていたので、明日のない一日一日を、如何に文学だけを信じ、それに縋って、一日一日を生きるか、ということに肝胆を練っていた[5]」と記している。

林氏は、三島氏と知り合った後、毎日のように手紙を書いた。会った日にも書いた。また、三島氏からも毎日のように手紙が届いた。昭和18年10月8日の東文彦死去後は、なおさらであった。三島氏は、泉鏡花の読書感想画として幽霊の絵を描いて送ってきたこともあった。三島氏に林氏からの手紙が3日間届かない時があった。すると三島氏は「林さんに嫌われたかと心配で心配で眠れなかった」と告白した。林富士馬宛の三島書簡は、昭和20年4月13日の東京大空襲で焼失した。書簡を大切に保存するという時代ではなかった。

三島氏は、「私が『世々に残さん』を書き終った昭和十八年の夏に、富士正晴氏とも御近づきになった」そして、「富士氏と相前後して詩人林富士馬氏に親炙することができたのは私にはある縁の感じられるやうな事柄であった[2]」と記している。

三島氏は、東文彦に林氏のことを書簡で伝えている。

「林氏は伊東静雄氏や蓮田善明氏に、大へん好かれている若い詩人ですが、伊東氏からいただいたおたよりにも、『林君はこのごろ跡を絶ったほんとうの文学青年で、私の大へんすきな人です』と書いてあるとおり、みたところは文学青年ということばを絵にかいたような人です[6]」（昭和18年9月14日）

「今日は又、文芸文化の林氏に『祈りの日記』をほめられてこれも妙な心持。

林氏に引っぱってゆかれ、佐藤春夫氏のところへ伺いましたが、思いの外の、御親切なおことばをいただき『あああの「赤絵」の』と、奥さんまですぐお思い出しになるのは、赤絵の為にもうれしく存じました[6]」（昭和18年10月3日）

清水文雄には、「このごろ林氏とおつきあいし、林氏のもってゐられる立派なところが段々わかってまゐりました」[7]（昭和19年8月25日）と書き送っている。

また、富士正晴には、「林さんから御懇篤な御手紙をいただき、すっかり興奮して、長いお返事を書いてお困らせしてゐます。そのうち、林氏に献げる小さなMärchenを書くつもりでをります」[8]（昭和18年9月19日）

「この日曜は林氏のお宅へうかがひ、次いで佐藤氏のお宅へおつれをいただき、大へん気持のよい一日でございました。（略）林氏にはますます傾倒。御高話も清らかなすがすがしさあり、わが声のいやらしさが恥ぢられますばかり。今『三文オペラ』と『苑生』に感動してをります」[8]（昭和18年10月5日）

「近頃私、林氏に親炙いたし一つにはお教へをいただき一つには何かにつけて御打明けしてをります。私の脆弱な文学はかういふ方がゐられないとろくに一人歩きもできませぬ」[8]（昭和18年10月16日）

「林さんのお家で、富士さん、林さんの炉辺会談をうかがってゐるのは、私のやうなコセコセした人間には、随分所謂『心の洗濯』になって楽しくてたまりませんでした」[8]（昭和18年12月13日）と書き送っている。

三島氏が富士正晴に「『苑生』に感動してをります」と書き送った「苑生」は、昭和16年10月の「天性」第八号（写真4a）が初出である。「天性」は伊東静雄、林富士馬、大谷正雄の同人誌である。この雑誌には伊東静雄の「羨望」（写真4b）も掲載されている。「苑生」（写真4c）は林氏にとって思い入れのある作品で疎開先の鶴岡で終戦後に新たに始めた短歌会の会誌にもこの

写真6a　まほろば　表紙（昭和18年12月）

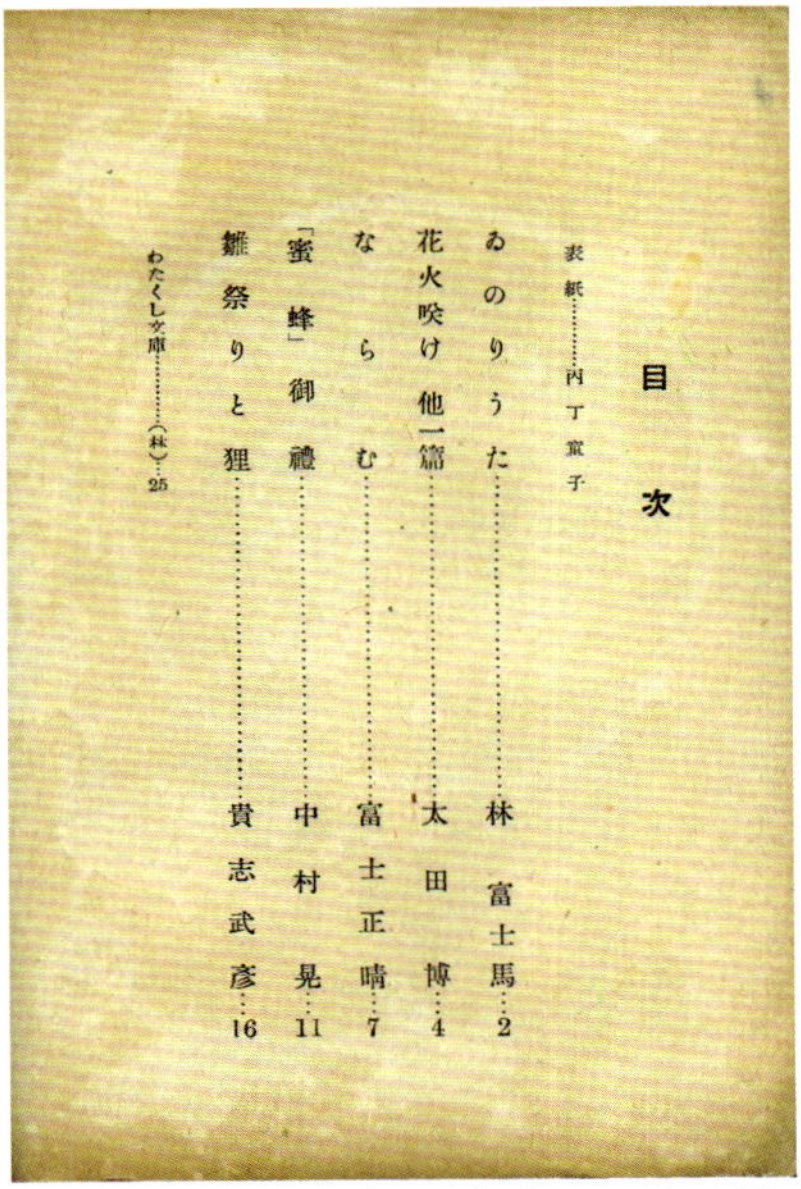

目次

表紙……内丁宣子
ゐのりうた……林富士馬…2
花火咲け 他一篇……太田博…4
ならむ……富士正晴…7
「蜜蜂」御禮……中村晃…11
雛祭りと狸……貴志武彦…16
わたくし文庫……（林）…25

写真6b　まほろば　目次（昭和18年12月）

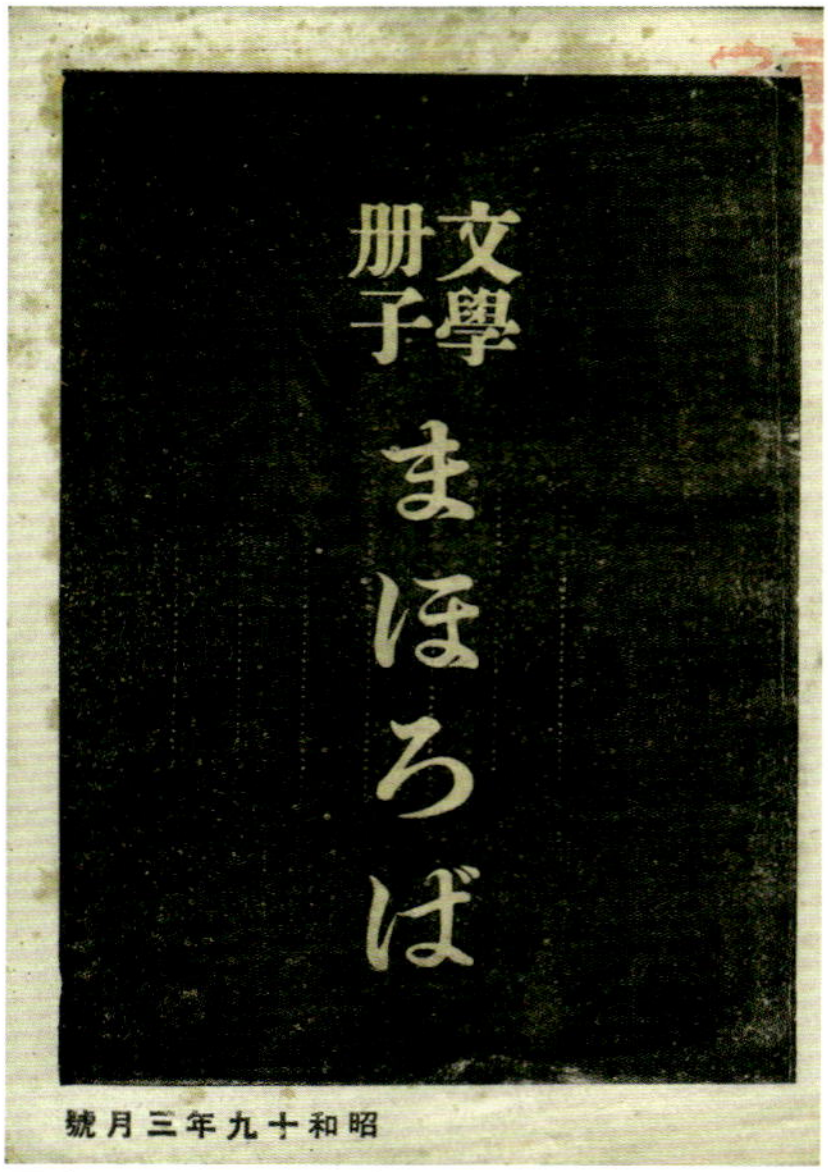

写真７ａ　まほろば　表紙（昭和19年３月）

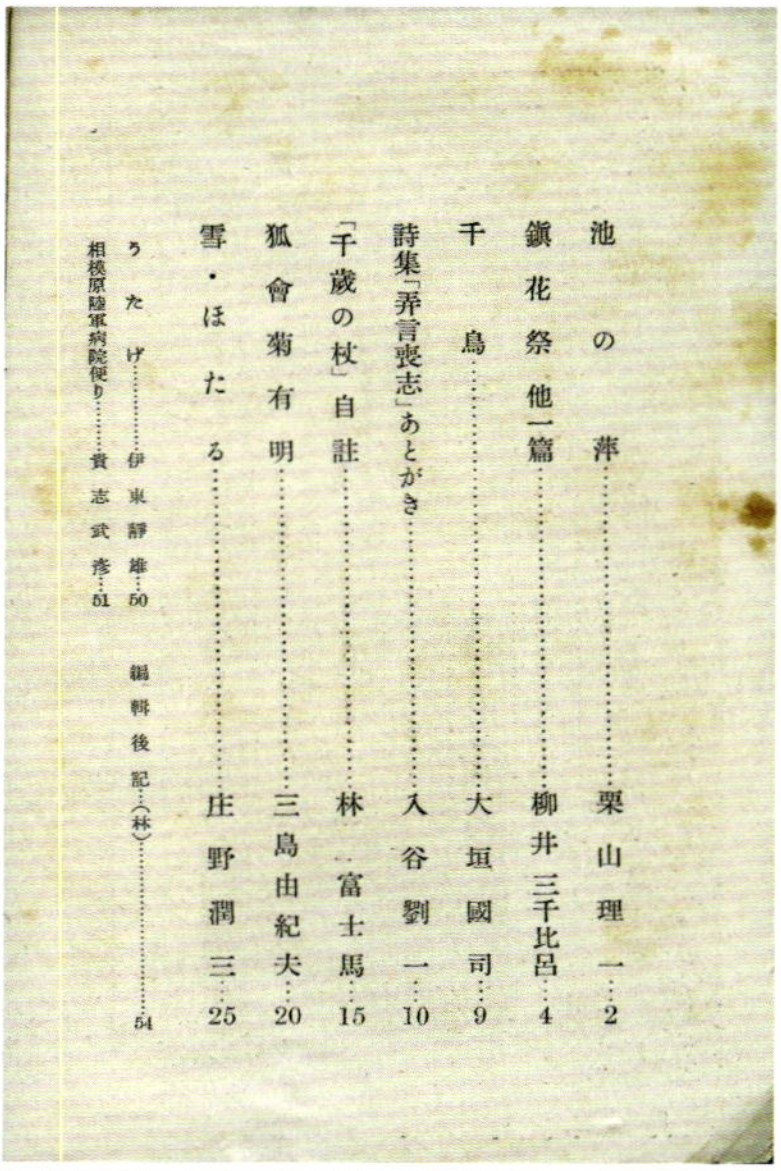

写真７ｂ　まほろば　目次（昭和19年３月）

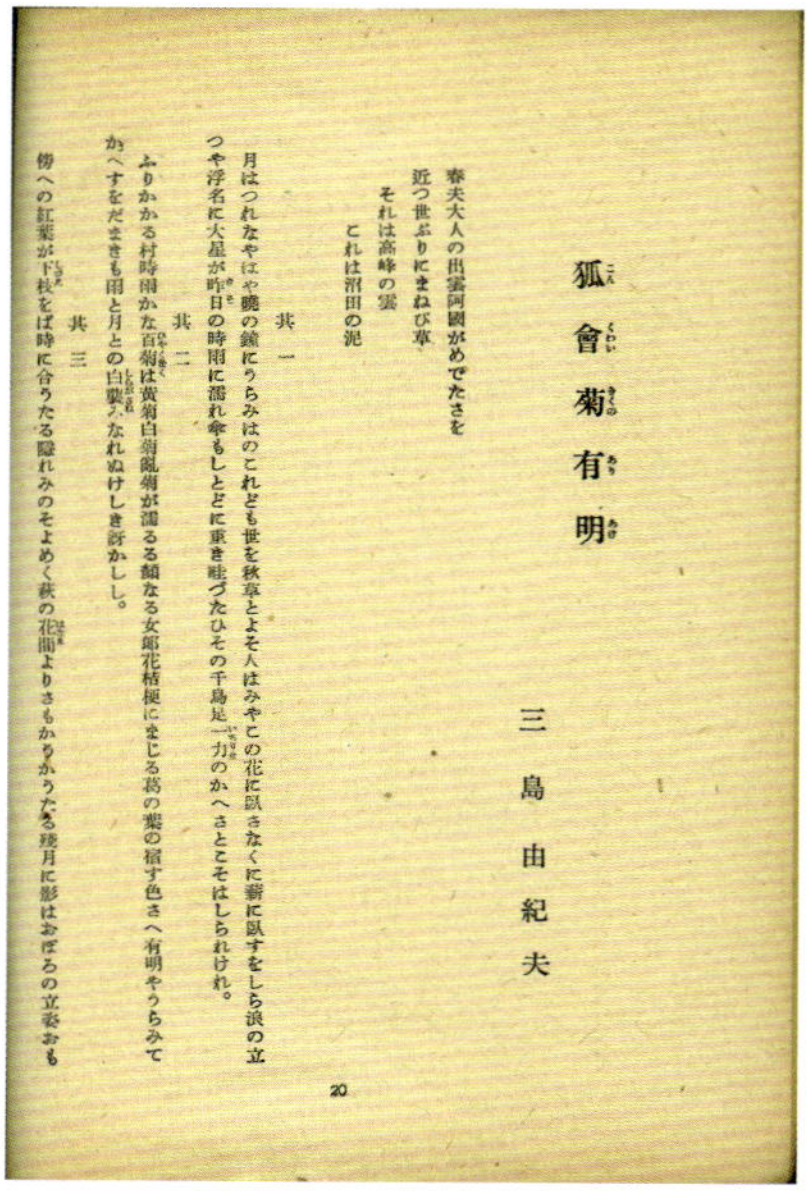

狐《こん》會《くわい》菊《きくの》有《あり》明《あけ》

三島由紀夫

春夫大人の出雲阿國がめでたさを
近つ世ぶりにまねび草
それは高峰の雲
これは沼田の泥

其一

月はつれなやはや曉の鐘にうらみはのこれども世を秋草とよそ人はみやこの花に飽きなくに新に臥すをしら浪の立つや浮名に大星が昨日《きそ》の時雨に濡れ傘もしとどに重き畦づたひその千鳥足一力《いちりき》のかへさとこそはしられけれ。

其二

ふりかかる村時雨かな百菊《ひやくぎく》は黄菊白菊亂菊が濡るる顏なる女郎花桔梗にまじる葛の葉の宿す色さへ有明やうらみてかへすをだまきも雨と月との白襲《しらがさね》なれぬけしき訝かしし。

其三

傍への紅葉が下枝《しづえ》をば時に合うたる隠れみのそよめく萩の花間《はなま》よりさもかりかうたる残月に影はおぼろの立姿おも

20

写真７ｃ　狐会菊有明

名をつけている。昭和20年春、日本医科大学の学生は、鶴岡へ疎開した。終戦後の昭和21年、創立歌会が催され「苑生」第一号（昭和21年5月8日）が発刊された。「苑生」は鶴岡短歌会発行となっているが、会員の三分の一が日本医大の学生であった。「苑生」第六号（写真5）（昭和21年12月5日）は「日本醫科大學送別特輯」となっている。林氏は、日本医大の学生で鶴岡に疎開していた。

まほろば

「まほろば」は林富士馬氏が中心になり活躍した同人誌である。昭和18年12月号（写真6ａ、ｂ）に、林氏の「いのりうた」と富士正晴の「ならむ」が掲載されている。林氏は「わたくし文庫」という編集私記で赤絵二輯について、「『赤絵』は此號で終刊になる由、大へん残念である」と記している。

昭和18年12月30日、三島氏は、清水文雄に「『まほろば』は今は同人として二、三人しか居られず、それさへ皆出征されて、林さん一人で責任編輯をされてゐる有様です」（略）「林さん自身、新聞紙一枚ぐらゐの紙の量で細々と『まほろば』を続けて行きたいといふ意向もおありになるもやう」（略）「林さん御自身は統合のお話に大へん気が乗ってをられるやうに察せられました」[7]と報告している。

昭和19年3月号（写真7a、b、c）に、三島氏の「狐會菊有明」が掲載された。この号には、伊東静雄の「うたげ」、林富士馬の「『千歳の杖』自註」の他、栗山理一、大垣國司、庄野潤三の作品も掲載されている。昭和19年6月、「まほろば」は通巻15輯を以て終刊となった。

写真８ａ　誕生日　表紙

写真８ｂ　誕生日　扉

写真８ｃ　誕生日　献呈署名

千歳の杖

三島氏は、「花ざかりの森」の「跋に代へて」(2)で、「『誕生日』『受胎告知』『千歳の杖』の氏の三つの詩集は、私には立原道造、中原中也、太宰治諸氏のものよりずっと身近い痛さを以て感得された。（略）林富士馬氏が真に今日をうたひうる詩人であられること、どんなにそれは懐しく羨ましいことであろう。氏が自ら『我党の詩はひとめに生活はつつましく、作品の世界に於て奔放に！』と云ってをられるように、氏はさういふ詩人である」と紹介している。

詩文集「誕生日」（写真8a）は、昭和14年6月1日、自費出版された林氏の処女詩集である。表紙にはボッティチェリの「ダンテとベアトリチェ」が使用され、扉にはエ・テェ・ア・ホフマン筆挿絵が使用されている。扉（写真8b）に書かれた著者名は「林修平」となっている。

「目次
　序に代わる文　　佐藤春夫
　自序
　詩作品
　小説作品」

佐藤春夫は「その処女詩集誕生日に題して少年の友林富士馬君に與ふ」として「序に代わる文」を寄せている。三島氏宛の毛筆献呈署名本（写真8c）が残されている。「三島由紀夫詞長　恵存林富士馬」と書かれている。昭和18年12月の輔仁会雑誌169号（写真9a、b）には、「『誕生日』の詩人、林富士馬氏に」という献呈詞をつけた「Märchen von Mandala」が掲載されている。

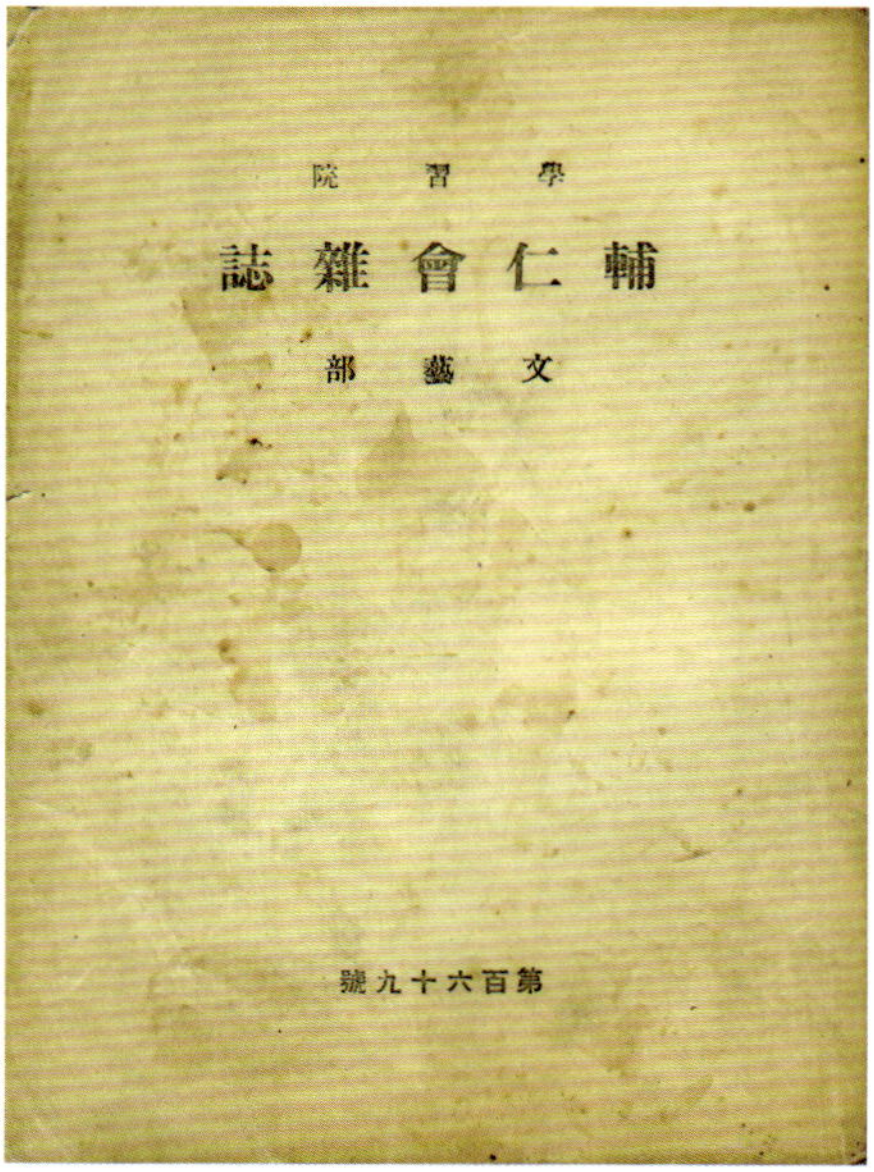

写真9a　輔仁会雑誌　169号　表紙

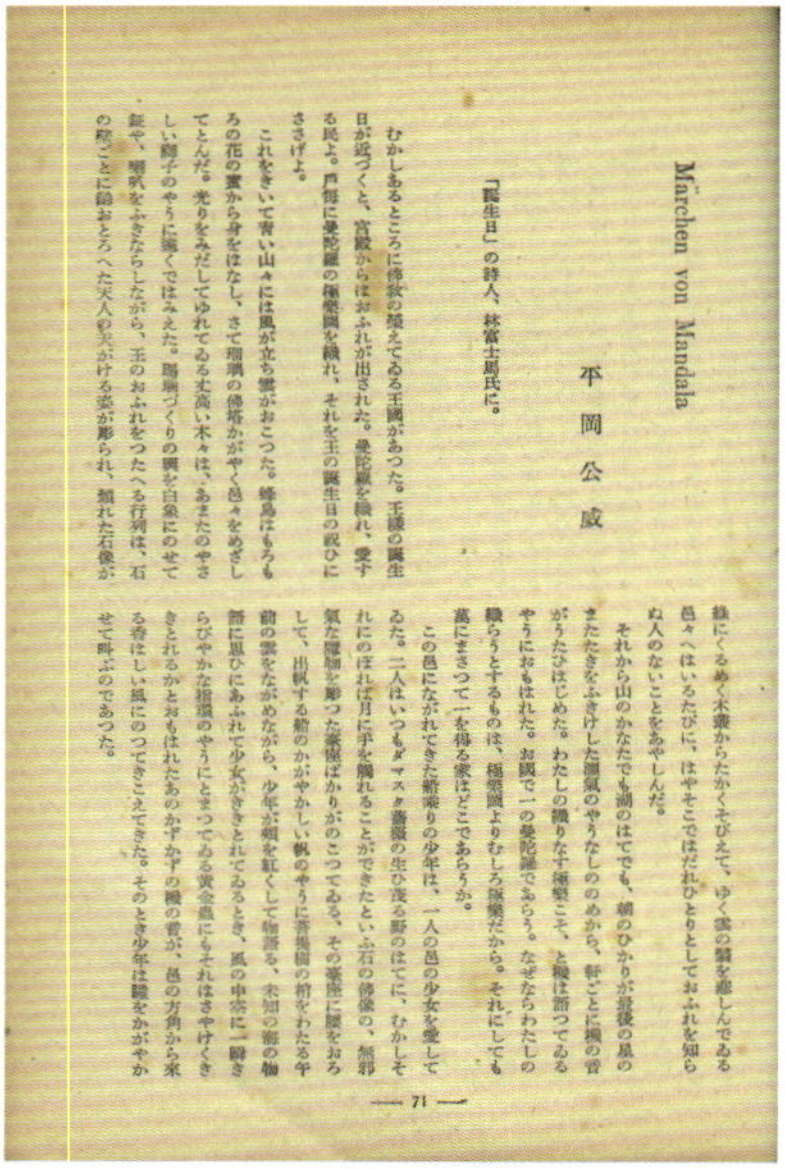

Märchen von Mandala

平岡公威

「誕生日」の詩人、林富士馬氏に。

むかしあるところに佛教の榮えてゐる王國があつた。王様の誕生日が近づくと、宮殿からはおふれが出された。曼陀羅を織れ、愛する民よ。戸毎に曼陀羅の極樂圖を織れ。それを王の誕生日の祝ひにささげよ。

これをきいて青い山々には風が立ち雲がおこつた。蜂鳥はもろもろの花の蜜から身をはなし、さて瑠璃の佛塔かがやく邑々をめざしてとんだ。光りをみだしてゆれてゐる丈高い木々は、あまたのやさしい翔子のやうに囁くではみえた。瑪瑙づくりの輿を白象にのせて鉦や、喇叭をふきならしながら、王のおふれをつたへる行列は、石の壁ごとに錦おとろへた天人の天がける姿が彫られ、頽れた石像が緑にくるめく木叢からたかくそびえて、ゆく雲の翳を悲しんでゐる邑々へはいるたびに、はやそこではだれひとりとしておふれを知らぬ人のないことをあやしんだ。

それから山のかなたでも湖のはてでも、朝のひかりが最後の星のまたたきをふきけした靄氣のやうなしののめから、軒ごとに機の音がうたひはじめた。わたしの織りなす極樂こそ、と機は誇つてゐるやうにおもはれた。お國で一の曼陀羅であらう。なぜならわたしの織らうとするものは、極樂圖よりむしろ涅槃だから。それにしても萬にまさつて一を得る家はどこであらうか。

この邑にながれてきた若い機織りの少年は、一人の邑の少女を愛してゐた。二人はいつもダマスク薔薇の生ひ茂る野のはてに、むかしそれにのぼれば月に手を觸れることができたといふ石の佛像の、無邪氣な瞳を彫つた裳裾ばかりがのこつてゐる、その臺座に腰をおろして、出帆する船のかがやかしい帆のやうに青瑪瑙の梢をわたる午前の雲をながめながら、少年が頬を紅くして物語る、未知の海の物語に思ひにあふれて少女がききとれてゐるとき、風の中空に一瞬きらびやかな指環のやうにとまつてゐる黄金蟲にもそれはさやけくききとれるかとおもはれたあのかずかずの機の音が、邑の方角から来る香ばしい風にのつてきこえてきた。そのとき少年は瞳をかがやかせて叫ぶのであつた。

— 71 —

写真9b　輔仁会雑誌　169号

詩集「受胎告知」（写真10）は昭和18年1月25日刊行である。著者の第二詩集である。

草稿詩集「千歳の杖」（写真11ａ、ｂ）昭和19年7月20日刊行である。著者の第三詩集である。「序」は三島氏である。林氏は、「『千歳の杖』自注」に「ただひたすらに目出度いことにあやかりたいと念じて、題目も『千歳の杖』とした。

たまたま勁く清らかなひとが、短冊にたのしく、神楽歌を書いて下すって、そのうたからとった。

その神楽歌は、

逢坂を今朝越え来れば山人の　千とせつけとて切れる杖なり

といふのである。私のこの度の詩集の題目といふより、いまではただ目出度く仰ぎ、わたくしの詩への祈願である」[9]と記している。

また、「『千歳の杖』のはしがき」に「『まほろば』に『千歳の杖

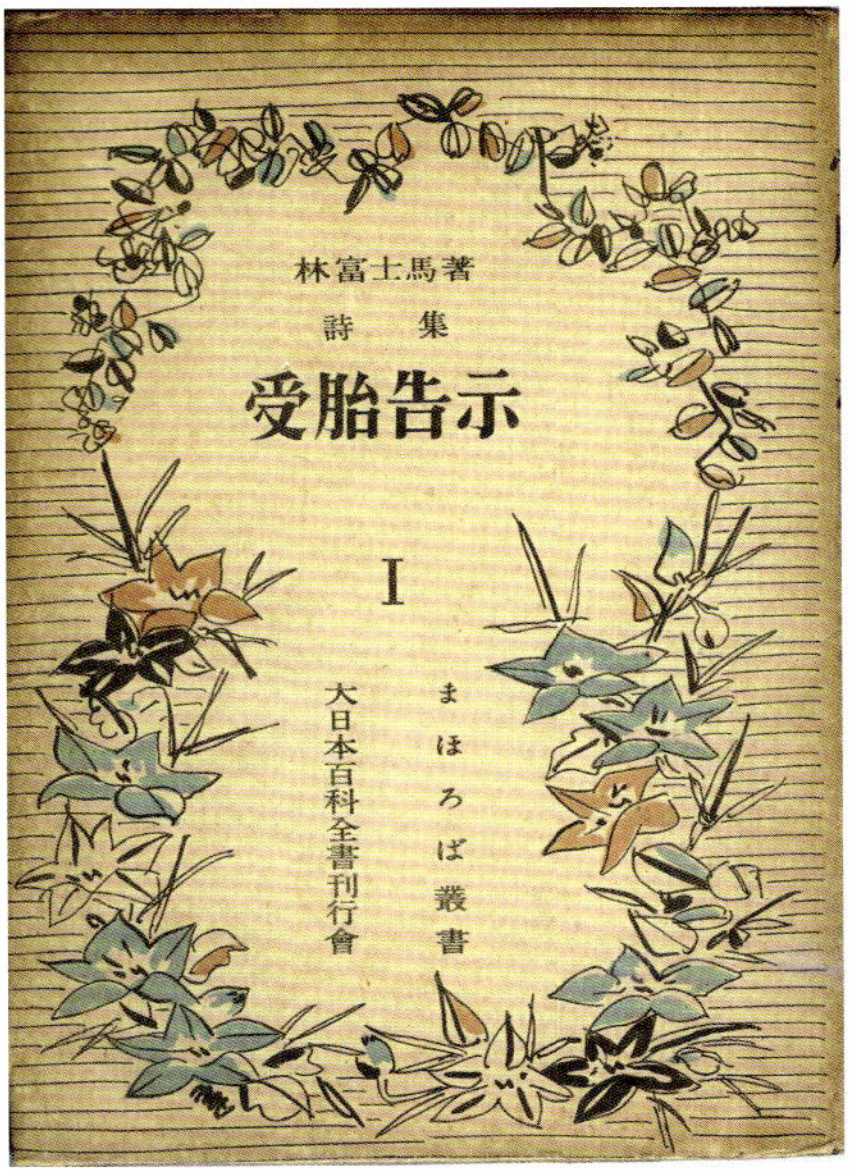

写真10　受胎告知　表紙

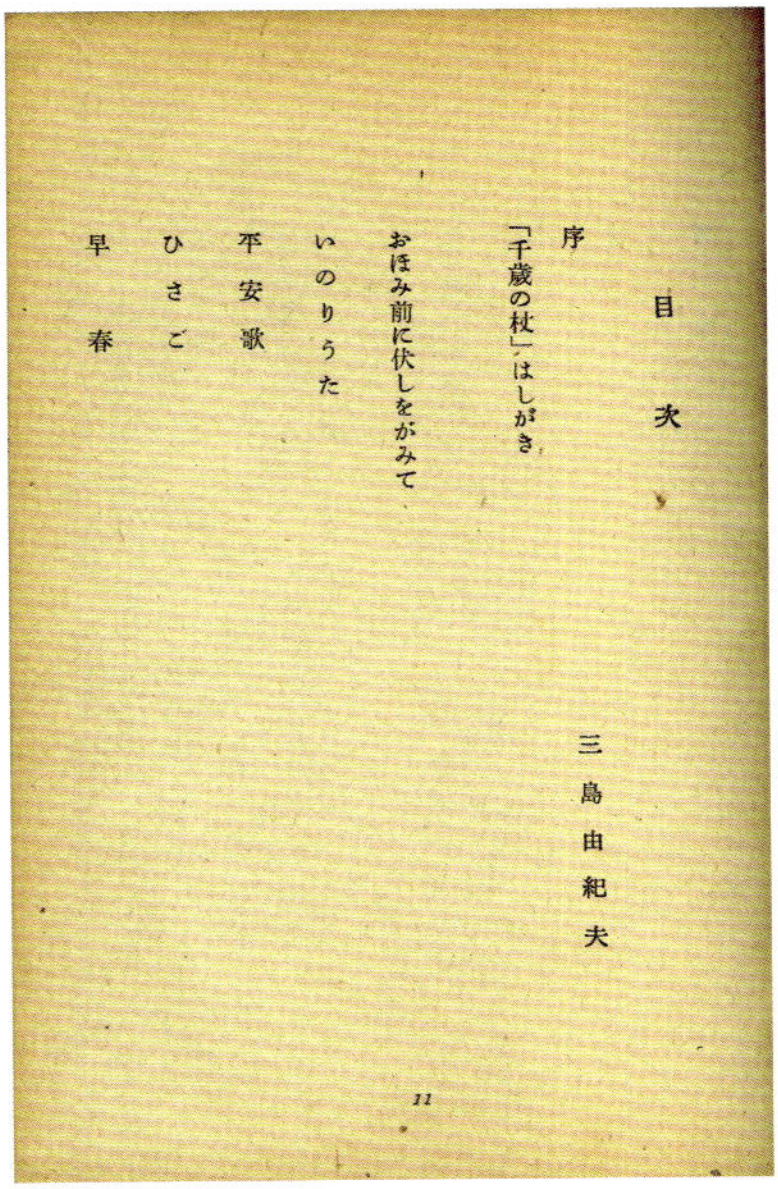

写真11ａ　千歳の杖　目次

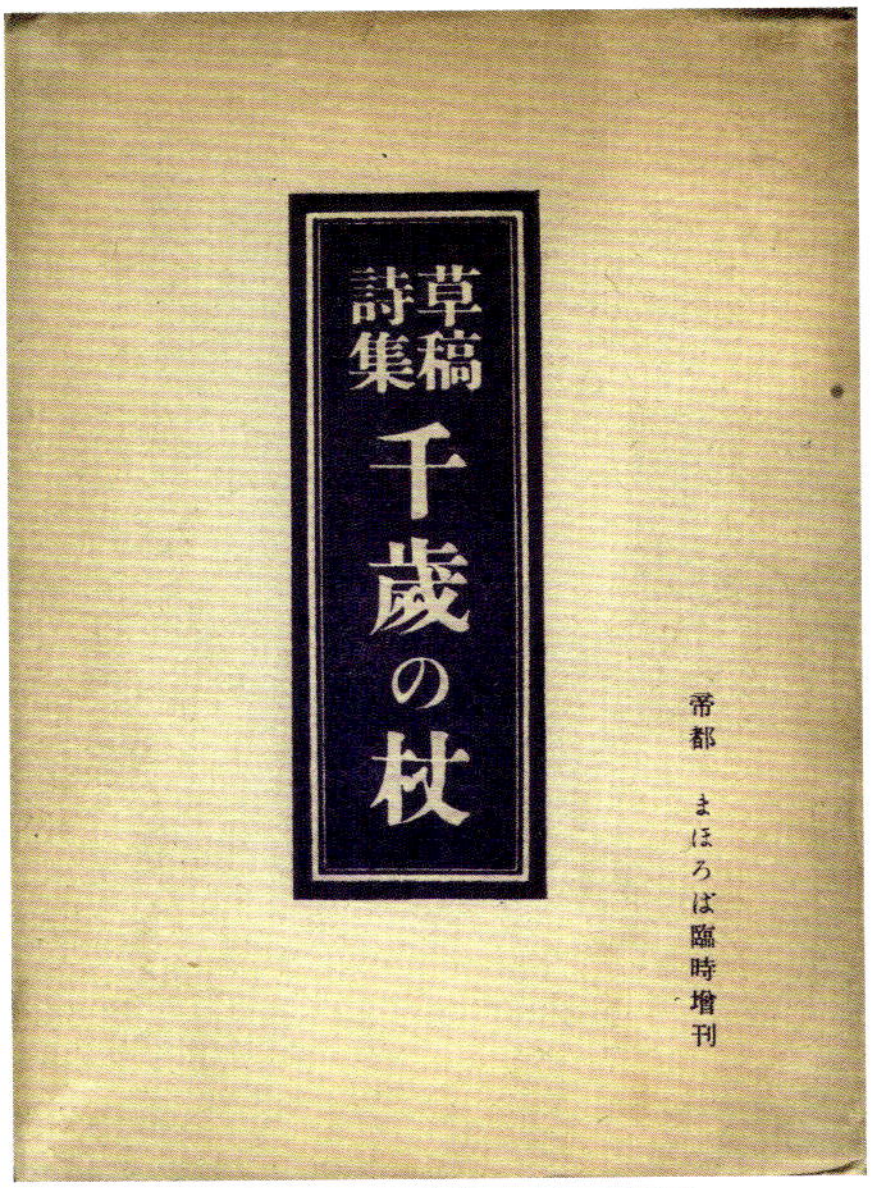

写真11ａ　千歳の杖　表紙

自注』を綴ったときは勿論、一冊の自筆の手帖の詩集に就てしるしてゐたのであります。こんな風に急に活字に出来る機会が来るとは到底考えられませんでした。ただその手帖に三島由紀夫氏の序文だけは頂戴出来てゐました。（略）三島氏の序は、私のことに触れて過褒に当り、かうして発表するとなると恐縮でありますが、それはただ序文の慣例に従はれたのに違ひなく、人々はただ三島氏の詩への美しい誘ひだけを汲みとられることと思ひます」と記している。

三島氏は「序」の終わりに「伊東静雄氏と林富士馬氏とのことどもについても叙べてみたいことはくさぐさである。それはまた別の機会に譲るとして、両氏の最近の詩集の名を二つならべてみると、そこにめでたい季節の黙契がただよふのをみる人はみるであろう。伊東氏は先に曩に『春のいそぎ』と題する詩集を世に問はれ、今、林氏がその詩集に『千歳の杖』と名付けられたことをいふのである。『春のいそぎ』『千歳の杖』といくたびか誦じているうちに、ふと佳き名に因む古今の賀歌が思い出された……。

紀貫之

春くれば宿にまづさくむめの花
君がちとせのかざしとぞみる

昭和十九年春」と記している。

花ざかりの森

富士正晴が伊東静雄の指示を受けて、三島氏の著書出版のために動き始めたのは昭和18年5月頃であった。蓮田善明に宛てた富士正晴の昭和18年5月11日付けのはがき（写真12 a、b）が残されている。「（略）東京でお逢ひできて甚だ良かったと思ひます

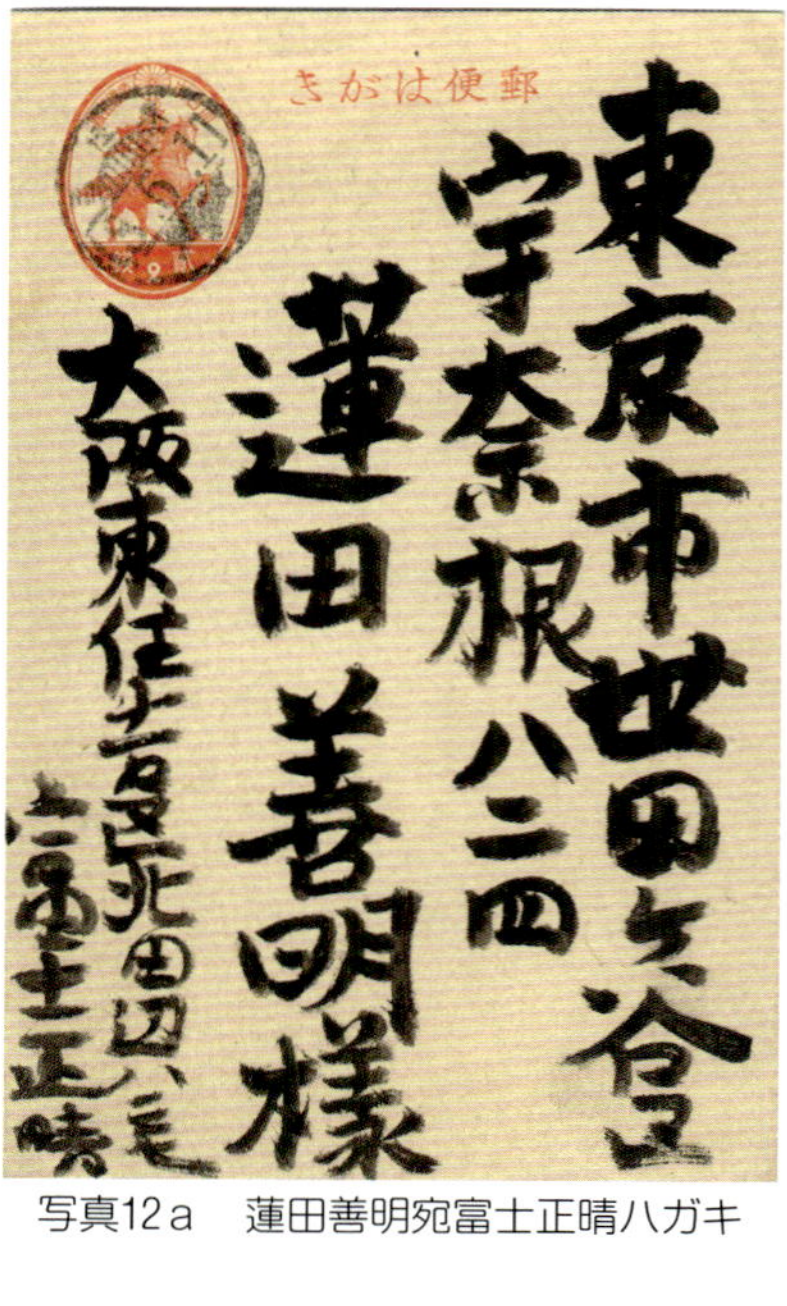
郵便はがき
東京市世田ヶ谷
宇奈根八二四
蓮田善明様
富士正晴

写真12 a　蓮田善明宛富士正晴ハガキ

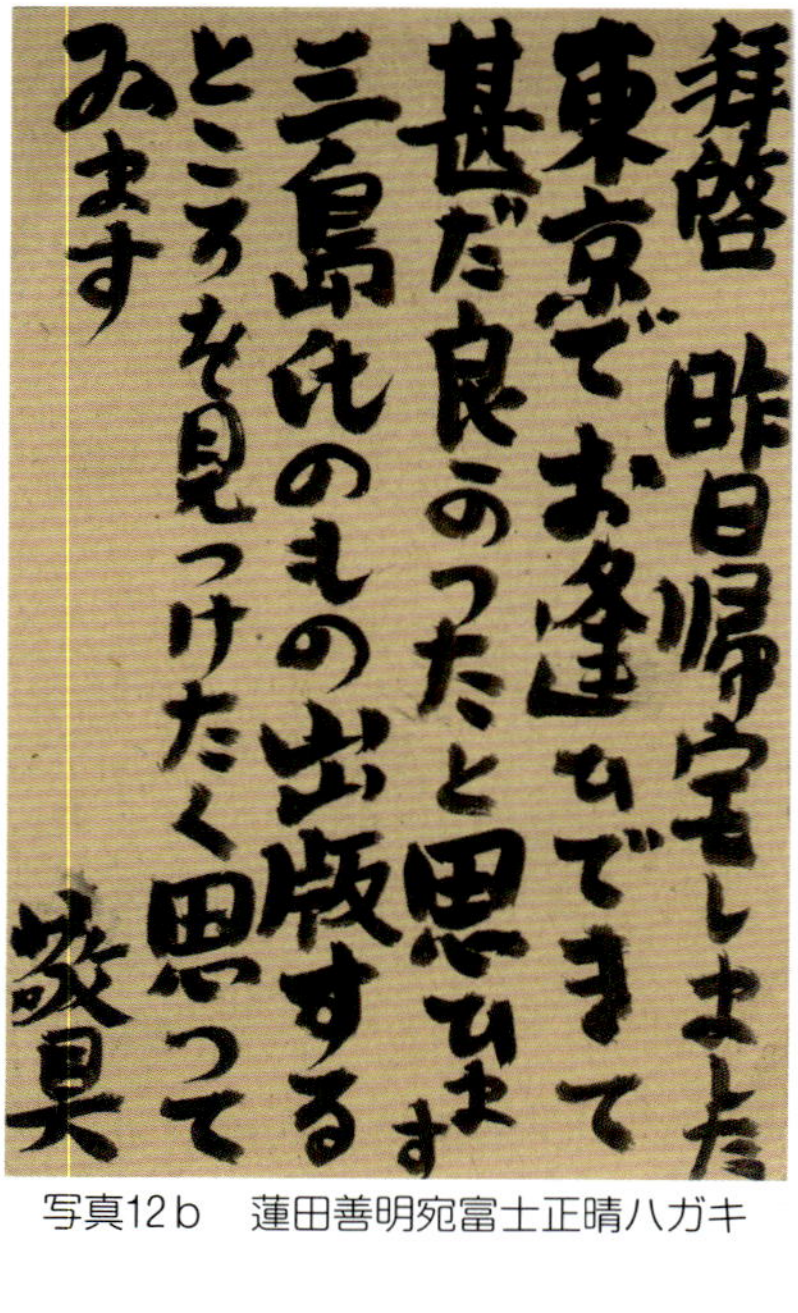
拝啓　昨日帰宅しました
東京でお逢ひできて
甚だ良かつたと思ひます
三島氏のもの出版する
ところを見つけたく思って
みます
敬具

写真12 b　蓮田善明宛富士正晴ハガキ

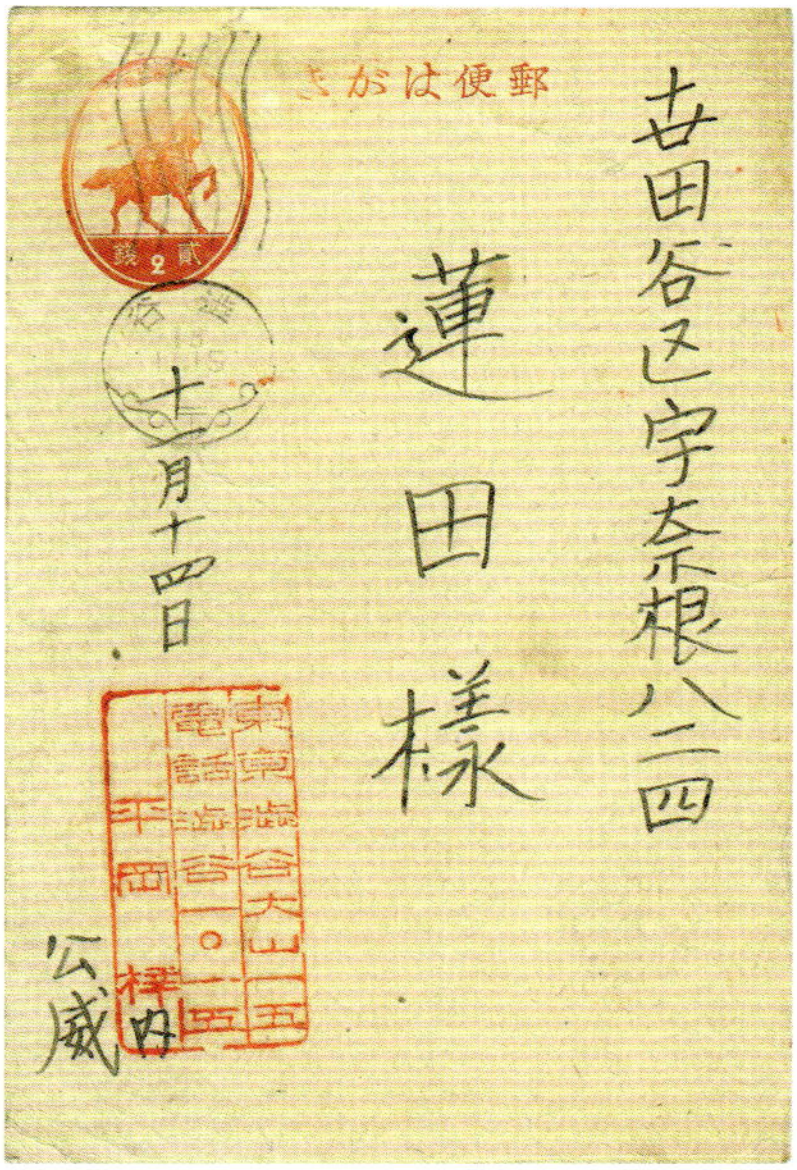
郵便はがき
世田谷区宇奈根八二四
蓮田様
十一月十四日
公威

写真13ａ　蓮田宛三島由紀夫ハガキ

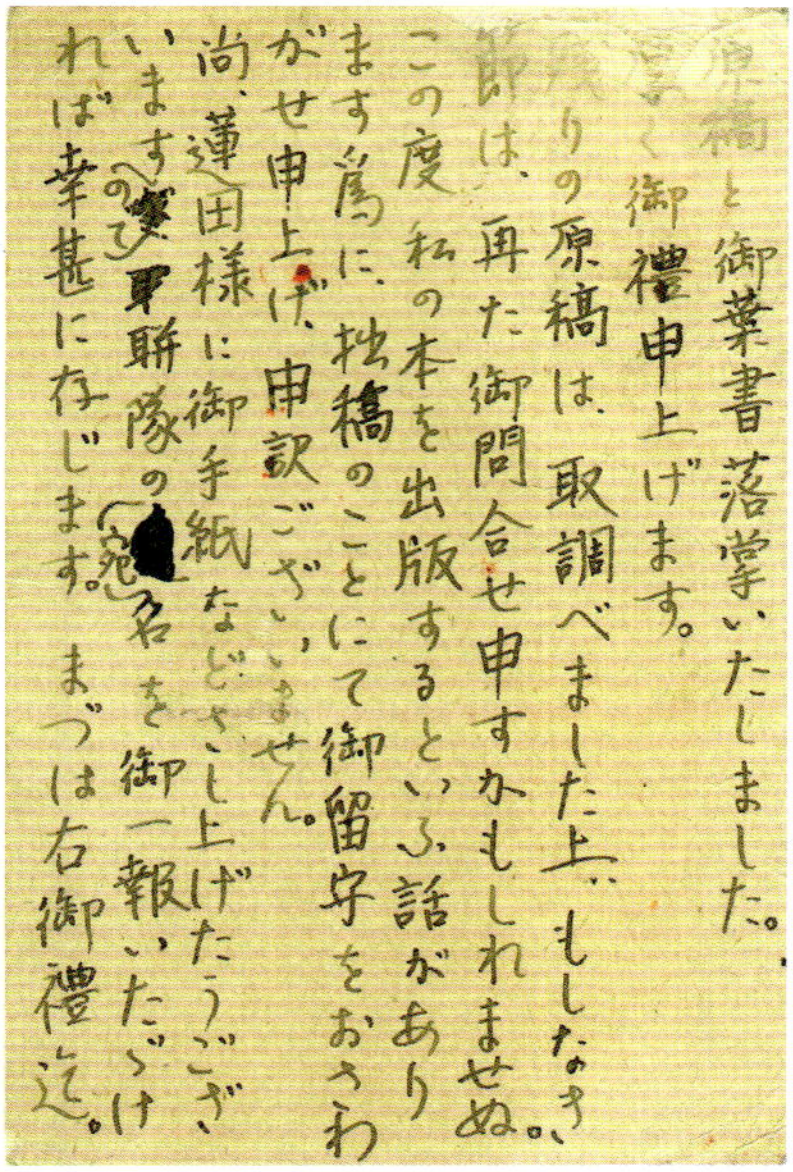
原稿と御葉書落掌いたしました。
厚く御禮申上げます。
残りの原稿は、取調べました上、もしなき
節は、再た御問合せ申すかもしれませぬ。
この度私の本を出版するといふ話があり
ます爲に、拙稿のことにて御留守をおさわ
がせ申上げ、申訳ございません。
尚、蓮田様に御手紙などさし上げたうござ
います
れば幸甚に存じます。まづは右御禮迄。

写真13ｂ　蓮田宛三島由紀夫ハガキ

三島氏のもの出版するところを見つけたく思ってゐます」

昭和18年8月、蓮田善明から三島氏に「富士正晴氏があなたの小説の本を然るべき書店より出版すること熱心に考えられ目当てある由、もしよろしければ同氏の好意をうけられたく[10]」という打診があった。

三島氏は、清水文雄に「お蔭さまにて、出版の件、あちらから『引受けた』由の電報まゐり、おそくなるとのことでございますから、発兌は一年ほど先のことでもございませうが、甚だ嬉しく、まづは右おしらせまで[7]」（昭和18年9月5日）と報告している。

出版準備のため富士正晴から昭和19年正月すぎまでに、「原稿を、本に組めるやうに編輯した上、届けてくれ[7]」と依頼された三島氏は、各方面から原稿の回収を行っている。

清水文雄には、「『苧菟と瑪耶』の原稿は、たしかお渡し申上げたと覚えてをりますが、その他の、―『花ざかりの森』『みのもの月』『世々に残さん』の原稿は、文芸文化に皆載りましたもの故、いづれも文芸文化の印刷所にあるか、蓮田さんのお宅にあるか、もしくは先生の御手許にあるものと存じます。この四作の原稿をお返しいただければ倖せでございます[7]」（昭和18年11月4日）と書き送っている。

また、蓮田善明の留守宅に宛てたハガキ（写真13ａ、ｂ）が残されている。「原稿と御葉書落掌しました。（略）残りの原稿は取調べました上、もしなき節は再た御問合せ申すかもしれませぬ。この度、私の本を出版するといふ話があります為に、拙稿のことにて御留守をおさわがせ申上げ、申訳ございません」（昭和18年11月14日）当初、富士正晴は京都の出版社を予定していたが、東京の七丈書院に変更された。三島氏は、富士正晴に「伊東さんか

写真14　花ざかりの森（昭和19年10月15日）

らも林さんからも本のことでいろいろ御心配をいただき、はうばうからの御好意だけで、冥加にあまるやうな気持がいたします。（略）

　御存知でせうが林氏は今、『千歳の杖』といふ詩集を御執筆中です。これもめでたいものが出来上ると存じます[8]」（昭和19年2月4日）と伝えている。

「花ざかりの森」（写真14）は昭和19年10月15日、七丈書院から刊行された。三島氏は「こんな無名作家の短編集が世に出たのは、全く『文芸文化』同人諸氏の口添えと直接には、富士正晴氏の尽力によるものである。

　富士正晴氏は今でも、次々と新人を世に送り出す名人である。それは氏の無償の行為であって、何のゆかりもない私に、急にそうして、思いがけない機会を与えてくれた氏の厚意は、その後も何の交遊関係もないままに、私の心にいつまでも何か明るい愉しい、ふしぎな思い出として残っている[1]」と記している。

　三島氏は富士正晴に「あれを見るたびに貴下の御厚意と、林さんと貴下との楽しい一年間の御交際など、それからそれへと思ひ出は尽きません[8]」（昭和21年5月30日）と書き送っている。

「花ざかりの森」は、刊行されて四千部が一週間で売り切れた。三島氏は、「これで私は、いつ死んでもよいことになったのである。（略）そのころ私は大学に進学しており、いつ赤紙が来るかわからない状態にあった。私一人の生死が占いがたいばかりか、日本の明日の運命が占いがたいその一時期は、自分一個の終末観と、時代と社会全部の終末観とが、完全に適合一致した、まれに見る時代であったといえる[1]」と記している。また、「私は、これだけの作品を残して戦死していれば、どんなに楽だったかしれない。運命はそういう風に私を導かなかったが、もしそのとき死んでいれば、多くの読者は得られなくても、二十歳で死んだ小浪曼派の夢のような作品集として、人々に愛されて、細々と生き長らえたかもしれない[11]」と記している。

　林氏は「その生涯に於けるこの処女短編集の持つ意味を考え合わせたりして、胸が痛む[12]」と記している。

曼荼羅

　曼荼羅は、林氏が個人で編んだ回覧学芸冊子である。昭和19年10月刊（昭和拾玖年仲秋拾月刊）のものが創刊号（写真15）で、全8頁の冊子である。

目次

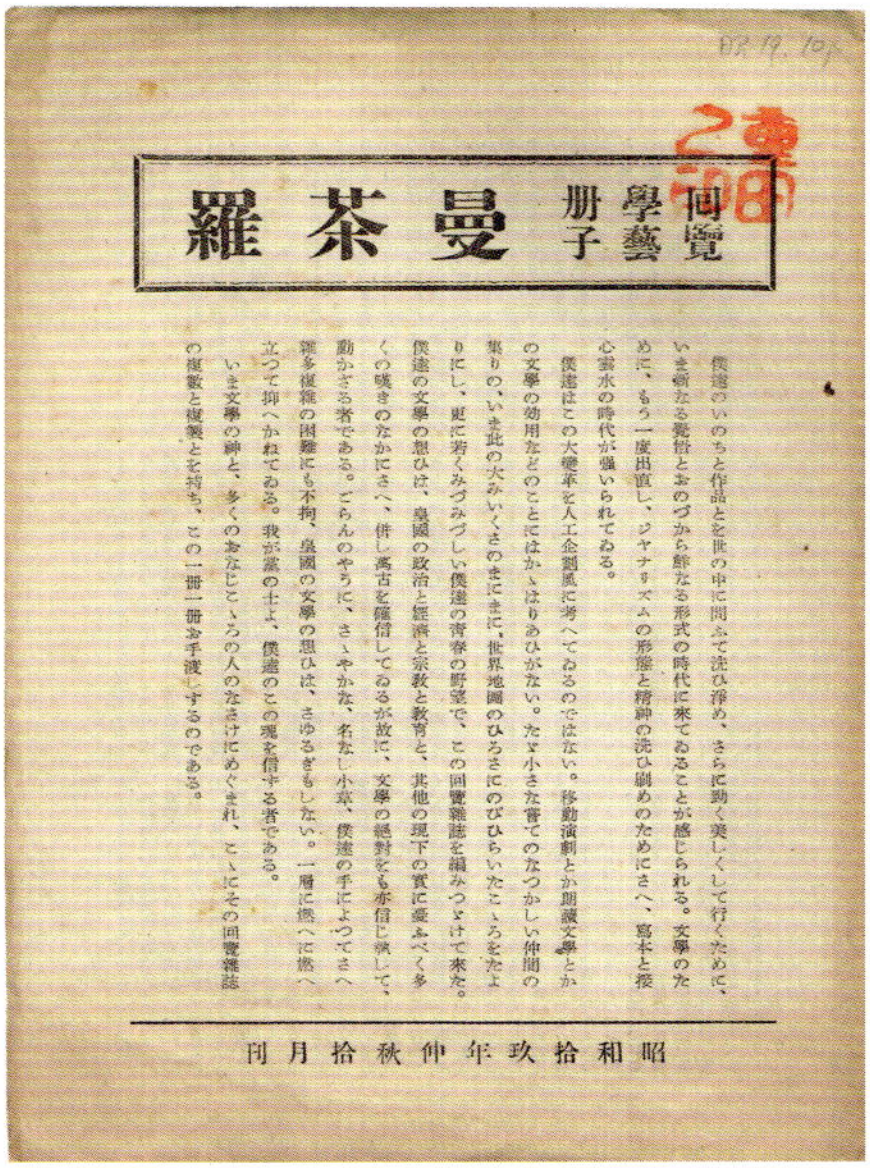
回覽學藝冊子
曼荼羅

僕達のいのちと作品とを世の中に問ふて洗ひ淨め、さらに勁く美しくして行くために、いま新なる覺悟とおのづから鮮なる形式の時代に來てゐることが感じられる。文學のために、もう一度出直し、ジャナリズムの形態と精神の洗ひ刷めのためにさへ、寫本と授心玄水の時代が強いられてゐる。

僕達はこの大變革を人工企劃風に考へてゐるのではない。移動演劇とか朗讀文學とかの文學の効用などのことにはかゝはりあひがない。たゞ小さな奮てのなつかしい仲間の集りの、いま此の大みいくさのさなかに、世界地圖のひろさにのびひらいたこゝろをたよりにし、更に若くみづみづしい僕達の青春の野望で、この回覽雜誌を編みつゞけて來た。僕達の文學の想ひは、皇國の政治と經濟と宗教と教育と、其他の現下の實に變ふべく多くの嘆きのなかにさへ、併し萬古を確信してゐるが故に、文學の絕對をも亦信じ續して、動かざる者である。ごらんのやうに、さゝやかな、名なし小草、僕達の手によつてさへ雜多複雜の困難にも不拘、皇國の文學の想ひは、さゆるぎもしない。一層に然へに然へ立つて抑へかねてゐる。我が黨の士よ、僕達のこの魂を信ずる者である。

いま文學の神と、多くのあなしてゝろの人のなさけにめぐまれ、こゝにその回覽雜誌の複數と複製とを持ち、この一冊一冊お手渡しするのである。

昭和拾玖年仲秋拾月刊

写真15　曼荼羅（昭和19年10月）

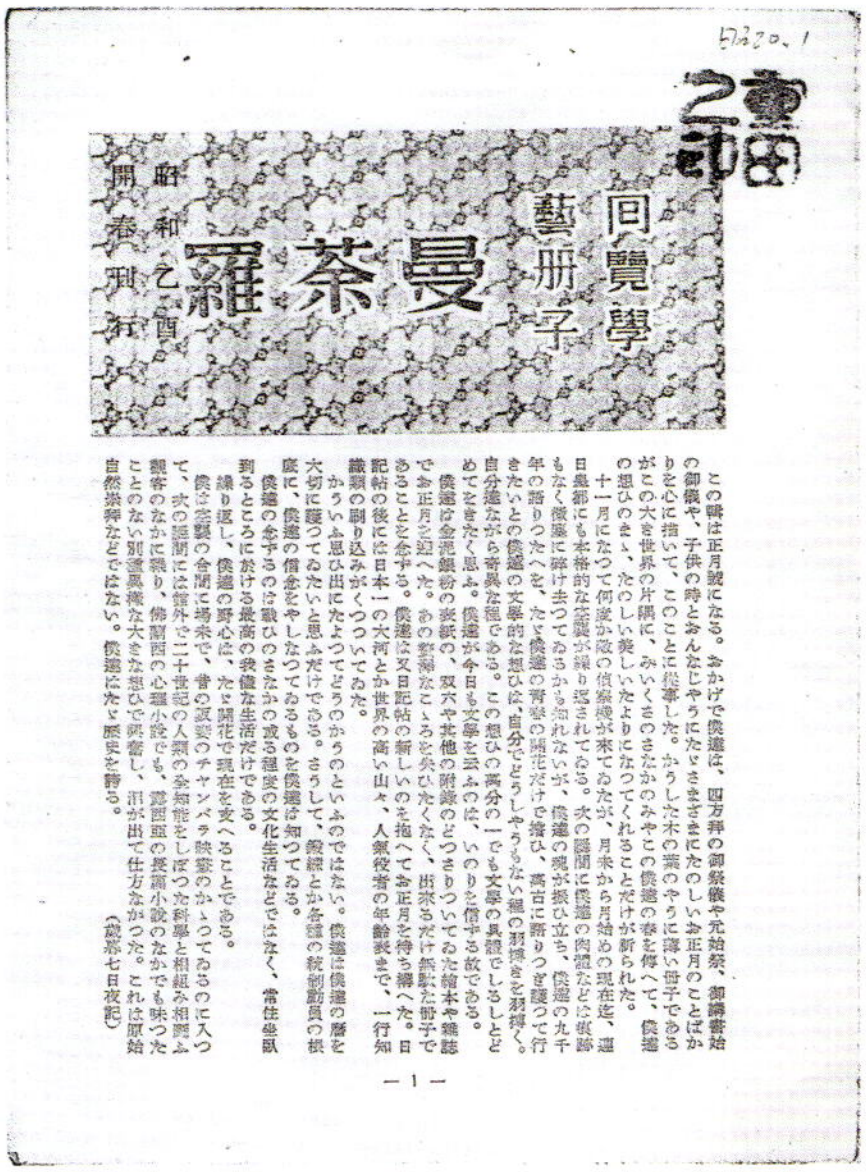
回覽學藝冊子
曼荼羅
昭和乙酉
開春刊行

この時は正月號になる。おかげで僕達は、四方拜の御祭儀や元始祭、御講書始の御儀や、子供の時とおんなじやうにたゞさまざまにたのしいお正月のことばかりを心に描いて、このことに從事した。かうした木の葉のやうに薄い冊子であるがこの大き世界の片隅に、みいくさのさなかのみやこの僕達の春を傳へて、僕達の想ひのまゝ、たのしい美しいたよりになつてくれることだけが祈られた。

十一月になつて何度か敵の偵察機が來てゐたが、月末から月始めの現在迄、連日皇都にも本格的な空襲が繰り返されてゐる。次の瞬間に僕達の肉體などは粉踏もなく微塵に碎け去つてゐるかも知れないが、僕達の魂が振ひ立ち、僕達の九千年の語りつたへを、たゞ僕達の青春の開花だけで擔ひ、萬古に語りつぎ護つて行きたいとの僕達の文學的な想ひは、自分でどうしやうもない程の羽搏きを羽搏く。自分達ながら奇異な程である。この想ひの萬分の一でも文學の具體でしるしとどめておきたく思ふ。

僕達は金泥銀粉の表紙の、双六や其他の附錄のどつさりついてゐた繪本や雜誌でお正月を迎へた。あの豊饒なこゝろを失ひたくなく、出來るだけ無駄た冊子であることを念ずる。僕達は又日記帖の新しいのを抱へてお正月を待ち構へた。日記帖の後には日本一の大河とか世界の高い山々、人氣役者の年齢表まで、一行知識類の刷り込みがくつついてゐた。

かういふ思ひ出にたよつてどうのかうのといふのではない。僕達は僕達の層を大切に護つてゐたいと思ふだけである。さうして、纖細とか各種の統制動員の根底に、僕達の信念をやしなつてゐるものを僕達は知つてゐる。

僕達の念ずるのは戰ひのさなかの或る程度の文化生活などではなく、常住坐臥到るところにおける最高の我儘な生活だけである。

繰り返し、僕達の野心は、たゞ開花で現在を支へることである。

僕は空襲の合間に場末で、昔の仮装のチャンバラ映畫のかゝつてゐるのに入つて、次の瞬間には館外で二十世紀の人類の全知能をしぼつた科學と相組み相鬪ふ觀客のなかに坐り、佛蘭西の心理小說でも、露西亜の長篇小說のなかでも味つたことのない別種異様な大きな想ひで興奮し、泪が出て仕方なかつた。これは原始自然崇拜などではない。僕達はたゞ歴史を誇る。

（霜祭七日夜記）

—１—

写真16　曼荼羅（昭和20年１月）

「首途（僕達の回覧冊子について）……林富士馬
詩篇……太田菊雄
流浪物語　或は「今様伊勢物語」……麻生良方
出陣……島尾敏雄
編輯私記……林富士馬
余白追記……林富士馬」

「編輯私記」に林氏は「まほろば」は終刊号を出したので「仕方なく『曼陀羅』とした」と記している。さらに、「このなつはこの創刊号を活字にすることには失敗した。麻生君が栃木から上京し、大垣君、三島君と一応六十四頁に纏めた。目次は次の如くだった。

首途……林富士馬
彩雲抄……坊城俊民
扮装狂……三島由紀夫
詩二篇……太田菊雄
わが征くところすべて美し……大藍麟太郎
荷風、朔太郎論……麻生良方
蓮の糸……
　大藍のことなど……（大垣）
　山麓閑言……（麻生）
　編輯私記……（林）」

と目次を提示しているが、資金が無く中止し「取不敢僕ひとりの独断で、このやうな形だけの創刊号に纏めた」と記している。また、「麻生、三島両君の入隊の日も近い」との記載もある。

三島氏は、清水文雄に、「学校も万事戦時体制にて、文芸部も閉鎖され」（略）「学習院の文芸部がつぶれたのには、部自体の宿

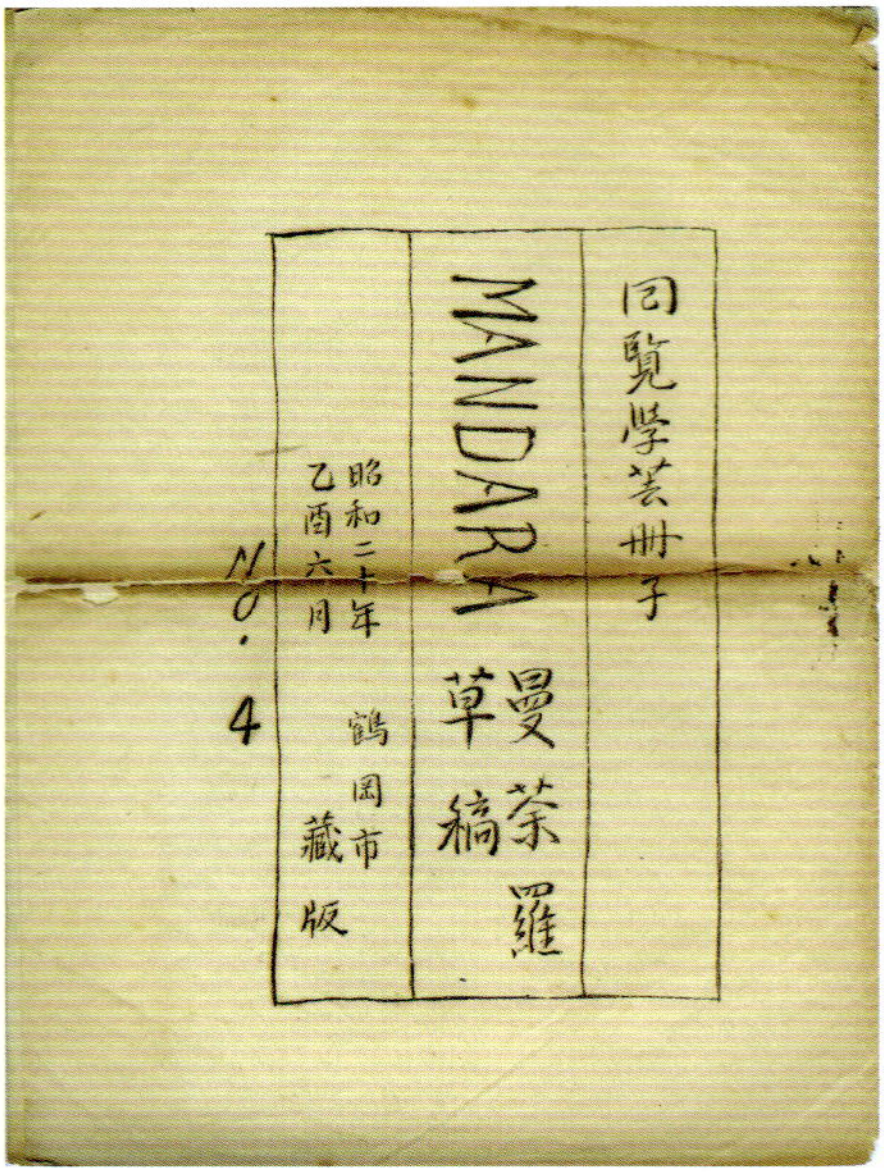

写真17ａ　曼荼羅（昭和20年６月）

命もあるとはいへ、我々の努力が足りなかった故で申訳なく存じます。——私共のこれからの仕事として林さんから回覧雑誌などはどうかといふお話もありました」[7]（昭和19年5月2日）と記している。

回覧学芸冊子　曼荼羅（昭和乙酉開春刊行）[13]は、昭和20年1月に刊行された。創刊号と同様で、全8頁の冊子である。これは曼荼羅の3号（写真16）に相当する。

目次

「古今女性恋愛論……………………麻生良方
近詠…………………………………原　通久
波……………………………………太田菊雄
正月号のことなど（御挨拶）………林富士馬」

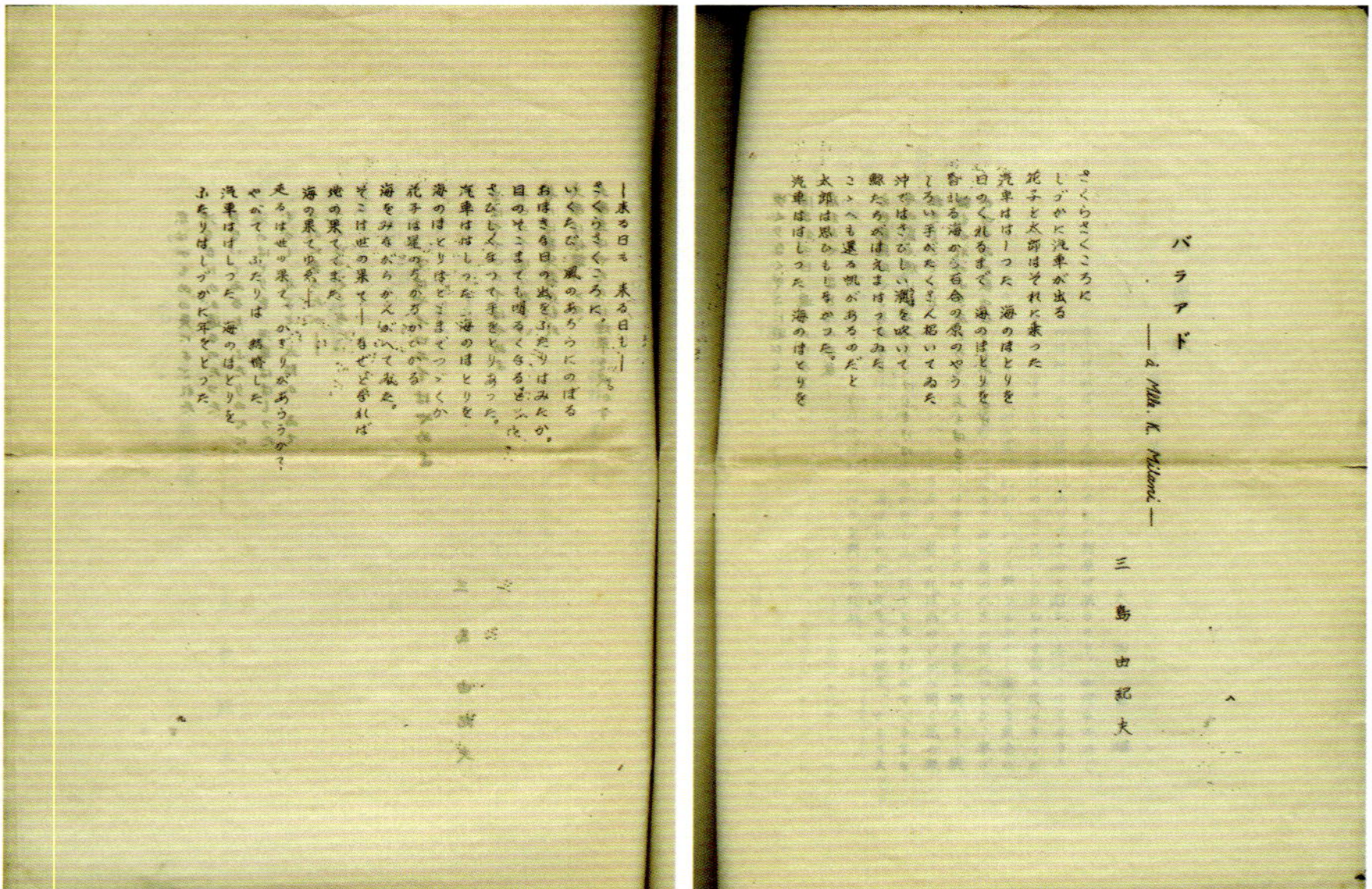

写真17ｂ　曼荼羅　バラアド

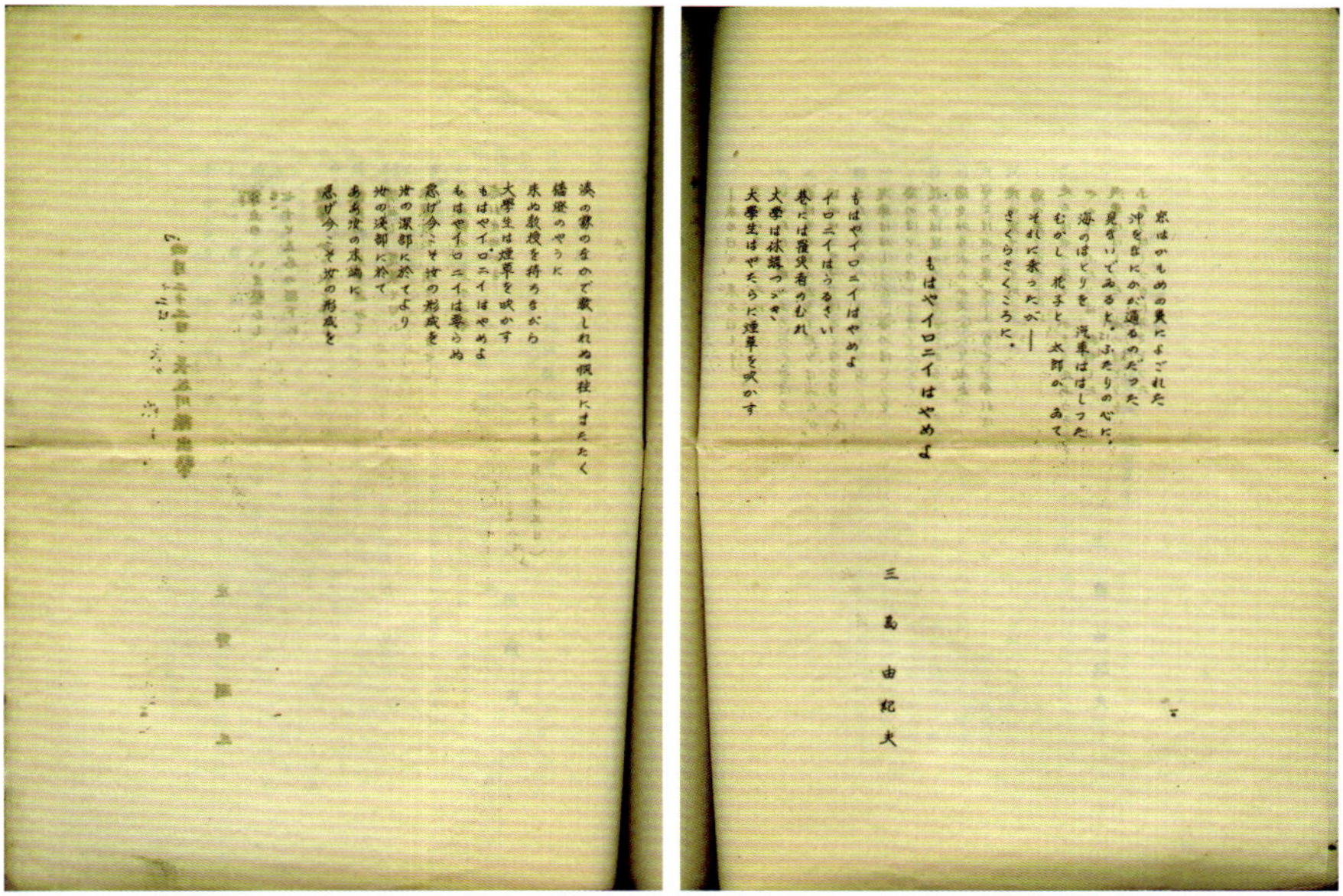

写真17ｃ　曼荼羅　もはやイロニイはやめよ

林氏は「十一月の始め、三島由紀夫君の美しい作品集『花ざかりの森』が出版されて、そのお祝ひの席に、文芸文化の方々と一緒に僕も呼んで頂いた。それは全部で七人の少人数の実にたのしい夜だったが、当然この席にみへる、さうしていまはみいくさに従ってゐる人達をなつかしく偲んだ。さういふ三島君にも亦僕にも共通な、師ややさしい先輩やおなじ志のお友達の噂ばかりだった。三島君もことし乙種合格だった。さうして僕の昔のお友達は三島君とも亦麻生君とも、現在の僕達の仲間を逢ったことはないのである。かういふ風な現在の僕達の結び合いを僕達は浪曼的だと思っている」[13]と記している。

「ＭＡＮＤＡＲＡ　曼荼羅草稿№４　鶴岡市蔵版　昭和20年6月」[14]（写真17ａ、ｂ、ｃ、ｄ）は、林氏が疎開中に鶴岡で作成したガリ版刷りの回覧学芸冊子である。

この書影は、伊勢丹デパートの三島由紀夫展パンフレット（昭和54年）や、「新潮日本文学アルバム20三島由紀夫」[10]で見ることができる。しかし、この回覧冊子は国会図書館にも、鶴岡市立図書館にも保存されていない。林氏本人が所蔵していた曼荼羅や同人誌は、「山口基氏（山口書店店主）に貸したままになった」ということであった。その山口基氏所蔵の「曼荼羅草稿　№４」を見せて頂いたことがある。ページをめくることさえ危うい状態であった。

三島氏は、清水文雄に「大学の寮では、回覧雑誌を作って、これを最後迄続行する覚悟でをります。林富士馬氏も鶴岡市で回覧雑誌を始められました。幸ひにして私共の情熱が未だ決して衰へませぬ」[7]（昭和20年7月3日）と書き送っている。

林氏は自著「鴛鴦行」[15]（昭和46年）に「編集後記の一例」とし

て、「曼荼羅草稿No.4」について記している。「偶然、謄写刷りの一冊の雑誌をみつけた。（略）敗戦の直前に編んだ私達の同人雑誌である。二十頁たらずの、ただ紙を綴じたものである。

実に根気よく私達は、どこかで新しい仲間をみつけて来ては、同人雑誌というものを編みつづけて来た。それは中学校時代の回覧冊子から、五十七歳の今日まで続いている。

『曼荼羅』四集には、さすがに小説を載せる余裕はなかったらしいが、大田菊雄、三島由紀夫、庄野潤三の諸氏が、たしか五十部くらいを刷ったであろうか、その謄写刷りの雑誌に、それぞれ幾つかの詩を寄稿している。私は例により、長い長い、編集後記を書いている。私は同人雑誌をはじめると、作品を書く代りに、同人雑記を、つまり編集後記を、日記や友人たちへの通信の代りに書きつづけ、それをよろこびとも、生き甲斐ともして今日に到った。

それは戦後になるが、又、例により、同人雑誌をはじめようと云うことがあった時、三島由紀夫氏から、林さんが『編集後記』を書かないということを条件に参加する、と云われて、シュンとしたことがあった。よい友と云うものは、ひどく意地が悪いところがあるものだと肝にこたえたことがある。（略）さて、多分、もう、世の中には、これ一冊しか残っていないかも知れぬ同人雑誌のながいながい『編集後記』というのは、次の如くである」[15]と記し、編集後記を再録している。この再録は、例えば、「暮に応召があり、僕は正月十日に、九州・大村連隊に入隊した。が、胸部疾患ということで帰休になり、上京したのは二月だった」は、「胸部疾患ということで」が原本では「お役にたたずに」となっている。刊行から四半世紀も過ぎており、再録と云いながら、夥

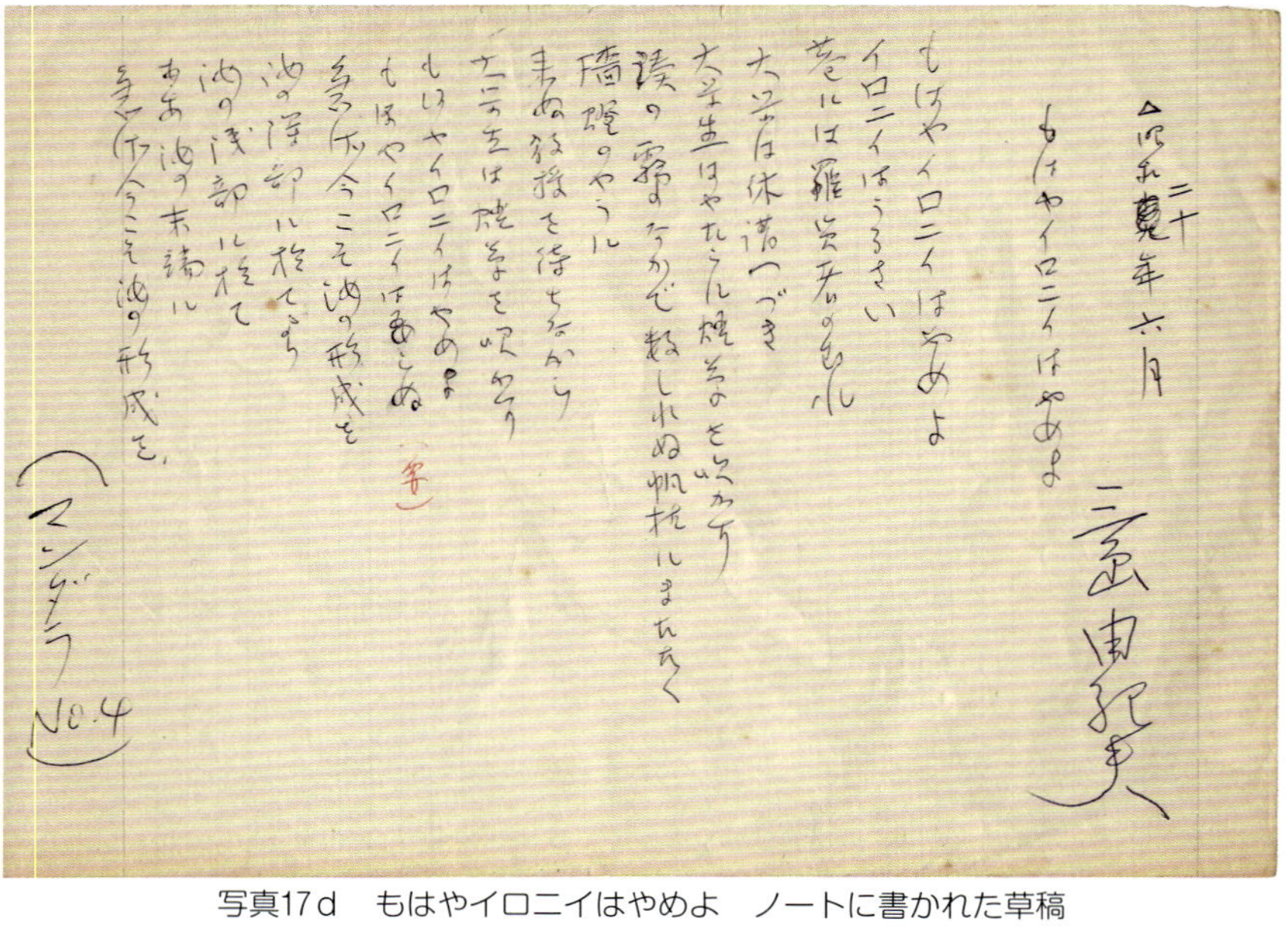

写真17ｄ　もはやイロニイはやめよ　ノートに書かれた草稿

しい数の改訂がなされている。

編集後記には、佐藤春夫との別れの宴のこと、短冊に言葉を書いてもらったこと、三島氏の句のことなどが書かれている。林氏は、「折から佐藤春夫先生が疎開されるといふことで、僕達は四月七日の夜、みんなの時間の折り合ひもうまく行って、大垣君、三島君、（略）庄野潤三君と一晩を遊ぶことが出来た。（略）三島君も僕も東京を離れることになってゐる。今迄絶えず『まほろば』の時から繰り返して来たやうに、又何度目かの、軍務に、勤労に、僕達の戦友別盃の宴が張られた。一瓢の酒壷が傾いて、みんな酔った。（略）これはその時、前書きと一緒に三島君が書きのこしてくれた文句だった。さうして、それらの一切はいまではもう焼けて了った。なにも残ってゐない。四月十三日夜十一時から午前三時に渡っての第二回目の帝都大空襲のため謄写刷りのための『曼荼羅』も焼いた。（略）あの四月七日の晩、偶然整理してゐて、仲間のひとに見て頂いた『曼荼羅』の草稿と、それから自分自身の、『天性』『まほろば』『曼荼羅』とつづけて来た編集後記の一冊に纏めたもの、及び、他の二つの纏めた草稿を、大垣君、三島君、庄野君と読んで下すってゐただけでもいまでは僕には充分な慰めと励みになってゐる。あの晩、三島君は『文芸』のための小説を朗読したりしたのだった[14]」と記されている。

この時のことが、三谷信氏宛の書簡に記されている。「佐藤春夫氏が近く疎開されるので、林さんと、大垣といふ陸軍曹長の詩人と、伊東静雄のお弟子の庄野といふ海軍少尉と僕と四人でウイスキーを携へてお別れにいきました。僕は短冊に佐藤氏の殉情詩集のなかにある詩『きぬぎぬ』の一節『みかへりてつくしをみなのいひけるはあづまをとこのうすなさけかな』といふのを書いていただき、嬉しうございました。僕は自分でその日の先生を、『春衣や、くつろげて師も酔ひませる』『澪ごとに載せゆく花のわかれかな』とうたひました。本当に美しい晩でした。佐藤春夫氏はたしかに第一流の文豪であると思ひます[16]」（昭和20年4月7日）

また、決定版三島由紀夫全集第37巻（平成16年）にも、この句は掲載されている。「昭和廿年四月、佐藤家にて林富士馬、庄野潤三、大垣国司と共に佐藤春夫氏を囲みて一盞を傾く、庄野君出陣し、我亦勤労動員に出でんとす

　春衣やゝくつろげて師も酔ひませる

　澪ごとに載せゆく花のわかれ哉」

庄野潤三は「林富士馬が個人冊子『曼荼羅』をパンフレット型にして続けた。その頃は『まほろば』の同人の殆どすべてが戦争

写真18　浅　間（昭和19年７月20日）

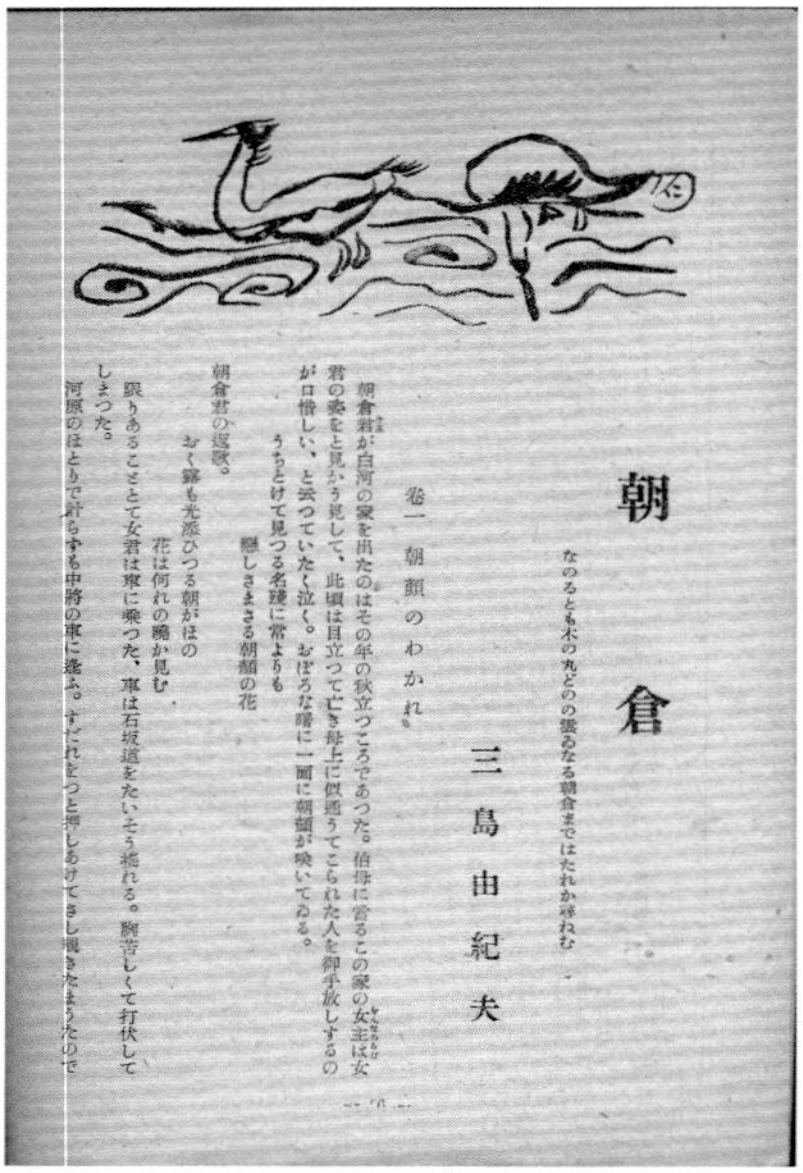

朝倉

なのるとも木の丸どのの甍なる朝倉まではたれか尋ねむ

三島由紀夫

巻一　朝顔のわかれ。

朝倉君が白河の家を出たのはその年の秋立つころであつた。伯母に當るこの家の女主《をんなあるじ》は女君の姿をと見かう見して、此頃は目立つて亡き母上に似通うてこられた人を御手放しするのが口惜しい、と云つていたく泣く。おぼろな曙に一面に朝顔が咲いてゐる。

うちとけて見つる名殘に常よりも
戀しさまさる朝顔の花

朝倉君の返歌。

おく露も光添ひつる朝がほの
花は何れの曉か見む

限りあることとて女君は車に乗つた、車は石坂道をたいそう揺れる。胸苦しくて打伏してしまつた。

河原のほとりで計らずも中將の車に逢ふ。すだれをつと押しあけてさし覗きたまうたので

写真19ｂ　文藝世紀　朝倉

写真19ａ　文藝世紀（昭和19年７月）

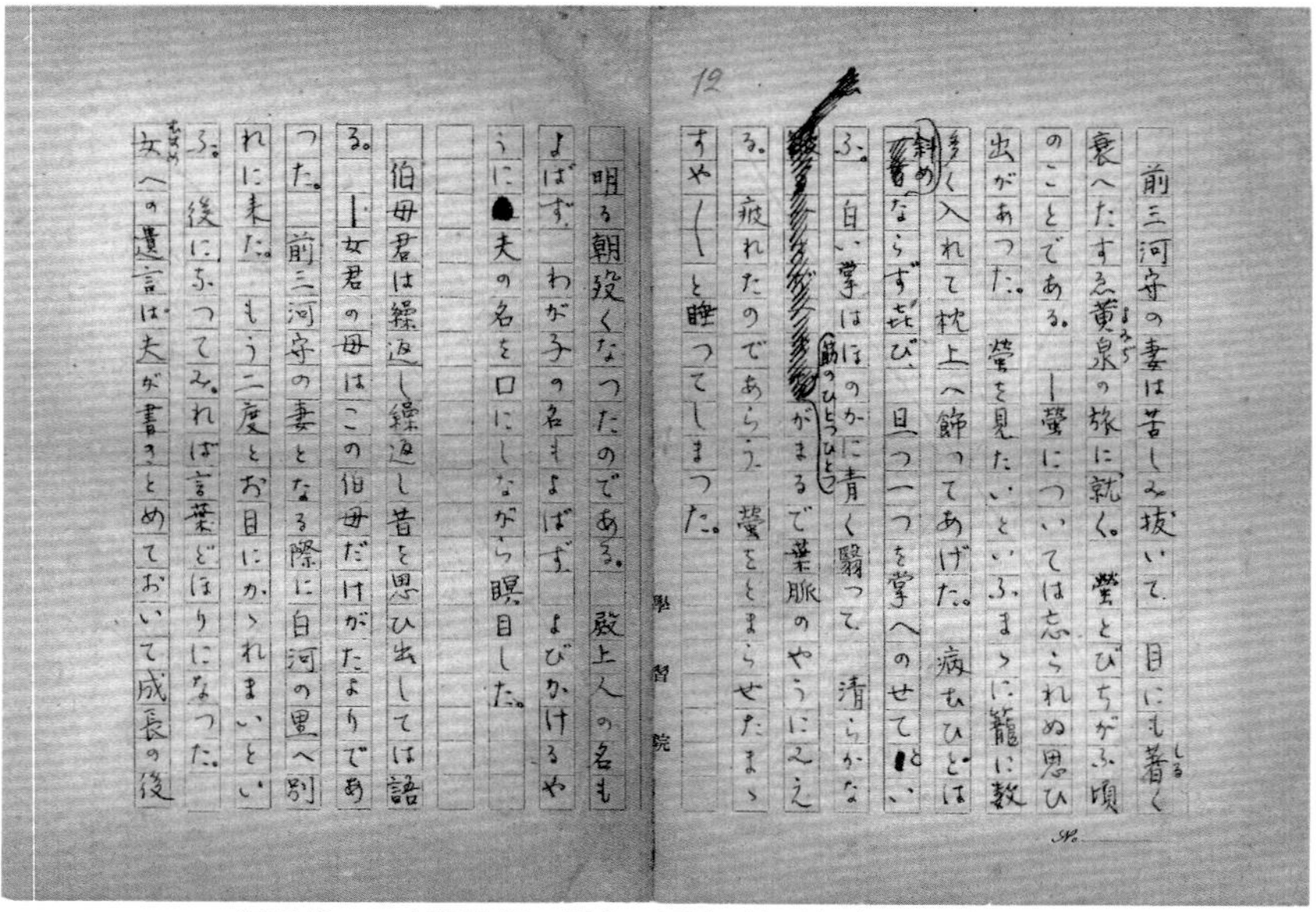

12

前三河守の妻は苦しみ抜いて、目にも著《しる》く衰へたすゑ黄泉《よみぢ》の旅に就く。螢とびちがふ頃のことである。―螢については忘られぬ思ひ出があつた。螢を見たい、といふまゝに籠に数多く入れて枕上へ飾つてあげた。病むひとは斜めならず悦び、一つ一つを掌へのせて、い、ふ。白い掌はほのかに青く翳つて、清らかな筋のひとつひとつがまるで葉脈のやうにみえる。疲れたのであらう、螢をとまらせたまゝすやすやと睡つてしまつた。

明る朝殁くなつたのである。殿上人の名もよばず、わが子の名もよばず、よびかけるやうに夫の名を口にしながら瞑目した。

伯母君は繰返し繰返し昔を思ひ出しては語る。―女君の母はこの伯母だけがたよりであつた。前三河守の妻となる際に白河の里へ別れに来た。もう二度とお目にかゝれまいといふ。後にふつてみれば言葉どほりになつた。女への遺言は夫が書きとめておいて成長の後

學習院

写真19ｃ　文藝世紀　朝倉　原稿（部分）（昭和19年７月）

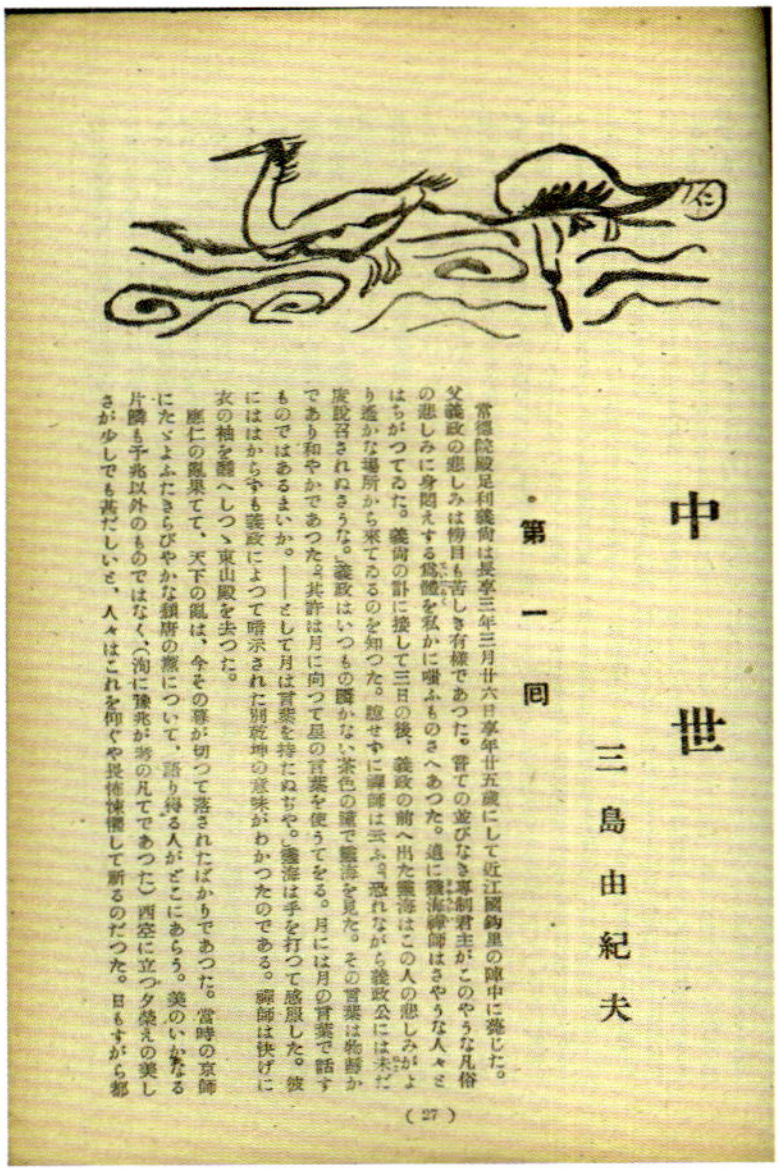

中世

三島由紀夫

・第一回

常徳院殿足利義尚は長享三年三月廿六日享年廿五歳にして近江國鈎里の陣中に薨じた。父義政の悲しみは傍目も苦しき有様であつた。嘗ての並びなき専制君主がこのやうな凡俗の悲しみに身悶えする鶯體を私かに囁ふものさへあつた。逍に霧海禅師はさやうな人々はちがつてゐた。義尚の訃に接して三日の後、義政の前へ出た霧海はこの人の悲しみがより遙かな場所から來てゐるのを知つた。臆せずに禅師は云ふ。「恐れながら義政公には未だ度脱召されぬさうな。」義政はいつもの靜かない茶色の瞳で霧海を見た。その言葉は衒爵かであり和やかであつた。「共許は月に向つて星の言葉を使うてをる。月には月の言葉で話すものではあるまいか。――さして月は言葉を持たぬわや。」霧海は手を打つて感服した。彼にははからずも義政によつて暗示された別乾坤の意味がわかつたのである。禅師は快げに衣の袖を翻へしつゝ東山殿を去つた。

應仁の亂果てて、天下の亂は、今その幕が切つて落されたばかりであつた。當時の京師にたゞよふたきらびやかな頽唐の蕪について、語り得る人がどこにあらう。美のいかなる片鱗も予兆以外のものではなく(洵に豫兆が誇の凡てであつた)西空に立つ夕榮えの美しさが少しでも甚だしいと、人々はこれを仰ぐや畏怖悚懼して祈るのだつた。日もすがら都

(27)

写真20 b　文藝世紀　中世

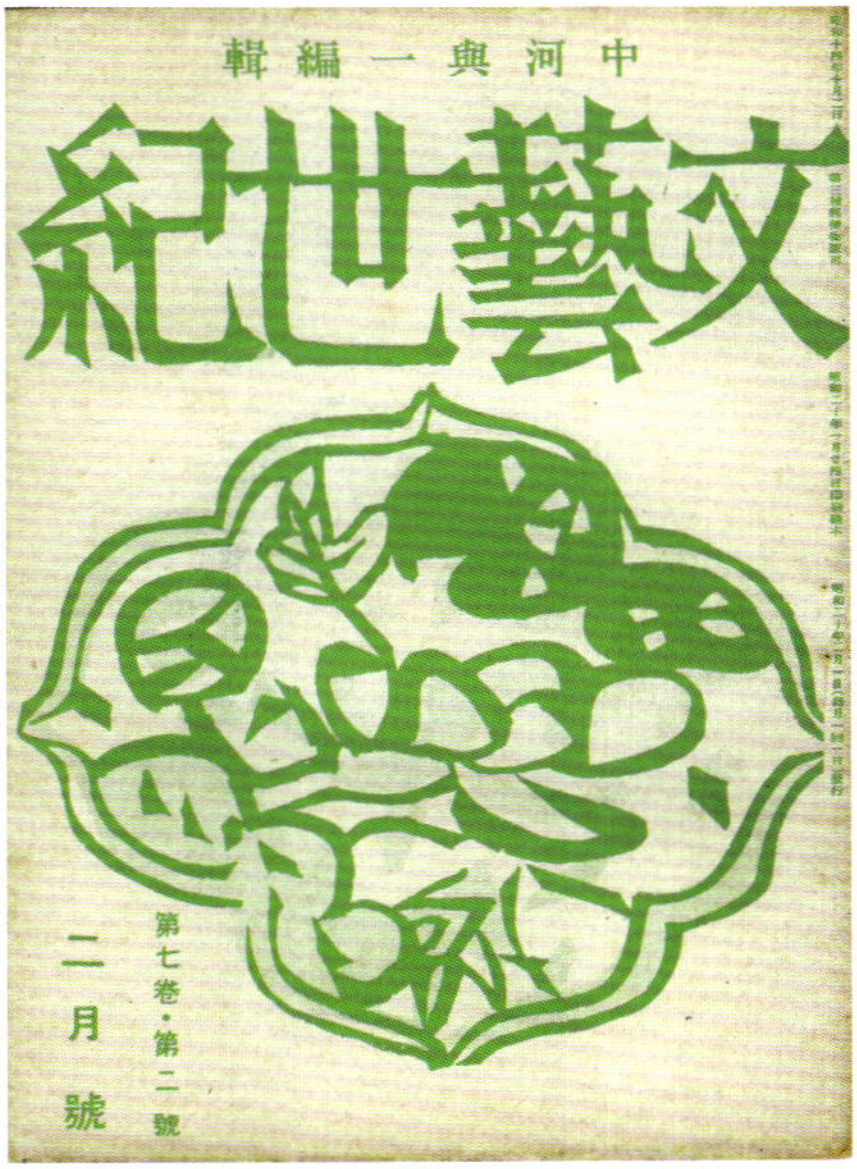

写真20 a　文藝世紀（昭和20年２月）

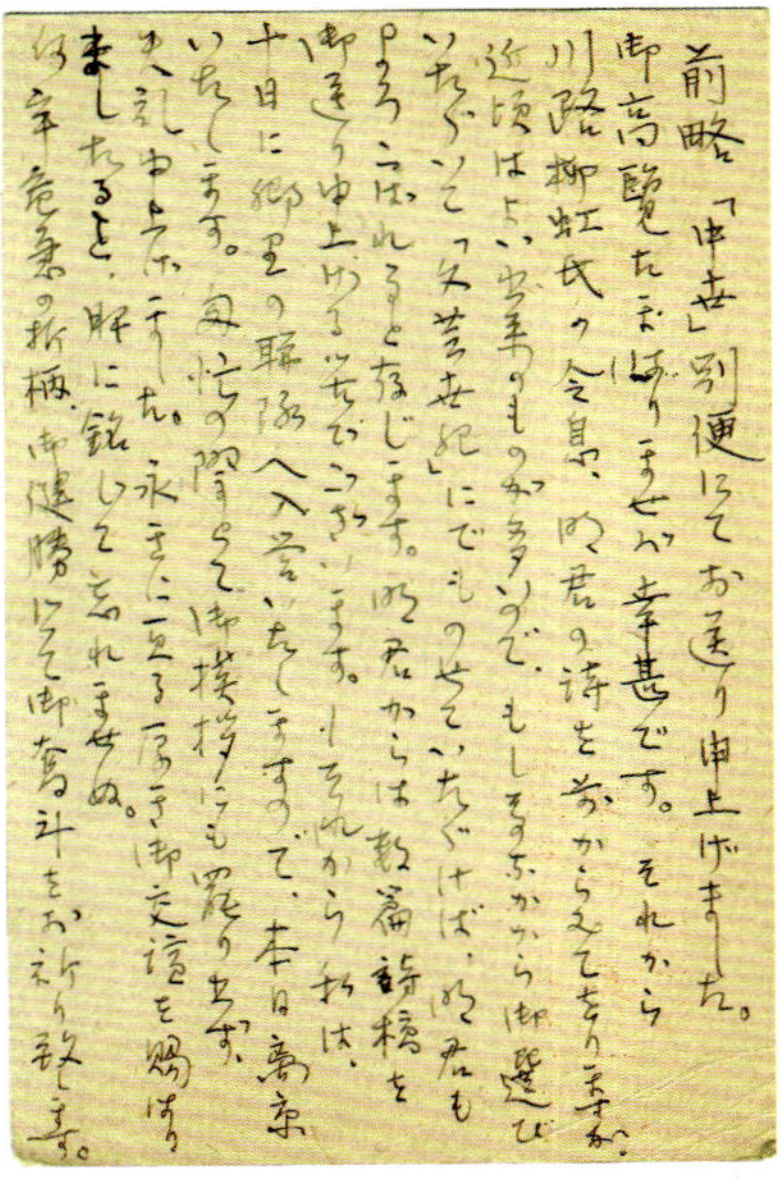

前略
「中世」別便にてお送り申上げました。
御高覧たまはりますれば幸甚です。それから
川路柳虹氏の令息、明君の詩を前から見て参りますが、
近頃はよい出来のものが多いので、もしそちらから御選び
いただいて「文芸世紀」にでものせていただければ、明君も
よろこばれると存じます。明君からは数篇詩稿を
御送り申上げる筈でございます。小生それから私は、
十日に郷里の聯隊へ入営いたしますので、本日帰京
いたします。匆忙の間にて御挨拶にも罷り出ず、
失礼申上げました。永らく一方ならぬ御交誼を賜はり
ましたること、肝に銘じて忘れませぬ。
何卒危急の折柄、御健勝にて御奮斗をお祈り致します。

写真21 b　はがき（昭和20年２月６日）

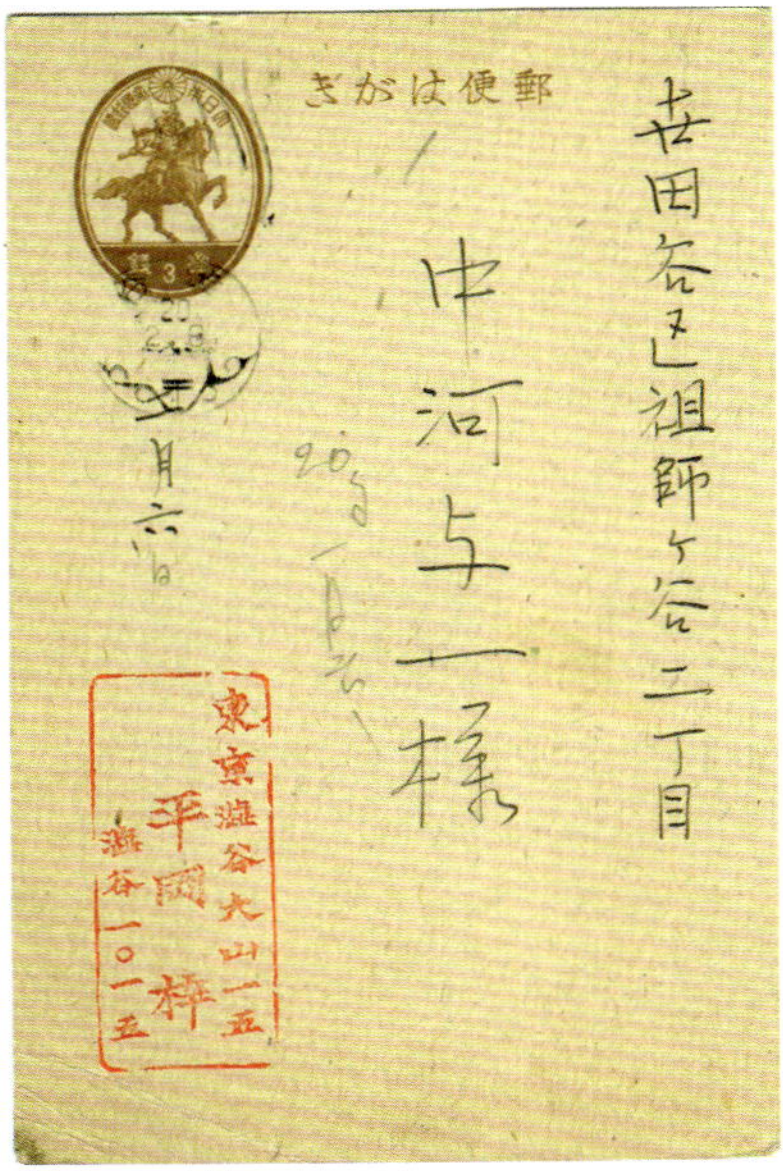

写真21 a　中河与一宛三島由紀夫はがき

に出てしまってゐた。その第四輯が編まれたまま複数を持てる日を待ってゐた時に、戦争が終った。そして、僕と島尾敏雄の二人が帰って来た。

九月から僕等の間に再び新しい出発が計画された。同人は『まほろば』終刊号の一つ前、昭和十九年三月号の誌上で初めて顔を合せ、翌二十年四月七日に林家で本当に出逢ふた三島由紀夫、大垣国司、僕の四人と、僕を通じて林富士馬を知り、出撃前に曼荼羅へその詩稿手帳を托して行った島尾を加へての五人である⑰と記している。庄野潤三は、「プールサイド小景」で昭和29年第32回芥川賞を受賞した。受賞パーティで、三島氏は庄野潤三に「初

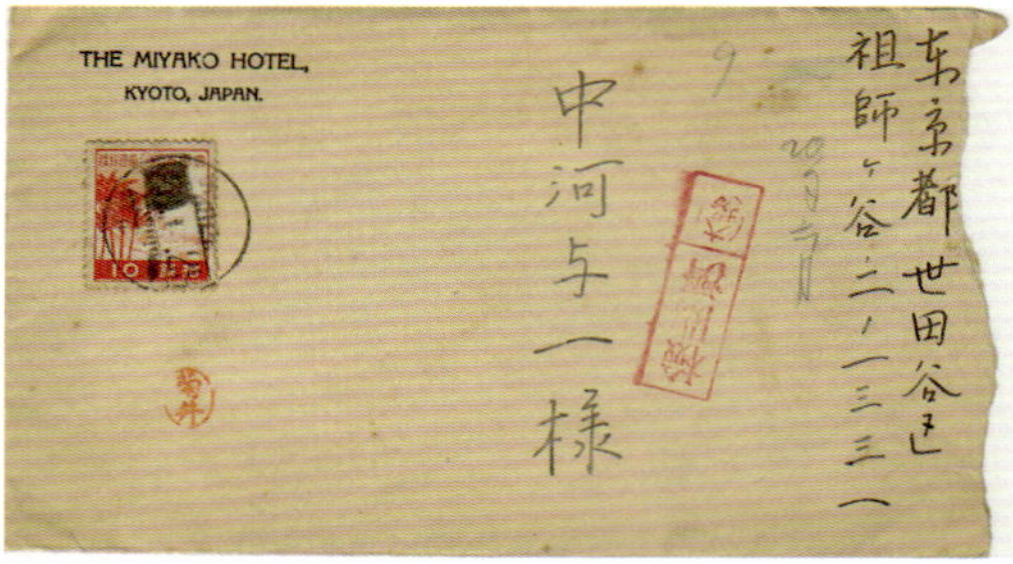

写真22ａ　中河与一宛三島由紀夫書簡

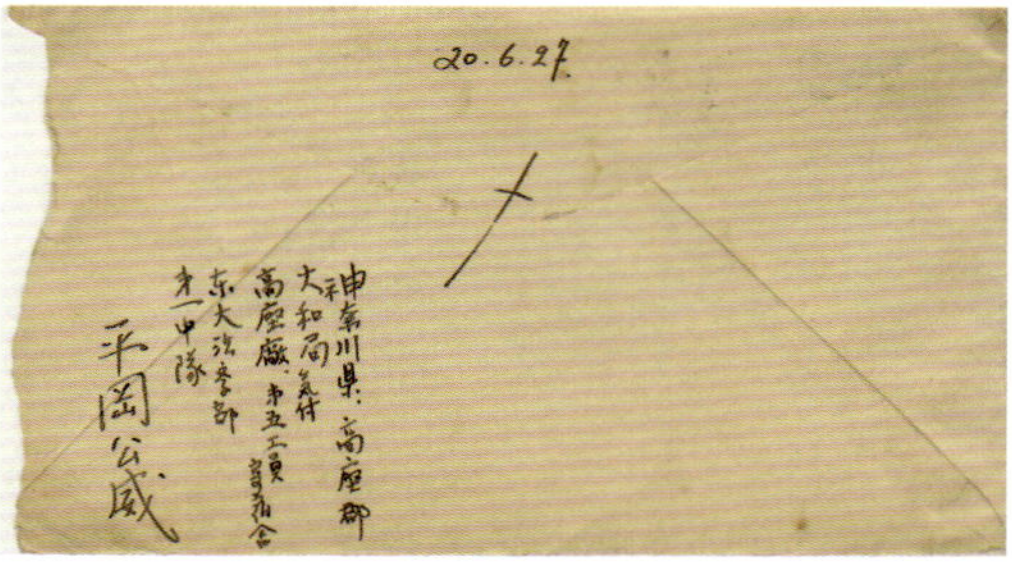

写真22ｂ　中河与一宛三島由紀夫書簡

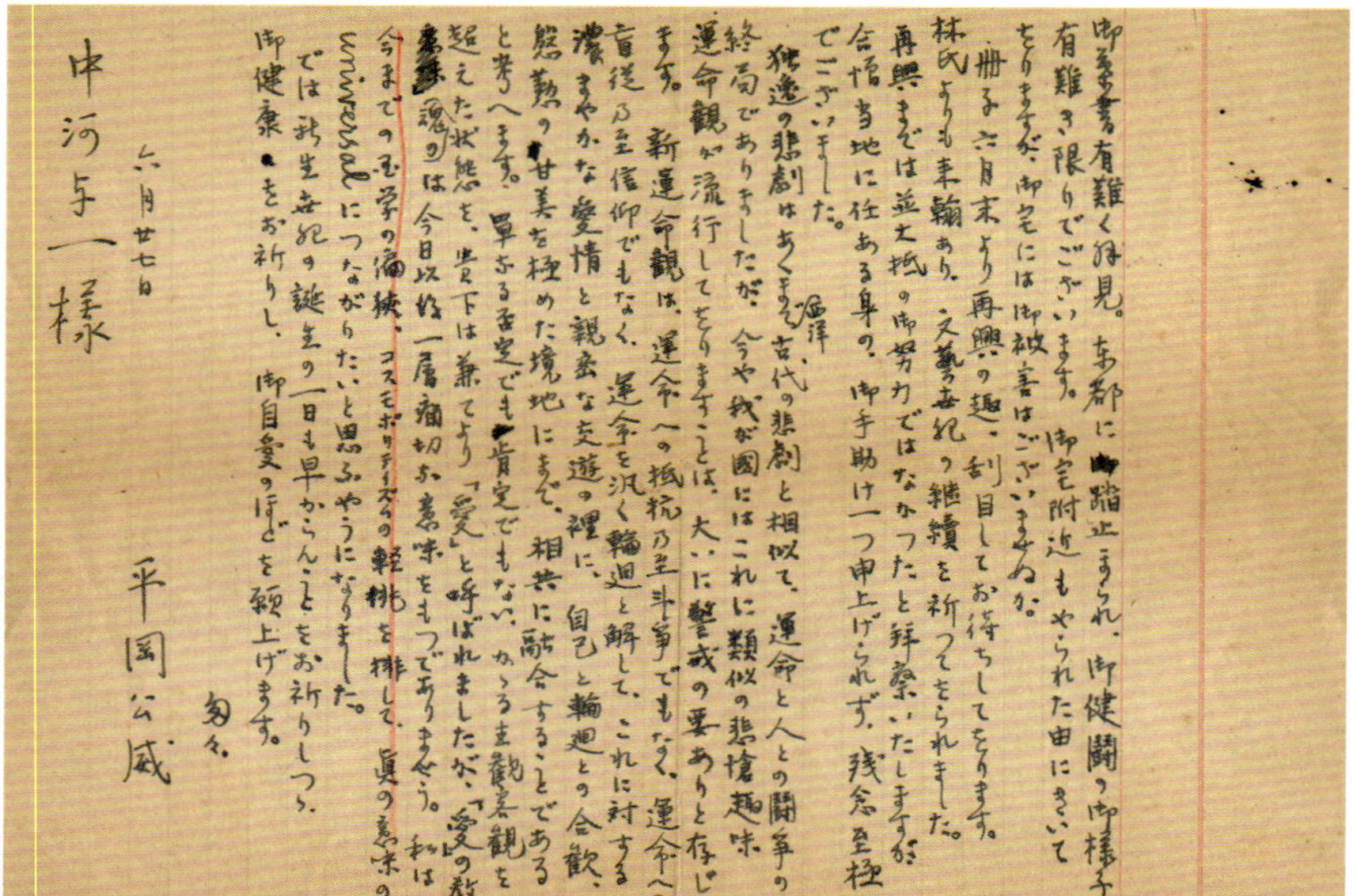

御葉書有難く拝見。東都に踏止まられ、御健闘の御様子
有難き限りでございます。御宅附近もやられた由にきいて
をりますが、御宅には御被害はございませぬか。
冊子六月末より再興の趣、刮目してお待ちしてをります。
林氏よりも来翰あり、文藝文化の継続を祈ってをられました。
再興までは並大抵の御努力ではなかったと拝察いたしますが
合宿当地に在る身の、御手助け一つ申上げられず、残念至極
でございました。
独逸の悲劇はあくまで希臘古代の悲劇と相似て、運命と人との闘争の
終局でありましたが、今や我が国にはこれに類似の悲愴趣味
運命観が流行してをりますことは、大いに警戒の要ありと存じ
ます。新運命観は、運命への抵抗乃至斗争でもなく、運命への
盲従乃至信仰でもなく、運命を汎く輪廻と解して、これに対する
濃まやかな愛情と親密な交遊の裡に、自己と輪廻との合歓、
怨慕の甘美を極めた境地にまで、相共に融合することである
と考へます。単なる否定でも肯定でもない、かゝる主観客観を
超えた状態を、貴下は兼てより「愛」と呼ばれましたが、「愛の教
魂の」は今日以後一層痛切な意味をもつでありませう。私は
今までの玉学の偏狭、コスモポリティズムの軽桃を排して、真の意味の
universalにつながりたいと思ふやうになりました。
では新生日本の誕生の一日も早からんことをお祈りしつゝ、
御健康をお祈りし、御自愛のほどを願上げます。
匆々
六月廿七日
平岡公威
中河与一様

写真22ｃ　中河与一宛三島由紀夫書簡（昭和20年６月27日）

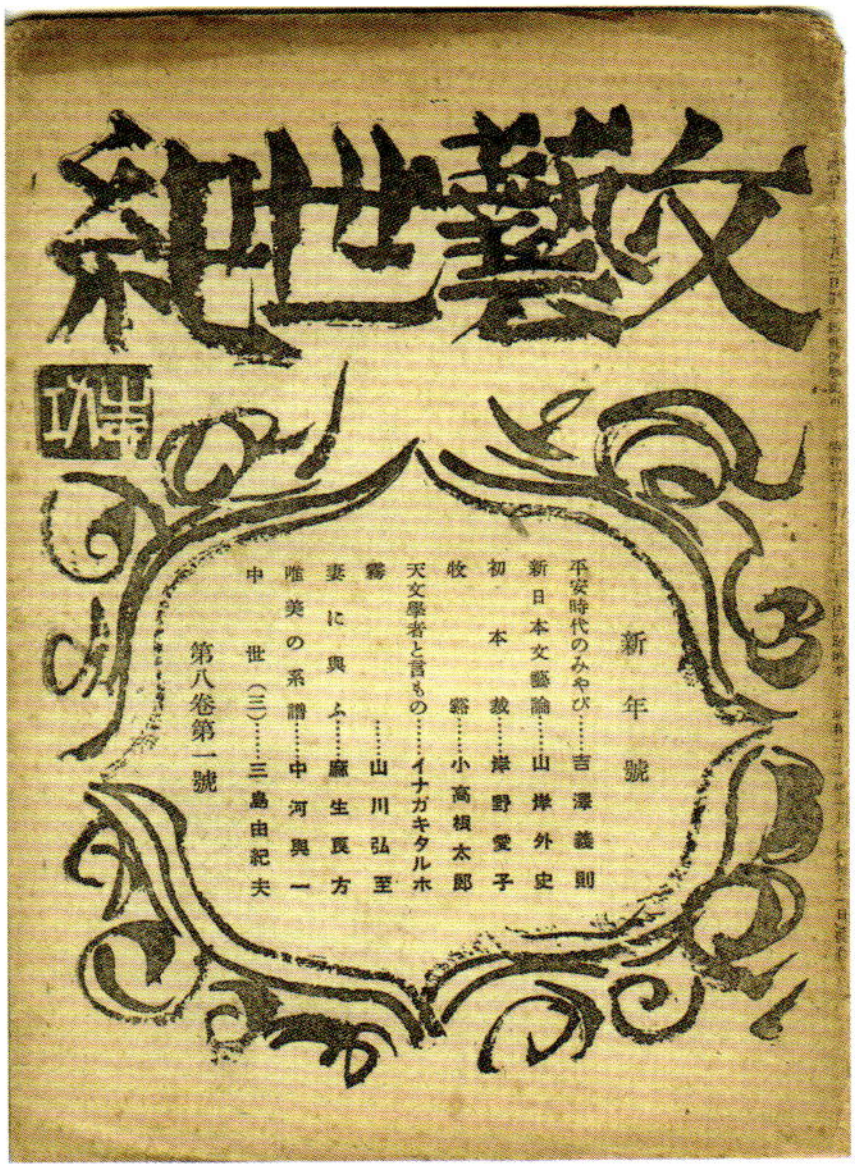
文藝世紀
新年號
平安時代のみやび……吉澤義則
新日本文藝論……山岸外史
初本……岸野愛子
牧谿……小高根太郎
天文學者と言もの……イナガキタルホ
露……山川弘至
妻に與ふ……麻生良方
唯美の系譜……中河與一
中世（三）……三島由紀夫
第八卷第一號

写真23ａ　文藝世紀（昭和21年１月）

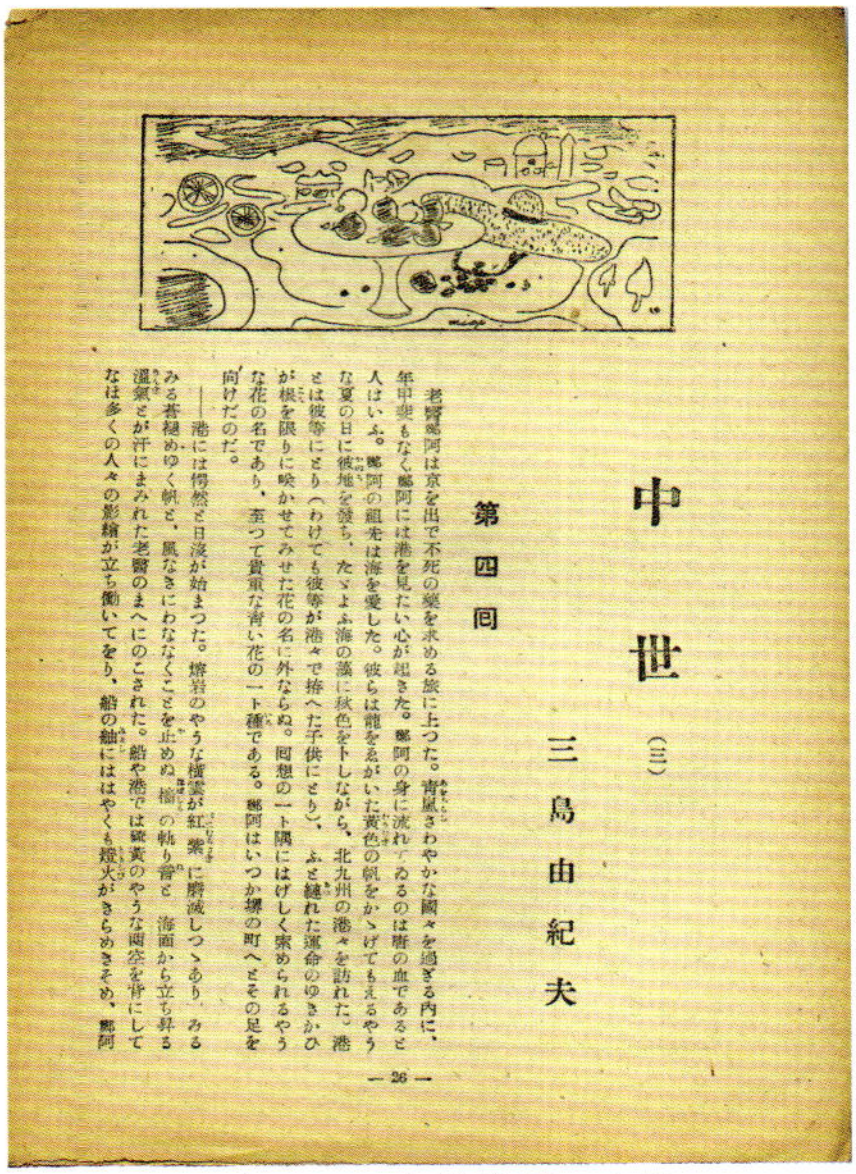
中世（三）
三島由紀夫
第四回
老賢鄰阿は京を出で不死の藥を求める旅に上つた。青嵐さわやかな國々を過ぎる内に、年甲斐もなく鄰阿には港を見たい心が起きた。鄰阿の身に流れてゐるのは海の血であると人はいふ。鄰阿の祖先は海を愛した。彼らは龍をゑがいた黄色の帆をかゝげてもえるやうな夏の日に彼地を發ち、たゞよふ海の藻に秋色をトしながら、北九州の港々を訪れた。港とは彼等にとり（わけても彼等が港々で拵へた子供にとり）、ふと縺れた運命のゆきかひが根を限りに咲かせてみせた花の名に外ならぬ。回想の一ト隅にはげしく索められるやうな花の名であり、至つて貴重な青い花の一ト種である。鄰阿はいつか堺の町へとその足を向けたのだ。
——港には愕然と日沒が始まつた。熔岩のやうな横雲が紅葉に隕滅しつゝあり、みるみる蒼褪めゆく帆と、風なきにわななくことを止めぬ櫓の軋り音と、海面から立ち昇る濕氣とが汗にまみれた老翁のまへにのこされた。船や港では硫黄のやうな雨空を背にしてなほ多くの人々の影絵が立ち働いてをり、船の舳にははやくも燈火がきらめきそめ、鄰阿
— 26 —

写真23ｂ　文藝世紀　中世

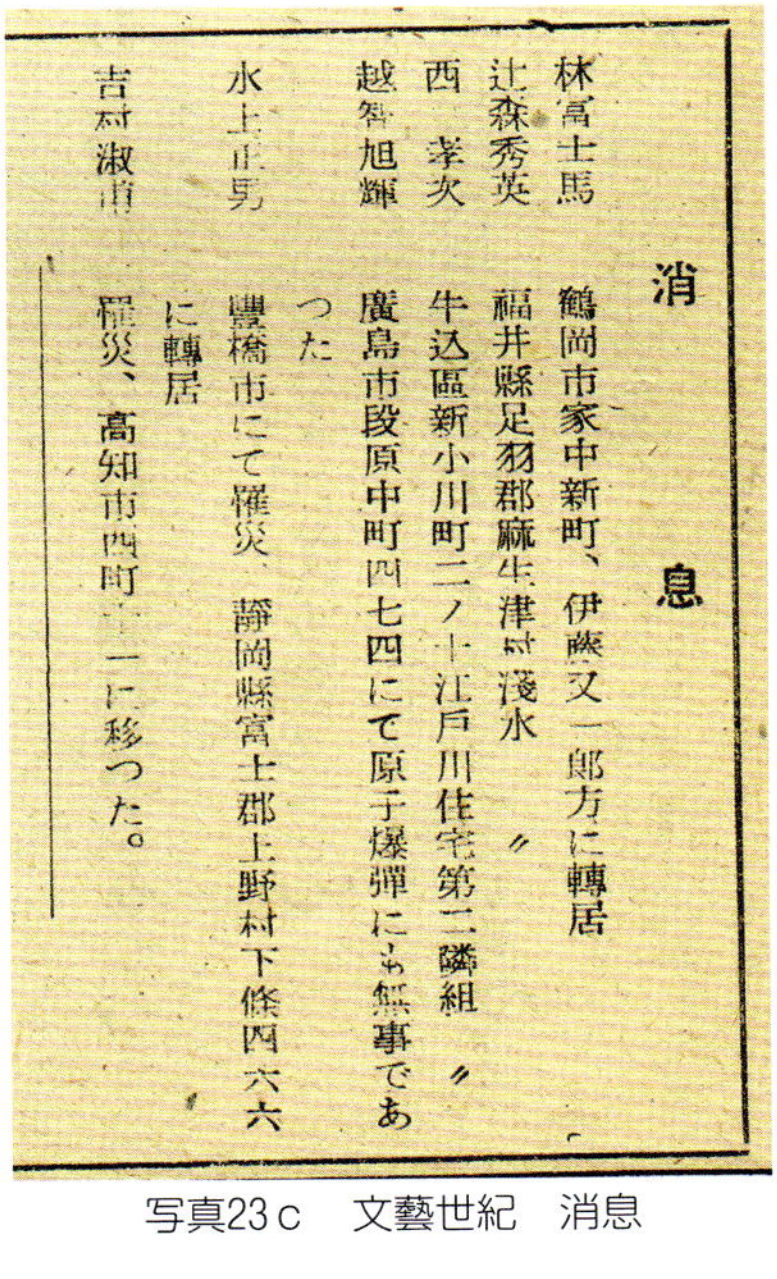
消息
林富士馬　鶴岡市家中新町、伊藤又一郎方に轉居
辻森秀英　福井縣足羽郡麻生津村淺水　〃
西　孝次　牛込區新小川町二ノ十江戸川住宅第二隣組　〃
越智旭輝　廣島市段原中町四七四にて原子爆彈に會ひ無事であつた
水上正男　豐橋市にて罹災、靜岡縣富士郡上野村下條四六六に轉居
吉村淑甫　罹災、高知市西町一一に移つた。

写真23ｃ　文藝世紀　消息

めまして三島由紀夫です」と挨拶している。これを傍で見ていた林氏は、「三島君は庄野とは古くからの知り合いではないか。なるほど、これが彼の文壇における処仕方か」と思った。

東文彦遺稿集・浅間

昭和18年10月8日に死去した三島氏の畏友・東文彦の遺稿集（写真18）は昭和19年7月20日に刊行された。三島氏は清水文雄に、「東さんの遺稿集『浅間』が刊行され」（略）「読み返しては今更乍ら、二度と得られぬ良き友を亡くしたことを感じます」(7)（昭和19年8月25日）と書き送っている。

この遺稿集は三島氏を通して林氏と中河氏にも渡された。遺稿集に対する林氏の評を、三島氏は東文彦の母菊枝に伝えている。「林氏からお葉書が来ましたので、林氏一流の入りくんだ文体ですが、そのまま写してみます」と林氏の葉書を写し「林氏ノ文章

ハナレヌ方ニハワカリニクイノデ註ヲカキマシタ⑱」（昭和19年8月14日）と記している。

文芸世紀

文芸世紀は中河与一が主宰した文芸雑誌である。「朝倉」（写真19a、b）は昭和19年7月号に掲載された。昭和19年7月1日、三島氏は清水文雄に「『朝倉君』といふ十七枚ほどの小説が出来、林さんのお奨めにより中河与一氏へお送り頂きました処、中河氏より御手紙が参り、突然『文芸世紀』の同人になれという文面で

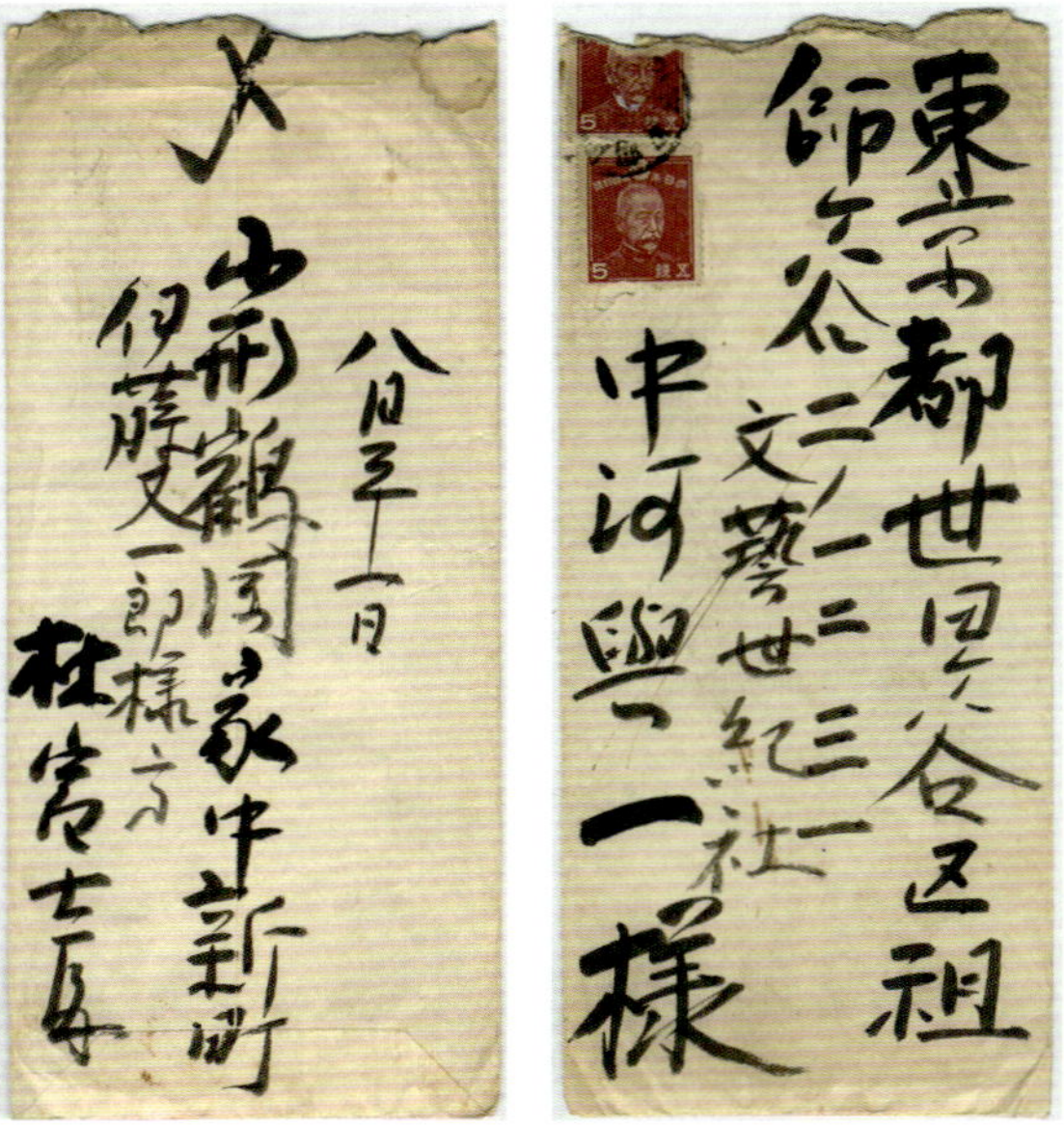

東京都世田谷区祖師谷二ノ一二三
文藝世紀社
中河與一様

〆
八月二十一日
山形県鶴岡市家中新町
伊藤文一郎様方
林富士馬

写真24ａ　中河与一宛林富士馬書簡

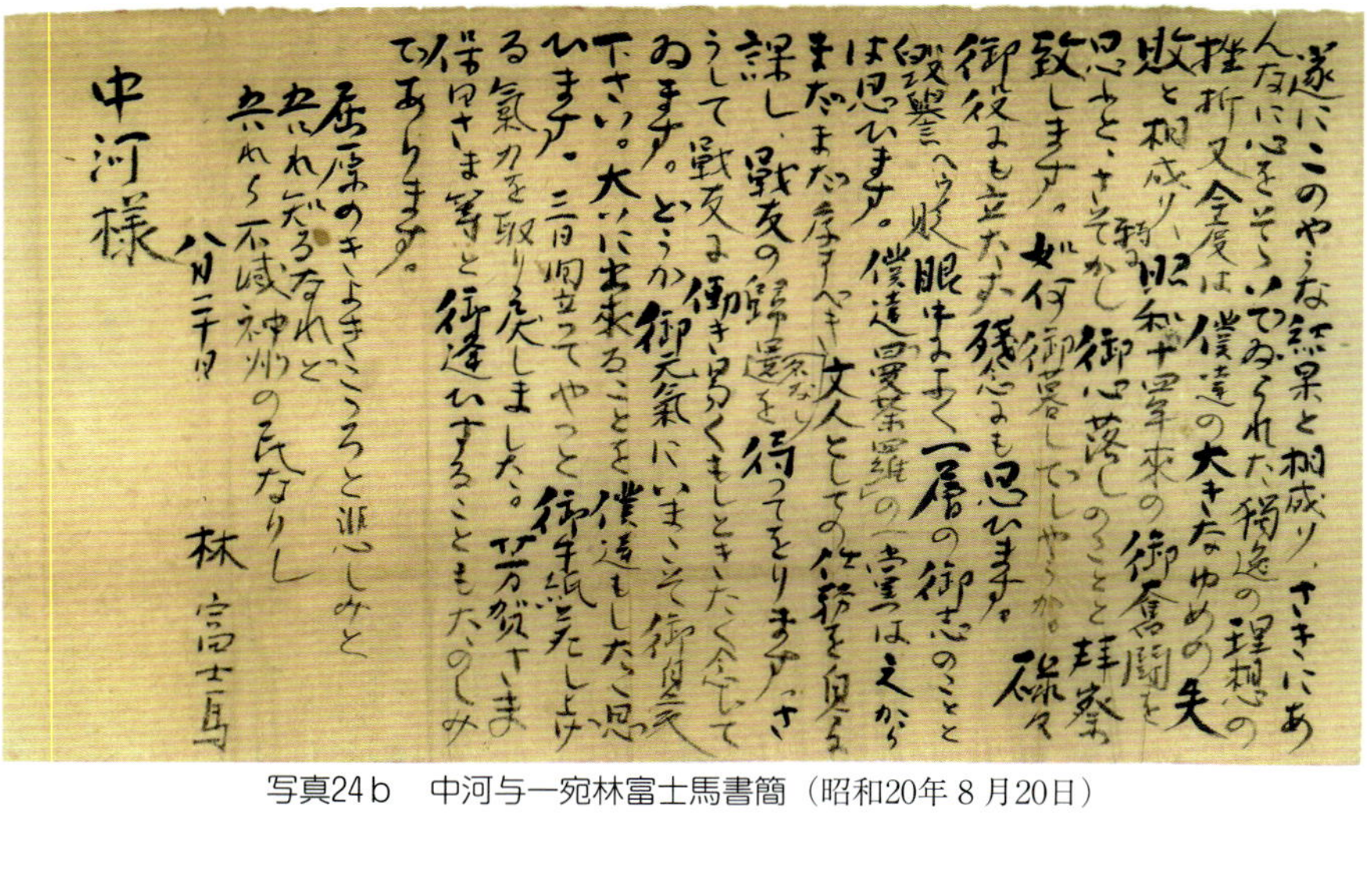

遂にこのやうな結果と相成り、さきにあんなに心をそゝいでゐられた獨逸の理想の挫折又今度は僕達の大きなゆめの失敗と相成り、昭和十四年来の御奮闘を思ふと、さぞかし御心落しのことと拝察致します。如何御暮していらっしゃるか。碌々御役にも立たず残念にも思ひます。[illegible]眼中まっすぐ一層の御志のことと は思ひます。僕達「曼荼羅」の一党は之からまだまだ[illegible]文人としての任務を負ふ[illegible]課し、戦友の歸還を待ってをります。さうして戦友も働き易くもしときたく念じてゐます。どうか御元氣に、いまこそ御自愛下さい。大いに出来ることを僕達もしたく思ひます。三日間立ってやっと御手紙差上げる氣力を取り戻しました。芳賀さま保田さま等と御逢ひすることもたのしみであります。

歴史のきよきこころと悲しみと
忘れ去るなかれど
忘れらる不滅神州の民なりし

八月二十日
林富士馬

中河様

写真24ｂ　中河与一宛林富士馬書簡（昭和20年８月20日）

ございました。如何致すべきや御指示を仰ぎたうございます[7]」と書き送っている。学習院の原稿用紙を用いた「朝倉」の原稿（写真19ｃ）が残されている。

昭和20年2月号に、「中世」（写真20ａ、ｂ）が掲載された。三島氏は、2月6日に中河与一にはがき（写真21ａ、ｂ）を送っている。「前略『中世』別便にてお送り申上げました。御高覧たまはりませば幸甚です。（略）私は、十日に郷里の聯隊へ入営いたしますので、本日離京いたします。匆忙の際にて御挨拶にも罷り出ず失礼申上げました。永きに亘る厚き御交誼を賜わりましたるを、肝に銘じて忘れませぬ。何卒危急の折柄、御健勝にて御奮闘をお祈り致します」三島氏は、通常平岡梓印の傍に「内　公威」と署名することが多かったが、入営に際してのはがきのため、署名は割愛されている。昭和20年2月10日、入隊検査を受けるが右肺浸潤の診断にて即日帰郷となっている。

昭和20年7月26日の三島書簡（写真22ａ、ｂ、ｃ）では、「御葉書有難く拝見。東都に踏止まられ、御健闘の御様子有難き限りでございます。御宅附近もやられた由にきいてをりますが、御宅には御被害はございませぬか。冊子六月より再興の趣、刮目してお待ちしております。林氏よりも来翰あり、文芸世紀の継続を祈ってをられました」と書き送っている。

昭和21年1月、新年号の文芸世紀に「中世㈢」（写真23ａ、ｂ）が掲載された。「消息」（写真23ｃ）の欄には、「林富士馬　鶴岡市家中新町、伊藤又一郎方に転居」と記され、林氏の住所を伝えている。

終戦

鶴岡で終戦を迎えた林氏は8月20日、中河与一宛に書簡（写真24ａ、ｂ）を送っている。「遂にこのやうな結果と相成り、さきにあんなに心をそそいでゐられた独逸の理想の挫折又今度は僕達の大きな夢の失敗と相成り、特に昭和十四年来の御奮闘を思ふと、さぞかし御心落しのことと拝察致します。如何御暮しでしょうか。碌々御役にも立たず残念にも思ひます。毀譽ヘウ貶眼中になく一層の御志のことと思ひます。僕達『曼荼羅』の一黨は之からまだまだ爲すべき名なし文人としての任務を自分に課し、戦友の帰還を待ってをります。さうして戦友に働き易くもしときたく念じてゐます。（略）

屈原のきよきこころと悲しみと
吾れ知るなれど
吾れら不滅神州の民なりし

八月二十日　林富士馬

中河様」

昭和20年10月20日、三島氏は野田宇太郎宛に「林氏への御依頼の件、早速伝書いたしましたところ、昨日左の如き返信に接しました。『野田宇太郎氏の詩稿のこと、おこころづくし有り難うございました。但しいまのところ一寸詩は小休止で。』」という断りの書簡を伝え、「氏は新らしい模索の途上にあるようで、本当に苦しい時期にゐられるのではないかと思はれます。此度は僕からも大いに激励したのですが及ばず、大へん残念でした。何卒林氏の詩業を長い目で見ていただきたいと存じます[19]」と林氏のことを気遣っている。

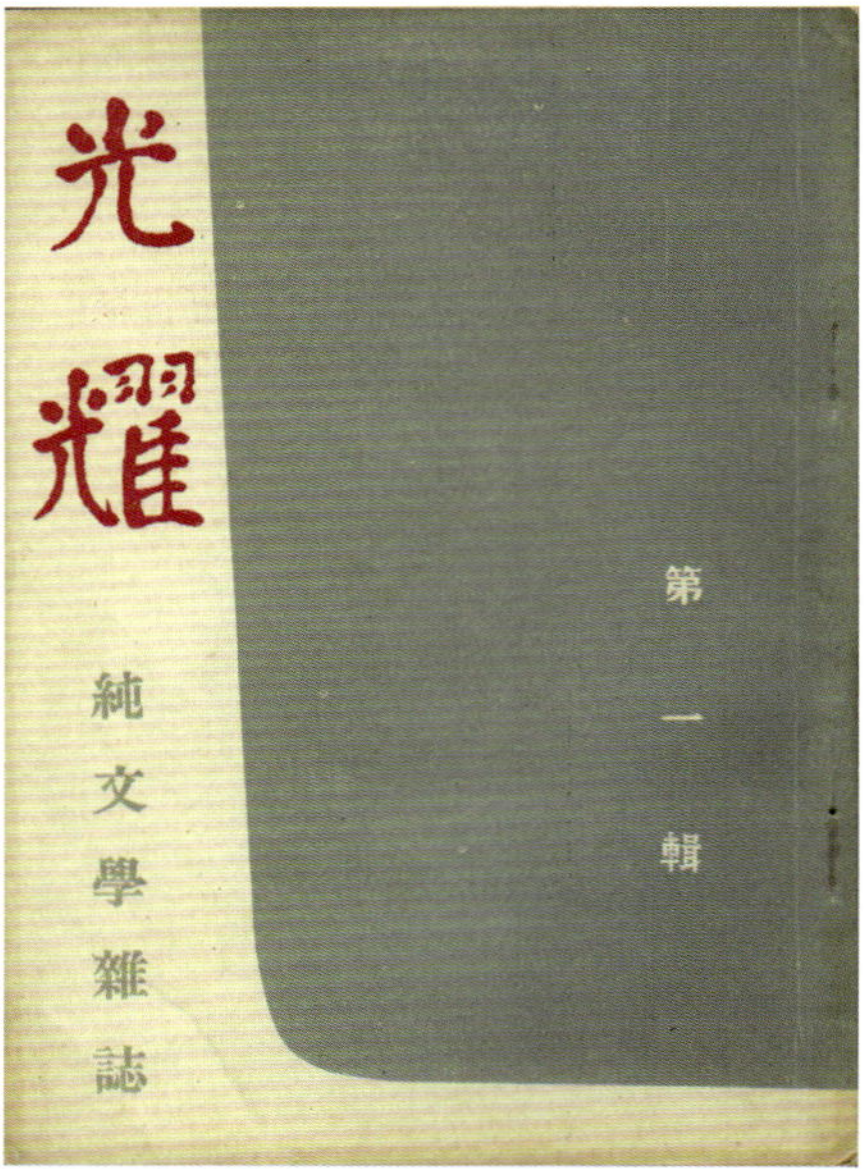

光耀

第一輯

純文學雜誌

写真25ａ　光　耀　第一輯　表紙

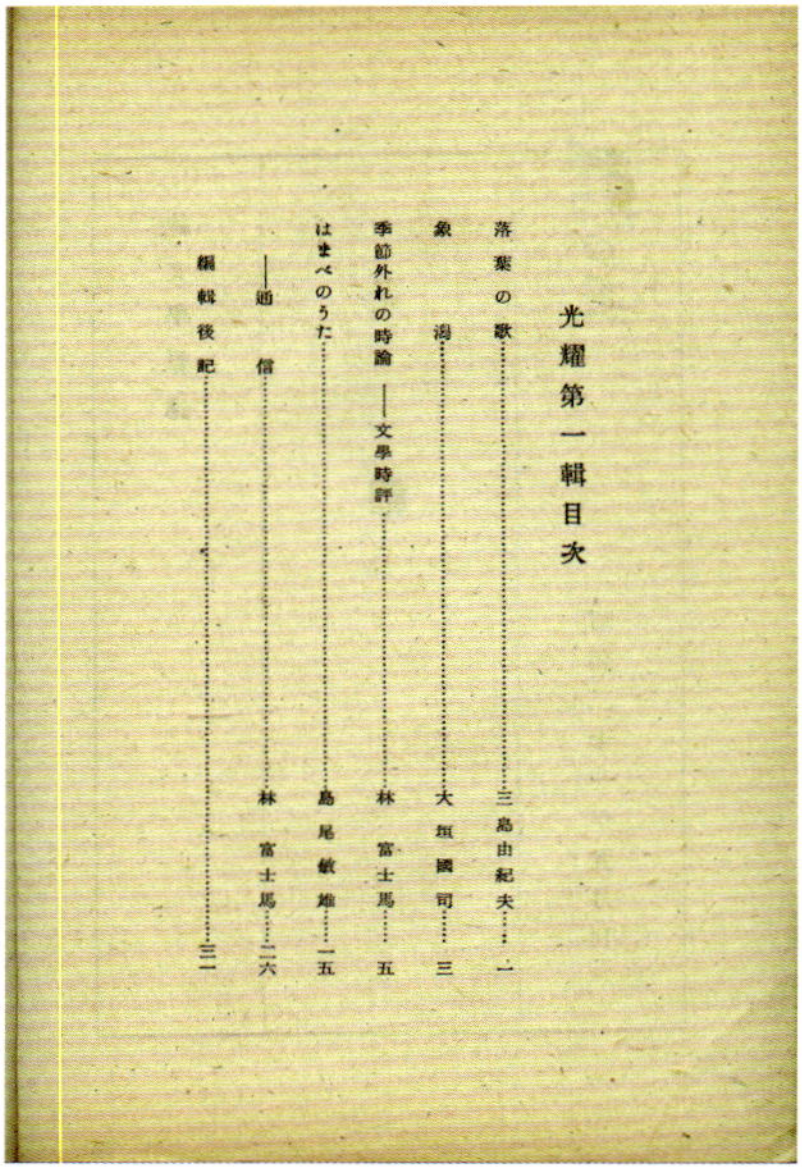

光耀第一輯目次

写真25ｂ　光　耀　第一輯　目次

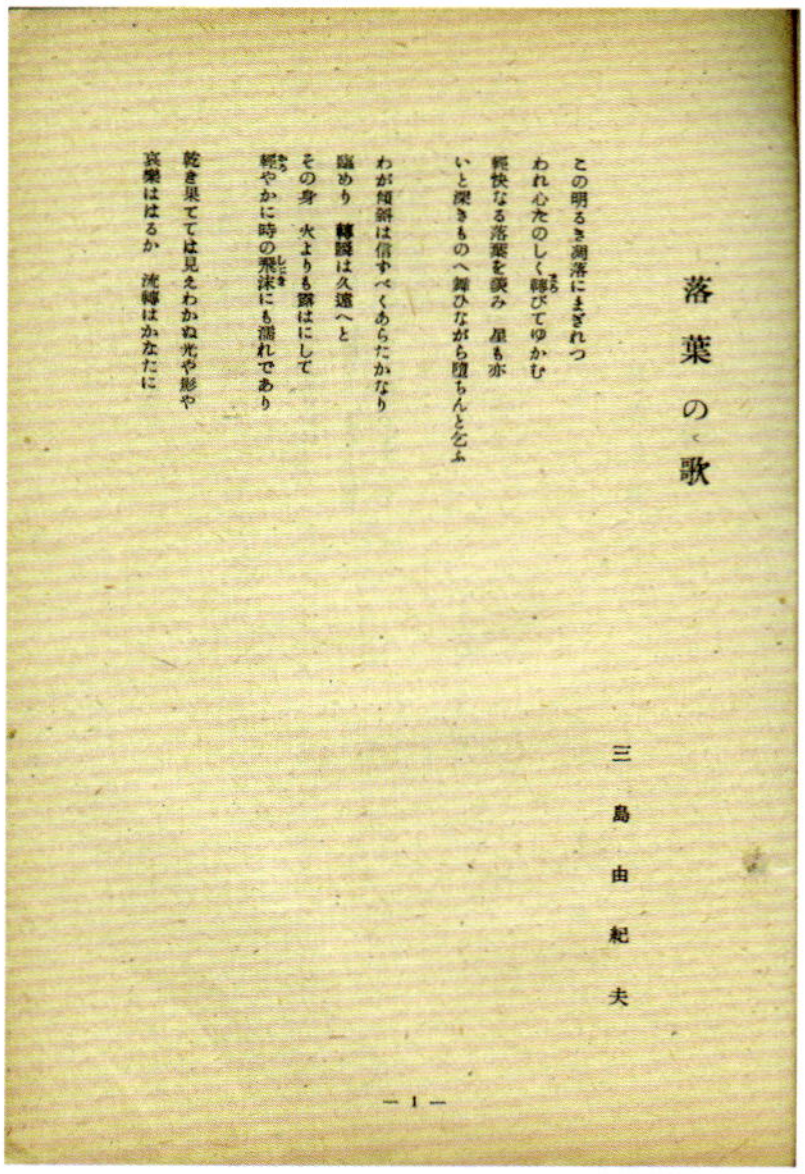

落葉の歌

三島由紀夫

この明るき凋落にまぎれつ
われ心たのしく轉《まろ》びてゆかむ
輕快なる落葉を羨み　星も亦
いと深きものへ舞ひながら墮ちんと乞ふ

わが傾斜は信ずべくあらたかなり
臨めり　轉落は久遠へと
その身　火よりも露はにして
輕《かろ》やかに時の飛沫《しぶき》にも濡れてあり

乾き果てては見えわかぬ光や影や
哀樂ははるか　流轉はかなたに

—1—

写真25ｃ　光　耀　落葉の歌

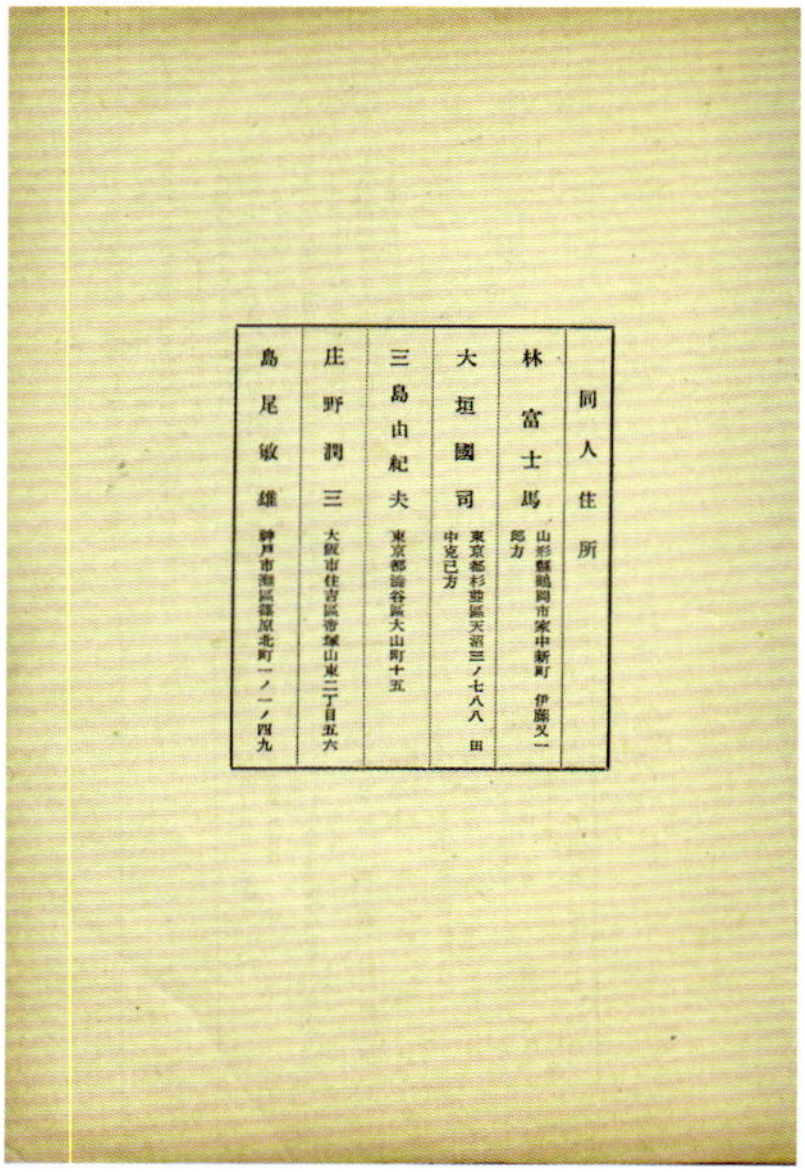

同人住所

林富士馬　山形縣鶴岡市家中新町　伊藤又一郎方
大垣國司　東京都杉並區天沼三ノ七八八　田中克己方
三島由紀夫　東京都澁谷區大山町十五
庄野潤三　大阪市住吉區帝塚山東二丁目五六
島尾敏雄　神戸市灘區篠原北町一ノ一ノ四九

写真25ｄ　光　耀　第一輯　同人住所

文學册子

光耀

第二輯

写真26ａ　光　耀　第二輯　表紙

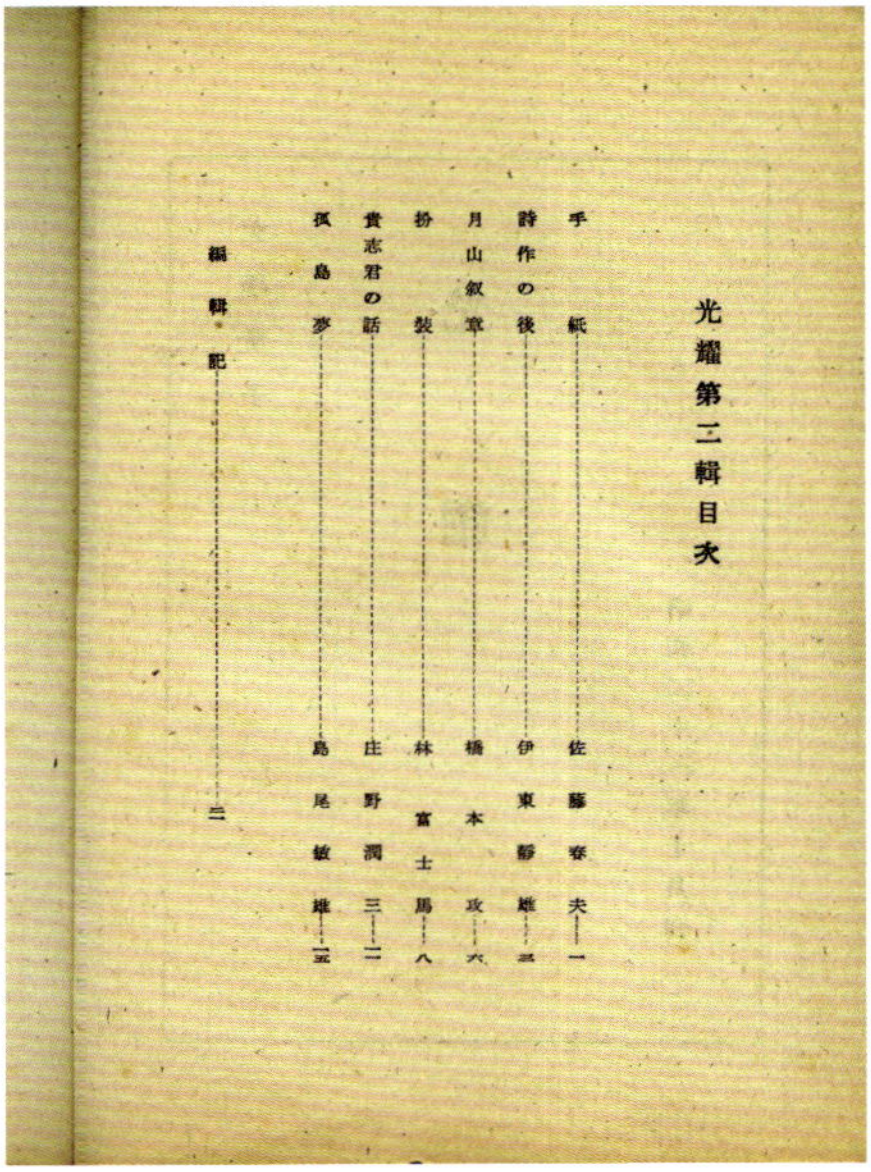

光耀第二輯目次

写真26ｂ　光　耀　第二輯　目次

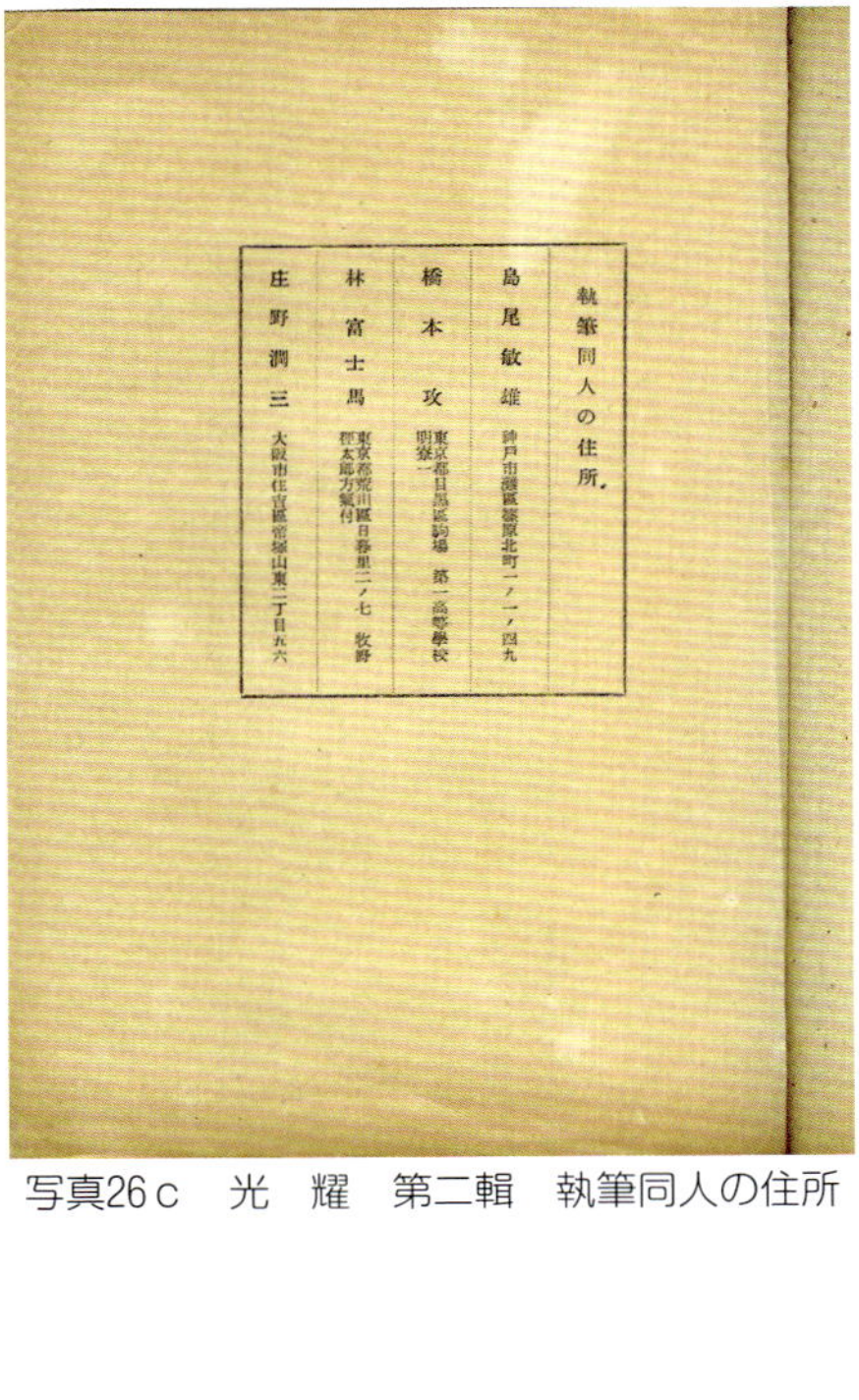

執筆同人の住所

島尾敏雄　神戸市灘區篠原北町一ノ一ノ四九
橋本攻　東京都目黒區駒場　第一高等學校明寮一
林富士馬　東京都荒川區日暮里二ノ七　牧野信太郎方氣付
庄野潤三　大阪市住吉區帝塚山東二丁目九六

写真26ｃ　光　耀　第二輯　執筆同人の住所

林氏は、後年三島氏について、「あなたとの大切な交友は、あなたからの拒否ではじまり、そして、拒否で終始していたようでもあった。

私はあなたを少しも理解していなかったということが、今になって、大変悔やまれる。

敗戦の時のショックが、あなたにとって、どんなに大きかったか、私は自分自身のことしか考えていなかったことなども、今頃になって、やっと気付くのである。

境遇にめぐまれ、文壇などにも、案外、楽々と出ていったように見えるが、実際はそうでもなかった。（略）それぞれ、世の中に出て行くために大変苦労したことなども、案外、知る人はすくないようである⑳」と回想している。

写真27ｂ　光　耀　第三輯　扉

写真27ａ　光　耀　第三輯　表紙

光耀

光耀第一輯（写真25ａ、ｂ、ｃ、ｄ）は、昭和21年5月5日発行の純文学雑誌である。目次には、

「落葉の歌……………………………三島由紀夫
象潟……………………………………大垣国司
季節外れの時論―文芸時評…………林富士馬
はまべのうた…………………………島尾敏雄
通信……………………………………林富士馬
編輯後記………………………………」とある。

発行所は大阪市住吉区帝塚山・庄野方・光耀発行所で、編集兼発行人は庄野潤三である。印刷所は大阪市北区の東亜印刷産業株式会社である。「同人住所」として「林富士馬、大垣国司、三島由紀夫、庄野潤三、島尾敏雄」の住所の記載がある。

林氏は、「編輯後記」に「戦争中の三島由紀夫君の業績を記録してをきたいと思ひました。それは短編集『花ざかりの森』以後の、『文芸文化』に掲載された『夜の車』に就て、又僕達の回覧雑誌に送って頂いた『夜告げ鳥―憧憬への訣別』といふ詩に就て、又『文芸』の『エスガイの狩』といふその典型的な短編小説といふ古風な額縁の思想に就て、又『文芸世紀』にその第一回が連載され始めた『中世』といふ作品に就て、僕は文学といふものの内側からと外側と、つまり作家自身にとっての意識の問題と、この未曾有のときに於ける僕達の文学史に対する態度に就て書きたいのです。三島君から眉を顰められても仕方ない。ここに三島君自身のことばがある」と記し、三島氏の言葉を引用している。さらに「三島君はことしの五月に、僕達―僕が鶴岡で自分自身を中心

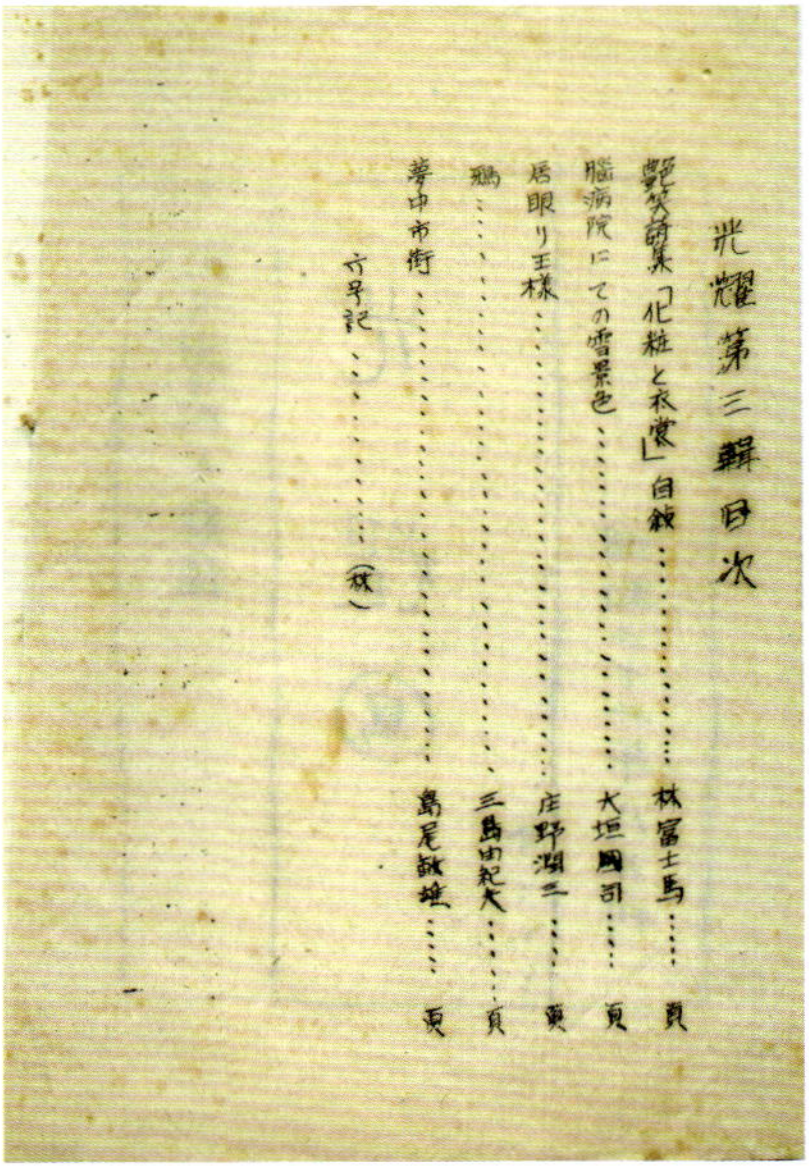

光耀第三輯目次

艶笑詩集「化粧と衣裳」自叙……林富士馬……頁
脳病院にての雪景色……大垣國司……頁
居眠り王様……庄野潤三……頁
鴉……三島由紀夫……頁
夢中市街……島尾敏雄……頁
寸平記……（林）

写真27c　光　耀　第三輯　目次

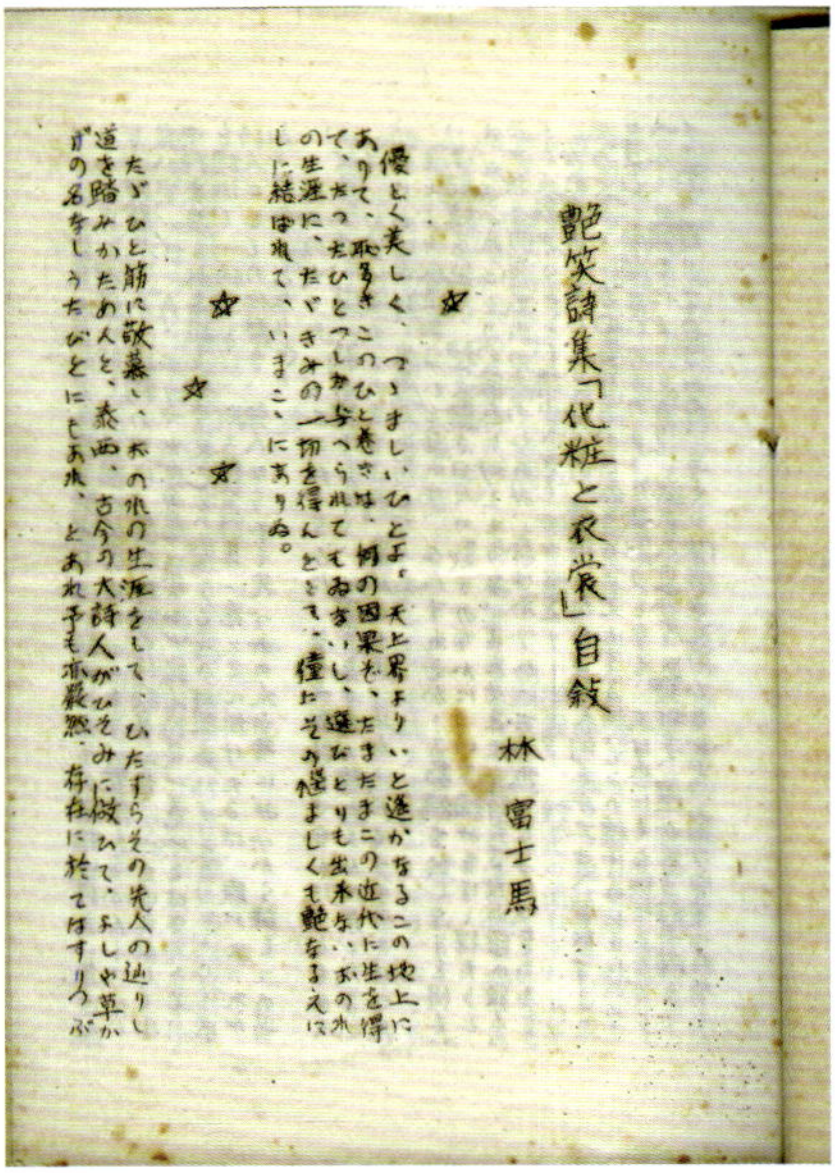

艶笑詩集「化粧と衣裳」自叙

林富士馬

☆

優しく美しく、つゝましいひとよ。天上界よりいと遥かなるこの地上にありて、恥多きこのひと卷きは、何の因果だ、たまたまこの近代に生を得て、たつたひとつしか与へられてゐない、選びとりも出来ない、おのれの生涯に、たゞきみの一切を得んとして、偉たそお縋ましくも艶なるえにしに結ばれて、いまここにありぬ。

☆

☆

たゞひと筋に敬慕し、かの人の生涯をして、ひたすらその先人の辿りし道を踏みかためんと、東西、古今の大詩人がひそみに倣ひて、よしや草かげの名もしうたびとにもあれ、とあれ予も亦厳然存在に於てはすりつぶ

写真27d　光　耀　林富士馬

にして編んでゐる回覧雑誌に『夜告げ鳥―憧憬への訣別と輪廻への愛について』を書いて送ってくれたのだった。三島君はそこで、後者は明らかに敗北の予感から、無意識に書かれたとたよりして来た」と記している。

光耀第二輯（写真26 a、b、c）は、昭和21年10月1日発行の文学冊子である。見返しに、「いま自分をも含めて、この一冊づつを、僕達の青春徒労の営みを、多くの悲しみで読者であるきみに手渡す。きみは何を以てこれを受け取るのであろうか」とある。

目次には、

「手紙……………………………佐藤春夫
詩作の後………………………伊東静雄
月山叙章………………………橋本攻
扮装……………………………林富士馬
貴志君の話……………………庄野潤三
孤島夢…………………………島尾敏雄
編輯記…………………………」とある。

発行所は大阪市住吉区帝塚山・庄野方・光耀発行所で、編集兼発行人は庄野潤三である。印刷所は山形県鶴岡市の羽前印刷株式会社である。「執筆同人の住所」として「島尾敏雄、橋本攻、林富士馬、庄野潤三」の住所の記載がある。

林氏の「編輯私記」は8頁に及んでいる。林氏は「（略）難しいことは解らないが、或る日僕は突然、今迄庄野君の手許に纏めてある『光耀』の二輯、三輯とは別に、大いそぎで臨時に憤然としてこの『光耀』の二輯を改めて編むことに決心した」「本輯の佐藤春夫先生のお手紙は、ただ自分一個の記念の為に先生のお迷惑を顧みず載せた。大切にしてゐた多くのものを焼いてみると、

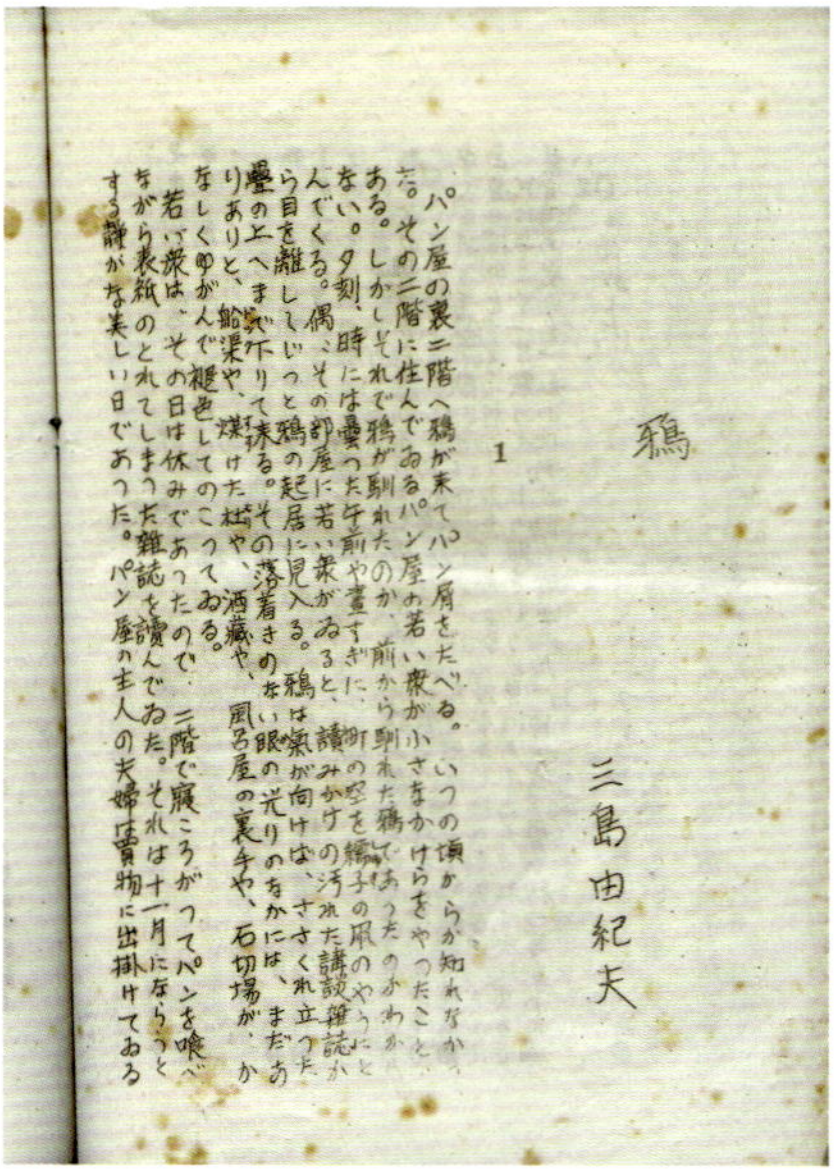

鴉　1　三島由紀夫

パン屋の裏二階へ鴉が来てパン屑をたべる。いつの頃からか知れなかった。その二階に住んでゐるパン屋の若い衆が小さなかけらをやつたことがある。しかしそれで鴉が馴れたのか、前から馴れた鴉であつたのかわからない。夕刻、時には曇つた午前や晝すぎに、街の空を繻子の凧のやうにとんでくる。偶々その部屋に若い衆がゐると、讀みかけの汚れた講談雑誌から目を離してじつと鴉の起居に見入る。鴉は氣が向けば、ささくれ立つた疊の上へまで下りて来る。その落着きのない眼の光りのなかには、まだありありと、船渠や、焼けた材や、酒藏や、風呂屋の裏手や、石切場が、かなしくゆがんで褪色してのこつてゐる。

若い衆は、その日は休みであつたので、二階で寝ころがつてパンを喰べながら表紙のとれてしまつた雑誌を讀んでゐた。それは十一月にならうとする静かな美しい日であつた。パン屋の主人の夫婦は買物に出掛けてゐる

写真27ｅ　光　耀　三島由紀夫

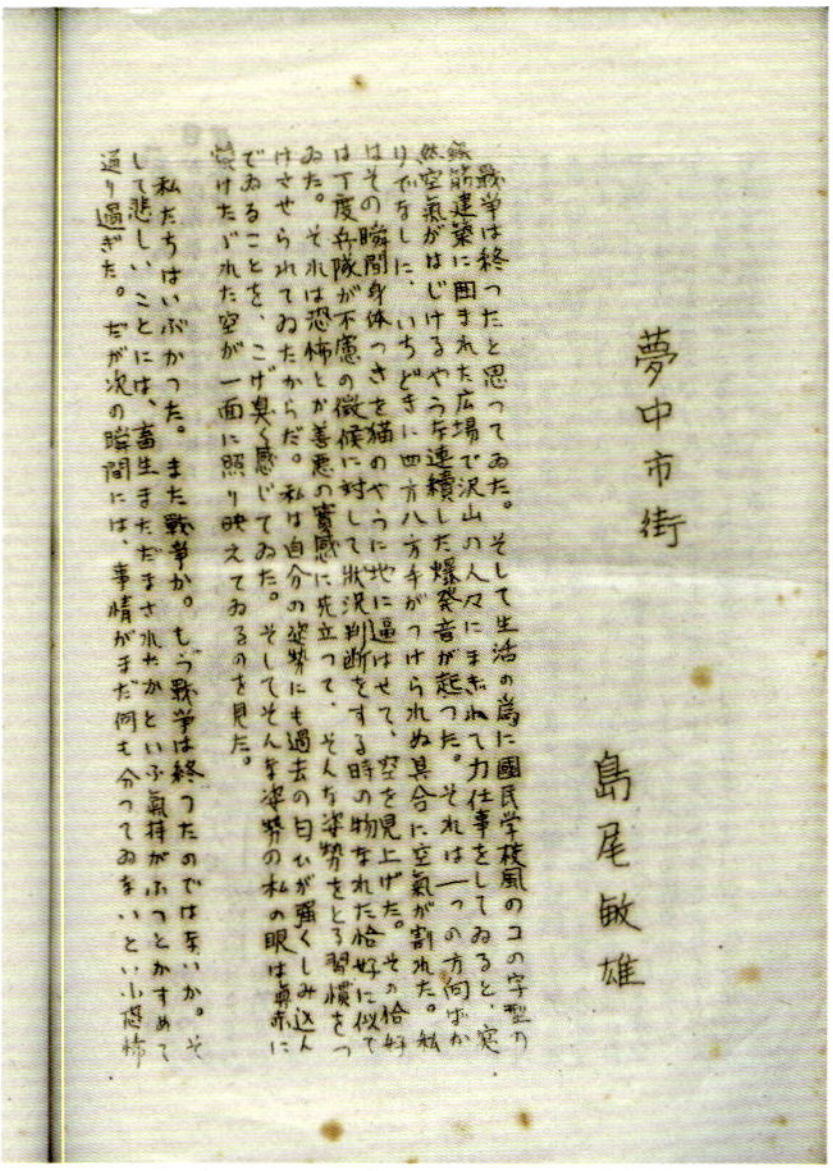

夢中市街　島尾敏雄

戦争は終つたと思つてゐた。そして生活の爲に國民学校風のコの字型の鉄筋建築に囲まれた広場で沢山の人々にまぎれて力仕事をしてゐると、突然空氣がはじけるやうな連續した爆発音が起つた。それは一つの方向ばかりでなしに、いちどきに四方八方手がつけられぬ具合に空氣が割れた。私はその瞬間身体つきを猫のやうに地に逼はせて、空を見上げた。その恰好は丁度兵隊が不慮の徴候に對して状況判断をする時の物なれた恰好に似てゐた。それは恐怖とか善悪の實感に先立つて、そんな姿勢をとる習慣をつけさせられてゐたからだ。私は自分の姿勢にも過去の匂ひが强くしみ込んでゐることを、こげ臭く感じてゐた。そしてそんな姿勢の私の眼は真赤に焼けただれた空が一面に照り映えてゐるのを見た。

私たちはいぶかつた。また戦争か。もう戦争は終つたのではないか。そして悲しいことには、畜生またださされたかといふ氣持がふつとかすめて通り過ぎた。だが次の瞬間には、事情がまだ何も分つてゐない、といふ小恐怖

写真27ｆ　光　耀　島尾敏雄

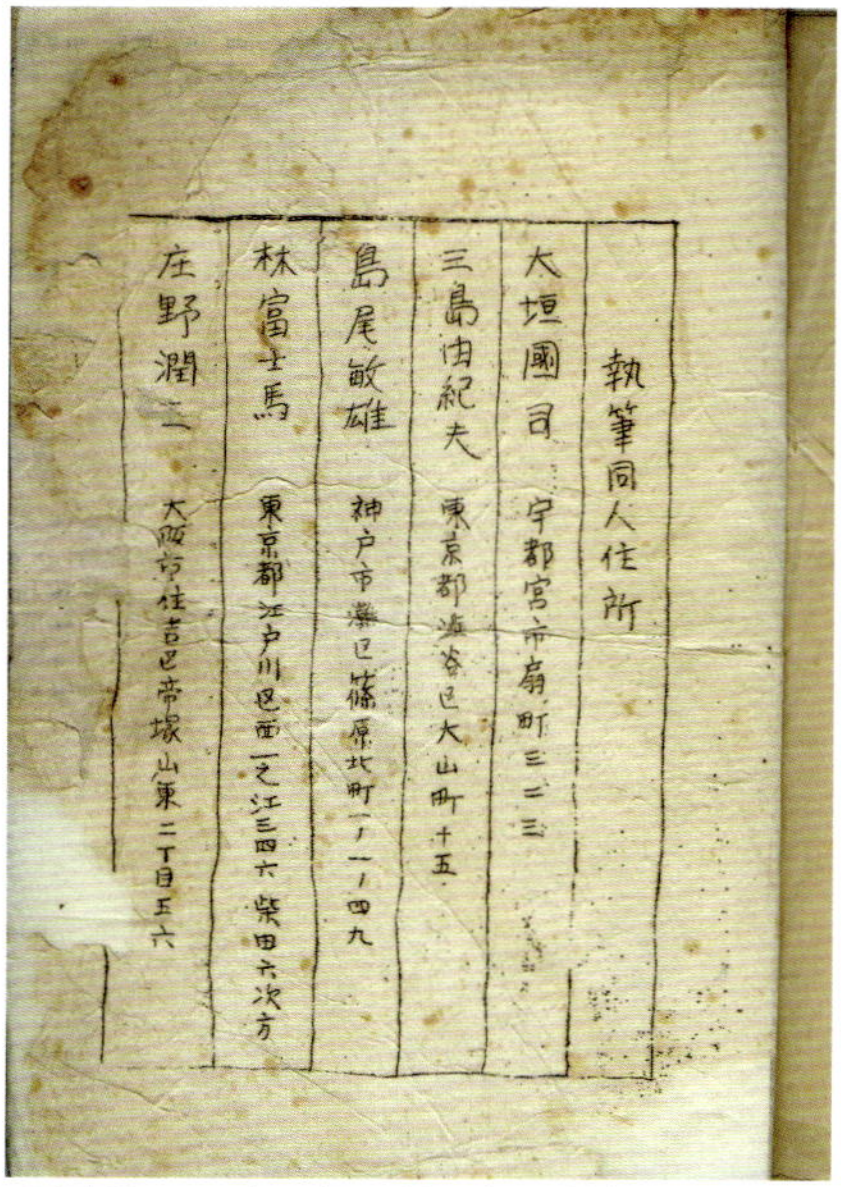

執筆同人住所
大垣國司　宇都宮市扇町三二三
三島由紀夫　東京都澁谷区大山町十五
島尾敏雄　神戸市灘区篠原北町一ノ一ノ四九
林富士馬　東京都江戸川区西一之江三四六　柴田六次方
庄野潤二　大阪市住吉区帝塚山東二丁目五六

写真27ｇ　光　耀　第三輯　執筆同人住所

僕はこの手紙を活字にしてをきたかったのである」と記している。

「編輯私記」には「追記」があり、「一層個人雑誌みたいになって了ひましたが、今ではこの結果を弁護しないで、寧ろ鶴岡の生活の記念にこの一冊を抱いて僕はここを去ります。（略）編輯記の組方が予想と違って、又余白が出来た。さすがに編輯記偏執妄者の僕も驚ろいた（略）」と記している。

「苑生」第六号（写真5）の「苑生通信」には「会員林富士馬氏編輯文學冊子『光耀』第二輯は目下發賣中」とある。

光耀第三輯（写真27ａ、ｂ、ｃ、ｄ、ｅ、ｆ、ｇ）は、昭和22年8月発行の純文学同人雑誌である。目次には、

「艶笑詩集『化粧と衣装』自敍……………林富士馬
脳病院にての雪景色……………………大垣国司
居眠り王様………………………………庄野潤三

鴉……………………三島由紀夫
夢中市街……………島尾敏雄
六号記……………（林）」とある。

林氏は「これは六号記と題しましたが、勿論、六号記のためといふより、島尾君宛ての手紙であります」そして、「（略）木の箱の底に、手紙の束と共に放り込んでゐた『光耀』三輯の原稿類をそっくりお送り致します。どうかそちらで陽の目をみせて下さい。（略）編輯其他一切そちらにお任せ致します。おあづかりした原稿と自分のだけをお送り致しました。どうか頑張って下さい」と記している。林氏の「六号記」に続けて島尾敏雄は「何ともむしゃくしゃしてゐた日々と時の流れの中で急に自分の醜悪な文字で謄写してみようと（それで僕の精神に集中といふ現象が起ったらもうけもんだ）八月のはじめの三日間をつぶして、御覧のようなものを仕上げました。（略）一応かうして二十冊の複写本が出来たわけであります。紙がないこと（といふのは智慧足らずで物の循環にあき盲だといふことに他ならず）で『二十』といふバビロンの泥章のやうな数字をえらんだ天邪鬼振りを、同人諸兄よ！御寛容下さい。之はただ原本の複製で、いずれ活版にて陽の眼を見るまでの、私一個の鬱屈の何々の変形といふものであるのかも……八月三日午后五時三十分。（シマオ）」と記している。「執筆同人住所」（写真27g）として「大垣国司、三島由紀夫、島尾敏雄、林富士馬、庄野潤三」の住所の記載がある。

伊東静雄全集

徴兵検査のため西下し、兵庫で徴兵検査を受けた三島氏は、昭和19年5月22日、伊東静雄を訪問した。

帰京した三島氏は清水文雄に、「検査は第二乙でございました。伊東静雄氏にお目にかかり、星暗き夜を詩談に時をすごしました。生粋のロマンティストでゐられると思ひました。日本浪漫派の権化のやうな方だと思ひました[7]」（昭和19年5月27日）と報告している。

伊東静雄は上京時、林氏の家を定宿としていた。三島氏はよく林氏のところに遊びに来ていたので、林氏のところで伊東静雄と会うことがあった。三島氏は伊東静雄に会うのを楽しみにしていた。林氏は、「三島由紀夫が伊東静雄に会ったのは、三島氏が徴兵検査のため西下した時だけでなく、伊東氏が上京した時も、私の家で一緒になったりしている[21]」と記載している。

ところが、伊東静雄は上京すると東京駅から林氏宅へ電話をかけて来て、三島氏が来ていると知ると「時間をつぶして行くから帰しておいてくれ」と言うようになった。

伊東静雄没後、日記の公開は、「伊東静雄全集・全一巻」（昭和36年2月、人文書院）による。林氏は、「私がひそかにおそれていたように、たまたま三島氏が既に有名な存在であった故に、その日記のなかの『昭和十九年五月二十二日、学校に三時頃平岡（三島由紀夫君の本名は平岡公威といった）来る。夕食を出す。俗人』というところ、おなじく『二十八日、平岡から手紙、面白くない。背のびした無理な文章』というようなところが、多くの人にすぐに注目された。私は自分のこととして、それを読んだ時の三島君の悲しみを想像した[21]」と記している。

昭和41年11月の「新潮[22]」で愛誦詩を一篇選ぶ企画があった。三島氏は、伊東静雄の詩「燕」を選んで、「（略）伊東静雄の詩は、俺の心の中で、ひどくいらいらさせる美しさを保ってゐる。あの人は愚かな人だった。生きのびた者の特権で言はせてもらふが、あの人は一個の小人物だった。それでゐて飛切りの詩人だった。詩人といふ存在は何と厄介なのだろう。人生でちょっと出会っただけでも、あんな赤むけした裸の魂が、それなりに世俗に揉まれながら、生きてゐたという感じが耐えがたい気がする。詩人などといふ人間がこの世にゐなかったら、どんなに俺たちは、心を痛めることが少なくてすむだろう。

何か俺たちの見たくない不愉快な真実といふものがこの世にはある。しかも不愉快な真実が、もっとも美しい一行に結晶しているやうな詩を見るのは辛い。それでちっとも俺たちの不愉快は救はれはしない。美しい詩句になって、そいつは却って一そう深く俺たちの心に突き刺さって残るのだ。何のための記念碑ぞ。（略）

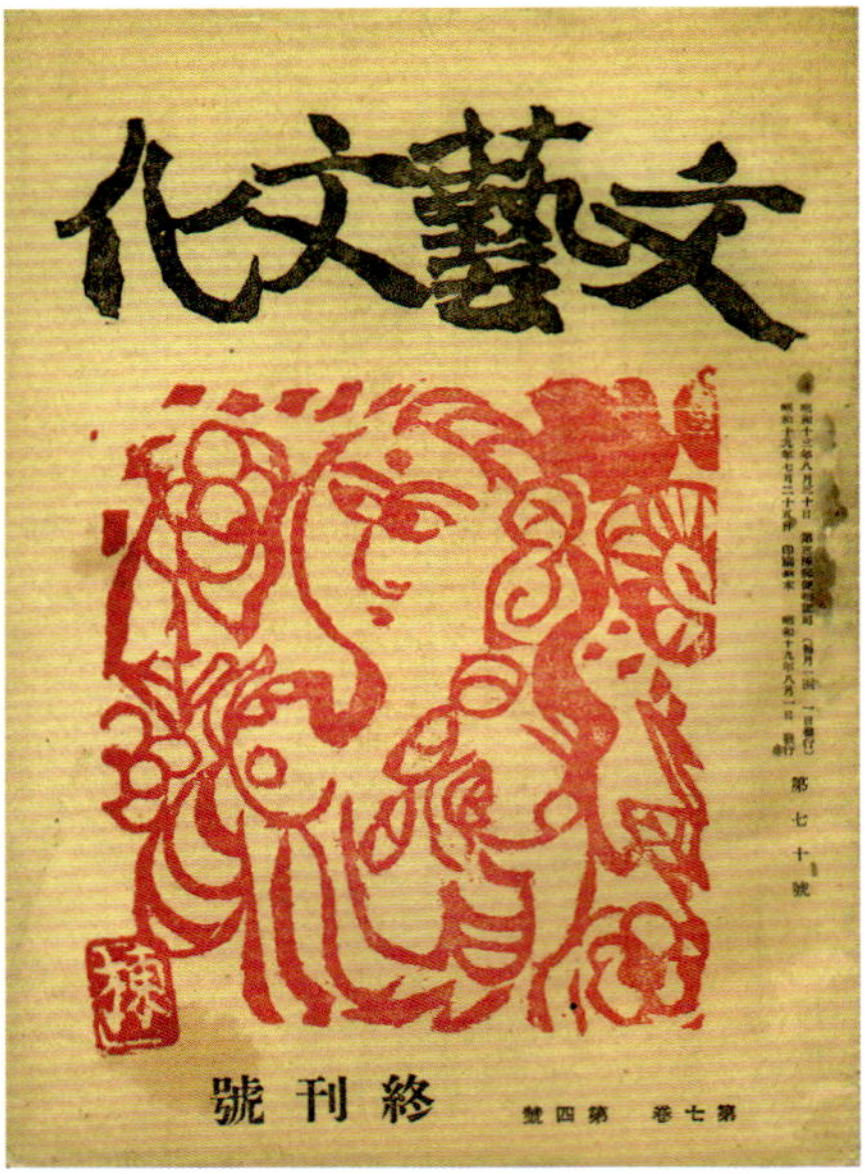

写真28ａ　文藝文化　終刊号　昭和19年８月

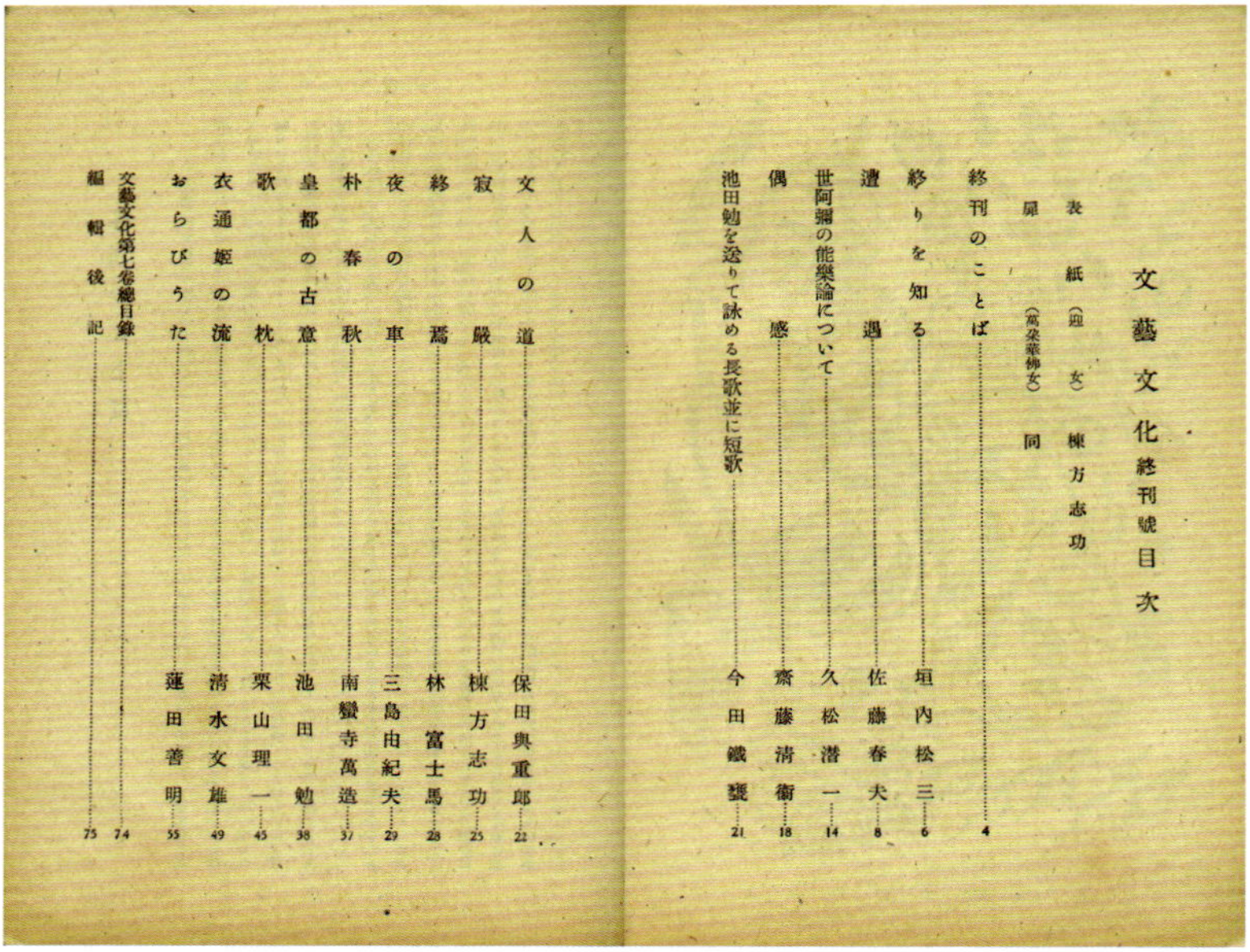
文藝文化終刊號目次

写真28ｂ　文藝文化　終刊号　目次

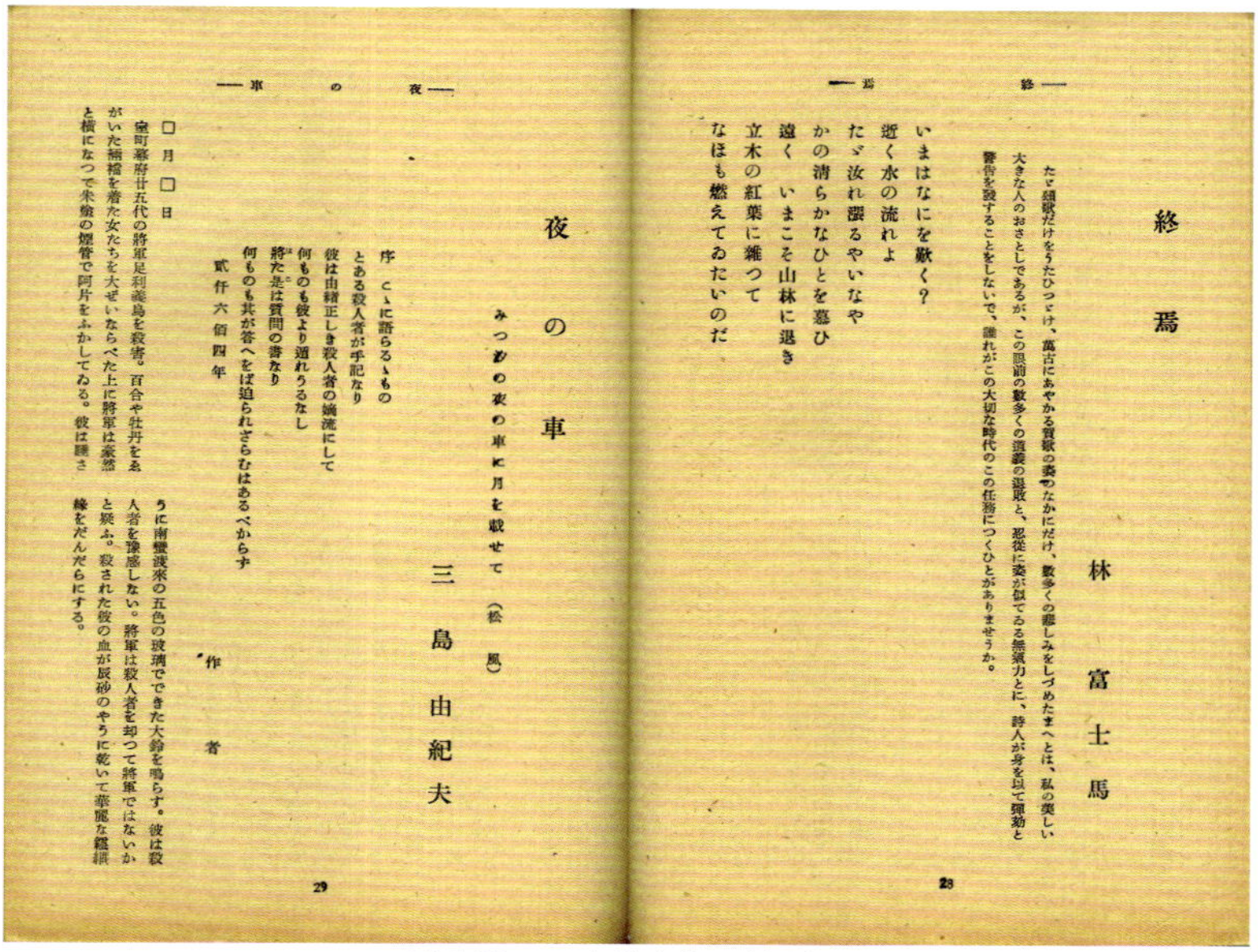

終焉

林富士馬

たゞ頌歌だけをうたひつゞけ、萬古にあやかる賀歌の委つなかにだけ、數多くの悲しみをしづめたまへとは、私の奚しい大きな人のおさとしであるが、この眼前の數多くの頽廢の退敗と、忍從に委が似てゐる無氣力とに、詩人が身を以て彈劾と警告を發することをしないで、誰れがこの大切な時代のこの任務につくひとがありませうか。

いまはなにを歎く？
逝く水の流れよ
たゞ汝れ讃るやいなや
かの淸らかなひとを慕ひ
遠く　いまこそ山林に退き
立木の紅葉に雜つて
なほも燃えてゐたいのだ

28

夜の車

みつわの夜の車に月を載せて（松風）

三島由紀夫

序　こゝに語らるゝもの
とある殺人者が手記なり
彼は由緖正しき殺人者の嫡流にして
何ものも彼より逃れうるなし
將た是は質問の書なり
何ものも其が答へをば迫られざらむはあるべからず
貳仟六佰四年
作者

□月□日
室町幕府廿五代の將軍足利義島を殺害。百合や牡丹をゑがいた襠襠を着た女たちを大ぜいならべた上に將軍は豪然と横になつて朱塗の煙管で阿片をふかしてゐる。彼は鵬さうに南蠻渡來の五色の玻璃でできた大鈴を鳴らす。彼は殺人者を豫感しない。將軍は殺人者を却つて將軍ではないかと疑ふ。殺された彼の血が辰砂のやうに乾いて華麗な襤褸をだんだらにする。

29

写真28ｃ　文藝文化　終刊号

俺が声のかぎりに呼んだ場所であの人は冷笑を浮べて黙っゐた。俺が切実に口をつぐんでゐた時に、あの人は言ってはならない言葉を言った。あの人の詩句は、いつもそんな塩梅のものに俺に思はれる。そんな詩句がこれほど美しいのは、殆んど許し難いことだ（略）[22]」と記している。

これを読んで林氏は、「自分は嫌な悲しい思いをして、それでも伊東静雄のことを敬愛し、しっかりした評論を書いて見せた三島君は立派だった」と評した。

三島由紀夫展

昭和45年11月12日から17日まで、池袋の東武百貨店で三島由紀夫展が開催された。林氏は展覧会の最終日に閲覧した。三島氏の作品と林氏の作品が並んで展示されているものもあった。林氏は「いろんなものが、（略）陳列してあった。『文芸文化』（略）の終刊号（写真28ａ、ｂ）が、ガラス・ケースのなかに、見ひらきにして飾ってあるのに気付いた。

その見ひらきの左の方は、三島君の『夜の車』という作品の書き出しになっているが、右の方の一頁は、私の『終焉』という詩になっているのだった（写真28ｃ）[5]」と記している。林氏は、「三島君は気がついたかわからないが、三田文学にも三島君と並んで出たことがあるんです」と言った。

昭和30年5月号の三田文学（写真29ａ、ｂ、ｃ、ｄ）には、三島氏の「熊野」が掲載されている。目次を見ると三島氏の隣に藤沼逸志（ふじぬま　はやし）の「グトネ」がある。藤沼逸志はこの時、林馬氏が使用したペンネームであった。「グトネ」は林富士馬作品集「鴛鴦行」[15]（写真30）に収録されている。

写真29ａ　三田文学　表紙

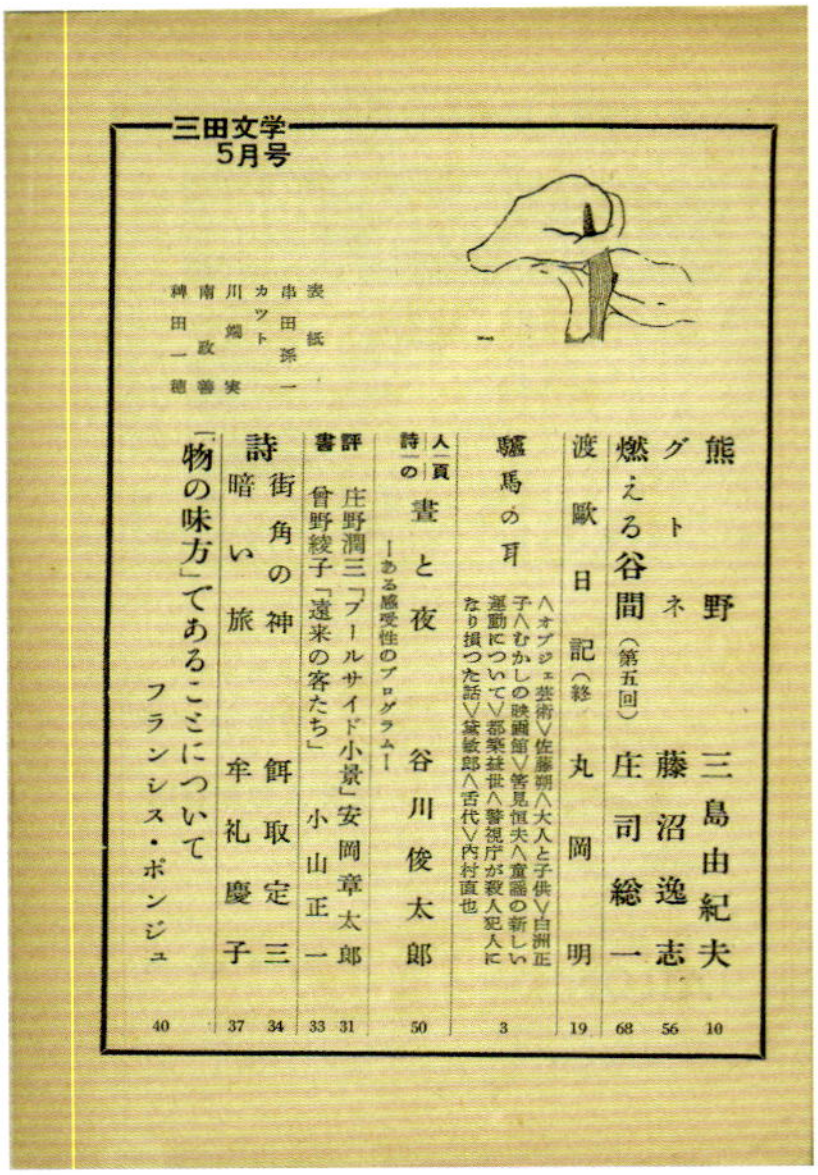
三田文学
5月号

表紙 串田孫一
カット 川端実
南政善
神田一穂

熊野　三島由紀夫　10
グトネ　藤沼逸志　56
燃える谷間（第五回）　庄司総一　68
渡欧日記（終　丸岡明　19
驢馬の耳　3
＜オブジェ芸術＞佐藤朔＜大人と子供＞白洲正子＜むかしの映画館＞筈見恒夫＜童謡の新しい運動について＞都築益世＜警視庁が殺人犯人になり損つた話＞鍈敏郎＜舌代＞内村直也
人頁詩の一　昼と夜―ある感受性のプログラム―　谷川俊太郎　50
書評　庄野潤三「プールサイド小景」安岡章太郎　31
曾野綾子「遠来の客たち」小山正一　33
詩　街角の神　餌取定三　34
暗い旅　牟礼慶子　37
「物の味方」であることについて　フランシス・ポンジュ　40

写真29ｂ　三田文学　目次

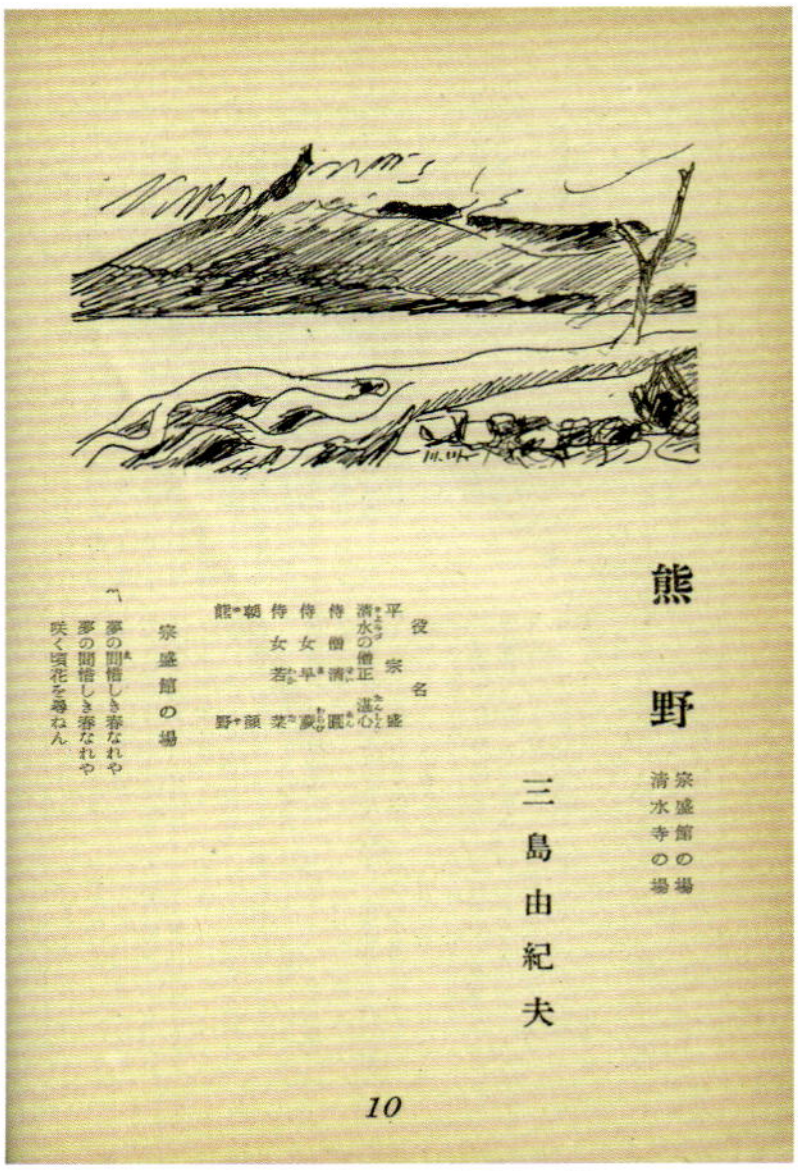
熊野
宗盛館の場
清水寺の場
三島由紀夫

役名
平宗盛
清水の僧正湛心
侍僧清閑
侍女早蕨
侍女若菜
朝顔
熊野

宗盛館の場

〽夢の間惜しき春なれや
夢の間惜しき春なれや
咲く頃花を尋ねん

10

写真29ｃ　三田文学　熊野

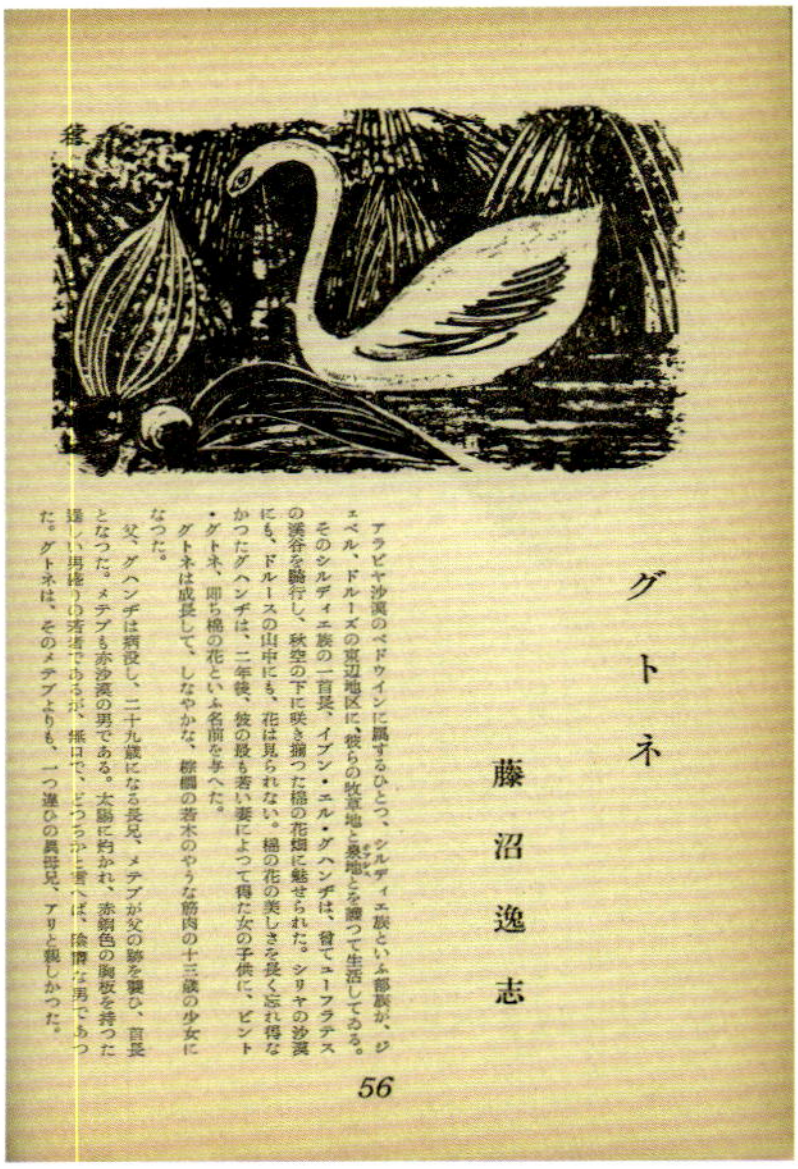
グトネ
藤沼逸志

アラビヤ沙漠のベドウインに属するひとつ、シルディエ族といふ部族が、ジエベル、ドルーズの東辺地区に、彼らの牧草地と泉地とを護つて生活してゐる。そのシルディエ族の一首長、イブン・エル・グハンヂは、曾てユーフラテスの渓谷を騎行し、秋空の下に咲き揃つた棉の花畑に魅せられた。シリヤの沙漠にも、ドルースの山中にも、花は見られない。棉の花の美しさを長く忘れ得なかつたグハンヂは、二年後、彼の最も若い妻によつて得た女の子供に、ビント・グトネ、即ち棉の花といふ名前を与へた。

グトネは成長して、しなやかな、棕櫚の若木のやうな筋肉の十三歳の少女になつた。

父、グハンヂは病没し、二十九歳になる長兄、メテブが父の跡を襲ひ、首長となつた。メテブも赤沙漠の男である。太陽に灼かれ、赤銅色の胸板を持つた逞しい男振りの若者であるが、某はで、どうかと言へば、陰欝な男であつた。グトネは、そのメテブよりも、一つ違ひの異母兄、アリと親しかつた。

56

写真29ｄ　三田文学　グトネ

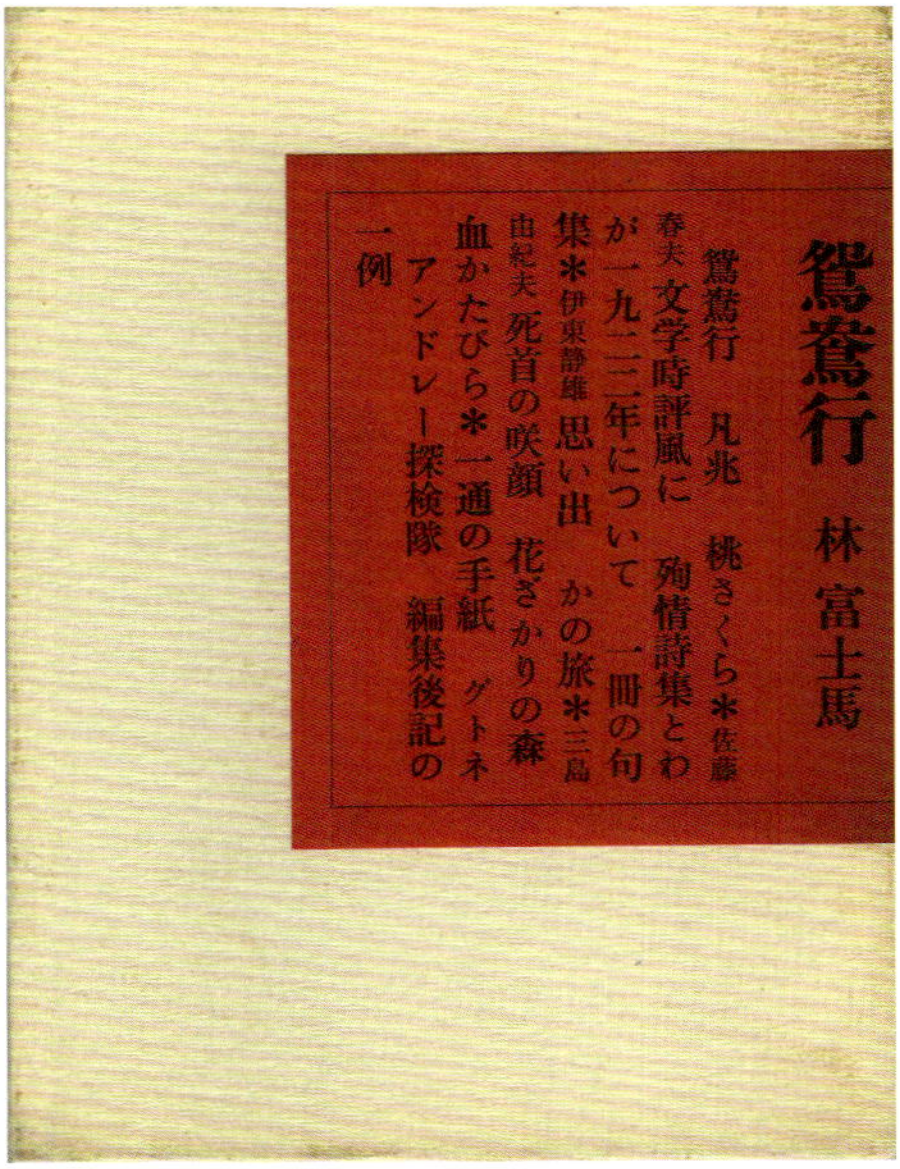

写真30 鴛鴦行（昭和46年７月）

三島由紀夫と林富士馬

三島氏は、「戦争中の日本浪漫派とのつながり」について「当時二本の糸が、私を浪漫派につないでいた。一本の糸は、学習院の恩師、清水文雄先生であり、もう一本の糸は、詩人の林富士馬氏であった[1]」と記している。

林氏は、三島氏と知り合ってからの出来事を「これらのことは全て、私にとっては忘れがたい、懐しい思い出ではあるが、三島氏にとってはひとつの過程に過ぎなかった。三島氏にはもっと大切な、重要な幾つかの任務と責務があったようだ[23]」と記している。また、「三島氏は『仮面の告白』を書き上げた頃から『林さんから吸収するものは吸収しつくした』といって、どちらかといえば、私を避けた[21]」とも記している。

三島氏は清水文雄宛の書簡に「林氏との満一年のお附合で、大きな収穫が二つあります。一つは『小説を書くといふのは汚ないことだ』といふ林氏の持論が僕流にはっきりわかったことです。一つは芸術家は長生きをしなければダメである、といふ定理です。この二つは身にしみてよくわかりました。林氏から得た大きな教訓だと思ってゐます[7]」（昭和20年1月8日）と記している。三島氏が、「芸術家は長生きをしなければダメである」ということを「林氏から得た大きな教訓」とし「定理」と規定していることに注目したい。

林氏が最後に三島氏と逢ったのは、昭和44年10月25日に荻窪の料亭桃山で行われた蓮田善明の二十五回忌の集りであった。林氏は「遅れて駆けつけた三島君は、（略）さかんにはなしかけて来て、久し振りに、この多忙な人と、おしゃべりをした。（略）私達が戦争中、空襲のあいまをくぐり、燈火管制のなかを、栗山理一氏の世田谷大蔵のお宅の読書会にせっせと行ったことなど、思い出して、しきりにはなしかけてきた[5]」と記している。さらに、「三島君の文学を一口に云うと、明治、大正、昭和の三代の近代日本文学にあって、はじめての意識された世界的作家であったことではあるまいか。（略）それは、その世界的作家としての気宇について云えば、その処女短編集『花ざかりの森』の後記に、少年らしい気負いで、『そして、戦後の世界に於て、世界各国人が詩歌をいうとき、古今和歌集の尺度なしには語りえぬ時代がくることを、それらを私は評論としてではなく文学として物語ってゆきたい』と既に決意している[5]」と記している。

林氏は三島氏を「彼は決して、器用な人でも器用な作家でもなかった。人の知らぬ屈辱のなかで、愚痴を言わずに、ひとりでたたかい続けた、刻苦勉励の一生であったと思う(23)」と記している。

註1　三島由紀夫：私の遍歴時代。講談社、１９６４
2　三島由紀夫：跋に代へて。花ざかりの森、七丈書院、１９４４
3　富士正晴：三島由紀夫の追憶。ポリタイヤ、皆美社、１９７３
4　富士正晴：「花ざかりの森」ころ。紙魚の退屈、人文書院、１９７２
5　林富士馬：死首の咲顔。諸君二月号、１９７１
6　三島由紀夫：東文彦宛書簡。決定版三島由紀夫全集第38巻、新潮社、２００４
7　三島由紀夫：清水文雄宛書簡。決定版三島由紀夫全集第38巻、新潮社、２００４
8　三島由紀夫：富士正晴宛書簡。決定版三島由紀夫全集第38巻、新潮社、２００４
9　林富士馬：「千歳の杖」自注。まほろば十二月号、まほろば発行所、１９４４
10　新潮日本文学アルバム20三島由紀夫、新潮社、１９８３
11　三島由紀夫：あとがき、花ざかりの森。三島由紀夫短編全集1、講談社、１９６５
12　林富士馬：「花ざかりの森」。新潮・臨時増刊三島由紀夫特集号、１９７１
13　回覧学芸冊子・曼荼羅・昭和乙酉開春刊行、曼荼羅発行所、１９４５
14　回覧学芸冊子・ＭＡＮＤＡＲＡ・曼荼羅草稿№.4、鶴岡市蔵版、１９４５
15　林富士馬：鴛鴦行。皆美社、１９７１
16　三島由紀夫：三谷信宛書簡。決定版三島由紀夫全集第38巻、新潮社、２００４
17　庄野潤三：編輯後記。光耀第一輯、光耀発行所、１９４６
18　三島由紀夫：東菊枝宛書簡。決定版三島由紀夫全集第38巻、新潮社、２００４
19　三島由紀夫：野田宇太郎宛書簡。決定版三島由紀夫全集第38巻、新潮社、２００４
20　林富士馬：血かたびら。文学界二月号、１９７１
21　林富士馬・富士正晴：苛烈な夢、社会思想社、１９７２
22　三島由紀夫：伊東静雄の詩、新潮十一月号、１９６６
23　林富士馬：懐かしい詩人たち⑩。イロニア、新学社、１９９５

書評

富岡幸一郎著『最後の思想　三島由紀夫と吉本隆明』

佐藤秀明

大正十三年（一九二四年）十一月二十五日生まれの吉本隆明と、翌年の一月十四日生まれの三島由紀夫は、学齢が同じである（吉本の誕生日が三島の命日となる因縁話は、この際どうでもよい）。昭和六年にともに小学校に入学し、満二十歳で終戦を迎え、昭和二十二年に吉本は東京工業大学を、三島は東大法学部を卒業した。共通の友人に奥野健男がいたが、吉本は二度三島を見かけたことがあるだけで、話したことはなかったという。しかし吉本隆明は、三島の自死に鋭く反応した一人だった。主宰する雑誌「試行」三十二号（71・2）に掲載した「情況への発言――暫定的メモ」は、全文三島について書かれたものだ。末尾に「（45・11・25―46・1・13）」と日付の入った断片的な文章の集積だが、それだけに生々しい、しかも吉本が自分の足場を見つめつつ書いたものだということが伝わってくる文章である。

ここで吉本は、三島の自決が「〈おまえはなにをしてきたのか！〉と迫るだけの力をわたしに対してもっている」と書いた。吉本が自身の内に響かせた問いの形を取ったこの恫喝に、自ら怯んでいたとは思われない。「〈おまえはなにをしてきたのか！〉」とは、吉本の自負から生まれた問いではないのか。「〈どこまで本気なのかね〉」という死んだ三島への問いも、吉本のこの時点での到達点からの問いであろう。吉本の自負の背景にある到達点とは何か。『最後の思想　三島由紀夫と吉本隆明』の著者富岡幸一郎氏がその巻頭論文「最後の思想」で示したように、それは論理的に突き詰めた「天皇」観であるにちがいない。

三島由紀夫と吉本隆明を等分に見て論じられる人はそういない。氏の論述は「思想」の内容だけでなく、「思想」の在り方をも問うことになる。それは何と知的でスリリングな追究であろう。観念を整理する力、知が「信仰」にまで及ぶのを追跡する力、生活世界を超えた観念的時空を捉える力が存分に発揮されている。「「思想」とは何か。それは簡潔にいえば、資本の論理すなわち金銭的かつ物質的に豊かな社会が実現すればそれでよいという生活主義にたいする「否」であり、人間が生きて死ぬというその自然過程にたいして、それを超えようとする思考と言語の冒険である」――まことに明快で踏み込みのいい定義ではないか。

吉本隆明の天皇観が最もまとまって表れているのは『共同幻想論』だ。天皇も国家も法も「幻想」だと論破した吉本は、日本人なるものが「数十万年前」から存在したことを思えば、「〈天皇制〉統一国家の歴史は、千数百年にしかすぎません」（『どこに思想の根拠をおくか』）と述べ、天皇制の価値を限りなく相対化したのである。三島の言う〝日本〟〝優雅〟〝美〟が、「〈古代朝鮮的なもの〉」で、〝武〟も「わい小化された〈古典中国的なもの〉」だという断定（「情況への発言」）も、文化の時間的径間を極大に取ることで、その価値を解体してしまう論法から出ている。「〈どこまで本気なのかね〉という問いはそこから生まれ、〈おまえはなにをしてきたのか！〉という恫喝にも、天皇制が「幻想」だと喝破した経験があらかじめ据えられていたのだと思われる。

しかし、三島は長大なスパンを採る思考方法や深層意識を探る方法を認めなかった（『日本文学小史』）。それは「底辺の国際主義」で「文化以前の深み」だと言うのである。富岡氏に教えられたのは、三島の否定は、「民俗学的方法や精神分析学的方法」による『共同幻想論』を念頭に置いていたということだ。三島は、古林尚との対談で、同書を「筆者の意図とは逆な意味で非常におもしろく読んだ」と語っており、柳田国男やフロイトを用いた『共同幻想論』を批判軸として自己の文化観を展開したということになる。両者とも天皇制を巡るイデオロギーが先行した議論にも見えるが、富岡氏の思索はこの分岐点からさらに深まる。

それというのも氏はまた、「〈文武両道〉、〈男の涙〉、〈天皇陛下万歳〉等々」の観念に収斂した三島に対する吉本の発言にも注目するからだ。吉本は、「三島由紀夫の死は、人間の観念の作用がどこまでも退化することの恐ろしさを、あらためてまざまざと視せつけた。これはひとごとではない」と述べた。確かに三島は紋切り型の観念に惹かれ、感情のクリシェに複雑さを撓めた人で、それを「ひとごとではない」として「愕然と」した吉本隆明は、時代錯誤の紋切り型をせせら笑った冷笑派にはない独特の知識人観を持っていた。三島が、『太陽と鉄』で告白したように「集団」への融合に人間的な歓びを見出しのに対し、「大衆の原象」を常に視野に入れていた吉本も、「ひとごと」ではなく三島に接近する心性を持っていたのである。だが、接近や共通性は差異と隣り合わせでもある。「人間の観念」の「退化」は、三島の場合、「空想的」に死を目指す（吉本隆明）ことから生じた思想上の問題である。吉本はその「空想的」な死と一線を画す。

その差異を決定づけたのは、富岡氏によれば「果てまで歩いていった思想」である。昨年の十月、山中湖のレイクサロンで富岡氏の講演を聴いた翌日、松本徹氏と食事をしながら、あの話は三島が絶賛したヤクザ映画の「総長賭博」だという一席をブッたのを思い出す。任侠道を信じて行動するのが主演の鶴田浩二だが、佐藤忠男が言うように任侠道など東映の映画館以外にどこにも存在しないのである。鶴田浩二に自己投影したのが三島で、佐藤忠男の批評に重なるのが吉本だという見立てであるが、本書の論旨はそこにとどまらなかった。富岡氏は埴谷雄高や井上良雄を召喚し、井上良雄の思想の背景として原理主義的なキリスト教観を持つブルームハルトやカール・バルトまでをも配したのだ。「果てまで歩いていった思想」において三島は一神教的神学に近い思考をし、吉本は「絶対者」への理解を拒否したというのである。そして『死霊』の第五章までで地上の論理と触れ合わない観念世界を構築した埴谷も、徹底した論理で「思想」の在り方を追究した吉本も、ブルームハルトやカール・バルトと比較すると、後には「変質」したと言わざるをえないという厳しい評価に行き着く。

一貫して「思想」の在り方を論じた富岡氏は、このように現実に根ざすことのない「思想」の強度を見ている。そうすることが、三島の死の記憶を、現在にも意味あるものとして残す所以を示すことになると訴えているようにも思われた。

（二〇一二年一一月、アーツアンドクラフツ　二〇六頁、本体二、二〇〇円＋税）

書評

山内由紀人著

『三島由紀夫、左手に映画』

山中剛史

「三島由紀夫と映画」といった場合、たいていは「からっ風野郎」や「憂国」における俳優経験や原作と対比することで浮かび上がる映像化の意味などが問われてきた。作家三島が主体的に関わりそれがその文学にも大きな影響をもたらしたという点でこの二つの映画の持つ意味は決して小さくない。が、そうした意味を持つ作品が特筆されることで後景化してしまったのが、昭和三十年前後に活発になされた三島の映画批評活動である。その批評は、今改めて見るとさながら戦後映画史そのものといってよく、首尾一貫して独自の論理に貫かれたそれは、三島における娯楽と芸術の意味、また文学と映画という異ジャンル間に注がれる三島の視線を考えるにあたって今なお喚起力に富んでいる。

映画に「娯楽」を求めた三島が、何故に晩年「忘我」を求めるようになったのかという問いから発して、改めて三島の映画批評に注目し、それらを読み解きながら、それが三島文学、ひいては三島自身の変化と有機的に関係していたことを、三島の映画出演やヤクザ映画への共感なども含めて余すところなく論じたのが本書である。

三島が初めて見た昭和六年の「スキピイ」から、最後に見たであろう死の二ヶ月前公開の「昭和残侠伝死んで貰います」まで、三島が言及する映画、監督、俳優にいたるまで目端の利いたバランスでまとめ、三島における映画という問題圏にある事象に一つ一つ向き合いながら、しかしなお本書が三五〇頁を超えるボリュームのある本となったのには理由がある。本書のタイトルは、映画「憂国」時のインタビューでの三島発言、〈ボクの映画について知ってもらいたいのは、ボクが右手で小説を書き、左手で映画をつくったということだ。つまり出どころは同じ心臓であって小説も映画も同じだということだ〉を元にしているのだが、著者山内氏は、三島にとって文学が本業で映画がただの片手間仕事であったわけでは決してなく、映画が文学とは全く異なるジャンルであるがゆえに、映画とその方法論を突きとめる批評的視線こそが文学というジャンルの限界と可能性をも照り返し、三島文学の方法論に豊かな結果をもたらしたことを示唆する。そして、三島が自己改造を経て映画出演したことの意味を問いながら、映画「憂国」以降その意味自体が三島の中でどう変化していったのかを論じて、いわば、三島の生涯において映画は文学と不可分の意味をすら担っていたのだということを本書全体から浮かび上がらせようと試みる。つまり、ただ「三島と映画」を論じるのではなく、映画という角度から三島文学の本質に迫ろうとするがこそのボリュームなのである。

本書は全十二章からなり、おおよそ次のような三部構成になっている。まず一章から五章が、主に洋画を中心とする昭和三十五年までの三島の映画批評を取り上げ、そこに首尾一貫した映画観を改めて確認した上で、脚本や演出、俳優はもちろん更には音楽やフィルムサイズまで念頭に置いた三島の批評を検証していき、改めて三島が映画に求めていた娯楽の意味や、俳優へ投影される憧憬の質などが明らかにされていく。著者は、感性よりも論理で映画を捉えるのが三島の映画批評だとし、文化的歴史的パースペクティブから作品へ鋭く切り込む三島の視線は、小説家として戦後という時代をどう考えるのかという意識によって支えられていると指摘する。

次に六章から八章までが、自作を原作とした映画化をめぐっての問題、すなわちそこから必然的に派生する映画と文学それぞれの可能性と限界について三島がどう考えていたのかが検証されていく。著者は（「宴のあと」等映画化出来ずに終わったものも含み）三島原作映画を一つ一つ取り上げジャンル間のアダプテーションによって浮き彫りにされる芸術性と娯楽性の二律背反を論じると共に、一方で三島がアンドレ・カイヤットとの対談で問題化した映画と文学におけるイメージの差異、小説の描写につながるその問題を追いかけ、映画が、三島の文学論、その方法論にどういった影響を与えたのかを、石原慎太郎の活躍やコクトーの映画作品に対する三島の反応を見据えつつ焙り出していく。

とりわけ、三島によるコクトー映画の古典を下敷きにした作品に対する批評に、三島が単なる古典の再生すなわち「古典の現代化」ではなく「現代の伝説化」を読んだのであり、そこにこそ戦後三島が小説を書くことの意味を見出し、コクトーの影響下において「仮面の告白」が執筆された経緯を論じていく箇所は、文学的方法論に映画がどのようにして影響を及ぼしたかを語って著者の筆致はスリリングでさえある。

そして九章から十二章にかけては、映画俳優としての三島を論じるもので、実に丹念に新聞、週刊誌記事から出演の経緯と当時の社会的反応を引き出し織り交ぜながら、「からっ風野郎」「人斬り」「憂国」という出演作と、三島が出演したこと自体の意味が問われ、それぞれにおいて出演の意味が変化していったことが明らかにされていく。

著者は、肉体的コンプレックスをボディビルで解消した三島が、〈小説という仮面の下にある肉体〉を〈映画という仮面によって表現すること〉すなわち自己のオブジェ化という欲望に駆られ、「からっ風野郎」に出演するも失敗したのは、映画俳優がオブジェなのではなく、肉体がオブジェであったからなのであり、それが動画の中ではなく静止画である写真（「薔薇刑」）でこそ可能であったと論じつつ、更には昭和四十年以降になってようやく自己の肉体を美として表現できるようになった三島と、その〈思想的な日本回帰〉が軌を一にしていたと指摘する。その上で、「林房雄論」を根拠として、三島が〝行動の人〟へと変化していったという著者の基本的な視点から、従来あまり三島研究で顧みられることのなかった「人斬り」を、〈肉体、思想、美学といったあらゆる要素の、三島の表現の総体〉として位置づける。

本書は映画という問題圏から三島を論じておそらく比類なく、改めて三島と映画の関係に目を開かせてくれたが、だからこそ著者には更に突っ込んだ考察、例えば、三島のミュージカル映画への視線が当時の劇作にどう影響したのか、また、三島のオブジェ化が成功した「薔薇刑」と以後マスコミで繰り返される写真によるパフォーマンスの意味づけなども聞いてみたかった。

（平成二十四年十一月、河出書房新社　三五四頁、本体二、四〇〇円＋税）

書評

ジェニフェール・ルシュール著『ガリマール新評伝シリーズ　三島由紀夫』

有元伸子

フランスの老舗出版社ガリマールが刊行したペーパーバック版の三島由紀夫評伝が翻訳された。筆者のジェニフェール・ルシュールは、パティ・スミスの評伝によってゴンクール賞評論部門を受賞した気鋭の女性ジャーナリストである。フランス語や英語の文献に依りながら、三島の生涯と主要な作品を明晰にまとめている。

ルシュールが大きく依拠しているのは、ジョン・ネイスン『三島由紀夫　ある評伝』と、ヘンリー・スコット・ストークス『三島由紀夫　死と真実』の二冊。いずれも一九七四年に刊行された、英語による三島評伝である。ベースに採用されているのはネイスンの評伝で、三島の決起時の説明や作品分析などに適宜ストークス論が挿入されている。種本の二冊から大きくはみ出るようなオリジナルな指摘や作品解釈がなされているわけではないのだが、にもかかわらず、本書には十二分に読むべき価値がある。やや厚手のコンパクトな新書判ながら、三島の生涯がくっきりと浮かび上がり、入門書としてはもちろん、ある程度の知識を持った者にとっても自身の三島観の偏差を再確認するのに有効なのだ。

三島由紀夫はきわめて個性的で多面的な活躍を行い、強烈な死を迎え、切り口によっていかようにも解釈できる存在だ。日本での研究や評伝は、そうした多面的な三島をいかに統一体として提示しうるか、論者たちが自らの視点の独自性を競う歴史であったように思える。ネイスンやストークスも三島と交友があり、評伝にはそれぞれが見た三島の姿が示され、著者の関心に添って扱う時期にも濃淡がある。だが、このような記述者の視点が顕わになることをわずらわしく感じ、もっとニュートラルな評伝を欲する読者もいるだろう。

ルシュールの評伝には、記述者の「私」がほとんど露出しない。二つの種本に存在していた、個性でもあるが雑味でもある部分はきれいに濾過され、プロローグとエピローグにはさまれる形で、三島の生涯は、「ねじれた生い立ち」から「市ヶ谷の悲劇」までの十六の章に見事に整理される。家族、日常生活、社交、小説、演劇、映画、写真、西洋との関係、思想、……およそ三島に関する事柄が網羅され、時間軸に沿いながら、モチーフごとに的確に納められ、叙述されていく。なぜいまフランスで三島の評伝が出版されるのだろうか、といった読者の脳裏に浮かぶ疑問には応えていないが、しかしながら、このバランスとまとまりの良さは貴重である。

もちろん、本書ならではの指摘もある。例えば一九六〇年にパリのガリマール社で「O嬢の物語」の作者ポーリーヌ・レアージュ（ドミニク・オーリー）と対話したことや、パリでの三島の様子、翌年にフランス人ジャーナリストのインタビューを受けてテレビ放映された内容などである。また、「肉体の学校」や「音楽」を「「フェミニスト的」な小説」だと評価している点なども興味深い。

だが、それ以上に、本書の最大の長所は、先述したように、多面的な三島の全体像を、あとうかぎりニュートラルに記述するバランスのよさにある。それは、ルシュールが、日本人ではなく、同時代人でもなく、さらに女性であることで、三重に三島から距離をとれる位置にあったからこそであろう。

加えて、この評伝が、優秀な若手ジャーナリストが要領よくまとめあげただけ、といった印象を与えず、日本の読者にとっても有意義な好著にしているのは、訳者の力が大い。鈴木雅生による日本語訳は、翻訳書に往々にして見られる生硬さが皆無で、美しく的確でわかりやすい。さらに、三島作品を十分に読み込み、日本の三島研究を学んだ跡が明瞭であり、きめ細かい配慮や丁寧な訳注が随所に施されている。引用される三島の発言の出典を注記したり、三島の英語による評論を日本に初紹介した研究者の翻訳を探し出して引用したりもする。また、より三島の意図が伝わるように、ネイスン本を自身で翻訳し直している箇所もある。

特に驚かされたのは、三島と太宰治の生涯一度きりの邂逅に関する本書の記述である。従来、二人の出会いは昭和二十二年一月だとされていたが、二〇〇五年に三島の「会計日記」が発見されたことによって、前月の昭和二十一年十二月のことだと確定された。ネイスン本・ストークス本ともに二十二年とし、ルシュールの仏語原著でも二十二年とされていた。だが、ルシュールの日本語訳の本書では、正しく二十一年十二月のこととして記述されている。訳者が、日本における近年の研究成果を反映して、修正したのだ。

また、写真の差し替えも大きい。ルシュールの原著では、十二葉の写真が本の中央部にまとめられているが、鎧兜姿の三島、衣冠束帯の昭和天皇、国芳の浮世絵など、エキゾチックでオリエンタルなものが目立つ。日本語版では、ほとんどの写真を差し替え、さらに三倍近くの枚数に増やし、各章の内容に適したものを選び直している。オーソドックスながら目配りのゆきとどいた写真が配され、読者の理解を助けるとともに、視覚的にも安心感を与える本に仕上がっている。

「余計なバイアスがかかっていない三島の実像」というのが本書の帯のコピーである。「実像」かどうかはさておき、「余計なバイアスがかかっていない」三島像の提示を目指していることは確かであろう。本書によってまずは三島由紀夫の全体像を把握した上で、各自が自身の三島像を見つけて色づけていけばよいのではないだろうか。

（鈴木雅生訳、二〇一二年一一月、祥伝社新書　三一六頁、本体八〇〇円＋税）

紹介

書評にかえて——三島関係書籍四冊

池野美穂

毎年、数多の三島由紀夫について書かれた本が出版される。どういうわけか、他の作家と比べると、三島本の冊数は断然多いようである。本来ならば、この「三島由紀夫研究」において書評として著すべきところを、諸事情により四冊、ここにまとめて紹介したい。

藤野博著『三島由紀夫と神格天皇』（二〇一二・六、勉誠出版）は、三島由紀夫と天皇という、避けて通ることのできない題材を論じた一冊である。藤野氏は、三島作品のなかから、その天皇観が表れているものをとりあげ、三島の人生と作品においての「天皇」の意味や重要性を論じようと試みている。『決定版　三島由紀夫全集』（新潮社、二〇〇〇〜二〇〇五）に収録された未発表の作品にも目を配っているなかで、「英霊の声」のもととなった「悪臣の歌」についての言及がなかったのは惜しまれる。「悪臣」が「英霊」に変わるまでのプロセスは、三島の天皇観を語る上で大きな問題であると思われる。そうしたところを、もう少し掘り下げて欲しかった。

田村景子著『三島由紀夫と能楽―『近代能楽集』、または堕地獄者のパラダイス』（二〇一二・一一、勉誠出版）は、田村氏の博士論文をまとめたもので、第一部ではそのタイトルどおり「近代における「能楽」の発見から三島由紀夫の能楽受容まで」を書き、第二部では『近代能楽集』の全作品について、詳細に論じている。三島自身によって『近代能楽集』から外された戯曲「源氏供養」についての〈『近代能楽集』全体の方法とテーマをあからさまに提示し、シリーズを終えるためにさしだされた「『近代能楽集』供養」とも呼ぶべき一曲〉という指摘は興味深く、新しい世代の『近代能楽集』論として象徴的な一冊といえるだろう。

林　進著『意志の美学　三島由紀夫とドイツ文学』（二〇一二・九、鳥影社）の著者は、『三島由紀夫とトーマス・マン』（一九九九、六、鳥影社）から更に論考を進め、ドイツ文学という大きな世界と三島の文学世界を論じている。自身もあとがきで触れているように、三島の、ドイツ文学の影響についてまとまって著されることは今までなかった。ドイツ文学研究者である氏だからこそ書くことのできた一冊だといえよう。

最後に、「若松孝二　11、25自決の日　三島由紀夫と若者たち」（二〇一二・六、游学社）は、若松孝二監督による同名タイトルの映画のムック本で、公開時にはパンフレットの代わりに劇場でも販売されていたものである。菅孝行、松本健一らによる寄稿と、本作で三島由紀夫役を熱演した井浦新へのインタビュー、若松孝二監督と宮台真司の対談などの他、巻末には完成台本もおさめられており、非常に充実した内容の一冊となっている。なお、映画公開後、若松監督は交通事故により亡くなった。一報では「交通事故に遭い、軽傷で入院」とのことだったため、亡くなられたと聞いてまさかと思ったのは私だけではあるまい。時に過激といわれながら、常に第一線で社会的問題を映画化していた監督が、「11、25自決の日　三島由紀夫と若者たち」を遺してくれたことに感謝し、また心からお悔やみを申し上げたい。

（白百合女子大学助教）

編集後記

三島由紀夫は恐ろしく早熟で、「十四、五歳のころが小生の黄金時代」と言い、「自己形成は十五、六（中略）少なくとも十九までに完了」と言い、自決一週間前の対談では、「私は十代の思想に立ちもどってしまつた」「今ではまったくおさえがきかなくて、どうしょうもない」と苦笑していた。

これらの言葉だけからも、十代が三島にとって如何に大きな意味を持つか、明らかだろう。

その十代だが、前半は、いろいろな問題があるものの、近代日本の絶頂期と言ってよい時期だろうし、後半は戦時下となり、あわせて昭和の日本にとって類のない重さを持つ。その分岐点への前駆的な出来事として、後半生しばしば思いをめぐらすことになった二・二六事件が、楔のように打ち込まれたかたちになっている。

こうした点からも、是非とも十代を採り上げなくてはならないと思い続けていたが、しかし、論ずる困難さを思う気持が先に立ち、なかなか踏み切れなかった。いかに早熟だと言っても、作品そのものがその才能を十分に展開したものでないので、三島の全業績への理解が不可欠と思われるからである。

また、三島由紀夫文学館の開館にともない、多くの草稿が寄付・寄託され、整理が進んだ結果、目ぼしいものは新版全集に収録された。このため、これらをしっかり読み込む必要が生じ、いまひとつ、簡単に取り組めない状況になっていたのである。

しかし、条件がすっかり揃うなどということはあり得ないので、思い切って今回の特集とした。その結果は、編者の杞憂に終わったようである。ご覧のとおりの目次となった。

昨年夏、三島由紀夫文学館では新しい試みとして、『卒塔婆小町』と『弱法師』のリーディング公演を行った。台詞の魅力を存分に示す、大きな成果となったと思っているが、演出してくださった宮田慶子さんと松本がアフタートークを行った。館職員天野なつきさんがテープ起こしをしてくれた。感謝する。

次号の特集は、『鏡子の家』を予定している。

（松本　徹）

三島由紀夫研究⑬

三島由紀夫と昭和十年代

発　行——平成二五年（二〇一三）四月三〇日
編　集——松本　徹・佐藤秀明・井上隆史・山中剛史
発行者——加曽利達孝
発行所——鼎　書　房　http://www.kanae-shobo.com
〒132-0031　東京都江戸川区松島二-一七-二
TEL・FAX　〇三-三六五四-一〇六四
印刷所——太平印刷社
製本所——エイワ

ISBN978-4-907282-00-4　C0095

三島由紀夫研究

責任編集　松本　徹・佐藤秀明
井上隆史・山中剛史
各巻定価・二、六二五円

①三島由紀夫の出発
②三島由紀夫と映画
③三島由紀夫・仮面の告白
④三島由紀夫の演劇
⑤三島由紀夫・禁色
⑥三島由紀夫・金閣寺
⑦三島由紀夫・近代能楽集
⑧三島由紀夫・英霊の聲
⑨三島由紀夫と歌舞伎
⑩越境する三島由紀夫
⑪三島由紀夫と編集
⑫三島由紀夫と同時代作家
⑬三島由紀夫と昭和十年代